시인 정영화의 시가 있는 자전 에세이

영혼에 묻은 세월

영혼에 묻은 세월

초판 1쇄 인쇄　2010년 11월 1일
초판 1쇄 발행　2010년 11월 8일

지은이 | 정영화
펴낸이 | 손형국
펴낸곳 | (주)에세이퍼블리싱
출판등록 | 2004. 12. 1(제315-2008-022호)
주소 | 157-857 서울특별시 강서구 방화3동 316-3 한국계량계측회관 102호
홈페이지 | www.book.co.kr
전화번호 | (02)3159-9638~40
팩스 | (02)3159-9637

ISBN 978-89-6023-462-8 03810

시인 정영화의 시가 있는 자전 에세이

영혼에 묻은 세월

정영화 저

♣♣ 프롤로그 ♣♣

유언장(遺言狀)으로 시작하는
서언(序言)의 변(辯)

　대저 사람의 일생을 예로부터 "인생 칠십 고래희"라 함은 인간다운 능동적이고, 창조적인 삶을 살아갈 수 있는 세월이 채 70년이 되지 않는다는 말이라 할 것이다. 각인의 공덕과 섭생에 따라 수요장단(壽夭長短)이 결정된다고는 하나, 인간이 자신의 수(壽)를 알지 못함이 또한 한울의 큰 뜻이니 나고 늙고, 병들고 죽는 인연의 길을 사람의 법으로서는 어찌할 수 없음이다.

　내 그릇됨이 작고 용렬하여, 덕망이 부족한 것은 전생의 공덕이 질박하고 현생에 또한 많은 업을 지은 탓이리라. 받기에 지난(至難)한 인간의 몸을 받았으면, 마땅히 평생을 적덕과 자애로운 항상심(恒常心)으로 살았어야함에도 불구하고, 천박한 욕심과 사사로움으로 이 땅 위에 범치 않은 업이 없었기에, 그 죄가 하늘에 닿았음을 뒤늦게나마 어렴풋이 알게 되었다.

　이제 내 나이 이순을 눈앞에 둔 어언 60성상. 천지간에 하나뿐이던 자식을 한울께 보내면서, 그간의 적업을 참회 하라시는 한울의 큰 뜻을 이제라도 조금은 깨닫게 되었으니, 그리 오래지 않을 남은 인생에 순천(順天)의 길을 가고자 함이 이 글을 쓰는 가장 큰 의미라 하겠다.

세간의 유언장이라 하면 어디의 땅 몇 평은 맏아들에게 주고 어떤, 어떤 재산은 막내딸에게 주라는 따위의 공증 문서임을 말해서 무엇 하랴. 그러나 지금 이 글을 쓰는 시점에서 나에게는 나눠줄 재산도, 물려받을 처자식 또한 없으니 이는 분명 가지지 못한 자의 즐거운 변명이라 할 것이다.

다만 내 지난 삶의 자취를 진솔한 마음으로 반성하고, 얼마일지 모르는 남은 생에 대한 스스로의 각오를 다지며, 한 인간의 모습으로 이 땅에 왔던 중생의 한 사람으로서, 내 뒤를 따라 삶을 마감할 친지 · 후인들에게 남기고 싶은 이야기일 뿐이다. 그러면서 어차피 끝내야할 세상의 소풍을 마칠 나의 사후 처리를 부탁하는 당부의 글이기도 함을 밝혀 둔다.

객관적 입장에서는 한 개인의 하찮은 일상사를 기록한 일기장이나 잡기장에 지나지 않는다 할 것이나, 한 개인의 역사는 전체 시대상의 한 단면의 편린일 수도 있다는 확신 아래 붓을 들기에 이른 것이다.

이 글이 이 세상 어느 누구에게 의미를 가지거나, 가지지 않음에 의미를 두는 것이 아니라 다만 필부로서, 결코 평탄한 삶을 살아오지 못한 나 자신의 참회의 목소리로 이해해 준다면 이 글은 그 탄생의 필연적 가치가 있을 것이라 생각하게 되었다.

역사에 이름을 남긴 저명한 인사나 위대한 명사라면 곧 회고록이나, 자서전이란 거창한 이름표를 달고 세상을 향해 나갈 것이나, 가정 하나 건사도 못한 이 세상의 아웃사이더인 나에게 그 표현이 가당치 않음을 말해서 무엇 하랴.

군이 책의 면모를 밝히라면 〈시인의 자전 에세이〉라는 꼬리표를 달아 세상을 향해 보내주고 싶었음을 고백한다. 시인 아닌 사람 찾아보기 어렵다는 시대에 국가자격증도 아닌 시인을 참칭했다는 것이 무슨 큰 죄가 되겠나 싶었고, 글로서 누군가를 꾸짖거나 폄하코자 함이 아닌 이 원고가 무슨 잘못이 있을 것인가를 생각했기 때문이다. 그런 만큼 유명인사의 자서전이 저명한 작가에 의해 주인공의 삶이 미화되고, 이력이 부풀려지는 영웅설화적 면모를 취하는 반면, 나의 본 졸고는 나를 꾸짖는 회한의 채찍을 드는 것을 게을리 하지 않을 참이다.

그러나 내 지난 삶을 반추하는 과정에서 본의 아닌 특정인의 서술이 그들에게는 불편한 심기를 제공할 여지가 있을지 모르겠으나, 이는 전혀 필자의 본래 의도가 아닌 진실의 채색에 다름 아니었음을 해량해 주리라 믿는다.

인생을 "공수래공수거"라 하였던가? 무엇을 이루고, 무엇을 두고 간들, 삶이란 것 자체가 형상도 없던 본래의 자리를 찾아가는 윤회적 찰나의 순간이 아닌가? 삶이란 누구에게나 오고 싶어서 오는 자리가 아니며, 원함에 따라 가고, 머묾을 선택할 수 있는 것도 아니다.

낮이 있으면 밤이 있듯, 삶과 죽음도 하나의 여일(如一)한 굴레일 것임에, 갠지스 강의 모래알처럼 많은 사람들 중의 한 사람으로서, 잠자기 전 낮 동안의 일기를 쓰는 기분이 이러할 듯하다. 어차피 왔으니 떠나야 하는 세상, 어떤 삶을 살아왔든 자신의 몫이 아니겠는가? 세월이라는 여정(旅程) 위에 내가 남긴 발자국은 그대로 우주라는 필름에 각인되고 저장될 것인바, 한울의 말씀에 귀를 기울이겠다는 뜻으로 책의 제목을 『영혼에 묻은 세월』로 정하였다.

책이란 모름지기 새로운 정보와 지식을 전달하거나, 예술적 감흥을 불러 일으켜 정서의 순기능에 감동을 선사 하는 등의 공익적 기능이 있어야할 것이나, 솔직히 고백건대 이 책은 그러한 기능을 제공할 의도도 없거니와 그럴 수 있는 능력도 필자에게는 없다. 다만 참회하고 깨닫는 순간 이미 죄는 죄가 아니라는 불가의 가르침에 따라, 내 영혼의 고백성사를 하는 기분으로 이 글은 씌어지게 될 것이다.

하늘과 부모 앞에 죄짓지 않은 자 어디 있으랴! 잘못 산 내 인생과 천박하고 부덕한 그릇 됨으로 인하여 상처 받은 영혼을 향한 사죄의 글이라 미리 짐작해 준다면 감격스러울 따름이겠다. 애증과 화복(禍福)도 마음의 발심에서 비롯되나니, 마음이 멸하는 곳에 애증과 화복의 분별심도 사라지리라.

비록 질박하고 곤고했던 나의 과거라 해도 그 또한 나의 몫으로 안고 가야할 우주의 질량불변의 법칙이 아니겠는가? 그런 큰 발심의 아량으로 이 글을 읽어준다면, 작은 적선을 이 땅에 더하는 겸허한 참회의 글로도 승화될 수 있으리라 믿는다.

無極 鄭英和

♣♣ 차 례 ♣♣

제2부 사후처리에 대한 당부

지난 삶의 회고와 남은 생에 대한 계획

1. 행복의 기억창고 유년시절

나는 6.25 전쟁의 상처가 채 아물지도 않은 1952년 10월 14일 오전 8시경 음력 임진년 팔월 스무엿새 진시에 – 어머니로부터 학생들 학교 가는 시간에 출생했다는 말을 들었다 – 경북 김천시 평화동 290-13번지에서 태어났다.

위로 조부모님이 계셨고, 형님 셋, 누님 셋이 있는 7남매의 막내로 그때의 아버님 연세가 37세, 어머니가 39세셨으니 당시로서는 매우 늦둥이 귀한 막내 자식인 셈이었다. 내 위로 누님 둘을 얻은 뒤 낳은 막내아들이니 그 애틋한 부모님의 정이 오죽 하셨으랴!

당시 아버님께서는 김천교육청에 근무하신 교육공무원으로서, 위로 조부모님을 모시고, 7남매 많은 식구를 박봉으로 건사하셨으니 비록 고향 김천 봉산에 제사답 농토가 조금은 있었다고는 하나, 지금 돌이켜 생각해봐도 그 살림의 어려움이 어떠하셨을꼬? 그에 더하여 종갓집 봉제사, 접빈객에 어머니의 젖은 손은 마를 날이 없으셨을 기억은 지금도 생생하기만 하다.

당시 전후의 절대빈곤의 시대에 형님들을 대학교육을 받게 하시고, 누님들에게도 모두 고등교육을 받게 하심이 어디 쉬운 일이었으랴. 이는 아버님께서 일찍이 교육계에 투신하시어 교육행정을 맡은 공직자로서 교육만이 살 길이라는 앞선 깨달음에 기인한 교육관인지라 지금 생각해도 그 지극하심을 무엇으로 표현할지 아득한 생각일 뿐이다.

귀하디귀한 막내아들인 탓에 지극한 보살핌 속에서 자라게 되었고 그러한 유년의 내 생육환경은 나 자신의 인격형성에 의타적이고, 우유부단한 인생관을 정립하는 데 많은 기여를 하였던 걸로 생각되어진다.

행복한 날들이었다. 할아버지, 할머니를 비롯하여 비록 가난했지만 열 두 식구가 한 지붕 아래서 오순도순 살아가던 나의 유년과 소년시절은 분명 행복한 날들이었다. 삐걱대던 나무대문에는 빗장이 있었고, 사랑방을 지나는 낭하를 직각으로 꼬부라들면 안채가 있던 그 집의 앞마당은 별로 넓지 않았다.

마당엔 두레박줄이 10미터는 됨직한 깊고 물맛 좋은 우물이 있었고, 회양목이 울타리 구실을 하던 조그만 화단에는 달리아, 국화, 봉선화 같은 꽃들이 철따라 피어났다. 나는 기억이 나지 않지만 지금은 벌써 고인이 되신 큰누이가 족두리를 쓰고 혼례식을 올리기도 했던 집이기도 했다는데, 신행을 떠나는 누이를 따라 가겠다고 떼를 쓰며 울었다는 말을 형님으로부터 들은 바 있으니 아마도 내 유년의 기억의 저점(底點)은 큰누이의 결혼식 이후가 되는 것 같다.

지금도 그 자리에는 같은 번지의 건물이 존재하지만 당연히 그때의 집은 헐리고, 원룸건물이 들어서 있어서 세월의 무상함을 실감나게 한다.

아버님께서 교육공직에 계셨던 탓에 내 나이 다섯 살 적엔가 경북 영양으로 전근을 가시게 되어 부모님과 위로 누이 둘 그리고 나 이렇게 다섯 식구가 영양읍에 있는 교육청 관사에서 생활한 적이 있다. 정확하게 그곳에서의 생활이 얼마간이었는지는 기억에 확실치 않으나 아마도 그때가 부모님께서는 층층시하의 종갓집 건사의 부담에서 놓여나 신혼 같은 짧고 행복한 생활을 누리셨던 것도 같다.

교육청의 낡은 트럭에 몇 가지 이삿짐을 싣고 영양으로 이사를 가던 날, 밤늦게 도착한 관사에서 밥을 지어 밥상도 없이 온 식구가 밥을 먹었던 기억이 지금도 너무나 생생하기만 하다. 지금도 경북의 내륙으로서 오지로 통하는 그 당시의 영양은 정말로 때 묻지 않은 순수 그대로의 고장이었던 것 같다.

집 앞에는 영양초등학교 - 누이들은 그 학교에 적을 둔 적이 있었다 - 가 있었고, 바로 뒤에 산을 이고 있던 그 집은 지금도 그림을 그리라고 해도 그릴 것 같은 나의 추억 속의 집이기도 하다. 최근에 나는 영양에 들러 많이 변하긴 했지만 그때의 추억을 얼마든지 그릴 듯한 그 집과 골목길을 추억하고 돌아온 적이 있다. 수리는 하였지만 그 터에 아직 집이 있었다.

네댓 살 무렵 아버님과 찍은 사진

반세기가 훌쩍 지난날의 추억이지만 그때의 아름답고 행복했던 시절을 이제라 어찌 모든 걸 반추할 수 있으랴. 재래식 부엌에는 솥이 걸려졌고 어머니는 솔잎이며, 장작 등을 태워 우리 식구들이 먹을 밥을 짓곤 하셨다. 어린 기억으로도 아버님께서는 약주를 좋아하셔서 대취하여 집에 들어오신 날이 많았던 것 같다.

가끔은 교육청의 녹음기, 테이프의 지름이 어른 손의 약 한 뼘은 됨직한 사과상자 만한 큰 녹음기를 가지고 오셔서 우리 남매들의 노래와 소리를 녹음하여 다시 들려주신 기억이 난다. 사람의 소리가 그대로 되살아 다시 재생된다는 것이 신기함을 넘어 경이롭게 생각되던 그런 날도 있었다.

큰누이의 결혼식 사진. 나는 기억에 없다.

부모님과 누이 둘 그리고 나 이렇게 다섯 식구가 살아왔던 그곳에서의 삶은 그때는 몰랐지만 동화 속의 한 폭 행복의 오두막집이 아니었을까? 그리 길지 않았던 그곳의 생활을 뒤로 하고, 아버님의 인사이동으로 다시 김천으로 떠나오던 날은 비가 내렸었다.

트럭의 화물칸에 탄 작은 누이는 심한 멀미를 했고, 나는 앞좌석에 아버님의 무릎에 앉아 사주신 과자를 신나게 먹으며 떠나오던 기억. 공직에 계신 아버님의 아들이라 양반집 도령처럼 대우해 주던 그 때의 순박했던 사람들도 이제는 이 땅의 사람이 아니거나, 살아있다 해도 노년의 삶을 맞고 있을 터이다.

그때 영양을 떠나온 이후부터 나는 김천에서 초 · 중 · 고등학교를 마치며 장성할 때까지 자라게 된다. 김천의 집에서 부모님이 사 주신 세 발 자전거를 잔뜩 겁에 질린 채 앞바퀴를 굴렸던 기억이며, 매운 김

치를 입으로 빨아 내 입에 넣어주시던 어머니의 젖무덤 냄새는 지금도
내 기억의 유전자에 각인 되어 있다.

「김 치」

열 두 식구 입맛 달리 포기마다 셈을 하여
맵싸한 양념 깐을 사랑으로 절여 비벼
걸절이 익는 동안에 멸치 젓이 잠이 들면

김치 광 내린 누이 꿈 타래를 풀어내고
동치미 유산균에 가난도 숨이 죽어
겨울도 비켜서가던 울 어머니 게시던 고향

매운 맛 입으로 빨아 노랗게 핀 김치 쪽을
막내아들 밥숟갈에 고기도곤 얹어주던
어머니 당신의 세월 젖어오는 눈물찐지

　전후의 폐허나 다름없던 피폐된 시대상황의 1950년대라 학교교육
자체를 받지 못한 사람들도 많았던 시절이었지만, 그 당시 부모님은
나를 유치원 – 마리아 유치원이라 기억된다 – 에도 보내주셨는데, 나
는 웬 일인지 유치원엔 가기가 싫었고 학교를 보내달라고 떼를 썼던
기억이 난다. 그때 내가 어머니 앞에 스스로 지어 부른 노래가 있었으
니 "유치원은 안 갈 길 ♬ 학교는 갈 길~~, 유치원은 못난 길 ♬ 학교는
예쁜 길 ♬~~~"이라는 자작 가사였다.

학교에 가기 전 대여섯 살쯤으로 생각된다. 아버님이 근무 하시는 김천 교육청에서

어떻게 해서 그런 가사가 내 입에서 절로 나왔는지는 지금도 알 수 없는 일이지만, 그 기억은 뚜렷하고, 그 가사를 들은 어머니는 기특하다고 여기셨던지 생각을 바꾸신 것 같다. 그래서 여덟 살이 입학 취학 연령인 데도 나는 일곱 살에 김천 중앙초등학교에 이미 신학기를 시작한 동급생 보다 한참 늦게 입학하게 된다. 어머니의 손을 잡고 김천 삼각 로터리에 있던 신신백화점에서 가죽으로 된 책가방을 사러 갔을 때의 기억은 영원히 잊지 못할 것이다. 그 가방은 어깨 끈이 두 줄이 있었고, 덮개가 가방 전체를 가려주던 추억 속의 가방이다.

1학년 때의 담임선생님은 황의소 선생님이셨고, 이듬해에 여덟 살이 되면 입학하라 하셨는데, 내가 떼를 쓰는 바람에 뒤늦게 입학한 나는 3월 입학식이 한참을 지나서 입학하게 된다. '앞으로 나란히' 며, '학교종이 땡땡땡' 같은 동요를 배우며 아버지, 어머니, 바둑이, 철수 같은 한글 배움이 기다리고 있었다. 그러나 학교라는 사회는 그때까지 내가 받아온 가정이라는 보호와 자유와는 또 다른 규율과 통제가 기다리고 있었던 것이다.

방종에 가까운 과잉보호 속에서 자라온 나는 학교생활의 적응이 적잖이 혼란스러웠고 한동안 등교기피증이 있어 부모님과 형님, 누이들을 힘들게 한 적이 있었다. 같은 학교에 다닌 위로 두 분 누이는 수업 시간 사이사이 교대로 나의 교실로 찾아와 수업을 챙겨 주어야했고, 심약하고 체력적으로도 약했던 나는 동급생으로부터 많은 시달림을 당했는데, 그때마다 누이들이 가해학생을 찾아내 응징해 주는 바람에 나의 초등학교 저학년 시절은 선민의식(?) 속에서 살아온 셈이다.

그때의 시대상황이 자유당 말기의 독재 부패정권이 극에 달했을 무렵이었고, 초등학교 3학년 때 4.19를 맞은 기억이 난다. 당시 선거 때마다 회자되던, 특정후보에 대한 선거노래를 의미도 모른 채 따라 부르며, 4.19때 자유당 의원의 집과 경찰서의 울타리가 박살나는 걸 신나게 쫓아다니며 구경하던 기억이 새롭다.

자유당 말기 독재정권의 부패와 맞서 싸우던 야당 대통령 후보 유석 조병옥 박사의 급서 이후 세상에 회자되던 "유정천리"라는 대중가요가 공공연한 금지곡이었던 기억, 벽보에 달라붙어 있던 후보들의 사진과 기호들이 초등학교 저학년이던 내게 무슨 의미가 있었겠는가만, 어린 나이에도 뭔가 심상찮은 세상 분위기는 느껴지곤 했다.

내가 살던 김천이라는 작은 도시는 내가 경험한 가장 크고 넓기만 한 도시였다. 얼마 떨어지지 않은 곳에는 어디든 데려다 줄 것 같은 철마가 가고서는 기차역이 있었고, 때로는 그곳에서 기차를 타고 내리는 사람과 어디론가 떠나가는 열차를 동경심 그득하게 바라보며 설레는 어린 마음을 달래기도 하였다.

어머니를 따라 최무룡, 김지미가 주연했던 "이별의 부산정거장"이란 제목의 영화를 관람했던 아카데미 극장과 택시와 소달구지도 함께 다니던 역광장 앞의 대로가 있던 김천은 내겐 세상에서 가장 큰 도시로 인식되고 있었다. 시장바구니를 든 어머니의 뒤를 따라가면 시장 좌판에 몇 개씩 얹혀있던 삶은 고구마나, 사과 한두 알이라도 꼭 사주셨다. 아침 시장에는 시골에서 새벽같이 지고 나온 장작이나 솔잎 나뭇짐을 부려놓고, 주인을 기다리는 지게꾼들이 줄지어 서 있었다.

바로 앞집에는 김천여중고에 체육교사로 교편을 잡고 있던 어 준선 선생댁이 있었고, 그 집엔 나보다 나이가 한 살씩 위와 아래인 같은 학교에 다니던 어영과 어영수라는 형제가 있어서 이들과 나는 자연스럽게 유년시절을 가장 친하게 가까이서 보낸 친구가 되는데, 이들 중 어영은 나와는 고등학교 동기생이 되어 지금도 가끔은 만나고 있다.

그들의 집 앞엔 넓은 텃밭이 있었고, 이곳이 우리들의 주 놀이터가 되곤 했다. 여름방학이면 흰 고무신을 끌고 감천냇가로 멱을 감으러 가기도 했고, 방학숙제로 나온 곤충채집을 한다며 잡히지 않는 매미와 잠자리를 잡으러 다녔다. 평화동 성당과 성의여중고의 뒷산은 신나는 병정놀이의 전쟁터가 되기도 했다. 한창 평화동 성당과 학교를 건설할 때라 터를 닦는 다이너마이트 터지는 소리에 겁을 먹었던 일, 배수로 흄관을 작전본부라며 신이 난 채, 학교 숙제를 뒷전으로 미루던 추억이 아련하기만 하다.

집집마다 어머니들이 저녁밥을 지어놓고 사랑하는 자식들을 부르는 그 애정 어린 사랑의 외침보다 더 아름답고 행복한 부름이 세상에 달리 또 있을까? 정신없이 뛰놀던 놀이를 뒤로하고 온 식구가 둘러앉아 밥을 먹을 때, 아이들의 성장판은 가난한 시대의 색깔도 무색하게 조금씩 열려만 갔다.

나는 몸이 매우 약한 편이었다. 중·고등학교 때까지만 해도 나의 별명이 삐쩍 말랐다는 뜻의 갈비씨였으니, 조금만 무리를 해도 감기가 걸리거나 편도선이 붓고, 눈에 다래끼는 달고 살았었다. 그러니 부모님의 걱정을 많이도 끼쳐드렸고 그래서 또래의 아이들과 개구쟁이처럼 어울려 노는 것을 부모님 특히 아버님께서는 극구 반대하신 원인이 된다.

　딱지치기, 구슬놀이, 자치기와 재기차기 같은 그토록 신나는 게임
에서도 나는 늘 아웃사이더의 위치를 고수할 뿐이었다. 그것은 내가
체력에서도 약했거니와 부모님의 과잉보호가 능동적 놀이문화를 향
유하는 것을 아무래도 어렵게 만들었던 때문이다. 학교에서도 자연히
힘 센 아이들 근처엔 가지도 못하고 늘 여자아이 같은 연약함 속에서
유년시절을 보냈다는 술회가 솔직한 표현이리라.

　그래서 아버님께서는 나를 늘 엄 병아리 같다며 걱정의 끈을 놓지
않으셨다. 아이들 누구나 가지고 노는 딱총놀이도 그 총소리가 무서워
가까이 하지 못했고, 나보다 훨씬 어린 아이들도 성냥을 그어 달 불 놀
이를 할 때도 불이 무서워 잘 어울리지도 못했으니, 지금 생각하면 그
유약함이 도를 넘어선 정도였던 것 같다.

　그러한 유년의 인프라와 나의 인성은 지금까지의 내 삶을 내성적이
며, 피동적 보수성향을 깔고 살아오게 한 모토가 된다. 외향적이지 못
한 수줍음과 고난에 적극적으로 대처하지 못하는 심약함은 경쟁의 대
열인 사회생활의 적응에 나로 하여금 많은 시행착오와 패배감을 안겨
주었다. 매사를 적극적이고 진취적으로 바라보기보다는 부정적이고,
회의적인 시각으로 바라보는데 익숙하게 만들었고, 세상에 대한 생래
적 저항의식을 키운 원인이 되기도 했다.

　지금 생각해도 나는 타고난 그릇이 편협 되고 소심하며, 시기심 많
은 소년이었던 것 같다. 이러한 나를 바라보시는 아버님께서는 험한
세상에 여물지 못한 나를 내어놓기가 얼마나 걱정이 크셨을까? 내가
고등학교를 졸업한 이듬해에 아버님은 돌아가셨지만, 눈도 감지 못하
신 이유를 나는 알고 있다.

　부모는 자식의 효도를 기다려주지 않는다고 했던가? 그래서인지
막내는 더욱 애틋하고 덜 여문 채로 남겨두고 떠나야하기에 더 애지중

지 하는 대상이 아닐까? 전후의 격동기. 4·19와 5·16 군사혁명으로 이어지는 와중에서도 세월은 흐르고, 절대빈곤의 그림자는 같은 또래 아이들의 부스럼과 누런 코에서 곰팡이처럼 번져나갔다.

자유당의 부패정권이 저지른 부정선거의 암운 속에 악을 써대며 선거구호를 외치는 출마자가 탄 지프차의 꽁무니를 신나게 달려서 따라다니기도 했고, 무슨 뜻인지도 모른 채 혁명공약을 외워야 했다. 수업을 마치고 담임선생님 앞에서 혁명공약을 다 외우면 집에 갈 수 있었고, 외우지 못한 아이들은 남아서 교실청소와 변소 청소를 해야 했기 때문이다.

집 가까이에는 법원이 있었고, 법원 정문 바로 앞에 신생의원이 있었다. 신생의원의 원장 선생은 우리 집과도 친분이 있었고, 언젠가 어머니가 하혈 등으로 많이 편찮았을 때 왕진도 다녀가곤 했다. 까만 가죽 왕진 가방과 청진기 그리고 굵은 유리관에 눈금이 매겨져 있던 주사기. 그때는 간호부라 불렸던 흰 가운의 간호사는 나에겐 어머니의 병 걱정보다 더 신기한 이미지로 다가왔다.

법원의 울타리는 까만 콜타르를 바른 판자로 된 담이었는데, 굴비 엮이듯이 묶인 채 죄수복을 입고 끌려들어가는 죄수들을 보는 것은 아주 흔한 일이었다. 죄와 벌이라는 원죄적 단죄에 대해 생각해 볼 겨를이 없을 나이의 어린이였지만 그들은 내게 막연한 슬픔과 비극의 대상으로 다가왔었던 건 사실이다.

집에서 평화시장을 지나 서부초등학교 쪽으로 조금만 가면 김천소년교도소라 불린 감옥소가 있었고, 그곳에서는 철조망 안에 있는 죄수들이 총을 맨 간수의 엄격한 감시 하에서 작업하는 걸 언제나 볼 수 있었다. 그야말로 소년교도소라서 그런 것인지, 죄수들 중에는 어린 소년 같은 앳된 얼굴도 있었다. 그 철조망 안에서 보면 이쪽 바같이 철조망 속이 아니었을까.

　복숭아 과수원에 인분을 퍼 날라 와 붓는 일이며, 교도소 안의 제재소에서는 목재 키는 기술을 배우는 죄수들의 모습이 실시간으로 보여졌다. 까마득하게 높은 담과 망루에는 간수의 순찰이 이어졌고, 교도소 내의 악대가 연주하는 나팔과 북소리는 높은 담을 넘어서 그냥 담백한 일상의 소리로 들려왔다.

「 내 기억 속의 소년교도소 」

나 태어나 살던
김천시 평화동 290-13번지
그곳에서 아주 가까운 곳에
소년교도소가 있었다

소년범들을 주로 가두는 곳이라
그런 이름이 붙었을 테지만
정말로 앳된 얼굴의 죄수들이 많았다
교도소에는 복숭아밭이 있었고
그들의 나이에 맞는 분홍빛 홍안 같은
봄이면 복사꽃이 서럽게 피어났다

이 쪽과 저 쪽을 등분 하는
철조망 사이사이를
안과 밖을 나누는 바람이 불어가고
간수들이 메고 있는 카빈 총구에는

구름이 무시로 흘러내리고 있었다

하늘에 닿을 듯 높은 망루를 넘어
청춘의 폐활량으로 세상을 부르는
죄수들의 나팔소리가 건너오고
인분으로 땅 힘을 돋우던
일상의 냄새와 섞이며
계절은 흑백으로 바뀌어갔다

반세기를 좋이 지나와
똥물을 퍼부어 복숭아를 빚어내던
복사꽃 같던 홍안의 소년범은
개과천선 예비 된 인과의 길을 갔을까

그때의 그 자리를
사천왕처럼 지키고 있는 룸살롱이며 노래방에는
탬버린에 흔들리는 문신이 피어나고
오늘도 꽁꽁 갇힌 이 도시의 사람들은
도움을 위한
도우미에 의한
창자 끊기는 노래 한 곡 부르고 있다

천주교 선교사들이 나눠주는 강냉이 가루와 우유가루 배급의 행렬
을 보면서도 그것이 슬픔인지 행복인지도 모르고, 여름방학이 빨리 오
기만을 기다리던 나는 그저 그 시대에 태어나 살아가는 열 살 소년이

었을 뿐이다.

그래도 우리 집은 아버님이 공직에 계셨고, 향리 근동에 조금씩 흩어져 있는 땅뙈기에서 쌀, 잡곡 등의 작으나마 도지가 있었으니 많은 식구들이 때를 거르는 일은 없었다. 하지만 어릴 때 기억으로 어머니 손을 잡고 이웃집으로 쌀을 꾸러갔던 기억과 어느 날은 할아버지, 할머니의 아침상에 멀건 수제비국을 올리며 한숨짓던 어머니의 탄식 그리고 할아버지의 개탄의 소리를 기억할 수 있으니 빈곤의 그림자는 그 시대의 당연하고도 보편화 된 화두였던 셈이다.

여러 식구가 늘려먹기 위해 저녁식사엔 죽이 자주 올라왔고, 밀가루 반죽에 어머니의 땀방울이 송골송골 맺히는 날 저녁은 칼국수 한 솥이 우리 식구들을 향해 끓어오르게 된다. 죽이나 국수를 저녁으로 먹은 날에는 어머니께서는 우리들에게 빨리 잠자리에 들라고 말씀하셨다. 그것은 늦게까지 있으면 배가 고프기 때문에 하신 말씀인데, 콩가루를 뿌려가며 홍두깨를 한 번 더 굴릴 때마다 국수 한 그릇이 더 나온다고 어머니는 말씀하셨다.

무지개가 피어날 듯한 어머니의 홍두깨 소리에 이어, 일정한 간격으로 썰어지는 칼질 끝에는 여섯 살 막내아들 내 손바닥만한 국시 꼬랑지가 남게 되는데, 어머니는 그 꼬랑지를 짚불에 구워주셨다. 꽈리처럼 부풀어 오른 국시 꼬랑지를 씹으면, 그것이 바뀌어 유년의 성장에너지가 되던 아득한 시절의 기억의 저쪽. 이제는 한 줄 시로서 그리움의 심원을 달래볼 수밖엔 없다.

「 국시 꼬랑지 」

밀가루 땀 반죽이 둥근 내 유년같이

칠팔월 저녁 해로 우물가에 내릴 때쯤
어머니 홍두깨 소리는 손오공의 여의봉 같이

열 두 식구 세상을 말아 국시판에 뿌려지고
이마에 땀방울이 송골송골 맺히면서
식구들 그릇 수 따라 홍두깨를 굴리셨다

흩뿌린 콩가루에 가난도 삭아내려
세월은 단백질 없이도 그 시절을 비켜가고
오뉴월 보리 짚불엔 국시물이 앉혀졌다

식구의 수 보다는 턱없었을 면 가닥 끝을
여섯 살 내 손바닥만큼 꼬랑지를 베어내어
짚불에 던지며 웃던 그 시절 진한 설움에

다가올 내 인생이 무언지도 모른 채로
꽈리처럼 부풀어진 국시꼬리 입에 넣고
어머니 당신의 품을 맴돌던 날 그립니다

더하여 가정의 파탄을 맞은 작은아버지네 사촌들과 젊어서 요절한
세 째 삼촌네 사촌 형제들까지 우리 집에 얹혀서 끼니를 건널 때가 많
았으니 살림의 팍팍함이야 말할 필요가 있을까. 그래도 나와는 생일도
비슷한 동갑이며, 같은 학교 동 학년이던 사촌 장화와는 떼려야 뗄 수
없이 죽이 맞아 동네방네 돌아다니던 추억이 새롭다.

이후 장화는 초등학교를 졸업도 하지 못하고 구두닦이며, 식당점원

등 사회의 밑바닥생활로 접어들 수밖에 없었고, 성장하면서는 작은아
버지의 음악적 재능을 물려받았던지 – 작은 아버지는 한 시대를 풍미
한 작곡가 나화랑과 둘도 없는 음악 동기였으나, 할아버지께서 양반의
자식이 광대 짓을 하려한다고 노발대발 반대하는 바람에 꿈을 접었다
고 알고 있다. – 어깨 너머로 익힌 악기연주 실력으로, 술집 등의 악사
로 일희일비하는 세상을 살다가 최근에 간암으로 세상을 떠났다.

그 나름대로 이것저것 안 해 본 일이 없었지만, 배운 게 없고 가진
게 없는 신세로 세상을 한탄하며, 처자식에 대한 책임을 다하지 못한
다고 늘 자책하다가 세상을 떠난 것이다. 가장으로서 명분이 없는 인
천의 아파트에다 처자식을 떼어놓고 김천에 와서 생활하면서 나에게
도 수 천 만원의 금전적 손해만 안기고 떠났지만, 내가 하나뿐인 자식
을 잃고 고통스러웠을 때, 술벗으로서 또 같은 피를 나눈 혈족으로서
많은 위안을 준 것도 사실이다.

대여섯 살 때 사촌 장화와 같이.

어김없이 돌아오는 명절이면 어려운 살림에서도 어머니는 한 달 전
부터 제수를 장만하시고, 그 때만 되면 공연히 들떠서 잠까지 설치며
신이 났던 기억, 명절치레로 돌아오는 신발 한 켤레나 하다못해 양말

한쪽마저도 손을 꼽아 기다렸던 날들이 아닌가?

어머니께서는 달성군 하빈면 묘골이 친정으로서 사육신 박팽년을 일문으로 하는 양반가문이었으며, 당시 근동에 위세를 자랑하던 명문가였으니 수많은 하인을 거느리던 친정에서의 삶을 회고하시던 말씀을 많이 들었던 기억이 난다. 시집오실 당시 그때만 해도 귀하디귀한 재봉틀을 혼수로 가져올 정도였었고, 그 재봉틀은 대를 물려 상속되었으나, 지금은 폐기가 된 건지 아니면 유실된 것인지 알 길이 없다.

그러나 어머니의 친정도 외동인 외삼촌 대에 와서 완전히 기울었고, 외사촌 형들의 성장기 고생은 이루 말할 수 없는 것이었다. 어머니에게는 친정 조카가 되는 나의 외사촌 형제들이 안타까워 눈물지으시던 날이 얼마였을까? 그래서인지 나는 외갓집에는 한 번도 가 본 적이 없다. 다만 몇 년 전 최근에 들어 아득한 지난날의 어머니의 회고를 반추하며 그곳을 찾은 일이 있지만, 세월의 무상함이라해야할지, 어머니의 친정에 대한 역사를 기억해 주는 동네의 촌로들은 아무도 없었다.

지금 생각해도 어머니는 천성 자체가 천심이셨고, 늘 참고 사는 삶을 덕목으로 강조하시던 분이셨다. 참을 '인(忍)' 자 세 개면 살(殺)을 면한다는 말씀을 수시로 들려주셨다. 지체 높은 양반가문에서 반듯한 신부수업을 어릴 적부터 받아오셨으니 뛰어난 음식솜씨는 동네의 큰일에 초빙을 받아 전수해 주시는 정도였었다. 저녁식사를 준비하시는 어머니가 다듬는 콩나물이 가지런한 키 높이로 말끔히 정리되는 정경을 신기하게 바라보던 어릴 적의 기억의 한 단면을 추억해 본다.

「 콩나물을 다듬으며 」

콩나물의 키 높이로 저녁을 다듬다가

이슬이듯 손에 닿는 두리상(床)의 고향생각
어머니 갈라진 손길이 눈물 속에 스칩니다

열 두 식구 키를 따라 말라버린 세월마다
당신의 젖 가슴도 관절처럼 퇴화하여
먹이고 또 입히고도 못 다 주어 한숨 터니

세월은 가는 가요 꽃은 같아 다시 피고
봉숭아로 곱던 손톱 지금은 흙이 되어
이 자식 어이 다 잊고 어느 하늘 계시는지

이제는 어디에도 어머니 당신 없는
다듬을 것 별로 없는 이 시대 콩나물에
못 다한 회한의 정(情)만 마디마디 키웁니다.

그러니 야박한 세상 물정에 밝지 못하여 한 때 계주(契主)를 맡았다가 어려운 경제적 파탄을 겪기도 하셨지만, 눈물이 많으셨고 인정이 남달라, 동냥 오는 거지에게조차 남은 밥이 없으면 하다못해 찬물에 미숫가루 한 숟갈이라도 먹고 가게 하는 인정 많은 분이셨다.

그러니 사촌형제들의 불쌍한 처지를 누구보다 긍휼히 여기셨고, 여러 남매 사랑하심이 오죽하셨을꼬? 그런 어머니를 늘그막에 그 많은 자식들 누구 하나 지극히 모시지 못하고, 그에 더하여 나는 파탄 난 가정의 홀아비가 되어 어린 자식을 데리고 낙향을 하였으니 그 불효를 어찌 필설로 다할 것인가?

아무튼 나의 초등학교 시절은 유복한 편이었다. 원래 우리 식구들이 살던 평화동 집은 할머니의 친정 오라버니 – 제헌 국회의원을 지냈고 함자는 한감석으로 기억하고 있다. – 의 집이었다. 고향 봉산에 윗대부터 살아오던 집이 있었지만, 아버님의 직장생활 때문에 그 집에서 살게 되었고 나는 그곳에서 태어났다고 한다. 그곳이 나에게는 모든 유년의 정서의 창고가 되는 셈이다.

지금은 그때의 모습은 대부분 사라졌으나 지금도 가끔은 그곳으로 발길을 놓을라치면 그 파노라마 같은 기억의 아지랑이는 아련한 아픔이 되어 내 의식을 감고 들어오는 걸 느낀다. 나랑 친구이던 윗집의 현수. 어려서부터 병약했던 그에게 놀러가지 말라고 타이르던 누이의 말이 있었지만 그는 어려서 이 세상의 소풍을 끝냈다. 어린 현수의 주검을 가족들이 어떻게 처리했는지 모르겠으나, 그가 죽은 뒤에 아마도 작게나마 초상을 치러준 것으로 기억난다. 그래서 일한 사람들에게 대접한 건진 국수와 부침개 같은 몇 가지가 우리 집으로 건너와 먹었다.

현수의 형 진수의 이름을 따서 진수네로 불리던 그 집 어머니와 나의 어머니께서는 자주 오가며 친하게 지냈던 것 같다. 국가가 빈곤과 질곡의 나락에서 어려웠을 때, 약 한 번 쓰지 못하고 죽어가는 자식을 가슴에 묻을 수밖에 없었던 부모가 어디 한둘이었으랴 만, 나에게 죽음이란 그냥 담담히 한 그릇의 국수로 남는 모습으로 다가왔었다.

평화동의 집은 'ㄱ'자로 된 한옥으로 방 네 개에 마루와 부엌이 있고, 크지 않은 앞마당엔 우물과 옆으로 작은 화단 그리고 아주 큰 감나무가 있었으며, 화단에는 달리아 꽃이 피어 있었고 회양목이 경계를 이루었다. 우물가 감나무의 감꽃과 빨간 감 홍시는 봄과 가을을 나누어 데려다주었다. 누이랑 떨어진 감꽃을 실에 꿰어 목에 걸고 목걸이라며 즐거워했던 시절 그때의 정한을 술회한 졸 시가 "감꽃"이다.

「 감꽃 」

5월의 늦깎이
햇살 옷고름이
저고리 벗는 날에는
무슨 야릇한 기별이 있느니
감꽃은 그냥
젖은 눈물이라도 좋다
굳은살 박인 발자국
세월의 뒤꿈치 조금만 들면
두 어깨 떠나는
우리 서러운 직립원인(直立猿人)
좀은 정답게 낮은 곳으로
먼데 산도 목에 와 걸리는
감꽃
또는 순수한 타락

(대구매일 92년 5월 28일자)

　　뒤란에는 작게나마 푸성귀를 갈 수 있는 밭과 장독대 그리고 우리 집보다 월등히 높이 위치한 뒷집의 석축에는 넝쿨딸기가 드리워져 있었다. 많지는 않았지만 철따라 따먹던 무공해 딸기의 맛을 지금의 어디에 비길 수 있으랴. 그 집에서 나는 초등학교 5학년 2학기 중간까지 살게 되는데, 그 집은 고인이 된 큰 누님이 첫딸 영희를 출산하러 와 있던 집이기도 하고, 형님들은 중·고등학교와 대학에 들어가거나 군대에 입대를 맞던 집이기도 하다.

김천역 광장에 빽빽이 모인 장정들을 훈련소로 떠나보내며 눈물짓던 많은 어머니 들 중에는 나의 어머니도 계셨음은 너무나 당연하다.

지금은 이미 고인이 된 큰 형님은 입대 후 부패한 군대가 싫다며, 자신의 병적기록까지를 가지고 휴가를 왔다가 미귀하는 바람에 평생을 병역미필이라는 꼬리표를 달고 사회생활의 낙오자가 되는 원인이 되기도 하였다.

물론 큰 형님은 한마디로 특수한 지적능력과 인성의 소유자라 세상 현실에 적응하며 살아가기에는 극히 어려운 인격구조를 지니고 있었다고 생각되어지는데, 그러한 품성은 종손에 대한 할아버지의 맹목적 사랑과 보호의식에 기인한 것이 아닌가 믿어진다.

아무튼 그 집은 시집간 큰누이의 선산읍 시댁을 아버지의 손을 잡고 다녀왔던 집이기도 하고, 큰누이의 돌 지난 아들 현진이가 폐렴으로 위독하다며, 대구 동산병원으로 아버지가 속히 와주시라며 보낸 큰누이의 전보를 받은 우리 남매들이 김천 시내의 어디에 계신 지도 모르는 아버지를 찾아 나섰던 집이기도 하다.

결국 현진이는 그렇게 어린 죽음을 맞이했었다. 내 유년의 추억의 창고이기도 한 그 집에서의 기억들은 밤을 새워 쓰고도 또 남을 만큼 많고도 많지만 지금도 그림으로 그릴 수 있을 만큼 생생하기만 한데, 어느덧 내 인생은 이순을 눈앞에 둔 초로의 세월에 와 있는 것이다.

삶아놓은 고구마를 내밀며 은근히 웃으시던 할머니의 사랑. 일요일 아침 아버지의 손을 잡고 따라간 법원 앞 평화 목욕탕에서 아버지는 나를 안으시고는 머리를 감겨주셨다. 그때 눈을 감으라는 아버지의 말씀을 흘려듣고 눈을 뜨다가 비눗물이 들어간 쓰린 눈으로 울어댔던 기억. 지금 생각해 보면 열악할 수밖에 없었을 그 목욕탕은 지금도 "평화

사우나"라는 현대시설로 바뀐 채 남아있지만 그때는 나무물통에, 욕조
의 물을 남탕, 여탕이 같이 받아 쓰는 구조였던 걸로 기억된다.

「 평화목욕탕에 관한 추억 」

두부장사 종소리로 아침이 열리던

290의 13번지

평화동 우리 집의 일요일 아침

아버지는 여섯 살 막내아들 내 손을 잡으시고

"평화목욕탕" 양철간판 선명한 수부에서

열쇠 달린 고무줄 하나를 발목에 차셨다

지난 밤 아버지의 덜 풀린 숙취를

쌀뜨물로 물려받은 큰 정지의 어머니는

얼큰한 해장국을 끓이고 계시리라

내일에 대한 아득한 흔미함이

목욕탕 욕조의 김처럼 자욱한 날

아버지는 당신의 무릎에

스무 근 무겁잖은 내 몸 가벼이 안아

머리부터 비누거품 듬뿍 칠한 뒤

팅팅 불은 나무물통에 더운물 가득 떠서

꼭 감은 내 눈 위로 물을 부어주셨다

아버지 살아생전 평생을 그랬듯이

청개구리 따로 없던 못된 내 성정이

눈 꼭 감으란 아버지 말씀 또 흘려듣다가

독한 비누거품 눈에 들어갔다고

악을 쓰며 울어댔던

차라리 처연한 그리운 때가

오늘 이리도 서럽게 다가온다

세월의 할 일이야 세월 가는 것이니

무어라 이 몰골의 나로서야 할 말이 없겠건만

종갓집 무거운 살림건사 힘이 너무 드셨던지

지금의 내 나이에 짧은 생을 마감하신

정말로 애쓰신 우리 아버지

하루만 효도할 시간 주어지면 좋겠네

돌아온 아침 겸상에 짧게 올라온 갈치 토막을

꺼분꺼분 가시 발라

이 아들 밥술가락에 흐뭇이도 얹어주시던

아버지의 그 세월은 다 어디로 가고

처자식 헌신도 하나 못한 이 몰골의 자식 되어

회한의 목욕물만 덥히고 있다

　또 늦은 귀가를 하시는 아버지의 저녁 진지를 아랫목에 묻어두고 우리 남매가 기다리다보면, 약주 한잔을 하신 아버지께서 안주로 잡수시던 땅콩이며, 편강 같은 것을 주머니에 담아갖고 오셨다. 어떤 날은 나도 모르게 잠이 들곤 했지만, 그 맛은 나에겐 독특한 즐거움이었고, 아랫목에 묻혔다 아버지의 늦은 저녁상이 된 쌀밥을 꼭 조금 남겨주시는 날계란 비빈 밤참의 맛은 무엇으로 표현할지. 군사혁명 이후 모든 공직자들이 입었던 골덴 천의 재건복을 입고 계셨던 아버지의 안경 낀 모습은 지금도 그림으로 그릴 수 있을 듯하다.
　성의여자 중·고등학교로 올라가는 왼쪽 편으로는 작은 개울이 있었는데, 어머니는 가끔 그곳으로 가서 빨래를 하셨다. 당연히 어린 나는 어머니의 빨래터에 따라 가, 신고 있던 고무신을 개울물에 띄우며 놀기도 했는데 그때의 추억을 담은 졸 시가 "빨래터에 관한 나의 기억"이라는 시이다.

「 빨래터에 관한 나의 기억 」

내 나이
손가락 몇 개로 펴 보일 때에는
어머니 빨래터에 곱게도 따라가
고무신 띄우며 놀던 날이 있었다

열두 식구 빚바래 생활의 땟자국이
검둥비누 한 장에도 쉽게 묻어나
뽀얀 내일이 되어 가는 것을 보고는 했다

엄벌난 세월이 물길을 바꾸어
어느덧 불혹의 강가에 내가 와
정든 사람 한 둘씩 띄워 잊으며
허물 벗는 빨랫감을 보고 있다니

이제야 열두 식구 가슴 좁은 삶에
그늘진 때를 빨아 입히시던
옥양목 어머니의 손길을 알았다

오늘도 하루의 일당을 묻혀 돌아오는 길에

이 시대 허기진 중량감들이

내 걸머진 옷을 벗겨 놓는데

어디를 보아도 이리 깨끗한 옷들을

왜 나는 매일 검둥비누로 빨아 입고 싶을까

떠내려가는 빨래방망이 잡으며

내일로 가는 고무신 띄우던

이제 그 흔적도 없어진 빨래터에

오늘은 이리도 또렷이

어머니가 보인다

이제는 반세기도 더 지난 기억들. 돌이키려고 해도 돌이킬 수 없는 수채화 같은 추억들이 이리도 가슴 아프게 다가옴은 무엇 때문일까?

대가족 식구라 부엌 쪽 찻방을 할아버지와 할머니가 거처하셨고, 큰방엔 아버지와 어머니 그리고 누이 둘과 나 다섯이, 건넌방은 형님 셋, 사랑방이라 불리던 문간방은 가정부인 청자 누나가 평소에 거처하다가 종갓집 잦은 손님이 거처하는 방으로 용도가 정해졌었다.

설이면 고향에서 나온 많은 세배꾼이 다녀가기도 하고, 성주로 시집간 고모랑 고모부가 장인, 장모와 처남인 아버지를 찾아와 처갓집 취객으로 거나히 취하며 묵어가는 그런 방이기도 하였다. 아버지께서나 고모부가 모두 두주불사의 호주가셨으니 처 남매간의 주흥이야 어련하셨겠는가?

당연히 통금이 있을 시대였으니, 대처로 나갔다가 늦은 시간에 김천역에 도착하면 많고 많은 친인척 대소가 사람들이 의당 찾아와 묵어가는 곳이 우리 집이었다. 그 많은 봉제사 접빈객에 어머니의 젖은 손이 마를 날이 있었을까만 나는 그저 손님이 오면 공연히 신이 났던 기억이 새롭다. 색다른 반찬이 올라오기 때문이다. 나는 늘 아버지나 할아버지와 겸상을 해서 먹었는데, 귀한 막내이니 만큼 늘 조금씩 맛난 반찬을 남기시어 내 몫으로 전해주시는 귀여움을 독차지 할 수 있었다.

어머니께서 모질지 못한 인정 탓에 계주(契主)를 맡았다가 사기를 당하는 바람에 그렇잖아도 비좁은 집의 사랑채를 빚 대신 세를 놓게 되는 일이 터지고 말았다. 나중에는 우리가 사랑채로 내려앉고 안채를 내주는 사태까지 벌어졌으니 그때의 집안의 우울한 분위기와 아버님의 낭패해 하시던 모습이 눈에 선하다.

그 사랑채에는 이름이 박무용이라는 나와는 동급생인 녀석이 제 어머니와 함께 이사를 왔었다. 철없던 나는 사랑방에 세를 얻어들어온 그 녀석과 친하게 지냈고, 힘이 나보다는 월등히 세던 그 녀석에게 질질 끌려 다니는 것을 누이들은 극히 못마땅하게 생각하곤 했다. 그리고 바깥주인의 직장이 김천의 금융기관에 다니던 일가족이 들어왔고, 그 집에는 나보다 한두 살이 아래인 계집아이가 있었는데, 그 아이와도 죽이 맞아 어울려 놀았던 기억이 새롭다. 그 아이는 부산서 이사를 왔기 때문에 부산사투리를 심하게 써서 어머니는 그 아이를 '부산 간나이'라 불렀다.

그 아이와 나에게는 잊혀지지 않는 기억이 하나 있다. 아마도 늦은 봄쯤으로 기억되는데, 저녁을 먹고 나면 온 동네 아이들은 골목골목 어울려 놀기도 하고, 더러는 어 선생집 앞 텃밭에서 이런저런 놀이를 하곤 했었다. 텃밭에는 마늘종이며 들깻잎 같은 작물들이 커지 않은 우리들의 키를 적당히 가려주었는데, 그날 밤 그 아이가 내 손을 잡고 그리로 들어가 내 옷을 벗게 한 일이 일어난 것이다.

무엇 때문에 내 옷을 벗으라고 했는지는 지금도 알 수 없는 일이지만, 바보같이 나는 순진하게 시키는 대로 옷을 벗었다가, 이내 수치심에 옷을 다시 입었던 기억이 난다. 그 아이는 성을 알았던 것일까. 아니면 단순한 호기심이었을까. 그렇게 끝난 순간의 일이었지만 지금도 기억의 작은 편린으로 남아있다.

그리고 우리 집이 더 어려움에 처하여 안채를 내주고 사랑채로 이사를 내려오는 날, 퇴근길의 아버님의 허탈해 하시는 모습은 지금도 눈에 선하다. 그 안채에 이사를 온 식구 중에는 나랑 동 학년이던 여자아이가 있었는데, 그와도 제법 죽이 맞아 어울려 지냈던 기억이 난다.

병원놀이 같은 걸 했던 것 같은데, 그 여자아이가 간호사처럼 내 엉덩이에 주사를 놓는다며 따끔하게 꼬집을 때는 아프긴 했지만 그리 싫지 않았던 기억이며, "몇 반의 누구와 같은 반 모 여자아이가 무엇무엇을 했다더라."같은, 예나 지금이나 있을 법한 '카더라' 통신은 그때에도 흥미진진한 뉴스 꺼리였으며, 공공연한 비밀이 되곤 했다.

학교엘 갔다 오면 요즘처럼 흔한 학원 같은 건 아예 없었으니 골목골목 아이들 끼리 어울려 정신없이 노는 것이 방과 후의 일과였다. 배고픔도 잊고 온갖 놀이에 정신을 뺏긴 채 땅거미가 질 때쯤이면 아이들 집집마다의 어머니들은 저녁밥을 지어놓고 저마다의 자식들에게 저녁을 먹으라고 외치곤 했는데, 아마도 그 소리는 이 세상에서 가장 아름다운 외침이 아니었을까?

아버님은 어머니보다 두 살 연하셨는데, 아버지께서 술을 좋아하시는 바람에 한 때 잠시 술집에 좋아지내던 여자가 생겼을 때 두 분이 다투신 외에는 평생 얼굴 한 번 붉히신 일이 없으셨으니 두 분의 금실을 운운할 필요가 있을까? 지금까지 살아계셔도 어련히 좋으실 연세이건만 아버지께서는 공무원의 정년도 맞지 못하셨고, 어머니는 이 자식의 씻을 수 없는 불효 속에 1986년 세상을 떠나셨으니 "애애부모 생아구로 욕보심은 호천망극 (哀哀父母 生我?勞 慾報深恩 昊天罔極)"즉, "애닯도다 부모님이시여/ 이 몸 낳아 기르시느라 고생 하셨도다/ 그 깊은 은혜 갚으려 하나/ 하늘 같이 깊어 다함이 없네/"라는 명심보감의 구절은 이럴 때 떠오르는 명문이 아니겠는가?

그토록 저지른 불효도 모자라 하나 뿐인 아들마저 나의 잘못으로 불귀의 객이 되게 하고 말았으니, 이 몸이 죽어 어떻게 부모님과 조상님을 뵐지 막막하고 아득할 따름이다.

2. 따스했던 고향에서의 학창시절

김천시 평화동에서 이어진 나의 유년시절은 초등학교 5학년 2학기 초를 끝으로 마감된다. 나의 원적인 봉계, 지금은 김천시로 통합되었지만 당시엔 금릉군 봉산면 예지리 73번지로 내 유년의 삶의 근거지가 옮겨진 것이다. 왜 이사를 가지 않으면 안 되었던 지에 대한 뚜렷한 기억은 반추할 수 없지만, 아마도 이 시점 이후로 우리 식구들도 김천에서의 생활을 마감하고 고향 봉계의 집으로 이주를 시작한 걸로 알고 있다.

어머니가 맡았던 계와 집주인인 할머니의 친정의 사정 등과 같은, 그 집을 더 이상 우리가 눌러 살 수 없는 사정이 있었던 때문이리라.

먼저 할아버지 할머니께서 이사를 가시고, 뒤이어 어머니 아버지, 나와 형님 누이들이 차례로 고향으로 들어가서 살게 된 것이다.

이전에도 김천에서 20리 정도 떨어진 곳이라 가끔은 들렸던 곳. 그 당시에는 본가에 작은 아버지네 식구가 살기도 했고, 사랑채에는 당숙네가 살기도 했다.

지금은 그 명맥이 흐려졌지만 전통적 씨족사회의 집성촌이던 고향에는 대소가가 골목을 따라 큰집, 작은집으로 뭉쳐 살던 시절이라 모처럼 시내에서 살던 내가 찾은 그곳은 아련한 향수와 왠지 모를 포근함에 더하여 사촌 형제들과 종친의 척당간이 썰매타기와 멱감기 등으로 더없이 신나게 어울려 놀기에 좋았던 곳이었다.

　뒷산 불통골에는 꼬리 아홉 달린 여우가 산다는 이야기도 돌았고, 목에 야구공만한 혹이 달린 서당골의 혹부리 할멈은 아이들에겐 공포의 대상이었다. 먹고 살기에 어려워 서울로 식모살이 하러가는 여자아이들이 뒤돌아보며 눈물 흘렸을 동구 밖 길은 이제 노견 주차장이 갖춰진 2차선 포장도로가 되었고, 언제부턴가 모내기를 하고 김을 매던 논밭이 포도밭으로 바뀌며 '산타빅토리아'의 포도주 단지처럼 동네는 온통 포도밭 천지가 되어버렸다.

「 봉계리 포도단지 」

봉계리 사람들은 포도 알이 되어간다
언제부턴가 고만고만한 텃밭에
포도나무를 심으며
잘 익은 포도송이를 담아내기 시작했다

마을을 돌아가는 큰 냇가 붉은 물에
모래자갈 한 움큼씩 떠내려가듯
적당히 바람난 젊은 사람들
대처로 대처로 밀려가
신도시 큰 시장서 푸줏간도 차리고
셋방살이 지친 몇은
깡 소주잔으로 고향을 끊었다

더러는 반반했던 여자아이 몇

홍등가 룸살롱의 새끼마담 되어갈 때
휘어진 허리로 남은 봉계리 사람들은
농약병 눈금 따라 주름살이 늘어갔다

아홉 꼬리 너구리며 서당골 혹부리도
더 이상 살아갈 날들의 이야기는 아니지

마을을 열고 닫던 패구나무에
어쩌다 찾아온 따구새 한 마리
이른 새벽부터 포도상자 실어내는 경운기 소리에 놀라
이 마을 껍질 쪼아 먹는 노란 부리가 안타깝다

중개인 손을 건넌 포도송이가
룸살롱 비싼 안주접시에라도 누워
이 마을 홀딱 벗은 자존심을 덮어나 줄까

공동출하반의 천막이 걷히고
초벌 포도순 전지(剪枝)소리에
잠자던 요통이 도질 때까지
봉계리는 깊은 침묵에 잠기지만

농약 독(毒) 씻어내는 돼지고기 굽는 냄새에
마을은 또다시 포도 꽃을 피우며
고만한 내일을 열어가고 있었다

그러니 5학년 2학기에 그곳 학교로 전학을 한다는 것에 나는 무척 설레고 흥분하고 있었다. 지금 생각해 보면 부모님과 철이 든 형님, 누이들은 팍팍해진 가계로 시골로 들어간다는 것에 많은 낭패감을 지니고 있었으나, 아직은 어린 내게 그런 것은 중요한 일이 아니었다.

전학을 가는 날. 그 당시에는 봉계 가는 노선버스가 아예 없던 시절이라 어머니와 나는 걸어서 갈 수밖에 없었다. 책가방에 교과서보다 많은, 읽던 만화책을 챙겨 넣고 고향으로 가던 길에 김천의 부곡동 어딘가의 구멍가게에서 어머니와 사과 두 알을 사서 거기서 깎아먹은 기억이 난다.

지금 생각하면 수심이 그득했던 어머니의 표정도 아랑곳없이 그저 신이 났던 철부지 시절. 그날 사과를 드시다가 어머니의 보철했던 이빨이 떨어져 나왔던 기억이 난다. 걱정스레 쳐다보는 나를 외면하시곤 떨어진 치아를 손수건에 싸 넣으시고 다시 길을 떠났던 날이 어언 반세기의 세월로 다가오고 있다.

그 세월 동안에 나에겐 무슨 일이 스쳐갔던가? 돌이켜보면 아련한 그리움과 회한의 기억들뿐이 아닌가? 부모님에게 더 효도할 수 있었고, 학교공부는 물론, 사회생활과 내 인생의 경영에 좀더 최선을 다하여, 이 시대와 세상에 보다 좋은 역할을 많이 할 수 있지 않았나 하는 어리석은 후회에 절망스러울 뿐이다.

아무튼 당시의 학생수가 5-6백 명에 달하던 제법 큰 시골학교였지만 시내 학생이 전학을 온다는 것은 극히 센세이션한 일이었고, 동 학년 시골의 같은 반 아이들에게는 대단한 사건이 아닐 수 없었다. 지금과는 격세지감을 느낄 만치 문화적 수준의 차이가 극명했고, 학교의 시설과 교육열은 상대적으로 많은 차이가 났다.

따라서 전학을 간 나를 그 곳 아이들은 호기심 반, 시기심 반으로 사사건건 괴롭혔고, 수업시간에도 수시로 동원되는 밭일에 나는 쉬 손을 들고 말았다. 아마 그때가 내가 세상에 태어나서 처음으로 밭일을 해본 때였을 것이다. 그처럼 동경했던 시골에서의 학교와 생활은 일순에 무너지고 만다. 그때부터 나는 또 시골을 경멸하고 도시적인 걸 향수하는 어린이가 되어버린다.

요즘 말하는 왕따 같은 개념은 아니지만 억셈과 힘셈이 미덕인 시골학교에서 약하기만 했던 나는 왕따 아닌 왕따가 될 수밖에 없었다.

아버지는 시내로 자전거 통근을 하셨고, 하루는 출근길에 학교에 들려 담임선생님에게, 아이가 이렇게 힘들어하면 시내로 다시 전학을 시키겠다는 말씀을 하시는 걸 들었을 때 정말 그렇게 되기를 내심 얼마나 바랐던지….

그러나 교문 밖의 고목이 된 정자나무와 성황당, 늘 맑은 연못과 느티나무가 시원한 그늘을 만들어 주던 그 학교는 동화의 한 장면 같은 나의 추억 속의 수채화 한 장이 아닐 수 없다.

내가 졸업한 봉계초등학교. 지금은 많이 변한 모습인데, 당시엔 목조건물로 된 교실이었다.

교문 앞에 이 고장 출신 한국시조문학의 대가 백수 정완영 시인의 "고향 가는 길" 시비가 있다.

백수 선생님은 집안의 숙항벌이 된다. 최근 자산공원에서

1년여의 짧은 기간이었지만 그 학교에서 만났던 동기생들은 평생의 친구인 셈이다. 물론 중·고등학교를 같이 다니게 된 친구도 있지만, 절대빈곤의 시절, 졸업 후 서울 등지로 입 건사를 위해 진학을 포기한 많은 친구들 중 몇몇은 지금도 연락이 닿거나 드물게 만나기도 한다.

6학년을 두 학급으로 나누어 중학교 진학반과 가정형편으로 중학 진학을 포기할 수밖에 없는 졸업반으로 편성됐는데 그 숫자가 각 반이었다. 졸업반 친구들은 오전수업을 마치면 귀가했고, 진학반 학생들은 밤늦도록 입시공부를 해야 했다. 솔직히 그때는 일찍 귀가하는 그들이 무척 부러웠다.

그 당시는 중학교의 입학시험이 어린 자식을 키우는 부모들의 큰 장애물이기도 했다. 명문 중학교 입학을 위해 초등학교 상급학년 전 과정을 진학시험에 할애할 형편이었으니, 지금의 아이들이 과외와 학원에서 시간을 뺏겨야하는 현실과 별로 다르지 않았던 것 같다.

내가 입학시험을 치르던 1964년 입시에는 국어와 산수 그리고 주산실기 시험과, 턱걸이 달리기, 공 던지기 같은 체력장이 입학시험의 전 과목이었다. 늦게야 얻은 막내아들의 중학교 입시는 부모님에게는 노심초사 중대 사안이 아닐 수 없었을 것이다.

1964년 2월3일이 입학시험일로 기억되는데, 나는 스스로 불합격한다고는 상상하지를 않았다. 그보다는 빨리 시험을 치고 나야 지긋지긋한 입시공부에서 벗어난다는 기대감으로 충만해 있을 때였으니까….

입시 당일에는 형님들이 총출동해서 김천중학교의 고사장 입실과 체력장 시험을 응원했던 것으로 기억된다. 체력이 약했던 나는 체력장 시험에서 과목낙제가 있었다면 합격하지 못했을 만큼 아예 점수를 받지 못했다. 당시의 경쟁률이 2.5:1정도였던 것 같은데, 아무튼 나는 360명 합격에 111등으로서, 상중하로 나눌 때 그래도 상위권으로 합격했으니 시골 학교 출신으로는 그리 나쁜 성적은 아닌 셈이었다.

아버님의 대견해 하시던 만족감과 자랑하시던 모습은 지금도 생생한 기억으로 떠오른다. 중학교에 합격을 해두고 나는 난생 처음으로 서울 구경을 하게 된다. 내가 6학년인 동안에 우리 집안에는 큰형님의 결혼식이 있었고, 오갈 데가 없던 외할머니가 우리 집으로 들어와 아래채 행랑방에서 기거하시게 된 일도 있었다.

당시 할아버지께서는 안사돈인 외할머니와 한 집에서 기거하게 된 것을 못내 못마땅하게 여기시던 모습을 보았다. 그러니 어머니의 입장이 얼마나 난감하셨을꼬? 아무튼 외할머니는 노후를 외동딸의 시집인 우리 집에서 병고로 고생하시다가 내가 중학교 1학년 어언 간에 돌아가셨다. 어려서였겠지만 나도 그때 외할머니의 존재가 그리 탐탁치 않았다. 아래채에서 관절염으로 굴신도 잘 못하시는 외할머니를 사랑할 만큼 나의 타고난 인간됨이 넉넉지 못한 때문이었으리라. 이제라 생각해보면 그 나이라 해도 어머니의 안타까움을 만분의 일이라도 헤아릴 수 있었을 터인데 말이다.

집안의 장손이던 큰형님은 병역기피로 아무 일도 할 수 없는 채 무위도식 하고 있었던 시절에 마음도 잡게 하고, 혈손도 빨리 보아야 한다며 할아버지의 강권으로 상주군 청리를 처가로 하여 결혼을 하게 된다. 지금 생각해도 큰형님은 특수한 인격과 능력의 소유자였거니와 현실과는 엄청난 부적응과 괴리가 있는 분인데, 대책 없는 결혼이 잘못되어 버린 형님의 인생을 돌려놓을 수는 없는 일이었다.

형수는 시골 벽촌 찢어지게 가난한 집안에서 겨우 초등학교를 졸업했지만 타고난 머리가 영리했고, 언변과 따지는 능력도 탁월했던 사람이다. 형님과는 나이 차이가 많았고, 가운데 누이보다도 나이가 어렸다. 집안의 장손 결혼식인 만큼 온 동네잔치를 벌였던 구식 결혼의 의식들은 내겐 신기하고 신나는 즐거움이기도 했다.

아무튼 중학교에 합격을 해놓고 입시공부로부터 해방이 된 내가 서울구경을 한다는 것은 내 생애 최고의 흥분이 아닐 수 없었다. 서울에는 금호동에 큰누이가 살고 있었고, 같은 해 김천 성의여자상고에 합격해 둔 작은 누이와 함께 그해 대학을 졸업하는 작은 형님의 인솔로 서울 나들이 가던 날은 평생 잊지 못할 것이다.

지금의 직지사 역인 시송역까지 걸어가기 위해 새벽같이 일어나 삶은 계란이며, 나들이 채비를 서둘던 일. 역마다 모두 서는 서울행 완행열차는 증기기관차였는데, 지금 기억으로 약 7~8시간이 걸려 도착한 서울역은 한마디로 휘황찬란한 천국으로 보였다.

현란한 네온사인의 불빛. 그 중에서도 다이얼 재봉틀 간판은 재봉틀이 실제로 돌아가는 것처럼 네온이 움직이며 빛나고 있었다. 지금의 마이크로버스 같은 시내버스의 차장들이 행선지를 외치는 소리들과 끝없는 자동차들의 행렬. 내가 태어나서 본 가장 충격적인 문화가 서울에 있었다.

밤늦게 도착한 금호동의 큰누님의 집. 마당이 거의 없는 가파른 경사진 언덕 위의 한옥엔 방이 세 개에 부엌 하나가 있었고, 작은 마루가 안방과 건넌방을 경계 짓고 있었다. 작은 마당에는 장독대가 놓이고 멀리 내려다 보이는 야경이 한 눈에 들어오는 그런 집이었는데, 큰누님의 집에는 자형이 일본 출장을 다녀오며 사가지고 온 흑백 TV가 있었다. 내가 TV를 처음 본 것이 그곳이었음은 말할 필요가 없다.

당시만 해도 촌사람들은 라디오에 사람이 들어앉아서 소리를 낸다고 믿었던 그런 시절이었다. 큰누이와 자형이 자는 안방에서 나랑 5살 차이가 나는 생질 영희와는 같은 방에서 묵었다.

서울에 머문 기간이 얼마였던 지는 정확하게 기억나지 않지만 그동안 내가 다니던 봉계 초등학교에서는 졸업식이 지나갔다. 그 당시 졸업식에는 사은회란 것이 있었고, 졸업생의 반 이상은 진학을 못하고 학교생활을 마감하게 되니, 의례히 졸업식장은 눈물바다가 되곤 하던 시절이다. 그러니 나는 생애 첫 졸업식에는 참석치 않은 것이 된다.

서울에서는 큰누이의 배려로 썰렁한 겨울이지만 창경원을 다녀왔고, 돌아오는 길에 자장면을 사주기도 했다. 내 생애 아마 처음 먹어본 자장면으로 기억된다. 창경원의 흰곰, 이름 모를 식물이 한데 모여 있던 처음 본 온실 속의 식물원. 모든 게 신기한 문화 속의 짧은 서울나들이는 내게 많은 것을 안겨준 셈이다.

1964년 3월 중학교 입학을 위해 길렀던 머리를 까까머리로 깎았다. 고향 시골의 이발소에서 이발기계가 긴 머리칼을 잘라낼 때는 얼마나 서럽든지 눈물을 삼킨 기억이 난다. 교복과 흰줄이 두 개인 교모를 쓰고 김천중학교 1학년 6반 42번 학생이 되었다.

나의 입학과 같이 홍익대학 서양학과를 막 졸업한 형님도 김천중·고등학교의 미술 교사로 부임을 해 와서 스승과 제자 사이가 된다. 이 사실은 나에겐 상당한 배경(?)이 되기도 했고 다른 아이들의 부러움과 시기의 대상이 되기도 했는데, 내가 고등학교 2학년, 형님이 경주공고로 전근을 갈 때까지 이어진 셈이다.

집에서 학교까지는 7km정도의 거리였는데, 달리 교통수단이 없고 갈수기 때만 놓여지는 징검다리가 있는 큰 냇가를 건너서 도보로 등하교 하는 것이 당연한 일상이었다. 누이들은 1시간 반이나 걸어야 하는 더 먼 길을 무거운 책가방을 들고 도보통학을 했는데, 그때 다리에 알통이 배겨 다리가 날씬하지 못하다는 불만을 할 정도였으니 지금의 학생들이 생각하면 정말로 팍팍하기 그지없는 등하교 길이었다.

어머니와 형수는 아버님과 형님, 누이와 나 다섯 개의 도시락을 싸야 했고, 도시락 반찬이래야 콩장이나, 장아찌 정도가 고작인 도시락 한 개를 까먹고 하교하려면 갈 길이 까마득하게 느껴지며 배도 고팠던 기억이 난다. 보리밥이라도 배불리 먹는 것 자체가 축복이라고 믿었던 시절. 도시락 밑바닥은 꽁보리밥으로 깔고, 위에만 흰 쌀밥으로 덮어서 쌀밥을 가장했던 가슴 아련한 추억이 이제는 이리도 그리울 따름이다.

시내의 잘 사는 집 급우의 도시락에 노랗게 덮인 계란부침이나, 장조림 같은 반찬에 공연히 기가 죽었던 일. 책가방에 세로로 꽂은 도시락 반찬물이 책이나, 공책으로 스며 나와 얼룩이 지기도 했고, 두 시간 수업을 마치면 이미 점심 도시락을 까먹는 학생들도 많았던 시절이다.

그래도 철따라 바뀌는 자연 속을 걸으며 신발을 벗고 건너야하는 냇가에서는 물고기도 잡고, 가을들판을 가로지르며 하교하는 길에 잡아 꿰어진 메뚜기는 고급 도시락 반찬이 되기도 했다. 피곤한 하굣길의 끝에 돌아온 집에는 할아버지 할머니, 큰 형님과 형수가 있었고, 가사일로 바쁜 어머니는 가중자반이며, 많은 식구들의 먹을거리를 만드시느라 여념이 없었지만, 그곳은 사랑이 있고, 안식이 있던 영원한 나의 집이었다.

봄이면 어머니는 뒷밭의 가중나무 순을 따서 찹쌀 풀을 쑤어 가중자반을 만들어 빨랫줄에 걸어서 말리셨다. 방과 후 배고픔에 쫀득하게 마른 가중자반을 몰래 뜯어먹던 그 맛과 향기는 지금도 잊을 수 없다.

가중자반은 보존이 용이하여 귀한 손님이 오실 때나 내는 귀중한 반찬이 된다. 그리고 또 두 벌 순까지도 고추장 단지에 박아두면 도시락반찬으로 그만인 장아찌가 되는 것이다. 그때의 추억을 담은 졸 시가 94년 6월 영남일보 시단(詩壇)에 실렸던 "가중나무 두 벌순"이라는 다음의 시다.

「 가중나무 두벌 순 」

마리아의 가슴만치

길어진 5월 한낮

구름을 따듯

가중 순을 따 모았다

뒤란 장독대의 어머니 그림자가

소금 꽃처럼 바빠만 지고

조선의 맛이랄까

두 벌 가중 순이

햇 고추장맛으로 익어갈 때쯤

나는 무심히

쌀뒤주 긁는 어머니의

한숨소리를 들었다

마당에는 여름에 보리밥을 말아서 점심으로 먹으면 더위까지 잊혀지던 시원한 물맛의 우물이 있었고, 우물가 맷돌 주변을 따라서는 봉숭아꽃이 피어났다. 워낙에 깔끔하신 성품에 집안 가꾸시는 일에 열성이던 아버님 덕분에, '수무 댁'이란 택호를 가지고 있던 우리 집은 온 동네에서도 가장 깨끗하고 아름다운 집으로 소문이 나기에 충분했었다.

사랑 텃밭 경계를 따라 아버님과 누이가 심어놓은 채송화는 봄부터 늦여름까지 그 수줍은 듯 앙증맞은 꽃이 무시로 피었다 지곤 했다. 방과 후에는 뒤 텃밭일이나 많지 않은 농사일을 거들기도 했는데, 인자하신 할머니의 사랑을 나는 듬뿍 받을 수 있었다.

학교를 마치고 오면 돋보기 안경너머로 대견하게 나를 바라보시던 인자한 할머니의 얼굴. 성정이 급하시던 할아버지에 비해 넉넉한 인품으로 주변을 이해하시던 분이셨다. 따라서 고분간도 정겨웠고, 늘 소식(小食)을 하시며 대소가의 안 어른으로 존경을 받으셨다.

설이면 할아버지, 할머니를 찾아뵙는 세배 객이 정월 내 이어졌고, 어머니는 떡국이며 설빔음식을 담아내기에 분주하셨다. 언제고 기다려지던 추석에는 저마다의 집에서 만든 음식들이 소반에 담겨 오고가는 미풍양속 속에서 나는 자랐다.

추석 다음 날은 모교에서 가을운동회가 열린다. 농경사회에서의 가을운동회는 온 마을이 축제의 마당이 된다. 운동장에는 만국기가 펄럭이고, 천막이 둘러쳐 진 국밥집에는 먹음직스러운 고깃국이 장작불 위에서 맛깔스런 색깔로 구수한 냄새를 풍겼다. 그날 저녁엔 콩쿠르대회라 불리던 노래자랑이 열렸는데, 그때쯤이면 온 마을은 축제의 클라이맥스에 다다르게 된다. 아무튼 지금의 세월보다는 사람의 냄새가 그립고 진하던 시절이었다.

적잖은 감나무가 있던 서당 골 밭이나 앞밭의 감 홍시를 따먹기 위해 낑낑대며 감나무에 오르기도 했고, 뒤란의 알 굵은 단감을 따서 배고픔 대신 먹기도 했다. 떫은 감이 떨어지면 소금물에 담갔다가 침이 빠진 후에 먹으면 맛있는 간식이 된다.

절대빈곤의 시절이었지만 가난해도 살 길은 배움 뿐이라는 생각에 소 팔고, 논 팔아가며 자식들을 학교 보내던 시절. 아침 등굣길에는 교복과 교모를 입은 남녀 학생들의 등교행렬은 장관이었다. 지금의 교복에는 비할 수 없을 만큼 조잡한 단벌 교복이었지만, 늘 단정하게 명찰이며 뱃지, 교모 등을 갖추지 않으면 규율 부원에게 적발되어 혹독한 벌을 감수해야 한다. 학교생활도 일제의 잔재와 군사문화가 범람하던 교정과 교실은 군대생활과 다를 바 없는 절도와 규율을 강요하던 때였다.

넉넉한 집안의 자식은 자전거를 가지고 통학을 했는데, 그것이 그토록 부러웠었다. 나는 생래적으로 체력이 약해서 잔병치레를 많이 했고, 심성도 강하지 못해 학업에도 정려하지 못하고 학업성적은 중간으로 떨어지고 있었다. 신장은 중간 이상이었으나, 체육시간에는 늘 열외를 차지하기 일쑤였다. 그렇다고 미술이나 음악, 작문 같은 예능에 소질이 있는 것도 아니어서 어머니께서는 늘 우리 아이들은 어찌 특재가 하나도 없냐고 탄식하곤 하셨다.

학교폭력이 있는 건 아니었지만 그 당시 학생들은 선생님에게 두들겨 맞는 것은 항상 있는 일이었으나 나는 형님이 선생님으로 같은 학교에 근무를 해서인지 선생님들로부터 많은 '사(私)'를 솔직히 받은 셈이다. 축구가 유난히 강했던 학교의 선배들이 방과 후 하는 경기나, 기계체조, 유도 등을 보면서 막연히 부러움만 가졌던 심약하고 유약했던 나는 지금 생각해도 꿈도, 의지도 없는 그저 어린 중학생이었을 뿐이었다.

시험 치는 기간에는 시험성적보다는 그냥 빨리 시험이 끝났으면 했고, 보리냄새 짙은 6월의 들판을 지겹게 걸어가야 하는 등하굣길에서는 빨리 여름방학이 되기만을 기다리곤 했다. 형님과 누이 둘 그리고 나 이렇게 넷이나 장거리 통학을 한다는 것이 여러모로 어렵다는 어머니의 판단 아래, 중학교 시절 봄 언제쯤인가 김천시 평화동 어느 주택의 방 한 칸을 월세로 얻어 어머니와 형, 누이랑 내가 자취살림을 산 적이 있었다.

장거리 통학 길을 걸어 다녀야 하는 자식들의 노고의 배려를 위한 것이었는데, 아버지께서는 봉계서 출퇴근 하시면서 한 번씩 들려 가시곤 하였던 기억이 난다. 그 생활은 그리 오래 이어지지 못했는데, 그 시절 시내생활을 하면서 김천중학교 동급생인 이웃집에 살던 김영식이와 자전거 타는 법을 배우기도 했다.

그때 짐을 싣던 그 자전거가 누구의 것이었는지는 기억이 나지 않는데, 자전거가 얼마나 귀했던 시절인가? 친구보다 훨씬 빨리 자전거를 타는 법을 익혔던 우쭐함과 지나가는 자전거만 보면 한없이 타보고 싶던 추억이 이리도 아련히 떠오른다. 어른의 키에 맞는 자전거라 다리가 페달에 닿지 않으면 체인 사이로 다리를 넣어 타는 것이다.

인생살이 자체가 자전거 타기와 같은 것이 아닐까? 세 발 자전거에서 두 바퀴 달린 자전거로, 내가 모르는 사이에도 나를 둘러싼 세월의 수레바퀴는 쉼 없이 굴러가고 있었음을 그때는 알 수도, 알 일도 없는 것이었으리라.

어떤 사정으로 짧은 시내에서의 자취생활을 끝냈는지는 알 수 없지만 다시 봉계로 들어가 통학하는 생활이 계속되었다. 그러던 중 정확한 시기는 기억나지 않으나, 아버님께서 폐결핵으로 그 당시 김천도립병원에 입원하시는 일이 터지고 말았다. 모든 것이 가난하고 어려웠던 시절, 결핵과 전염병은 만연했고, 결핵으로 목숨을 잃는 사람이 부지 기수로 많았던 때이기도 하다.

지금 생각하면 병원이랄 수도 없는 열악한 입원실 바로 옆에는 벼가 한창인 논이 이어지고 있었고, 그곳에서 어머니가 아버님의 병간호를 하고 계셨는데, 한때 위험한 고비도 맞을 만큼 아버지의 병세는 위중했던 것 같다. 한참의 입원으로 다행히 급한 고비를 넘기고 퇴원을 하여 집에서 요양을 하실 수 있었지만 객담, 각혈, 파스, 나이드라지드 같은 용어는 나의 의식의 깊은 곳에 각인된 단어가 된다.

많이도 여위신 아버님은 아마 휴직을 하셨을 것이다. 그때 병원비 충당을 위해 그리 많지 않던 우리 집의 전답 일부를 급히 매도한 것으로 알고 있는데, 그러던 이듬해, 아버님께서 포항중학교로 발령이 나서 온 집안이 술렁인 적이 있었다. 성치 못하신 몸으로 그 당시 김천서부터 몇 시간을 가야하는 포항으로 전근을 가야한다는 것은 가장이신 아버님을 많은 시험에 들게 한 것이리라.

결국 부모님 두 분이 포항으로 살림을 가시고, 집안 가사는 큰형수가 맡는 것으로 결론이 났다. 그때 할아버지께서는 든든한 큰며느리가 멀리 떠난다는 것에 많은 서운함을 가지셨던 걸로 기억이 난다.

내가 중학교 2학년 1학기 때, 나라는 온통 한일회담 반대 운동으로 정국이 시끄러웠고, 대학생들의 과격시위는 연일 이어졌다. 하루는 여느 날과 마찬가지로 가방을 들고 다른 아이들과 학교에 도착했는데, 교문이 닫힌 채로 무기한 휴교를 하니 집으로 가라는 안내문이 붙어있었다. 그때 아마 우리들은 환호를 질렀을 것이다.

먼 거리를 걸어서 그 당시 아이들 사이에는 고생보따리라 불리던 무거운 가방을 들고 다녀야 하는 학교를 쉰다는 것은 우리들에겐 환상이었다. 그렇잖아도 다가오는 여름방학이면 부모님이 계시는 포항 나들이를 한다는 사실까지 더하여 내 어린 가슴은 최고조로 달아오르기에 충분했다.

드디어 여름방학이 되어 형님의 인솔로 작은 누이와 나는 그리던 부모님이 계시는 포항행에 오른다. 하복 교복에 풀을 먹여 숯을 넣은 다리미로 빳빳하게 다린 교복과 교모를 착용하고 아침 일찍 집을 떠났는데, 김천서 대구까지는 완행열차라 불리던 역마다 가고서는 기차를 이용했다.

대구는 큰 누님이 대봉동 어딘가에 살았었기 때문에 초등학교 때에도 어머니를 따라 몇 차례 다녀가긴 했지만, 엄청난 대도시로만 여겨지던 곳에 발을 딛는다는 것에는 설레면서도 촌 병아리처럼 위축을 느끼기도 했던 것이다. 엄청나게 많은 차량과 소음, 역 광장의 방송국 건물과 상공회의소로 기억나는 붉은 벽돌건물은 신기하기만 했다.

그 당시에는 대구역 건너편에서 포항으로 가는 관광버스가 출발했는데, 가까운 곳에서 형님이 누이와 내게 자장면으로 점심을 사 주었는데, 내 생애 두 번째로 먹어본 자장면이다. 포항까지 가는 길은 당연한 비포장도로를 버스로 4시간여 정도를 달린 것으로 생각된다. 털털거리는 버스에서 누이는 심한 멀미를 했고, 나는 새로운 환경과 세상에 대한 호기심으로 신나는 여행의 시간들이 흐른 것 같다.

날씨는 더웠고 비포장도로의 차창 밖으로부터 먼지가 날아들었지만 그런 것은 아랑곳 할 것이 못 되었다. 포항 도착은 오후 늦은 시각. 버스정류장에서 부모님이 사시는 학산동까지는 택시를 탔다. 택시는 고동색의 세단 택시였는데, 그렇게 멋지게 보인 그 택시가 내 평생 처음 타보는 택시가 된 셈이다.

형님이 앞좌석에서 "학산!"이라고 했고, 요금은 얼마였는지는 모르겠다. 도심을 조금만 벗어나자 시내 길도 비포장도로로 변한다. 부모님이 세 들어 사시던 학산동 산 중턱의 단칸방은 초가집이었고, 큰방에는 주인 노부부가 살고 있었다. 그 집에서는 멀리 영일만의 바다가 한눈에 들어왔는데, 내가 처음 본 바다는 한마디로 충격이었다. 이제껏 그렇게 막힘없는 넓은 공간은 처음이었기 때문이다.

그래서 아버지께 여쭤보았던 일성이 "저게 바답니까!?"였고, 아버지께서는 "음. 그럼 저곳이 바다지."라고 말씀하셨다. 그렇게 내 인생의 바다는 막연한 동경과 그리움의 언어로 가슴에 저장된다. 신혼 기분 같으셨을 부모님의 방에는 높이가 1미터나 됨직한 두 개의 스피커가 달린 당시로는 희귀한 4채널 스테레오 전축이 있었고, 이미자의 동백아가씨 같은 LP 레코드판들이 있었다.

아무튼 흥분되리만치 즐겁고 신나는 날이 아닐 수 없었다. 아버지께서는 나를 데리고 이발관에 가셔서는 특별히 예쁘게 깎아줄 것을 당부하셨고, 내게 필요한 신변잡화도 사주셨다. 무엇보다 저녁에는 흰쌀밥에 밥이 절로 넘어갈 반찬을 어머니는 장만하셨고, 아버지께서 제일 좋아하셨던 가수 이미자의 '동백아가씨'와 '울어라 열풍아' 등의 노래를 꽝꽝 울리는 전축소리에 따라 흥얼대며 따라 부르기도 하던 신나는 날이 이어졌다.

집에서 얼마 떨어지지 않은 북부해안에 가면 무시로 밀려오는 푸른 파도를 볼 수 있었고, 울릉도로 떠나는 청룡호 선착장에서 섬과 뭍을 오가는 사람과 쌍 고동을 울리면서 물위를 미끄러져 가는 산더미만한 여객선을 볼 수 있다는 것은 내겐 무한한 동경심을 자아내게 하는 설렘이기도 했다.

그때만 해도 오염되지 않은 바다는 내항까지도 그 바닥이 훤하게 비치었고, 크고 작은 고깃배에서는 생선들이 쏟아져 내렸다. 갈매기들이 짖어대는 해조곡, 어린 나의 후각에도 강하게 와 닿던 비릿한 갯내음의 추억들은 지금껏 내가 바다를 그리워하는 동기로 작용한 것 같다.

그러나 무엇보다 나를 들뜨고 신나게 한 것은 아버지를 따라나선 송도의 해수욕 나들이였다. 끝없이 펼쳐진 수평선과 모래사장의 수많은 사람들. 아버지를 따라 난생 처음 바닷물에 몸을 담갔던 나는 잘못 들여 마신 바닷물의 짠 맛에 콜록 이며 진저리를 쳤던 기억이 새롭다.

송도해수욕장에는 바다 밑 모래를 발로 헤집다보면 발에 뭔가 닿는 감촉이 있는데 그것이 바로 살아있는 조개다. 트위스트를 추듯 조개를 잡던 추억. 나의 전 생애에 그토록 아름답고 행복한 순간은 그리 길지 않은 포항에서의 중학생시절 이어진 세 번의 방학이 전부가 아닌가 하는 생각이 든다.

어느 날은 저녁을 먹고 부모님을 따라 집에서 그리 멀지 않은 대신극장에서 영화를 보았다. 극장이래야 의자는 나무벤치에 조잡한 흑백 스크린에는 빗물이 흘러내리는 듯한 열악한 시설이었지만, 당연히 TV도 없던 시절의 영화구경은 숨이 멎을 만치 신나는 일이 아닐 수 없었다. 주로 최무룡, 김지미 등의 배우가 출연했던 것 같고, 최은희가 주연한 "민며느리"란 영화는 지금도 그 스토리가 선명하게 떠오른다.

시골 고향에도 가끔 가설극장이라는 이동 영화상영관이 들어왔었다. 큰 냇가 공터나, 동네의 빈 공터에 영사기가 설치되고, 확성기에서는 그날 밤에 상영할 영화를 소개하는 무성 영화시대의 변사 같은 달변가의 홍보방송이 이어지면 모든 향리의 사람들의 마음은 들뜨고 마을은 축제의 분위기로 바뀐다. 돈이 없으면 곡식이나 농산물 등을 주고도 입장할 수 있었던 것 같은데, 스크린의 질은 아주 조잡했던 것 같다. 가마니를 깔고 보던 그런 가설극장에 비해 부모님과 같이 보는 영화, 그에 더하여 극장을 나와서는 팥 빙설을 사 주시는 때에는 나는 호흡이 멈출 듯 감격할 수밖에 없었다.

이렇게 추억으로만 반추할 수밖에 없는 그 시절의 아름다웠던 순간들은 글로써 모두 표현하기는 어렵다. 순박했던 바닷가 소도시의 인심 좋은 이웃집 사람들과 싱싱한 해산물을 가져다주던 분들. 어디선지도 모르게 바람에 실려와 코끝에 머물던 갯내음의 비린 추억이며, 나에게 장기를 가르쳐주시던 주인집 할아버지 같은 분은 평생에 잊지 못할 얼굴 중의 한 분이다.

어머니와 함께 시장을 보러갔던, 어마어마하게 크다고만 느껴지던 포항의 죽도시장의 나들이길, 이른 아침 아버지와 함께 올랐던 집 뒷산에서 바라본 영일만의 풍경을 내 어찌 잊을 수 있을 것인가? 단칸방이었지만 서울에 사는 큰누이와 자형이 생질인 영희와 홍진이를 데리고 여름휴가를 내려왔던 그 집을 몇 해 전 출장길에 들려본 일이 있다.

주인 할아버지 내외분이야 이미 이 세상 사람이 아닐 터. 포항의 급속한 변화와 발전의 영향으로 길이며 집들은 많이도 바뀌었지만, 그 집은 아직 모습만 바뀐 채 그 자리에 있음을 찾을 수 있었다.

길지 않은 꿈같은 시간의 방학이 끝나갈 즈음, 떼어지지 않는 발길을 김천으로 향하던 날은 아버님께서는 포항의 버스정류장에서 누이와 나를 전송해 주셨다. 어린 가슴도 무너지는 듯, 떠나오는 내내 속으로 울었던 기억이 난다. 부모님의 사랑과 또 떨어져 팍팍한 생활이 기다리는 집으로 돌아가야 한다는 것은 아픔이었다.

세상의 어느 부모가 자식을 사랑하지 않겠는가만 나의 아버님은 자식 사랑에 유별함이 있었다는 말을 집안 어른으로부터 자주 들었다.

나는 태어나기 전의 일이지만 둘째 형님이 전염병과 이질로 인한 고열로 위중한 고비에, 당신의 품안에 밤새 안고 당신의 혀로 항문을 핥아 형님을 살리셨다는 말을 들었다. 나 자신의 지난 삶을 반추해 볼 때 그 지극했던 아버님의 자식 사랑을 어찌 흉내라도 낼 수 있었겠는가?

집으로 돌아와 일상의 생활이 이어진 날들 속에서도 나는 포항에서의 행복했던 짧은 방학을 추억하며 또 하루하루가 흐르는 중학생활을 보낸다. 도시락 넣은 무거운 책가방을 들고, 신발 벗고 냇가를 건너 철 따라 바뀌는 자연 속을 걸어서 학교와 집을 오가는 날들이었다.

고구마와 밤을 삶아 애플사이다 한 병을 넣었던 즐겁기만 한 봄 가을의 소풍 길, 먼 곳까지 걸으면서 심신을 단련한다는 뜻의 원족(遠足)이란 용어로 더 익숙하던 소풍날의 전날은 여전히 설레곤 했다.

중학교 3학년 가을 소풍은 버스를 대절, 속리산 법주사엘 다녀왔다. 장시간 버스를 타 본 학생들이 거의 없던 시절이기 때문에 속리산의 말티고개를 돌아가는 버스 안에서는 대부분의 녀석들이 차멀미를 했다. 사진기가 희귀한 귀중품이었기 때문에 제 삼촌의 사진기를 가지고 온 친구에게 어렵게 부탁하여, 비싼 사진 값을 지불하고 찍은 사진이 아래의 흑백사진이다.

중학교 3학년 때 속리산 가을소풍

운동장 둘레를 따라 빽빽이 들어선 국밥집의 천막이 들어서고, 시민 대운동회가 열리는 가을날의 하루는 무엇보다 수업이 없는 하루라는 사실이 즐겁긴 했지만 지정된 위치에서 응원을 해야 하는 수고스러움도 따랐다. 본부석이나 교무실에 있는 형님을 찾아가면 국밥집 식권을 한 장 얻을 수 있었다. 지금의 아이들이야 그저 먹어라 해도 안 먹을 멀건 소고기 국밥이었지만, 얼마나 맛이 있었던가?

중학교 2학년 10월에는 서울과 강화도로 2박3일 수학여행을 갔었다. 김천역에서 야간 완행열차로 출발을 했는데, 아마 작은 형님과 누이가 전송했던 걸로 기억난다. 그때는 서울 구경을 못하고 세상을 떠나는 사람이 많았으니, 서울을 가 본 학생과 못 가 본 학생으로 그룹이 나눠질 만도 했다.

대부분의 학생이 서울 첫나들이에 대해서 흥분하고 있었고, 나는 중학교 입학 전 서울 나들이 경험이 있던 터라 제법 선구자 같은 늠름함도 있었다. 300여명의 학생이 열차 한 량에 태워졌으니 아비규환 같은 상황이 펼쳐졌고, 아이들끼리 서로 포개거나, 재빠른 녀석은 짐 놓는 선반위에 올라가 누워 있는 놈도 있었다.

그래도 들뜬 마음들을 태운 야간열차는 밤을 새워 달려서 아침에야 서울역에 우리들을 내려놓는다. 교복과 교모에 촌닭처럼 늘어선 녀석들은 공연히 주눅이 들었다. 그날은 아마도 창경원과 덕수궁 등을 관람했던 것 같은데, 덕수궁의 석조전 건물이 웅장하고 아름답게 느껴졌다.

방송국이던가, 정확히 어딘지는 모르겠으나 카메라 모니터를 통하여 브라운관에 자신들의 모습이 비치는 곳에서는 단체로 놀란 나머지 모두들 아무 말도 하지 못한 기억이 새롭다. 여관방에서도 방 하나에 수 십 명이 포개어 잠을 자야하는 상황이었는데, 여관의 다이얼 전화로 당시 '한국생산성본부'에 근무하던 큰 자형과 통화가 이루어졌다.

그래서 퇴근하면서 여관으로 자형이 나를 데리러 왔고, 선생님에게 허락을 얻어 자형을 따라 금호동 누이의 집에서 하룻밤을 잘 수 있었다. 밤에 불쑥 찾아온 나를 누이는 무척 놀라워했고 반가워했다.

다음 날 자형의 회사 지프차를 타고 다시 합류한 우리들은 기차로 인천을 향했고, 그곳에서 관광버스로 갈아탔다. 강화도로 들어가는 배에 버스가 실리는 것이 신기했고, 강화도의 선착장에 닿아 경사진 오르막을 낡은 관광버스가 오르지 못해 몇 차례 탄력을 받는 시도 끝에 올랐던 기억이 또렷하다.

전등사와 인삼밭, 썰물이 빠지고 없는 서해바다의 갯벌은 내가 보았던 포항의 바다와는 전혀 다른 또 다른 모습의 바다였었다. 나와 같은 여관방을 썼던 김종훈은 받아온 용돈으로 장난감 총을 샀는데, 그 총은 유리나 거울 같은 데에 쏘면 총알의 앞부분이 고무로 되어 있어 목표점에 탁 달라붙는 신기한 총이었는데, 고맙게도 내게도 쏘아보라고 빌려주었었다.

김종훈은 후일 경대의대를 졸업하고, 대구에서 이비인후과를 개원하여, 나와 친하게 지나게 된다. 전문의 병원장으로 이 시대 성공한 인생을 살아온 그가 최근 심한 우울증 끝에 자살을 선택하고 만다. 경제적으로도 넉넉한 부를 쌓았고, 사회적으로도 인정받던 친구가 스스로 선택한 죽음이라니…. 꼭 그 길밖에는 없었나 하는 의문이 지금도 가시지 않지만 그 친구가 그 길을 선택할 동안까지의 고통은 어느 누구도 이해할 수 없는 극심한 것이었으리라.

김천의 농소면 친구의 선산(先山) 장지에는 추운 겨울날씨에도 아랑곳없이 친구는 영정 속에서 아직도 환하게 웃고 있었다. 그의 봉분을 밟아주며, 잠시 중학교 적의 수학여행 추억을 쓸쓸히 떠올렸던 것도 자연스런 의식의 흐름이었을 것이다.

짧은 수학여행 일정을 뒤로 하고 일상으로 돌아온 우리들에게는 한동안 여행의 추억담을 나누는 일이 당연한 화제였으니 지금의 학생들과는 한참 먼 격세의 시대를 살아온 셈이다. 그 당시에 통학용 자전거를 가진 학생은 부러움의 대상이었다. 지금의 자가용 정도라고나 할까. 지치고 먼 통학 길을 걸어가는 학생들을 제치고, 바람을 가르며 앞을 향해 지나가는 자전거는 그야말로 갖고 싶은 환상의 꿈같은 것이었다. 때론 마음 좋은 선배가 자신의 자전거에 태워주는 경우도 있었지만 걸어서 한 시간여가 족히 걸리는 통학 길은 만만한 길이 아니었다.

고등학교에 다니던 같은 동네의 선배들은 이미 이성에 눈을 뜬 여드름 벅벅 난 제법 굵은 머리통들인지라, 위로 누이 둘이 있는 나는 그들에게는 잘 대해둘 필요가 있는 존재가 되기도 하였으리라. 남녀 학생의 이성교제 자체가 허용되지 않던 시절이었고, 봉건적 풍습이 절대적 미덕이던 집성촌이었지만, 이성을 향한 설렘은 나의 누이를 보러 담 밖을 기웃거리는 선배들에게서 번뜩이곤 했다.

아무튼 나는 중학교 3학년 봄에 들어 자전거를 가지게 된다. 형님의 배려였다. 잦은 펑크와 고장으로 어린 가슴을 멍들게 한 중고 자전거였지만, 생애 최초 자가용이 생겼다는 흥분으로 빨리 아침이 되어 자전거를 타고 학교를 가고 싶은 마음에 잠도 잘 오지 않을 지경이었으니, 지금의 학생들이 생각하면 격세지감을 느낄 일이 아닌가.

아마 그때의 내 중고 자전거의 값이 정확하진 않지만 형님이 1,500원을 주고 사준 것으로 기억하고 있다. 자전거를 타고부터는 통학의 양상이 많이 달라졌지만, 걸어서 하학하던 때는 같은 동네에 사는 동급생들과 주로 어울려 걸으며, 가을엔 메뚜기를 잡거나, 수확이 끝난 들판에서 이삭을 줍기도 하고, 아이들은 들쥐들의 굴속에 손을 넣어 쥐들이 겨울양식으로 비축해둔 땅콩 같은 걸 꺼내어 먹으며 하굣길을 늦추기도 했다.

날씨가 추워지면 발이 시려 냇물을 건널 수 없기 때문에 같이 통학하는 김천 중·고등학교의 선후배가 늦가을의 토요일 오후 하루에 징검다리를 놓는 작업을 한다: 가마니 부담이나, 노력분담 같은 각자에게 분담된 일을 늦도록 하는 것인데, 가마니에 큰 돌과 모래 등을 넣어 징검다리 부대를 만들면 갈수기 겨울 내내 편히 건너다닐 수 있는 훌륭한 다리가 되는 것이다.

감나무의 감이 빨갛게 익어가고 뒷밭에는 콩이나 조 같은 작물이 누렇게 익고 있었다. 학교에 갔다 오면 그 밭에 내려앉는 새를 쫓기도 하고, 종일토록 증손자를 보시느라 지친 할머니의 손에서 장조카인 '연상' 이를 넘겨받아 업어주거나 유모차에 태우고 다니기도 했다. 동생도 없던 내게 어린 조카는 귀엽기도 했지만, 종갓집 살림에 바쁜 형수를 대신하여, 할머니와 내가 조카 양육의 일정부분을 담당했던 셈이다.

할아버지와 할머니의 증손자에 대한 애정은 정말로 극진한 것이어서 아이가 조금만 아프면 손수 이십 리 김천 길을 걸어가셔서 약을 지어 오시곤 했다. 그 맹목적이라고밖에 할 수 없는 극진한 사랑은 여느 세상에서도 찾아볼 수 없는 눈물겨운 것이 아니었나 하는 생각이 든다.

할머니는 깔끔하신 성정에 인품이 너그럽고 사리가 분명하셨던 반면, 할아버지는 그와는 반대였고, 성정이 급하셔서 두 분이 자주 의견 충돌로 다투는 걸 보았다. 남성 위주의 권위주의 시대에 몰락한 반가의 위신을 지키시느라 할아버지는 무척 애 써신 것 같다. 가문과 종손에 대한 집착과 조상에 대한 극진한 제사의식 같은 집안의 인프라는, 모르는 사이에 나를 보수적이고, 봉건적인 인격을 형성하는데 역할을 하지 않았나 하는 생각이다.

물론 그러한 환경은 내게 출세 지향적이어야 하며, 현실타협이 시대의 덕목으로 자리 잡은 사회생활에서 나 스스로를 힘들게 한 요인이 되기도 하였고, 반상(班常)을 가리는 시대의 동떨어진 고루한 사고방식으로, 결혼생활이 실패하는 원인의 일부분이 되기도 하였으리라 생각되어진다.

요즘과 달리 교통이 불편했던 포항에서 부모님은 추석 때나 집안의 중대사에 한두 번을 다녀가실 뿐이었고, 조부모님은 계셨지만 어머니, 아버지가 안 계시는 집은 나에겐 그리 따뜻한 보금자리는 되질 못했다. 내 생각은 온통 빨리 겨울방학이 되어 포항으로 가는 날만을 기다리는 것에 모아졌다. 기다리던 겨울방학이 되어 다시 아버지와 어머니가 계시는 포항으로 갔다.

그 당시 지금 경기도 광주에 사는 둘째 누이는 김천 성의여상고를 졸업하고 아버지의 주선으로 포항교육청에 임시 교직원으로 근무를 했던 걸로 알고 있다. 아버님께서는 여러 남매를 모두 다 아끼고 사랑하셨지만, 특히 둘째 누이의 심성이 강건하고, 성격이 좋다며 부잣집 맏며느리감이라고 늘 자랑하곤 하셨다. 그 누이가 첫 월급을 받아 아버님 보신하시라며 한우사골을 사 드렸는데, 아버님께서 온 동네에 두고두고 자랑을 하셨던 기억이 난다.

겨울이라 여름처럼 많은 추억거리를 경험한 것은 아니지만 부모님과 같이 보내는 생활은 따뜻했다. 아침 식전 아버님과 함께 뒷산에 올라 영일만의 눈부신 아침햇살을 맞이하기도 했고, 인심 좋은 아버님 직장 직원들과 이웃 사람들이 가져오는 싱싱한 해산물 먹을거리 등을 먹는 즐거움도 빠뜨릴 수 없는 것이었다.

여전히 아버님의 전축에서는 이미자의 황포돛대와 제목을 알 수 없는 경음악이 흘러나왔고, 가끔은 연탄난방 탓에 가벼운 중독 같은 두통이 있어 아버지께서 약을 사 오신 날도 있었다. 이렇게 나의 중학교 시절은 2/3가 지나고, 고등학교 입시에 올인 해야 하는 3학년이 기다리고 있었다.

나의 포항 방문은 3학년 여름방학까지 이어지지만 아마도 이 때가 나에겐 그리움과 설렘이 가장 많이 무르익었던 아름다운 청소년 시절이 아니었나 하는 생각이 든다. 중학교 3학년이 되자 집안에는 많은 변화가 찾아오게 된다.

고향집에는 여전히 조부모님과 별다른 직업이 없는 큰형님 내외, 순경시험을 합격하고 경찰관이 되어 강원도 화천 경찰서의 임지로 떠나간, 가운데 형님의 빈자리를 작은형님과 나, 바로 위의 누이가 차지하고 있었다.

그해 여름방학도 포항에서 보냈는데, 그때 작은 형님은 김천고등학교의 선배 선생님으로부터 소개받은 지금의 형수를 포항 부모님께 소개 시키러 온다. 결혼을 하지 못한 바로 위의 형님이 있어 역혼에 해당하긴 했지만 그보다 아버지께서는 나의 형수가 될 집안의 혼반이 우리 집안과는 혼인할 수 있는 가문이 아니라며 극구 반대를 하셨다.

그러나 예나 지금이나 자식을 이기는 부모가 없듯이, 그해 가을 형님은 김천문화센터에서 결혼식을 올리게 된다. 형수님의 동생 중에는 나와 김천 중·고등학교 동기인 김봉한이가 있었고, 결혼식장에서 우리가 교복을 입고 찍은 사진에는 두루마기 한복의 할아버지와 종조부의 모습이 있어 지금의 시대에서 보면 이채롭기만 하다.

셋째 형님의 결혼식. 할아버지를 비롯 우리 가족이 가장 많이 나온 사진이다.

그즈음 집안에는 할머니께서 중환중이셨고, 할머니는 형님의 결혼식에 참석지 못하셨다. 그때는 몰랐지만 할머니는 자궁암 말기로 회복이 불가능한 상태였는데, 그해 초겨울 할머니는 세상을 떠나신다. 형님의 결혼식이 있던 날, 우리 4형제가 식장으로 가는 뒷모습이 그리 든든하더라고 말씀하신 기억이 난다.

그렇게 정갈하고 나에게 인자하시던 할머니는 임종을 맞으시면서까지 당신의 사후 초상을 간단히 치룰 것과 집안의 담담한 대처를 당부하셨다. 집에는 성주에 사는 고모가 와 계셨고, 아버지는 할머니의 간호를 위해 그 먼 포항에서 수시로 다녀가셨다. 당시의 의료여건 속에서 특별한 치료법은 없었지만 할머니께서는 집에서만 투병을 하시다가 음력 10월 15일 늦은 밤 시간에 돌아가셨다.

나는 평소처럼 사랑방에서 할아버지와 집에 와 있던 셋째 형님과 같이 잠이 들었다가, 큰방에서 고모와 어머니의 곡소리를 듣고 잠이 깨어 큰방으로 건너가 슬피 울었던 기억이 난다. 내 생애 첫 주검을 맞이한 것이다. 할머니의 시신은 그저 평소처럼 주무시는 것으로만 내게 비춰졌지만, 온기도 표정도 없는 할머니에게서 표현할 수 없는 슬픔이 복받쳐 올랐던 기억은 세월을 초월하여 뇌리에 저장된다.

아버님께서는 그렇게 자주 할머니의 간호를 위해 내왕을 하셨지만 결국은 임종을 지키지 못하시고, 연락을 받고 오셔서는 임종을 못한 것에 심한 자책과 비통해 하시는 걸 보았다. 작은아버지와 대소가의 친지가 모이고, 나는 할머니의 시신을 염습하는 전 과정을 지켜보았다. 몸을 닦고, 솜으로 귀를 막은 뒤 입안엔 쌀과 노잣돈을 넣고 수의를 입힌 후 관 뚜껑을 닫을 때는 할아버지를 비롯하여 모두의 통곡이 이어졌다.

대소가의 친인척과 인근 동리의 문상객이며, 상청의 일손을 도우는 사람들의 발길이 끊임없이 이어졌다. 평소 할머니는 대소가의 안어른으로 존경을 받았고, 종손인 아버지께서 교육계에 봉직을 해 오신데다 형님은 김천고등학교의 교사였으며, 당시만 해도 가세가 그리 많이 기울지 않았던 집안형편이고 보면, 고향 동네에서는 전례가 없을 만치 상청의 상문객이 많았던 것도 우연은 아니었으리라.

통상 3일장의 관례를 떠나 출상의 좋은 날을 택일하신 할아버지의 뜻을 따라 초상은 4일장으로 하였는데, 3일장을 하게 되면 그날이 바로 발인의 날로 금기시 하는 중상일(重喪日)이기 때문에 불가하다고 고집하시던 기억이 난다. 민간에서는 중상일에 초상을 치루면 초상이 중복되어 일어난다는 속설 때문이란 걸 나중에 알았지만 미신 운운을 떠나 그만큼 할아버지는 집안의 큰 어른이라 거역할 수 없는 때문이었으리라.

출상 당일은 갑작스럽게 날씨가 엄청나게 추워지는 바람에 할아버지와 종조부, 나와 사촌 같은 어린아이들은 가깝잖은 거리의 대항면 정골에 있는 선산의 장지에는 따라가지 못했다. 울긋불긋 꽃장식이 달린 상여를 향해 오랜 세월 기거하시던 안방을 뒤로 하고, 작은 관 하나로 바뀐 할머니의 전 생애가 떠나갈 때는 온 집안은 통곡의 바다가 되었다. 상두꾼의 서글픈 초혼과 요령소리에 따라 삶은 그렇게 떠나가는 것이라고 나는 막연히 생각했다.

할머니의 운명(殞命)은 어린 시절 친구 현수의 죽음 이후 내가 겪은 생애 최초의 주검이라는 의미 외에도 내게 늘 인자하고 따뜻하게 대해 주시던 푸근한 의지처를 잃은 상실의 아픔으로 더 크게 다가왔던 것이다.

「무우」

조선의 한(恨) 만큼은 아니더라도
긴 겨울밤 먹거리 없던 시절을
놋숟가락으로 무를 긁던
할머니의 세대를 보낸 우리들은
맺힌 것이 있을 수 있다

밤이면 일어서든 파리한 등불 밑으로
뒤란 장독대에 내린 눈이
하얀 양심을 디밀던
조선무우 맛 같은
시원한 날들이 있었다는 거다

무로 쌀을 재어
종가집 많은 식구 축축한 밥을 앉히며
구리비녀 정답던 할머니와 어머니는
큰 정지 솥전 닦던 젖은 손이 마르기도 컨에
조선의 여인처럼 차례로 시대를 떠나고

추운 겨울밤이 더욱 배고프던 바람소리에
문풍지 떨리는 호롱불 아래서도
시집갈 누이의 이목구비는 선명하기만 했다

우리들 돌아갈 곳 없는 이야기

설화(說話)의 국물이 마른 오늘의 무우에서
나는 메마른 절망의 소리를 듣는다

흙내음 없는 무를 씹으며
아메바 같은 정신이 된
오늘의 우리들은
정녕 맺힌 것이 있을 수 있다

그렇게 나의 중학생활 3년도 지나고 이듬해 봄 나는 김천고등학교에 입학을 한다. 중학교 3년을 다니던 교정이고 같은 학교공간이고 보면 고등학생이 되었다고 크게 바뀌는 환경은 없었다. 다만 교모의 뱃지가 학교의 상징인 송설마크 위에 한자로 '中'자 대신 '高'자로 바뀌고, 교과목이 중학교 때와는 생소한 타이틀로 바뀌어 있었다.

중학교 시절　　　　　고교시절

아버님께서도 김천농림고등학교로 발령이 나서 포항생활을 정리하시고 다시 우리 집은 예전과 같은 생활이 전개되기에 이른다. 예나 지금이나 대학을 가기 위해서는 고등학교 3년 전 과정은 입시교육으로 이뤄진다. 김천의 사학명문이라는 김천고등학교는 유달리 입시 경쟁의식이 강해서 고등학교 전 학년 과정은 입시를 위한 혹독한 교육이 진행되었다.

나는 선천적 소양이 수학은 죽어도 못하는 바람에 자연히 학교성적
은 물론, 대학입시에는 결정적으로 불리한 입장이 되어 있었다. 중학
교에서 보다 고등학교의 수학은 더욱 나를 공황상태로 몰고 갔고 따라
서 학교성적은 하위권으로 내몰리고 있었다. 그렇다고 그 당시 농땡이
라 불리며, 학생들의 위에 힘과 세(勢)로 군림하던, 한마디로 잘나가던
그룹도 아니었고, 그렇다고 공부를 잘하는 모범생의 축에도 못 드는
유약하고 어정쩡한 하위그룹일 뿐이었다.

학생들 사이에서 매겨지는 서열에는 두 가지 기준이 있었으니, 하
나는 공부를 잘하여 서울대, 연고대 등을 갈 수 있는, 학교를 빛 낼 수
있는 모범생의 우수 그룹이고, 다른 하나는 힘과 주먹 또는 특기가 있
어 학생들에게 인기가 있는 그룹의 서열이었다.

고등학교 1학년 때만 해도 덩치 큰 학생들은 나와는 비교도 되지 않
을 만큼 어깨가 벌어지고 콧수염까지 자라난 터라, 나의 내성적이고
연약한 체질은 또래 녀석들에게 놀림감이 되기 일쑤였다. 조숙한 학생
중에는 모 여고생과의 연애담이나, 심지어는 그때 이미 사창가의 경험
을 전하는 녀석도 있었지만 나는 그들의 무용담(?)이 영원한 남의 이
야기로 들려지기만 했다.

타고난 약체에 무엇 하나 잘 하는 것이 없던 내가 대오각성하고 도
전한 것이 있었으니 그것은 내가 유도부에 들어간 일이었다. 당시 학
교에서는 체육시간 외에 학생들의 체위 향상을 위해서 일주일에 두 시
간의 유도 과목을 두고 있었지만, 나의 생각은 무술의 유단자가 되어
나를 여자 같다고 놀리는 놈들을 일격에 집어던지겠다는 환상의 꿈을
안고 선택한, 마치 만화 속의 복수극 같은 것이었다.

특별활동의 유도부 학생들은 나와는 비교도 할 수 없으리만치 떡
벌어진 어깨에 힘들은 장사였으며, 벌써 유도대회 같은 데서 여러 차

례 상을 받은 경력도 있는 멤버였으니, 나의 유도부 선택은 한마디로 그들에게는 코미디와 같은 것이었으리라. 그때 유도부원의 일부는 지금의 용인대학의 전신인 한국유도대학에 진학하기도 하였다.

아버님께서는 연약한 내가 유도를 한다는 것을 꺼려 도복도 사 주시지 않을 정도였었다. 아무튼 나는 내 발로 유도부원이 되겠다고 방과 후 다다미 매트가 깔린 강당을 찾아들었으니, 당시 유도 선생님은 박원효 선생님이었는데, 나의 용기를 가상히 여겼던지 선선히 받아들여주었다. 유도는 기량도 중요하지만 완력과 힘의 무술이다. 나는 선천적으로 체력이 유약했거니와 우선 힘을 기르라는 유도 선생님의 코치대로 방과 후 강당에서 역기와 낙법 등을 배우며 나름대로는 구슬땀을 흘렸다.

지금은 말할 것도 없지만 그 당시에도 고등학교 3년 과정은 대학입시를 위한 피나는 입시훈련과정이었다. 모든 학사일정과 교과목은 대학입시의 득점을 위한 교과목으로 한정되었고, 방과 후 보충수업은 당연한 것이었다. 그런 보충수업 시간을 나는 발전도 없는 유도를 한다고 시간을 축내며, 대학입시에는 스스로 불리한 이력을 쌓아가고 있었다.

학교에서는 여름방학 기간 내 청암사나, 상주군 화북에 있는 초등학교에서 피서지 임간 특별 보충학습교실을 열었는데, 대부분의 학생은 모두 참여하였지만 나는 한 번도 참여치 않았었다. 우선 집을 떠난 단체생활의 규율적 생활이 싫었고, 죽어도 적성에 맞지 않는 수학과목이 전체 수업의 1/3 이상을 차지하는 학과 수업에 스스로 질려있었기 때문이었다. 그럴수록 나의 학교성적은 떨어지고 아버지께서는 나의 진로문제를 많이 걱정하셨다.

그때는 대학입학 예비고사 제도가 있었는데, 예비고사에서 떨어지면 대학이란 간판이 붙은 학교에는 진학을 할 수 없었다. 아버님께서는 당시 55세가 정년이던 퇴직을 앞두고 있었고, 여러 가지 형편상 나를 대학에 보내기가 쉽지 않은 여건이었다. 그래서 아버님께서는 나에게 등록금도 별로 들지 않고, 2년 만에 졸업하여 병역도 면제받으며, 곧바로 초등학교 교사가 될 수 있는 교육대학에 들어가기를 원하셨다.

그러나 나에게 그 말씀이 귀에 들어올 리 만무했다. 학교성적은 차치하고라도 내 인생관은 오대양을 누비는 마도로스가 되는 해양대학엘 갈 수 있었으면 하고 꿈을 꾸곤 했다. 그 당시 나는 학과공부는 뒷전이고 도서관에 가서 소설을 빌려 읽는 것에 짜릿한 재미를 느끼고 있었다.

세계문학전집과 특히 어니스트 헤밍웨이의 소설은 거의 놓치지 않고 읽었던 기억이 난다. 간결한 하드보일드의 문체와 『무기여 잘 있거라』, 『노인과 바다』, 『누구를 위하여 종은 울리나』 등과 같은 강인한 인간정신과 휴머니즘의 승리를 주제로 한 그의 소설은 유약하던 나에겐 이상향이었고, 동경심 그 자체였었다.

무엇보다 바다는 중학교 시절 내가 처음 보았던 충격처럼 나에겐 막연한 유토피아가 되었던 것 같다. 오대양을 누비는 마도로스의 꿈은 그러한 나의 느낌과 생각에 연유한 것이었으리라. 헤밍웨이는 그토록 열중하던 낚시와 사냥, 전쟁의 참전으로 얻은 비극적 경험을 소설화하여 노벨상을 받았지만 결국은 자신의 사냥총으로 자살을 선택한 헤밍웨이가 나에겐 우상이었던 셈이다.

한동안 나는 헤밍웨이의 삶이야말로 사나이의 삶이라는 이분법적 억척을 만들어낸다. 생각할수록 어리석은 철부지였던 것 같다. 어느 대학을 가든 무엇보다 중요한 것은 실력을 쌓아가는 길인데, 공부는 뒷전이고 상상 속에서 꿈만 꾸고 있었으니 참 어처구니없는 나의 고교 시절이었던 것 같다.

해양대학이란 데가 얼마나 군대와 같은 생활이고, 학교성적이 우수해야 가는 학교이며, 졸업 후의 생활이 얼마나 강인한 체력과 정신력이 있어야 가능한 곳인 줄도 모르고, 그냥 막연한 동경심으로서 그런 꿈만 꾸고 있었으니, 나의 유약하고 인내력 없는 어리석음은 도가 지나쳤던 것이다.

그때의 노력 없었음이 어쩌면 지금껏 내 인생의 발목을 잡았고 또한 막심한 불효의 완벽한 증거가 된 것임을 재론해서 무엇 하랴! 나폴레옹의 말이었던가? "현재의 당신의 고통은 잘못 보낸 지난 시간의 보복이다."란 말을 반추해 보는 심정이 이런 것일까?

「 바람에게 묻다 」

바람은 눈 없이도
제 갈길 절로 알아
이 땅 어디에건
잘도잘도 가더구만

반평생 넘게 살아
할 말 하고 살아야 할
이 날 이때껏
이 길인지 저 길인지
또는 예가 아닌지
내 절로 그 길 알아
걸어오지 못했네

천재는 아니지만
등신도 아닌 것이
이제는 제 알아서
똘방똘방 살아갈 길
차근히도 가겠건만
세월이 갈수록
이 내 길은 오리무중(五里霧中)

저 바람은 저렇듯 천년 전에도
만년을 앞서 불며 거기 그렇게
바람의 모습으로
바람 불고 있었거니

참지 못할 가벼움
존재의 탈을 쓰고
흔들리는 못난 얼굴
길이 어디 있느냐고
제 갈 길 절로 가는
바람에게 묻고 있다

고등학교 들어 나는 소위 사춘기를 맞았던 것 같다. 사춘기의 특징
적인 징후들이 내게도 찾아왔지만 나는 그저 주어진 나의 위치에서 조
용하고 내성적인 청소년기를 지나고 있었다. 여학생들 앞을 지나치려
면 나도 모르게 얼굴이 달아오르는 감정과 아름다운 여인의 얼굴을 본
날에는 잠자리에 까지 그 여인의 얼굴을 그려보던 그런 막연한 순수한

사춘기 감정, 그런 것에서 머무는 정도였었다.

앞에서 이미 기술하였지만, 시내에 사는 적극적인 성격의 녀석들은 모모 여고의 학생 누구랑 사귀느니, 역 부근에 살던 어떤 녀석은 이미 그 당시 김천역 부근에 산재해 있던 사창가에 출입한 이야기를 영웅담처럼 쏟아내곤 했다. 그러나 그런 이야기들은 나와는 멀기만 한 아득한 세상의 일들만 같았다.

아버님께서는 그동안에도 지례면에 위치한 지례중학교와 김천에서도 최고로 오지인 증산중학교로 전근을 가시게 된다. 증산면이란 곳은 들어갈 때 울고, 나올 때 또 운다는 곳으로, 고향집에서 그곳까지 아버님께서는 통근을 하셨는데, 당시엔 비포장도로에 하루에 몇 번 다니지 않는 승합버스를 이용, 왕복 네댓 시간에 달하는 통근을 하셨다.

빈곤의 시대에 골짜기 오지에서 점심 한 그릇을 옳게 드실 만한 식당도 없어, 사무실 난로에 라면을 끓여 드시며, 날이 궂거나 버스가 결행하는 날은 숙직실에서 불편한 밤을 보내시곤 했으니 결정적으로 건강에도 악영향을 끼치게 된 것이 분명했다.

나의 학교등록금은 같은 학교에서 교편을 잡고 있던 형님이 낸 것으로 알고 있다. 이때 형님은 김천시내에서 셋방을 얻어 첫딸 해선이를 얻고 있는 상태라 박봉의 교사월급으로 생활이 녹록치 못했을 터이다.

내가 고등학교 2학년 때 전교생이 제주도로 수학여행을 갔는데, 나는 여행경비를 못 내서 가지 못하였다. 3박4일의 일정으로 기억되는데, 그 당시 열악한 여건을 감안해보면 제주도 여행은 지금으로서는 유럽여행을 가는 것만큼이나 파격적이고 어려운 것이었다.

아버님께서는 형님더러 여행경비를 납부해 줄 것을 의뢰 하셨는데, 아마 형님의 형편이 여의치 못했던 것으로 안다. 그래서 집안형편이 어려워 여행을 못간 나머지 학생들과 나는 학교에서 오전수업을 메우곤 했다. 그때 아버님께서 형님을 무척 원망하시며, 마음 편찮아 하시던 모습이 아직도 기억에 남아있다.

아무튼 형님은 내가 고등학교 2학년을 끝으로 공립인 경주공업고등학교로 전근을 가게 된다. 전근의 동기는, 지금 기억으로 김천의 모 고등학교의 모 선생이 아버님을 험담한다는 소문을 듣고, 그 선생이 숙직하는 밤에 형님이 학교로 찾아가 그 선생을 세간의 말로 넙신하게 두들겨 팬 사건이 발생했는데, 그 사건은 지방신문에도 작게 기사화되는 등 파장이 있었고, 그 일로 김천에서의 교편생활을 접은 동기가 되었다고 알고 있다.

그 사건이 형님 개인으로는 사립인 김천고등학교에 안주하지 않고, 향후 경북여고를 거쳐 진주교육대학에서 총장까지 역임할 수 있게 되는 전화위복의 계기가 된 셈이기도 했다. 나의 고등학교의 학창시절 후반부는 그렇게 흘러가고 있었다. 시각이 잘 맞지도 않던 손목시계가 극히 귀중품이던 시절, 친구들 사이에 손목시계를 차면 당연히 자랑과 선망의 대상이 되던 때였으니 정말 격세지감을 느낀다고나 해야 할지….

그때 경부고속도로가 한창 건설 되고 있었고, 김천의 도로구간은 삼부토건이 맡고 있었는데, 그 현장사무실이 지금의 김천시 교동 연화지 입구에 있었다. 그 사무실에는 예쁜 경리여직원이 있었는데, 자전거를 타고 하학하는 길에 나는 공연히 그 사무실 앞에서 속도를 늦추고 그 여직원을 눈 도둑질로 훔쳐보는 것을 즐거움으로 삼던 그런 날들이었다. 아마 그 경리여직원은 나보다는 나이가 위였을 테니 지금은 60대 초로의 할머니가 되어있을 것인가?

어쩌다 한 번씩 수업을 일찍 마치고 김천의 아카데미 극장이나, 김천극장에 문화교실이라는 영화 관람이 있는 날은 그 설렘은 표현할 수 없을 만큼 달아올랐다. 지금 돈으로 환산해도 1-2 천원 밖에 되지 않을 관람료였지만, 그 돈도 내지 못하는 학생들이 더러 있었다. 하굣길 교문 앞의 잡상인들. 엿장수가 온 날은 녀석들 사이에 엿치기 내기가 벌어지곤 했다. 엿을 골라 부러뜨려서 그 단면에 구멍이 큰 게 나온 쪽이 이기게 되는데 당연히 엿 값은 진 쪽에서 내는 것이다.

학교 주변에는 집들도 별로 없는 들판이었는데, 학교 가까이에 단팥죽집이 하나 있었고, 조금 아래 동네에는 찐빵집도 있었다. 방과 후 도장에서 유도를 하고나면 도시락 하나로 긴긴 해를 보낸 청년기를 향해가는 학생들로서는 배가 고플 수밖에 없었다. 나는 크게 배고픈 것은 몰랐는데, 나와 같이 유도를 하던 이 모라는 녀석은 덩치도 나보다 한참을 큰 것이 운동을 하고나면 무척 배가 고파했다.

그 친구는 지금은 모 대학의 대학원장을 지내고 있는데, 하루는 학교 아래 동네에 찐빵 집으로 나를 데리고 가더니 무조건 먹으라는 것이었다. 제가 사는 줄 알고 먹고 났더니 돈이 없다는 것이다. 그 빵집의 주인은 어린 아기를 데리고 있던 젊은 아낙이었는데, 나더러 외상을 그으라는 것이 아닌가? 언제 봤다고 외상이란 말인가?

달리 방법도 없고 하여 둘이 사정을 했는데, 그 아낙도 장사의 경험도 없이 어려운 살림에 작은 보탬이라도 될까 하고 시작했던 것 같았다. "우리도 자본도 없이 시작했는데…"라며 말꼬리를 흐리며 그렇게 하라고 하였는데, 아직껏 그 외상은 갚지를 못했다. 어딘가에서 초로의 할머니가 되어 있을 그 아낙의 주소를 안다면 꼭 그때 빵 값의 몇 백 배라도 갚고 싶은 마음이다.

졸업 후 그 친구는 아주 오래전 모교 행사 때 잠간 스쳐 만났을 뿐 이런저런 이야기를 나눌 수 있는 여유로운 만남은 갖지를 못했다. 언젠가 만나겠지만 그때는 빵 값 떼어먹은 죄상(?)을 "빵 값 떼먹은 교수”란 제목의 글로 폭로하겠다며 농담 삼아 술 한 잔 나누고 싶다.

고향집에는 할아버지와 부모님과 나 이렇게 네 식구로 식구가 줄어 있었다. 큰형님은 영일군 흥해면에 임시직원으로 취직이 되어 형수, 조카 모두 그곳으로 떠나갔고, 누이는 서울의 계리사(計理士) 사무실에 취직, 작은 누이는 육군본부에 EDPS 요원으로 근무하면서 이태원동 군인아파트에서 자매가 생활하고 있었다.

모두들 친인척들의 알음으로 취업이 된 것인데, 큰형님은 여전히 병역미필이라는 꼬리표 때문에 어디든 정규직 취업은 불가능했다. 면사무소 임시직 외에도 서울 동대문전화국 임시직원도 잠시 지낸 바 있고, 서울 금호동의 큰누님 집 가까이에서 구멍가게를 하기도 했는데, 방학이면 나도 상경하여 큰누님 집과 손바닥만한 구멍가게를 오가며 작은방에서 같이 지내기도 했다.

큰형님은 특수한 인격과 잘못된 지난날의 이력이 사회적응장애라는 멍에를 달고, 어디에든 형님이 순응하고 살 공간은 없었던 것 같다.

이후 큰형님은 고향에서 허구한 날을 술과 방탕한 생활 속에 윗대부터 내려오던 토지며, 임야 등을 몰래 처분하여, 그 돈으로 술 마시며 이 사람, 저 사람에게 돈을 뿌리며 타락의 길을 걷는다.

그러니 성정이 깔끔하신 아버님과의 부자관계는 그야말로 표현할 수 없을 만치 최악의 나락으로 빠져들었고, 온 집안은 그로 인해 밝은 웃음꽃이 필 겨를이 없었다. 이미 큰형님에게는 맑은 혼이 달아난 듯 보였다. 내일이면 당장 어려움에 처하더라도 우선 닿기만 하면 헐값에 팔아치우고 하루저녁 향락의 술값으로 충당하는 것에 가책을 느끼지도 않는 것처럼 보였다.

아버지께서 애지중지 아끼시는 자전거도 손만 닿으면 전당포에 저당을 잡혔고, 논밭 산 등의 부동산도 가리지를 않았다. 워낙에 머리가 좋은 분이라 매매처분, 법률관계 등은 모르는 게 없었고, 온 동네의 사람들이 소송이나 문제가 생기면 변호사 대신 찾아오는 곳이 형님이었다. 참 시대를 잘못 만난 불행한 한 남자의 전형을 보는 것 같았다.

집안에서는 형님이 저진 뒤치다꺼리를 하느라 가계는 궁핍했고, 부모님의 한숨은 그칠 날이 없었는데, 할아버지의 종손 사랑은 그래도 맹목적으로 계속되었다. 아버지, 할아버지가 계시는 것도 아랑곳없이 만취하여 추태를 부리며 귀가하면 온 집안은 일대 광풍이 지나가곤 했다.

그런 와중에도 조카 연숙이가 태어났고, 세월은 아버지가 가꾸어놓은 예쁜 사랑채 텃밭의 봉숭아 터지는 소리에도 거리낌 없이 무심히 흘러갔다. 그때는 또 경찰을 하던 작은 형님이 사표를 내고, 어려운 실업자로 서울생활을 전전하고 있었고, 계리사 사무실에 다니던 누이도 고향집에 다시 내려와 있었다. 작은 형님은 그때, 서울의 살던 셋방 2층에서 미용실을 하던 지금의 형수를 만나 연애 끝에 결혼을 한다. 내가 고등학교 3학년 때였는데, 외모가 준수했던 형님과 역시 미모 수려한 형수가 누가 먼저랄 것도 없이 결혼으로 골인한 것이리라.

작은 형님은 이후 집안의 아저씨 회사인 "일성공업사", 당시 조폐공사에 동전을 성형하여 납품하던 회사에 보직도 없이 취직을 하였다.

작은 형님은 성격이 너무나 조밀하고, 매사가 지나치리만치 신중한 탓에 역시 권모술수가 난무하는 사회생활의 적응이 쉽지 않았던 분이다.

이후로도 형님의 삶은 실직과 지방의 회사생활을 반복하게 된다. 큰 자형이 삼성물산과 금호실업에 중역을 지낸 덕에 제일모직이며, 부산 금호섬유, 울산의 광주고속 등 지방의 이곳, 저곳의 직장을 전전하면서 고생하며 가정을 꾸려가게 되는데, 워낙에 성실한 덕분에 녹록치 못한 살림이지만 절약과 근검으로 가계를 꾸려왔을 것이다.

　아무튼 나의 고교시절 후반부는 그렇게 저물고 있었다. 평생의 운명이 걸린, 꿈 많고 치열하게 미래의 나를 위한 투자에 모든 열정을 불살라야할 청소년기를 그렇게 무대책으로 학교와 집을 오가며, 소중한 시간만 낭비하고 있었던 것이다. 생래적으로 약체인 탓에 운동을 잘한 것도 아니고, 더구나 공부를 열심히 하여 우수한 학생의 그룹에 포함된 것도 아니며, 예술적 소양이 있어 미술이나 음악, 문예활동 같은 특별활동으로 꿈 많은 청소년기를 수놓았던 것도 아니다.

　같은 학교의 선생님인 작은 형님 덕분에 일종의 선민의식 속에서 그냥 피 보호의 학창생활을 이어왔다는 말이 정확한 표현이리라. 3학년이 되면서부터 담임선생님으로부터 진로에 대한 면담이 시작되었고 그때까지도 나는 특별한 방향을 잡고 있지 못했다.

　당시 나의 직전 졸업생부터 시작된 대학입학 예비고사는 4년제 대학을 입학할 수 있는 통과의례와 같은 것이었거니와 그 시험의 합격여부가 나에겐 관건이기도 했지만, 과연 여러 가지 집안사정이나 여건으로 대학을 갈 수 있을 것인가 하는 원론적 문제에 나는 회의하고 있었다.

　아버님께서는 정년퇴직을 불과 1-2년 남겨두신 상태였고, 수학여행 경비도 못내는 형편에 미래의 나의 진로는 나를 몹시 우울하게 했던 것도 사실이다. 실은 시험의 합격여부에 자신도 없던 차에 이런저런 정황은 나를 열심히 공부하기 싫은 것에 대한 변명의 구실로 써먹는 위안이 되었을 것이다.

　과잉보호의 벽에서 유약하게 자라온 나의 유·청소년기는 인과가 정연한 결과로 그렇게 나타나고 있었던 셈이다. 결국 나는 대학진학에 실패한 채로 고등학교를 졸업하고 그렇게 지긋지긋하던 규율의 틀에서 해방되어 사회인이 되었다. 이제는 극장을 가건, 사복을 입고 김천 시내를 활보해도 어느 누구도 아무 말 할 수 없는 자유인이 된 것이다.

　많은 동기들이 유수대학에 합격이 결정된 채로, 특히 나와는 같은 마을에서 초중고를 거의 같은 반에서 공부했던 정태화는 육군사관학교에 합격을 해 둔 상태에서 졸업식에 참석하여 졸업장과 졸업앨범을 받았다. 그런대도 나는 그런 사실들에 대해 나 자신이 위축되거나 조급해 진 것이 아니라 이제부터는 자유로운 일상이 기다린다는 것에 대한 즐거움이 더 크게 느껴질 만큼 지금 생각하는 그때의 나는 심약하고 어리석었던 것이다.

3. 세상을 향한 쓰라린 도전 청년시절

졸업 후에도 나는 부모님 그늘의 고향집에서 그냥 하루하루를 이어가는 애늙은이의 일상을 맞고 있었다. 당연히 인터넷은 고사하고 TV와 신문도 구독하지 않던 시절 – 신문도 우편물로 발송되어 빨라야 3-4일 후에나 볼 수 있었다 – 에 유일하게 내가 한 것이 있다면 도배할 때나 물건을 쌀 때 소중히 쓸 용도로 쌓아놓은 신문지의 구문을 뒤적거려 수필이나 시, 문학과 사상 등의 관련 기사를 오려내 스크랩을 하며, 읽고 난 것들에 대한 생각을 낙서처럼 긁적이곤 했다.

문학에 대한 관심이 있어서가 아니고, 그렇게라도 하는 것이 최소한의 산다고 말할 근거가 될 것이라고 막연히 생각했던 때문인 것 같다. 왜 그렇게 했는지는 지금도 확실히 알 수는 없으나, 막연히 문학이라든가 시 같은 용어들이 멋이 있어 보였던 때문이 아닌가 한다. 그렇다고 내가 작문실력이 있었거나 문학에 대한 지대한 관심이 있었던 건 아니었고, 그야말로 막연한 용어의 멋스러움 때문이었다고 하는 게 옳은 표현이리라. 왜 하필 문학이었을까? 어쩌면 그것은 어떤 운명적 암시 같은 게 아니었나 하는 생각을 해본다. 지금껏 옳은 시 한편 써보지 못했지만, 쓸 수밖에 없는 운명 같은 것이 무의식적 행동으로 나타난 것이 아니었던지 모르겠다.

앞집 목사님 댁에는 『세계사상전집』이니, 『세계문학전집』같은 장식용 책들이 있어, 교회는 나가지 않았지만 그 집의 책이나 한두 권씩 빌려와 읽는 게 고작이었다. 집안의 군불이나 지피고 마당을 쓸거나, 집에서 키우는 개를 데리고 극락산과 삼각산을 운동 삼아 가끔 돌아오는 정도가 고작이었다.

아버님의 나에 대한 걱정은 클 수밖에 없으셨을 터이나 그저 학교라는 구속의 틀에서 놓여나 얽매이지 않고 살아간다는 게 그냥 편하다고 느낀, 한마디로 말도 안 되는 무대책의 청춘이었던 셈이다.

그 당시 나는 사랑채에서 할아버지와 같이 거처를 하였는데, 그때 할아버지로부터 바둑을 배웠다. 그러니 신문지 뒤지기, 독서, 집안일, 바둑수업 따위가 열아홉 살 청년인 내 생활의 모든 것이었으니 아무리 좋게 평을 하려고 해도 합리화 할 방도가 없는 날들이었다 하겠다. 당시 할아버지께서는 치매와 노환이 있어 어머니와 내가 수발을 해야 할 형편이었으나, 그때만 해도 일흔 넷인 할아버지는 수(壽)를 하신 편이라 미구에 닥칠 초상을 준비하지 않으면 안 될 즈음이기도 했다.

아래채 마구간에는 초상에 쓸 돼지가 길러지고 있었고, 부모님께서는 수의(壽衣)며, 큰일에 대비한 준비를 하나씩 하시는 것이었다. 삼촌이 두 분, 고모가 두 분이 있었지만 모두들 사는 입성이 어려워 모든 준비와 경비는 아버지의 몫이었다.

치매의 일반적 증상이 그러하듯 할아버지께서는 방금 식사를 하시고 나서는 안채에 대고 이것들이 나를 굶긴다며 소리치시곤 했다. 항상 기억이 없으신 건 아니고 어떨 땐 평소의 모습대로 생활을 하시며 집안의 어른으로서의 역할을 다하시고자 했다. 라면을 끓여드리면 곧잘 잡수셨던 기억이 난다.

집에는 할아버지의 노환에 삼촌, 고모들이 한 번씩 다녀갔고, 마구간의 돼지는 할아버지의 삶이 다해가는 것과 비례해서 살이 올라가고 있었다. 이렇듯 죽음은 한 끼의 요리를 준비하는 것처럼, 담백하게 다가온다는 사실을 나는 어렴풋이 생각하고 있었다.

그 당시와 맞물려 둘째누이는 지금의 자형과 혼담이 오갔는데, 작은 아버지의 중매로 그때 자형은 무궁화 화장지 회사의 경리과에 근무한 것으로 알고 있다. 이목구비 뚜렷하고, 당시로서는 큰 키에 속하던 누이에 비해 솔직히 지금의 둘째 자형의 외모는 왜소한 키에 용모는 못한 편이었지만 양가 집안과 자형의 적극적 구혼으로 결혼이 성사된 걸로 알고 있다. 자형은 벽진 李문의 사람으로 창녕이 고향이고, 국민대학교 상대를 졸업한 경리통이었는데, 사실 양가 집안의 혼반으로는 각각 노론과 남인의 후손들로서 지난 세월 같았으면 불혼의 관계였었다. 그러나 이미 그 당시만 해도 사색과 반상이 결혼의 장애가 되지는 않았던 때이다.

이 글을 읽는 젊은 세대의 사람이 있다면 무슨 박물관에나 있을 구습을 이야기 한다고 하겠지만, 나는 그러한 시대 환경적 분위기를 청소년기의 자연스런 교육으로 받으며 자랐던 것이다. 명분과 체통이 여전히 우선시 되던 시대, 그래도 고향과 뿌리, 이웃과 공동체적 따스한 삶이 있던 그 시대는 IT와 물질이 가장 존귀한 덕목으로 자리 잡은 이 시대와는 엄연히 구분되는 인간의 시대였다고 생각한다.

결혼이 성사될 즈음 할아버지의 노환은 더욱 깊어지고, 노망의 양상도 더욱 심해지면서 급기야 곡기를 끊으시고 운명의 초읽기에 들어가게 된다. 집에는 작은아버지가 와 계셨고, 언제일지 모르는 임종을 마냥 기다릴 수가 없는 아버지께서는 학교에 출근을 하셨다. 1970년 봄의 기운이 서러우리만치 무르익어가던 3월 24일 오전 10시경 할아버지는 운명 하셨다. 작은아버지와 내가 임종을 지켰는데, 삶에서 죽음으로 이행되는 실시간의 과정 앞에서 삶도 죽음도 하나의 단순한 현상이라는 허무한 생각을 했던 것 같다. 효·불효를 떠나 임종을 지키는 자식은 따로 있다고는 하지만 그렇게 정성을 다하신 아버님은 할머니에 이어 할아버지의 임종도 지키시지 못했다.

삼촌과 고모, 형과 누이, 대소가 친인척들의 발길이 이어지고, 산 사람들로 하여 돌아가신 할아버지의 시신을 묻기 위한 의식과 절차가 진행되었다. 포근한 봄 날씨가 이어졌고, 장례 당일의 날씨는 전형적인 봄볕이 떠나는 상여에 내려 쪼이고 있었다.

집성촌이던 마을공동체에서 혼례와 초상 같은 대사는 온 마을의 대사로 이어진다. 대소가 친인척들과 조문객으로, 300평 가까운 넓은 집안은 저마다의 분담된 역할을 수행하느라 분주했다. 상두꾼의 요령 소리에 맞춰 상여꾼들의 어깨에 상여 띠가 얹혀지면서 또 그렇게 할아버지의 일생도 당연한 일상처럼 자리를 뜨고 있었다.

대항면 정골에 있는 할머니와 합장을 하여 장례는 치러졌고, 삼우제를 끝으로 아래채에 조문객을 위한 빈소가 차려진 후 친인척들도 자신의 자리로 돌아갔다. 그 당시의 예법으로는 3년 상까지는 모시지 않았지만 1년 동안은 살아계신 것처럼 조석으로 상식을 올리고, 초하루와 보름에는 별도의 제사상이 올려졌다.

상례를 마치자 곧 누이의 혼례준비가 기다리고 있었고, 부모님도 그만큼 바쁜 일상을 보내시게 된다. 서울의 예식장이 예약되고 인륜지대사에 따른 잡다한 의전으로 집안은 바빴다. 누이의 결혼식에 나는 참석치 못했다. 혼자 남아 집을 본다는 임무보다 할아버지 빈소에 상식 올리는 임무가 있었기 때문이다.

그때 집안에는 트랜지스터라디오가 있었는데, 달리 외부세계와의 정보가 단절되어 있는 상황에서 그것은 유일한 정보의 일방소통로였던 셈이다. 나는 누이의 결혼식에는 참석하지 못했지만 그 때 KBS에

엽서를 띄우면 사연과 음악을 들려주던 프로가 있었는데, 누이의 결혼을 축하한다는 엽서사연이 누이의 결혼 당일 방송이 되었다.

빈 집에서 나만 그 방송을 들었으니 실제로 들어야할 분들은 듣지를 못했을 것이다. 신청음악은 스페인의 작곡가 "세바스티아 이라디에"의 "라팔로마"였는데, 팔로마의 뜻이 비둘기이니 비둘기의 날개에 사랑을 실어 보낸다는 뜻의 음악이었고, 내 엽서가 방송으로 나왔다는 사실이 가슴이 두근거릴 만큼 신기하고 잊혀지지 않았다.

누이의 결혼식도 끝나고 다시 평범한 일상으로 돌아오자 아버님께서는 나의 진로문제에 많은 걱정을 하시게 된다. 올해로 다가온 당신의 퇴직과 함께 모아둔 재산이라고는 선산(先山)과 집밖에 없는 아버지로서는 나를 대학에 진학시킬 형편이 안 됨을 너무나 잘 아셨을 터이다. 그렇다고 형님 누이들도 모두 자신들의 식구 건사에 여력이 없어 막내의 앞날을 부탁하는 하명을 하실 입장도 아닌 것 같았다.

집안에 길흉 대사를 연속으로 치루며, 당시의 아버님의 박봉으로는 어찌 해 볼 도리가 없으셨으리라. 그래서 서울의 누이들에게 아버지께서는 나를 의탁키로 하고 둘째 누이에게 나를 부탁하는 편지를 쓰시게 된다. 아래의 아버님의 친필 서한은 그해 70년 8월에 쓰신 글인데, 집안에는 큰형의 식구 먹여 살려야 하니, 걱정의 날이 끊이질 않고, 막내인 나 역시 막연히 놀고 있으니 내가 밥 먹고 살 수 있도록 중장비 기술 학원이라도 보내서 자신의 앞날을 대비할 수 있도록 뒤를 잘 봐주었으면 좋겠다는 그런 내용이었다. 학원비 등의 비용이 월 1만원이 들어가니 아버님과 3남매 넷이서 각각 월 2,500원씩을 거둬서 기술을 꼭 가르치도록 하자는 아버님의 당부의 자필 글귀가 선명하여 눈시울이 뜨거워 옴을 느낀다.

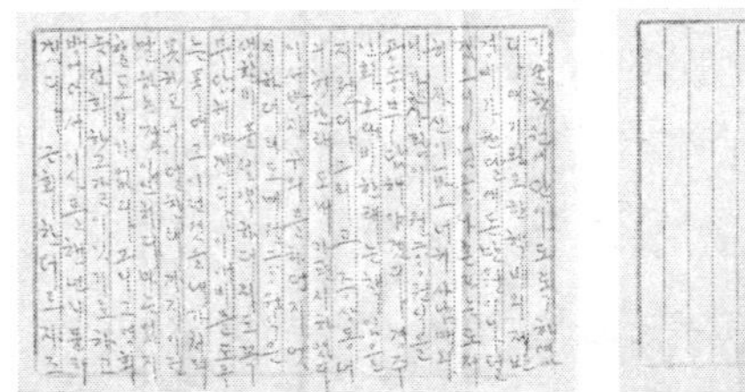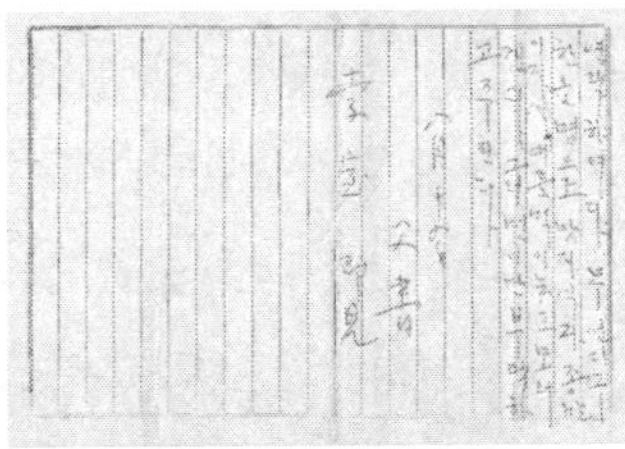

아버지의 편지

그즈음 나에겐 새로운 일과(?)가 추가된 게 있으니 낚시도구를 챙기기 시작한 것이다. 고등학교 때 탐독하던 헤밍웨이의 작품에 묘사된 낚시, 사냥 같은 원초적 모험은 그 당시 내게는 사나이들만의 멋진 전유물로 느껴졌고 무한한 낭만적 매력으로 다가왔던 것이다.

낚시장비래야 대나무를 잘라서 함석으로 이음부분을 맺은 조잡한 것이었지만 새벽같이 집을 나와 자전거로 달리면 그리 멀지 않은 곳에 너무나 깨끗하고 조용한 저수지나 조그만 낚시터가 있었다. 봄이면 농번기라 농촌의 저수지에 사람이 있을 리 없고, 고요한 수면의 찌를 바라보고 있노라면 나 자신이 무슨 도인이나 된 것처럼 잡다한 세상사가 아련한 구름 너머의 일로만 느껴졌다.

또래의 친구들이 대학의 캠퍼스에서 새로운 학문과 무르익는 봄의 낭만 속에서 축제며, MT를 즐길 때에 나는 세월을 낚는 강태공을 스스로 자처하였으니 한마디로 비범(?)의 젊음을 자발적으로 선택한 셈이다. 가까운 산에서는 이름 모를 새들의 울음소리가 고요한 수면위에 악보를 긋고 있었고, 이삭이 패기 시작한 보리밭에는 종달새의 울음이 무시로 내려앉았다.

때로는 점심도 잊은 채 낚시를 하다가 집으로 향할 때 쯤 종다래끼에는 토종 붕어들이 그날의 조황 따라 그득하게 담길 때도 있었다. 아버님께서는 붕어조림을 좋아도 하셨지만, 이 아들의 낚시 취미를 이해해 주셨다. 별다른 대안이 없는 상황에서 조용히 지내는 아들을 위해 원래 손재주가 좋으셨던 아버님은 부러지기 쉬운 낚싯대 끝을 몇 개씩 다듬어 주시기도 했다.

그런 부모님의 보호 아래서 피 보호의 따스함을 누릴 수 있는 기간이 채 1년도 남지 않았다는 사실을 그때의 내가 어찌 상상이나 할 수 있었으랴. 능동적, 창조적 미래설계 같은 건 아무것도 없이 그냥 아버님의 조치에 의해서만 나의 삶이 변화되어지는 피동의 젊은 날이었던 것이다.

짧은 봄날이 한나절 같은 아지랑이 속에서 지나가고 6월 1일, 아버지와 누님들 사이에 어떤 트레이드가 이루어졌는지는 모르겠으나 드디어 나는 상경을 하게 된다. 어떤 구체적 일정과 대안이 있었던 건 아니었고, 아버지의 부탁에 일단 상경시키라는 누이들의 답이 오간 것으로 알고 있다.

그때까지만 해도 나는 고등학교 적 교복에 머리칼도 별로 기르지 않은 상태였다. 누가 사줬던지는 기억이 나지 않으나, 반 팔 남방셔츠 한 벌을 사 입고 상경을 하여 증산동에 살고 있던 큰누이 집엘 갔었다. 그 집에는 자형의 책들을 쌓아둔 다락방이 있었는데, 주로 나는 그곳에서 기거를 했다.

뒤로는 산이고 앞마당에는 정원도 갖추었고, 주변에 집들이 다투어 들어서던 때이다. 남가좌동 모래내에는 둘째 누이의 신혼 방이 있어 두 곳은 산 하나를 넘으면 되는 거리라 자주 넘나다녔다. 이태원동 군인아파트에는 육군본부에 근무하던 세 째 누이가 살았는데, 둘째 누이가 결혼하기 전에는 자매가 같이 생활하기도 했다. 아파트란 용어가 생소했던 때 내가 방문한 군인아파트는 닭장이라는 기분이 먼저 들었다.

당시 TV에는 프로레슬링이 한창 인기를 누리고 있었는데 서울에는 어느 정도 TV가 보급되고 있었지만, 여전히 서민들에게는 분에 넘치는 것이 TV였었다. 박치기 김일 선수에 대한 열광적 응원은 거의 거국적인 것이었고, 박치기 한 방으로 일본선수를 혼절시키다시피 하는 장면은 국민적 카타르시스가 되기에 충분했다.

1970년도였으니 대부분의 중산층이라고 해도 먹는 것 입는 것이 녹록치 못했던 시절. 큰누이는 서울 상대를 졸업한 자형이 삼성물산에서 간부로 정착하여 어느 정도 살림살이도 안정은 되었으나 누이의 집에서 막연한 식객노릇 하는 것이 마음에 걸려 의식적으로 밥을 먹는데 있어 소식(小食)을 했다.

누이의 집에서 밥 정도는 양껏 먹어도 될 터였지만 스스로 얹혀사는 것에 대한 주눅이 들었고, 그렇게 하는 것이 또 예의라고 생각한 숫기 없는 마음이었으나 실은 그 당시 배가 많이 고팠다. 그만큼 살아가는 입성 자체가 빈곤의 그림자로 드리워져 있었던 셈이다.

사람들은 '서울 드림'을 꿈꾸며 서울로, 서울로 밀려들었고, '무작정 상경'이라는 시대 · 사회적 용어가 탄생된 시점이기도 하다. 필연적으로 발생할 수밖에 없는 주택난과 갑작스런 도심팽창에 의한 산업화와 비인간화는 농경사회의 공동체적 유년환경에 익숙해 있던 내게 너무나 살벌한 괴물의 모습으로 다가왔다.

상경을 하고서도 누이의 집들과 마포의 쪽방 같은 셋방에서 신혼생활을 하던 둘째 형님네를 다녀오는 정도가 고작인 생활이 이어지고 있었다. 큰누이의 집에서 가까운 녹번동에는 도원극장이라는 동시상영 영화관이 있었는데, 그 극장의 관람료가 아주 저렴하여 부담이 없었고, 괜찮은 외화를 많이 상영을 하였기 때문에 그렇잖아도 좋아하던 영화 관람을 맘껏 하면서 경로노인이나 할 수 있는 일상의 시간을 허비하고 있었으니 청년으로서의 미래의 야망적 삶의 개척과는 많은 부분 방향이 뒤틀려지고 있었다.

"사운드 오브 뮤직", "벤허" 등과 같은 재 상영 대작 영화를 감상한 느낌을 주제와 줄거리로 나눠 잡기장에 남기며, 나로서는 어쩔 수도 없는 대책 없는 날들을 보내곤 했다. 무슨 연유인지 기술학원에는 등록할 돈의 출연에 대하여 누이나 형님 모두 별다른 반응이 없었다. 아버님의 명령 아닌 당부는 받고 있었으나 사실 동기간 모두가 절대빈곤의 시절에 자기 식구 건사하기에도 바빴을 것이다. 아버님께서도 박봉에 집안의 길흉사를 연속하여 치루면서 빚을 내신데다가, 지금처럼 퇴직연금 제도도 확립되어 있지 않은 상태에서 어떻게 해주지 못하는 막내아들에 대해 많은 고통을 겪으신 것으로 알고 있다.

여전히 큰누이와 작은누이, 형님 집을 오가며 집집마다 하루에서 이틀씩만 묵으면서, 한 곳에 오래 머무르는데 따르는 식객으로서의 부담을 분산시킨다는 나름대로의 지혜(?)를 실천하는 생활이 보름 정도 이어졌다. 대부분의 도시 서민들의 생활은 주택난과 생활고에서 자유로울 수 없었거니와, 6개월 만에 이사를 가거나 방세를 올려줄 수밖에 없었고, 작은 누이가 살던 모래내만 해도 비가 오면, 마누라 없이는 살아도 장화 없이는 못 산다는 동네였으니 시대의 질박함이야 달리 표현할 필요가 없으리라.

세상은 온통 통금시대의 군부가 장악한 채, 새마을 운동과 경제개발 5개년계획 달성이라는 구호가 이어졌고 식량증산, 반공ㆍ방첩과 저축ㆍ절약, 산아 제한이 애국의 덕목이던 시대의 그림자는 어디에나 따라다녔다. 그 해에 경부 고속도로가 완공되어 전국 1일 생활권이 목전에 도래했다며 흥분하던 아나운서의 멘트가 귀에 쟁쟁하다.

변화 없이 하루에 하루를 더해가는 나태한 생활이 나름대로는 정신

적 스트레스로 쌓여 가고 있었다. 서울에서의 시간이 소득 없이 흐르
자 아버님께서는 나를 낙향할 것을 주문하신다. 계절은 여름이었고 그
래서 나는 낙향하여 또 고향에서의 변화 없는 일상의 나락으로 빠져들
었다.

당시 육군사관학교에 입교했던 친구 정태화를 비롯, 초급대학과정
의 상주 농업전문학교에 다니던 정시화, 수도여자사범대에 입학한 조
금현과 영남 초대에 입학한 초등학교 여자 동기생 조양현 등이 여름방
학을 맞아 오면 같이 만나거나, 집안 형편상 초등학교를 졸업하고 농
사를 짓던 친구들 그리고 이런저런 사연으로 고향에 있던 친구나 선후
배들과 어울리는 게 생활의 전부였었다.

원래 술에 거부반응이 없는 체질인지, 이유도 없이 어울리면 마을
상점이나, 탁자 하나 달랑 놓고 막걸리를 팔던 술집에서 그야말로 그
냥 술을 마셨다. 이발소에 나가 앉아 신문을 보기도 하고, 어른들 장기
판을 기웃거리거나 할아버지로부터 배운 초보 바둑실력으로 주변 사
람들과 바둑 두고, 낚시질 가는 걸로 시간을 죽이고 있었으니, 찬란한
꿈으로 가슴 벙글어야 할 청춘의 초년을 철저히 낭비한 죄 값을 두고
두고 치러야 하는 계기를 열심히 만들었던 셈이다.

당시 아버님께서는 김천 남면에 있는 농남중학교에 근무를 하셨는
데, 40년 가까운 공직생활의 정년퇴직을 불과 1년 정도를 남겨놓은 상
태에서 이미 보이지 않는 병마는 몸 속 깊이 침범해 있었던 때이다. 그
해가 저물어갈 무렵에는 너무나 힘들어 하셨고, 누가 봐도 알만큼 신
관은 수척해지셨다.

국가경제가 어려울 때였으니 공직에 40년 가까이를 봉직해도 퇴직
금이라고는 불과 몇 십 만 원에 불과했던 것으로 내가 기억하는 만큼,
덜 여문 막내아들 하나를 건사하지 못하고 정년을 맞으시니 또 급격히

쇠잔해 가는 당신의 건강상태와 겹쳐 아버님의 고충은 이루 말할 수 없으셨으리라.

무의미 하고 갑갑한 시골 고향에서의 대책 없는 생활에 나는 숨이 막힐 것 같았다. 아버님께서도 더 이상 나에 대한 무대책은 곤란하다는 위기의식 하에, 앞에서 밝힌 친필서한문을 누이에게 쓰시는 비장한 주문을 하시게 되었고, 따라서 1970년 8월 14일 나는 다시 상경을 하게 된다. 그래서 나는 청량리를 지나 면목동 어딘가에 있던 우신 자동차 중장비 학원에 드디어 등록을 하게 되었다.

정확하게 등록금이 얼마였으며, 누가 돈을 염출해 준 것인지는 확실한 기억은 없고, 아마도 아버님께서 편지글의 내용처럼, 일부를 보내셨기 때문에 동기간이 협조했던 것이 아닌가 생각된다. 아버님께서는 여러 남매가 막내 동생 하나는 큰돈도 아닌데 뒤를 봐 줄 수 있지 않겠나 하시는 생각을 충분히 하셨을 것이다.

작은 형은 나의 중·고등학교 등록금을 해결해 주었으니, 서울의 큰누님은 자형이 괜찮은 사회적 직위에 있었고, 동기간이 협조하여 막내 하나를 건사해 달라는 부탁이셨을 것이다. 아무튼 나는 자동차와 엔진 등에 대한 이론과 교통법규 등의 강의를 받기 위해 매일 4시간씩을 학원엘 다니기 시작했다. 중장비 면허증만 따면 어디든지 취업이 가능하고 군대에서도 같은 병과에서 기술을 더욱 연마하여, 제대하고 나면 수입도 많이 올릴 수 있다는 건 거의 정확한 사실이었다.

그때 셋째 누이가 천호동 어딘가의 단칸방으로 이사를 하여 거기에서 주로 묵으며 학원을 다녔다. 석유곤로와 한 두 개의 냄비가 살림의 전부였으니 당시의 생활상이란 미루어 짐작 할 수 있는 현실이었다.

지금도 그러하지만 셋째 누이는 집착과 적극성 그리고 이루고자 하는 의지가 너무나 강한 사람이었다. 그런 누이에 비해 나는 얼마나 대책 없는 심약한 청년이었던가?

부모형제 누구를 의지하기 전에, 고등교육을 마쳐주었으면 취직을 하든지, 스스로 대입 공부를 죽도록 하여, 3류 대학이라도 장학생으로 가면 되지 않았을까? 모든 게 나약한 변명일 뿐일 테지만 그때만 해도 취직은 병역미필 상태에서는 거의 불가능한 일이었으며, 지금처럼 아르바이트 같은 자리도 아예 없이 외판원이나, 공장에서 기술 배우며 숙식을 해결하는 정도의 직종만이 나 같은 경우가 선택할 수 있는 직장일 수 있었다.

당시로서는 내가 기술학원을 다녀 자격증을 따서 앞날에 대비하는 것은 대학진학을 포기한 나에게는 하나의 구체적이고도 시의적절한 대안일 수 있었다. 나도 그 기술을 배우는 것이 재미가 있었는데, 그 학원도 더 다닐 수가 없게 된다.

뒤이어 실습비를 내야 실제 기술을 익힐 수 있는 훈련을 할 텐데 실습비를 조달 할 수가 없었다. 이론 수강 등록비와는 비교할 수 없을 만큼의 액수임은 당연하였으니 결국 학원 수강은 그쯤에서 접을 수밖에 없었다. 그러니 얼마 안 되는 등록비만 날린 셈이 되고 말았다. 또다시 쓰라린 좌절의 날들이 나를 기다리고 있었던 것이다. 추석을 이틀 앞둔 날, 고향에도 가질 못하고 이래저래 답답한 마음의 사소한 말다툼 끝에 셋째 누이와 큰 싸움이 벌어지고 말았다.

발단의 구체적 내용은 지금 확실히 기억나지 않지만, 내가 누이의 생활에 짐이 된다는 불평과 나의 노력과 의지력 없는, 이를테면 나의 자존심의 상처가 될 말을 들었던 것으로 기억되는데, 그 다툼의 와중에서 누이의 손톱이 나의 팔뚝에 깊이 들어와 몇 센티의 상처를 그었다. 막내로 귀히 자라 늘 피 보호 속에서만 청소년기를 보낸 알량함이 누이와 싸움을 벌인 치졸한 어리석음으로 나타났던 것이다.

누이의 생활도 말 할 수 없이 힘 든 것이었고 그래서 동생이지만 짜증스런 마음이 들었으리라. 육군본부에서 당시 완전자동화 되지 못한 당시의 전산프로그램에 수작업으로 정보를 입력하는 키펀처 같은 직업인 걸로 알고 있는데, 그 작업환경이 열악하기 그지없어서 근무 중 쓰러지는 사람이 속출하는 박봉의 힘든 직업이었다. 그 직업도 친척인 정 승화 - 후일 육군참모 총장을 지냄 - 장군의 주선으로 취직을 한 것이었고 보면, 시대의 질박한 그림자는 특수층을 제외하고는 누구도 예외가 없었던 시절이었다.

쌀독에서 인심 나고, 부자집안에서 풍악소리 들린다는 말처럼 우선의 내가 넉넉해야 친구나 동기간의 정도 도타와 지는 법이 아닌가? 아무튼 누이와 싸우고 집을 나온 나는 주머니에 얼마 남지 않은 용돈을 털어 술을 마셨다. 술이야 이미 주력(酒歷)이 쌓일 만큼 마셔보았고, 술 자체에 신체적 알레르기 반응도 없던 터에 능동적으로 즐길 수 있는 나이이긴 하였지만, 홧김에 정신없이 퍼마신 술이 나를 공황상태로 끌고 갔음은 쉬 짐작할 수 있는 일이었다.

서울이라는 비정한 도시에서 만취한 시골청년을 어느 누가 쉴 수 있는 안전한 곳으로 안내하여 귀가를 도와 줄 것인가? 주머니에는 교통비도 남아있지 않았고, 의식은 동서남북을 구별 할 수도 없을 만큼 취하였는데, 시간은 이미 통행금지가 가깝고 있었던 것이다.

어렴풋한 기억으로 남대문 시장을 지나 무작정 걸었던 기억이 날 뿐, 그 당시 방범대원이라 불리던 단속원에 붙잡혀 파출소에 가서야 조금씩 깨어나는 취기 속에 무엇인가 잘못되었다는 것을 알게 되었다.

돈 몇 푼 짚어주면 그들의 호위를 받고 여관방으로 안내되어 편히 쉴 수 있다는 사실을 시골 촌뜨기 순진한 청년인 내가 어찌 알았을 것이며, 파출소에 가서도 돈 몇 푼 만 주면 통금이 해제될 때까지 보호해

주거나 조금만 더 주면 집에까지 지프차로 무사히 귀가까지 시켜주는 어두운 세상인 것을 나중에야 알았지만, 수중에 한 푼도 없던 당시의 나로서는 이래저래 상상할 수도 없는 일이었다.

새벽에 각 경찰서마다 유치된 범법자들을 수거(?)하기 위해 도착한 호송차에 실린 수많은 다른 범법자들과 같이 나는 아비규환 같은 서대문 즉결재판소에서 즉결심판을 기다리는 신세가 되었다. 그때부터 나는 자유인이 아니라 판결을 기다리는 범법자가 되었다는 사실을 작은 창의 하늘을 가르고 있는 팔뚝만한 쇠창살이 말해 주고 있었다.

별의별 사건 사고로 잡혀온 사람들, 남녀 구분도 없이 노예시장 같기만 했던 그곳은 내가 태어나 생애 처음으로 목격한 생지옥이 바로 그곳이었다. 창밖의 하늘은 추석을 하루 앞 둔 청명한 가을하늘이 서럽게 다가왔고, 어머니의 얼굴이 떠올랐다. 전화가 귀중품이던 시절, 이번 추석에는 못 간다는 편지를 해둔 상태였지만, 추석음식을 만들고 있을 어머니와 고향의 그리운 명절풍경이 뇌리를 스치고 지나갔다.

판결은 오후 세시가 넘어서야 시작되었는데 막상 판결하는 데는 고작 5초가 걸렸을 뿐이다. 5초 동안의 판결을 받기 위해 14시간을 기다린 것이다. 판결이 시작되기 전까지 경찰과 피구금자 사이에는 끊임없는 뒷거래가 이어졌고, 현찰이 없는 사람은 부탁 받은 경찰이 보호자에게 전화를 걸어주면서까지 돈을 갖고 오게 하는 민주경찰의 친절(?)도 목격할 수 있었다.

그래서 오후 세시가 될 즈음에는 상당수의 사람이 경찰의 호명대로 불려나가 자유인이 되어 나갔고, 그러한 친절을 베푸는데 필요한 시간을 주기 위해 오후 세시까지 판결을 지연시키는 판사의 배려는 눈물겨운 것이었다. 그렇게 모금(?)된 뒷돈은 경찰과 즉결판사라 불리는 별볼일 없는 법관 사이의 은밀한 연결고리로 얽혀진다는 사실을 나중에야 알았지만, 나는 값비싸고 냉엄한 사회교육을 그렇게 조금씩 체험으로 배우고 있었던 셈이다.

아무개 벌금 몇 원! 아무개 구류 며칠! 등으로 신분이 분류 되었는데, 벌금을 받은 자는 돈만 내면 하시라도 풀려나는 것이고, 구류를 받은 자는 관할 경찰서 유치장에서 꼼짝 없이 구금되어 그 날짜를 채워야 풀려나는 것이다. 나는 구류 1일을 받고 종로경찰서 유치장에 구금되었는데, 입창에 앞서 허리띠를 포함 모든 자해가 가능한 물품은 영치 당한 채 무장해제 되어, 원형으로 배치되어 있는 유치장 중의 방 하나에 배치되었다.

가운데는 유치장 근무 경찰의 책상이 놓여있고 각 유치장끼리는 서로가 훤히 볼 수 있는 원형구조로 되어 있었다. 저녁이라고 나온 알루미늄 도시락을 열자 썩은 보리쌀 냄새가 나는 꽁보리밥 조금에 새까만 된장 한술이 나왔다. 종일을 아무것도 먹지 못한 상태였지만 솔직히 넘어가지를 않았다.

온기라고는 하나도 없는 가을로 가는 감방에 얇은 담요 한 장이 주어졌고, 같은 방에 유치된 각양각색의 7명의 사람들끼리는 별 말을 나눈 것이 없다. 그 하룻밤은 엄청난 절망의 벽으로 내게 다가왔다. 내일이라는 것이 까마득한 미래의 일로 느껴졌다. 여러 가지 후회가 밀려왔다. 누이와 싸운 것도, 분을 참지 못한 나의 용렬함도 모두가 후회로 다가올 뿐이었다.

거의 뜬 눈으로 새웠을 밤이 밝은 그날 아침은 추석이었다. 고향의 어머니는 분주히 차례상을 마련하고 계시리라. 유치장의 아침은 저녁과 똑 같았는데 특식으로 탱자만한 사과 한 알씩이 나왔다. 나는 그 사과를 며칠을 더 있어야할 같은 방 사람에게 주었다. 유치장 경찰은 오전 10시가 되어도 구금을 풀어줄 생각을 하지 않고 있었다.

내가 읽은 책에서 형사판결을 받기까지의 구금기간은 판결 후 형량
에서 감한다는 걸 읽은 기억이 났다. 나의 짧은 법률 지식이었지만 그
것은 고금동서를 막론한 진리가 아닌가? 그렇다면 나는 적어도 그날
새벽 4시 이후에는 풀려나는 것이 맞다. 어디서 그런 용기가 났는지,
유치장 간수를 손짓으로 불렀다.

"법리상 나는 당연히 벌써 나갔어야 하는 게 아니냐? 그러니 지금
당장 나가게 해 달라!" 지금 생각해도 가상한 용기였지만 그때 그 간
수의 인상이 심히 일그러졌던 것이 기억난다. 그러더니 매우 불쾌한
표정으로 나를 아래위로 훑어보며 "조금 기다려!"라고 내뱉더니 그제
야 개인의 소지품을 꺼내오는 것이었다. 아마 나를 좀 배운 놈이거나,
골치 아픈 부류 정도로 판단한 지도 모르겠다.

종로경찰서를 뒤로하고 나온 서울의 한가위의 하늘은 서러우리만
치 파란 전형적인 가을하늘이었다. 차들과 인파도 뜸한 종로에서 주
머니에 버스비도 없이 어디를 가야할까를 고민할 수밖에 없었다. 큰
누이의 집이 있는 증산동까지는 도저히 걸을 기운이 나질 않았다. 버
스정류장에서 망설이던 끝에 나보다는 몇 살은 위로 보이는 젊은 청
년에게 다가가 사정을 이야기 하고, 버스비만 융통해 줄 수 없겠느냐
고 물었다.

사람 좋아보이던 그 청년은 선선히 100원 - 아마 당시 버스비가 10
원 정도로 기억되니 100원은 적지 않은 액수였다 - 지폐를 지갑에서
꺼내주면서, "자신도 시골에서 올라와 고생 많이 했다. 지금은 용산에
있는 '한강로 카바레'에서 지배인 보조로 일하는데, 전화번호를 줄 테
니 언제든지 찾아와라. 카바레에 일자리를 마련해 주겠다. 절대로 용
기 잃지 말고 희망을 가져라."등의 말을 내게 하면서 지폐를 손에 쥐
어주고 전화번호를 알려주었다. 지금은 그 사람의 이름은 잊었지만 너

무나 고마웠고, 실제로 대책 없는 서울생활에서 뭔가 할일을 찾아야할 처지였던 내겐 좋은 인연을 만난 것이기도 했다. 실제로 그 이후 전화를 넣었지만 번번이 연결이 닿지 않았고, 차차 그 일은 잊혀지고 말았으나 정말 며칠 사이에 여러 가지 사건과 사람 그리고 사념들이 나를 스쳐간 셈이다.

그 이후 나는 서울에서 할 일도 없이 누이와 형님 집을 전전하기도 하고, 서울에 와서 어렵게 자취생활을 하는 고향친구들이나 찾아다니며 술이나 얻어 마시는 생활 끝에 10월 24일 다시 낙향하기에 이른다. 아무런 얻은 것도 없이 황금 같은 젊은 날의 시간만 허비하고 돌아온 것이다.

배운 게 있다면 비정한 도시의 냉정한 현실과 오염된 사회의 어두운 이면의 세계를 조금 배웠다고나할까. 아버님의 낙담도 어느 때보다도 크셨으리라. 아무튼 이어진 고향에서의 생활은 무절제한 일상의 연속이 기다리고 있었다.

나보다 한 살 아래인 작은 집 두화와 촌에서 농사짓거나 하릴없이 전전하던 주변의 이런저런 또래와 어울려 부모님 몰래 술이나 마시고, 잠이나 퍼질러 자는 파락호 같은 날들을 보낸다.

그때부터 인생이란 것에 대해 회의와 권태, 절망이니 체념 등등의 허무주의 개똥철학을 나름대로 잡기장에 휘갈기며, 내가 무슨 시인이나 철학자가 된 듯, 완전히 망할 우월주의에 빠져들기 시작한다. 주변의 친구나 시골에서 만나는 일상의 선후배들과 나는 그래도 뭔가 다르다는, 시제 말로 기인 같은 존재로 나 스스로를 착각했을 수도 있다.

참 어처구니없는 일이 아닌가? 내가 무슨 철학공부를 했다고, 내가 무슨 문학을 전공했다고, 낙서노트에 "인생론"이라는 그 이름도 거룩한 제자(題字)를 붙여놓고, 삶이 어떻고 죽음이 어떻고, 인생과 환멸,

체념과 절망이 어떻다는 따위의 글들이나 쓰면서 술이나 축내고 있었으니 무슨 자위의 변명이 가당키나 한 말이겠는가?

그때부터 쓰기 시작한 그 기록은 군대시절과 일정 기간을 제외하고는 1980년대 초반까지 이어지는데, 아직도 그 노트는 수많은 이사와 살림의 전전에도 불구하고 없어지지 않고 있다. 최근에 그 노트를 열어보았으나 지금의 나로서도 무슨 뜻인지 이해가 가지 않는 허무와 저항, 회의적인 일색의 글들로 메워져 있어, 마치 전생의 내가 기록한 게 아닐까 하는 생각이 들 정도였다. 스무 살 청년이 기록한 인생론 치고는 아득하고 철없는 삶의 기록이라 아니할 수 없겠다.

인생론이란 거창한 제목을
갖다 붙인 잡기장의 표지

그 시점의 어느 날 잡기장 내용

해가 바뀌면서 아버지의 병세는 깊어만 갔다. 완연한 병증이 밖으로 나타나면서, 드시는 것도 극히 제한적이며 소량으로 바뀌었다. 그 당시의, 특히 김천 시골의 의료수준이란 것이 의사의 청진과 오랜 감에 의존하는 전근대적 의료여건이었고, 일상에 미리 예방적 진단을 위해 병의원을 찾는다는 것은 상상하기 조차 어려운 일이었다.

그럴수록 아버님의 병환은 키워질 수밖에 없었으니, 체력은 더욱 저하되셨고 신관은 부쩍 여위어갔다. 하루는 내가 아버님께 "서울 가셔서 종합진단이라도 받아 보시는 게 좋겠다."는 말씀을 드렸더니 한숨을 크게 내쉬시며, "그 돈이 어디에 있겠니!"하시며 먼 하늘을 쳐다보시는 것이었다.

나는 공연한 말씀을 드렸구나 하고 후회하면서 더 이상 다른 말씀을 드릴 수가 없었다. 그 해 아버님의 연세가 56세셨으니 지금의 내 나이보다 아래셨고, 오늘날로 치면 청년과 다름없을 연세가 아니신가? 회한의 가슴 저밈은 이렇듯 세월을 초월하여 올올이 겹쳐 오는 것임을 솔직히 그때는 알지 못했다.

4. 내 운명의 분수령 아버님의 별세

그래도 아버지께서는 힘든 몸을 이끄시고 출퇴근을 하셨고, 나는 20살을 맞고 있었다. 나 자신도 이런 막연한 상태로 기다리다 군대를 가고 또 희망 없을 미래를 맞을 수는 없는 일이란 생각이 들었다.

겨울방학이라 고향에 와있던 대학에 다니는 남녀 동기들 또는 시골의 이런저런 부류와 어울리고 술 마시며, 나는 여전히 무언가 다르다는 자만의 자위를 해 보았으나 왜소해 지는 무기력은 어쩔 수 없었다.

무절제한 날이 이어지는 와중에 미래를 위해 나의 현실을 박차고 나가야 한다는 생각을 하기에 이른 것이다. 신문에 2년 과정 서울보건전문대학의 신입생 모집 광고를 보았는데 방사선, 임사병리학 등등의 학과는 나의 정서와도 어울릴 것 같았고, 졸업 후 의정장교 복무 및 무궁한 진로가 보장된다는 광고는 나를 흥분하게 만들었다.

비록 기술학원의 등록금도 못 내서 좌절 하였지만 일을 저질고보면 어떻게든 길은 있을 것이라 믿었다. 특히 입학시험과목에 수학이 없는 만큼 자신이 있었다. 아버님께는 말씀도 안 드리고 서울 형님에게 바로 원서를 보내달라는 편지를 띄웠더니, 등록금은 못 대주더라도 동생의 일이니 직접 학교를 찾아가 등기로 곧장 원서를 부쳤던 것이다.

　지나고 보니 아버님의 심기만 불편하게 해드릴 일이었던 것을 참 소견도 짧았다는 생각이 든다. 아버님께 입학원서를 보여드리며, 나의 포부를 말씀드렸더니 크게 낙심만 하시며 긴 한숨만 내쉬시는 것이 아닌가? 늦게 얻은 막내아들의 앞길을 틔워줄 수 없다는 사실이 아버님은 얼마나 한이 되셨을까? 그렇잖아도 건강마저 최악의 상태인 아버님의 마음에 더욱 무거운 부담만 안겨드린 꼴이 되고 말았다. 그날이 1971년 2월 18일이었다.

　고등학교를 졸업한지도 1년을 넘기고 있었고, 나의 고향에서의 생활은 무대책으로 이어지는 가운데, 더 이상 악화되어가는 아버님의 신병을 치료하기 위해 드디어 부모님이 상경하시게 된다. 더 이상 일상의 생활이 힘드실 만큼 병세가 깊었기 때문이다. 그날 상경하실 때 스스로 걸어서 가신 모습이 내가 마지막 본 아버지의 활동 모습이 될 줄이야 어찌 상상이나 하였으랴!

　그날 상경하여 서울 "백병원"에 입원하셨다가 3차에 걸친 대수술을 받은 아버지께서는 1971년 5월 12일 운명하실 때까지 병석에서 자리보전을 한 채, 말기 위암의 고통과 싸우며 처절한 병마의 날들을 보내시게 된다. 그날이 2월 23일이었는데, 그런 아버님께 며칠 전 대학 원서 이야기를 꺼내어 마음 아프게 해드린 일이 가슴 아팠다.

　하지만 그때의 우리 가족 모두는 좋은 병원에서 치료 받으면 곧 쾌차 하시리라 믿고 있었고, 병원비는 어떻게든 염출하면 되리라고들 생각하고 있었다. 나 역시도 곧 완쾌하여 돌아오실 부모님이 없는 집에서 여전히 인생철학이니 문학이며, 허무 따위를 휘갈기면서 나태한 나날을 보내고 있었다.

　며칠만 지나면 쾌차하여 돌아오실 것이라는 당초의 생각과는 달리 아버님께서는 열흘이 다 되도록 기별이 없었다. 전화가 없던 시절이고 보면 편지 또는 전보를 치거나 마침 내왕하는 인편이 있으면 전달하는 것이 고작이었으니 3월 3일에야 친척 아저씨가 서울을 다녀오면서 병원엘 들렸다가 고향집으로 찾아와 전갈을 해 주었다.

위궤양으로 수술을 하셨는데 경과는 좋으시다는 전갈이었다. 먼저 수술을 하셨다니 두려운 마음이 앞섰고, 당신의 몸보다도 병원비를 걱정하실 아버지가 염려되었다. 그래도 경과가 좋다니 다행으로 여겼으나 진실은 그것이 아니었다.

서울의 종합병원이었지만 의료의 수준이 지금에 비해 전근대적이랄 수밖에 없는 의료진이 이미 수술하기에는 늦은 말기 암을 일단 열어놓고 본 것이다. 당시의 진단기술이 방사선 조영촬영에 의존했을 것이고, 그 음영을 그림자 보듯 진단하여(Ultra Gastric Image), 막상 오픈한 뒤에 다행히 국소적이면, 좋은 수술이 되어 명의가 되는 것이고, 아니면 그만인 식의 그런 의료수준이었을 것이다.

나는 병원에는 가보지 못했으나 나중에 듣기에 세 차례나 수술이 이어졌다 한다. 어차피 불가능한 환자를 놓고 실습용 수술도를 마음껏 휘둘러보게 하고, 의료보험도 없는 시대에 입 딱 벌어질 의료수가만 올리면 되는 것이 아니었을까? 어차피 말기엔 똑 같은 고생을 할 병일진데, 차라리 수술을 하지 않았으면 좀더 오래 사셨을 것이란 데에는 이견의 여지가 없다.

그 와중에도 할아버지의 탈상을 위한 소상(小喪)을 어머니가 간병을 뒤로 하고 내려와 모시고 다시 상경하셨다. 병원에 가시기 전 할아버지 탈상제 걱정을 많이 하시던 아버지의 생각이 한없이 이어졌다.

그때까지만 해도 아버지가 돌아가신다는 것은 상상도 못한 일이었고, 혼자뿐인 집에서의 내 생활은 무 변화와 무의미한 일상 그 자체였다. 인생론이라며 잡기장에 낙서나 휘갈기며, 문학을 좋아한답시고 글

쓰는 흉내도 내면서 술 마시고, 책이나 몇 줄 읽는 무절제한 생활. 그것이 불타는 야망에 생의 모든 열정을 바쳐야할 나의 20세였던 것이다.

가끔 주말에는 도시에서 대학생활을 하던 남녀 동기생이 고향에 오면 만나서 이런저런 이야기에 술 마시는 날도 있었고, 계절은 완연한 봄을 향해가고 있었다. 하루는 여자 동기생을 집으로 오게 해서 오붓이 아랫목에 발을 묻고 도란거리다가 그녀가 찌게 안주를 만들고, 나는 술상을 만들어 밤늦게까지 대화를 나눈 적이 있었다.

구체적 대화의 내용은 기억나지 않지만 대학생활, 청춘, 이상, 꿈, 삶 대충 그런 주제였던 것 같다. 대학을 가지 못한 나로서는 그들이 무척 부러웠던 것이다. 새로 1시가 훌쩍 넘어 그녀를 집으로 바래다줄 때 그녀가 내게 물었던 말. "오늘 즐거운 시간이었느냐?"는 말에 "나의 근래의 생활에서는 즐거움이 없었지만 오늘만은 정말 즐거운 시간을 가졌다."고 한 말이 기억난다.

연정까지는 아니었지만, 우정의 다른 형태일 것이라고 어렴풋이 짐작했던, 그 시절의 20세인 우리는 그만큼 순수했다. 40년 가까운 세월이 흘러 그 시절을 추억함에는 어떤 의미가 있는 걸까? 전후의 어려운 절대빈곤의 시대에 유년기를 보내고, 산업화와 고도성장의 이면에 가려진 청 · 장년기를 보낸 우리들은 그래도 이 땅의 마지막 낭만파 세대였다는 말로 위로 받을 수 있을지, 지금은 모두들 초로의 실버세대가 되어 꿈과 야망과는 무관하게 손자, 손녀를 돌보는 낙으로 살아들 가고 있을 것이다.

돌이켜보면 내 인생은 20세를 분수령으로, 행복의 아름다운 무지개 빛 세월은 끝이 난 것 같다. 20대의 초입에서 맞은 아버님의 별세로, 내 인생의 운명의 그라프는 급전직하 추락하면서 방황과 고통, 무절제와 질곡의 날들이 끊임없이 준비되고 있었음을 그때의 나로서는 어찌 알 수 있었겠는가?

마치 운명의 신이 있어 내 인생의 행·불행에 분명한 획을 그어주는 것처럼, 아버지의 별세는 내 운명의 지침을 너무나도 확연하게 돌려놓게 된다. 그렇게 내 생의 따뜻한 봄날은 이별의 손수건 한 장 흔들지도 않은 채 떠나가고 있었다.

아버님께서는 3월 20일 퇴원하여 집으로 오셨다. 백병원의 앰블런스를 타고 돌아오신 아버지는 내가 처음엔 알아보지 못할 정도로 여위고 초췌하셨다. 그러나 나는 퇴원을 하신 만큼 이제 시간이 흐르면, 그렇게 애써 가꾸시던 집 안팎을 종전처럼 가꾸시며, 동네에서도 제일 깔끔한 집안에서 퇴직 후 노년을 행복하게 보내게 되실 줄 알았었다.

나도 곧 군대에 입대하여 복무를 마치고나면 적당한 자리에 취직을 하여 그럭저럭 주어진 삶을 살아가게 될 것이고, 돈을 벌면 부모님에게 용돈도 드리는 그런 삶이 막연히 기다리고 있을 줄만 알았다. 기회가 오면 사업을 하여 사장이 되고, 돈을 많이 벌어 세상에 좋은 일도 많이 하며 살아가리라는, 한마디로 무책임하고도 현실성 없는 꿈을 꾸기도 했다.

나아가 내가 경영하는 회사의 직공 중에 시골에서 태어나 배운 것 크게 없이 착하고 가난한 여인을 나의 아내로 맞이하리라는, 꿈속에서 꿈을 꾸는 것 같은 꿈을 꾸고 있었다. 아버님께서는 미음을 조금 드실 정도였고 당신의 투병의지는 너무나 확고하셨다.

지금도 거의 불치의 병으로 치부를 하지만, 그 당시의 암은 곧 사형선고다. 그래서 의료진과 보호자들은 환자의 충격을 생각해서 돌아가시는 날까지 병명을 숨기는 것이 당연시 되었던 시절이다. 아버지께서 퇴원하여 귀가하신지 3일만인가, 서울의 작은 형님이 어머니와 나에게 아버지의 병병은 위암이고 의사들의 말로는 길어야 2개월밖엔 살지 못하신다는 말을 했을 때, 그때의 내가 받은 충격과 무너져 내리는 처참한 마음은 글로서 표현할 방도가 없다.

하염없이 눈물이 흘렀던 기억과 의외로 담담한 표정을 애써 지으시던 어머니의 얼굴만 기억이 날 뿐이다. 아버님께서는 위궤양 수술을 받았으니 이제 자리를 털고 일어나는 것도 시간문제일 거라며, 스스로 당신을 추스르시는 모습 앞에서 나는 처연한 삶의 비애와 직면하였고, 생사의 갈림길은 이렇듯 당당히 인간의 의지와는 상관없이 찾아온다는 사실을 깨달을 뿐이었다.

무대책 속의 암울한 절망은 처절한 회색의 바람이 되어 내 주변을 휩쓸고 지나갔다. 초읽기로 다가온 죽음을 전혀 알지 못하시고, 거울을 보며 많이 좋아졌다고 말씀하시는 아버님에 대한 연민은 아버지를 대신해 차라리 내가 죽을 수 있으면 하는 바람으로 이어지기도 했다.

죽음이란 이처럼 하루해가 지는 것처럼 차분히 그리고 당당히 찾아올 수도 있다는 사실이 믿기지 않았지만, 아버님의 병세는 가슴을 옥죄듯 하루가 다르게 악화되어만 갔다.

극심해지는 통증에 비례해 내가 느끼는 생사별의 비애는 큰 폭으로 깊어만 갔거니와 20살의 내가 감내하기에는 너무나 모진 시련이었다고나 할까! 모르핀 주사와 관장을 큰형님과 내가 교대로 시술해 드리면서, 밤을 세워야하는 날이 많았다. 살이라고는 하나도 없는 가죽 같은 아버지의 엉덩이에 주사바늘을 꽂으며 속으로 얼마나 눈물 흘리며 신을 저주했던가. 아버님께서는 그래도 확고한 투병의지를 지니셨기 때문에 형님과 누이에게 재 입원 시켜줄 것을 분부하셨으나, 그것이 아무런 치료대책이 될 수 없음이었고, 집안의 경제사정 마저 침몰 직전이었다.

그런 나날 속에서도 큰형님의 주벽은 아버지의 약값도 아랑곳없이 돈만 손에 닿으면 술을 퍼마시고 들어와 추태로 이어졌고, 이래저래 나의 침울함은 또래의 청년에 비해 병적이라 할 만큼 깊어만 갔다. 엄청난 병원비 조달을 위해 어머니께서는 어쩔 수 없이 문전옥토였던 서당 옆의 밭을 급히 헐값에 처분해야했고, 아버지 학교의 공금까지 10만원을 차입하기도 했다.

그 밭은 내가 학교에서 돌아오면 나무에 올라 홍시를 따먹곤 하던 청소년기의 추억이 그대로 묻어있는 땅이다. 아버지의 마지막 봉급이 된 1971년 4월 봉급은 당시 3만 3천원이었는데, 그 봉급은 내가 학교로 가서 직접 수령하였다.

원하신 재입원이 좌절되고, 형님과 누이가 상경을 위해 작별 인사를 하자, 절망하며 눈물 흘리시던 아버지의 모습은 내 생애에 각인된 지워지지 않는 비극의 이미지로 남게 된다. 이미 많은 장기에 침범한 암세포로 인하여 배변장애까지 겹쳐 4월 29일에는 김천의 김외과에서 장루(stoma) 회장항문 수술을 받으셨다.

시골의 의원이라 전신마취가 불가능했고, 국소마취에 메스를 긋고 장을 연결하는 수술에는 내가 입회했다. 극심한 통증과 고통을 참으시는 아버님의 팔을 잡고 나는 그저 나의 입술만 피가 나도록 깨물 뿐이었다. 그때의 내 삶에 비춰진 색깔이란 온통 절망과 신에 대한 원망의 암울한 색깔이었다.

그런 와중에도 셋째 누이의 결혼식은 아버지 생전에 치러야 한다는 어머니의 의지와 누이의 시댁이 될 집안에서도 장남의 결혼을 미룰 수 없다는 의견에 따라 결혼식 준비까지 해야 했다. 서울의 예식장이 정해지고, 누이의 결혼식은 아버지 없이 진행되는 가운데 신부입장은 서울의 형님이 아버지를 대신했다.

큰형님과 나는 당연히 아버님 간호를 위해 결혼식에 참석지 못했고 식순에 의한 결혼식은 그렇게 기계적으로 진행되었을 것이다. 병석에 누워서 딸로는 막내의 결혼식에 참석지 못하신 채 다가오는 주검과의 처절한 조우를 맞으셨을 아버지의 고통은 어떠하셨을까?

5월 4일에는 어머니께서 더 이상 희망의 끈을 놓지 않으시는 아버님을 더는 볼 수 없으신 나머지 아버님께 당신의 병은 암이며, 얼마를 살지 못한다는 최후 통고를 하신다. 그때의 비탄해 하시는 아버님의 표정, 그러면서도 당신 자신은 반드시 나아서 나 막내의 결혼까지 보시겠다며 눈물을 흘리시던 모습을 나는 영원히 잊을 수 없다.

20살 청년인 나에겐 너무나 극복하기 어려운 시련이었다. 신혼여행에서 누이가 돌아왔고 집안은 눈물바다가 되었다. 나에게 새로운 자형이 되는 사위의 손을 잡고 나와 어머니를 잘 부탁한다는 말씀을 하셨다. 차라리 내가 태어나지 않았더라면 아버님의 가시는 길이 좀은 가볍지 않았을까? 부질없는 회한의 눈물만 흘리는 것이 내가 할 수 있는 일의 전부였다.

같은 날 천주교 신자인 셋째 누이와 숙모님의 주선으로 신부님이 집으로 와서 아버님의 천주교 세례를 집전하였다. 세례명은 "아우구스틴"을 받으셨는데, 아버님의 가시는 길이 가벼워지고 그리스도의 품에서 편히 잠드시길 나도 기원했다.

5월 6일에는 누이가 시댁으로 처음 들어가는 신행 날이라, 본디 친정아버지가 상객(上客)으로 딸을 데리고 가는 법이지만 내가 아버지를 대신하여 갈 수밖에 없었다. 영주에서도 50리는 족히 떨어진 당시로서는 오지로 통하는 부석면 누이의 시댁은 큰 과수원집이었는데, 시아버지 되는 분이 면장을 지냈고, 지역사회에 신망이 높은 부자 농가였다.

그러니 동네사람과 일족들의 지대한 관심 속에 잔치는 성대했고 그럴수록 나는 슬펐다. 누이의 시댁 쪽 큰 어른들과 마주 앉아 상객손님으로서 나는 의젓한 처신과 범절을 보여야했다. 그렇게 하는 것이 아버님을 위하는 길이고, 우리 집안의 체통과도 연결된 것임을 잊을 수 없었기 때문이다.

누이의 시댁에서도 나를 상객손님의 예로서 맞았고, 대소가 어른들이 나를 접대하며 이런저런 질문을 던졌다. 한 어른이 형제간이 몇이냐고 물었는데, 나는 안행(雁行)이 일곱인데, 제가 막내라고 대답했더니, 어째서 안행이라 하느냐고 다시 물었다. 중국 고사에 기러기는 그 형제의 우애가 유달라 어디를 갈 때도 무리를 지어 날기 때문에 우애 있는 형제간을 '안행'이라 한다고 배웠다고 대답을 한 기억이 난다.

누이를 시댁에 남겨두고 집으로 돌아온 지 며칠 되지 않은 1971년 5월 12일 아버님께서는 56세, 당시로서도 너무나 짧은 생을 마감하신다. 임종을 지켜드렸는데 아무리 내 손으로 눈을 감겨드려도 끝내 눈을 감지 못하셨다. 그토록 여러 자식과 사위들에게 나를 잘 부탁한다는 말씀을 남기시고도 이 자식을 잊지 못해 눈을 감지 못하신 것일까?

어떤 표현으로 그날의 비통을 적어야할지 막막할 따름이다. 종중(宗中)의 일을 보는 노인이 와서 아버님의 운명을 하늘에 고하는 의식이 있었고, 대소 친인척의 조문이 이어지며 또 그렇게 남은 사람들의 몫은 떠난 사람을 보내기 위한 기계적 절차를 진행하는 일만 기다릴 뿐이었다.

육신의 주검과 함께 그렇게 끊임없이 찾아오던 통증과 무관하게 아버님은 이승의 마지막 옷 한 벌을 갈아입으시고, 집에서 가까운 동산 자락의 몇 평의 땅에 영원히 누우셨다. 나의 상복(喪服)에 흙 몇 줌이 얹어지고 "시토(始土)합니다."고 아버님께 고할 때는 목이 메여 말이

나오지 않았다. 둥근 봉분이 얹혀지고, 층층의 잔디가 서러운 삶의 진혼곡을 연주하듯 덮여지는 것으로서 모든 장례 절차가 끝났다.

살아가면서 만날 수밖에 없는 사람들의 의례적 조문의 발길도 뜸해지면서 누이와 형님들도 자신들의 삶터를 향해 썰물처럼 빠져나가고 아버님이 안 계시는 빈 자리는 어머니와 나, 큰 형님 내외 조카들이 메우고 있었다. 그 해에도 아버님께서 사랑채 화단의 돌 틈을 따라 심으셨던 채송화는 말없이 탐스런 꽃을 무시로 내밀고 있었다.

「 아버지의 채송화 」

밥반찬 통 한 칸으로 된
얇은 도시락 고무줄로 묶인
아버지의 반짝이는 키 큰 자전거에
분홍 자주 곰살 맞은 몇 송이 채송화가
퇴근길 당신의 시장기에 수줍게 얹혀
예지리 73번지 우리 집을 찾아왔다

오뉴월 긴 긴 해도 꽁지 이미 빠진 그때
사랑채 꽃담 밑 아버지의 호미질 따라
키 작은 채송화가 하나 둘씩 제 땅을 만나
저들이 가져온 삶의 보따리를 푸는 것을 보았다

물 조리에 물을 담아
사랑으로 물 내리는 아버지의 손등에
굵게 흐르는 푸른 정맥은

영원히 그침 없을 큰 강물처럼 느껴졌었다

키 작은 채송화는 세월을 비켜 앉아

벌 나비 갈마들며 그들의 땅을 넓혀가는 동안

아버지의 키 큰 자전거는

녹슬어 채송화만큼 작아만 지고

무엇이 그리도 바빴었던지

아버지는 이 땅의

마지막 옷 한 벌을 갈아입으셨다

이제는 그 세월 흘러간 강둑에

지명(知命)의 대책 없는 못난 얼굴로 돌아온 나는

그 이쁜 채송화 몇 송이 정(情)으로 꽂아볼

사랑의 물 한 방울마저 메마른 것인지

채송화보다도 작아지는 옹졸한 가슴에

한잔 시름으로

세월의 시장기만 보태어 마셔본다

"롱펠로우"는 "죽은 자는 죽은 자로 하여 묻게 하라."고 읊었고, 성경에는 "주 그리스도를 믿는 자는 영원히 죽지 않으며, 비록 죽었다 하여도 다시 살리라고."고 하였으나 나는 허무한 박탈감과 믿기지 않는 현실에 대한 충격으로 그때부터 엄청난 좌절과 시련에 직면하게 된다.

모든 게 덧없게만 느껴졌고 삶이 무의미하다는 생각에 깊이 천착하며, 바닥없는 함정으로 빠져 내리는 것 같은 허망함을 잊기 위해 폭음하는 습관이 생긴 것이다. 차근히 앞날을 위한 생각은 고사하고, 자신을 혹사하며 마시는 술로 위장장애가 생긴 원인이 되고 있었다. 정신의학적 진단으로는 '외상 후 스트레스증후군(Post traumatic stress disorder)'이 분명할 터였지만 끝없는 어두운 터널에 갇힌 것 같은 기분은 나를 무참히 압박해 왔다. 사람들마다 어떤 비극이나 기쁨에 대처하는 방식과 강도는 모두가 다르겠지만, 아마도 나는 그 비극을 감수하기에는 너무나 어려운 인간적 방식을 지녔던 것 같다.

아버님께서 돌아가신 후 얼마 되지 않아 퇴직금 수령 통보가 있었고, 어머니께서 직접 서울에 가서 수령하여 통장에 입금하셨다. 아버지의 전 청춘과 생애가 담긴 퇴직금이었다. 정확히 얼마였던 지는 기억에 없지만, 나의 대학 세 학기 등록금과 아무런 살림의 대책이 없던 고향의 큰 형님 식구들의 입 건사를 하는데 일정 부분 기여한 금액이라고 알고 있다.

그 퇴직금으로 이듬해 나는 지금의 계명문화대학에 입학할 수 있었고, 뒤늦게나마 기술직 공무원에 입문하게 되는 학력 자격을 갖추게 되어, 지금껏 밥 먹고 사는 계기가 되었을 뿐 아니라, 방송통신대학의 편입과 대학원까지 졸업할 수 있는 바탕이 되었으니 아버님은 돌아가셔서도 끝까지 내 인생을 지켜주신 것이다.

아버님께서 돌아가시고 없는 고향에서의 생활은 현실적으로 더 이상 이어나가기 어려웠다. 아무런 직업이나 농사도 없이 큰 형님 내외가 건사해 가는 시골집에서 어머니와 내가 얹혀산다는 것은 불가능했고, 그나마 여러 남매들이 사는 서울로 가서 일신을 의탁하는 것이 옳다는 판단이 내려져 어머니와 나는 그해 6월 25일 고향을 떠나 서울의 작은 형님 집으로 일단 이사를 하게 된다.

졸지에 어머니와 나는 정주할 가정의 안식 자체가 뿌리째 뽑힌 꼴이 되고 말았다. 당시 서울의 형님은 영등포구 신정동의 변두리에 마당이라고는 아예 없는 방 세 칸짜리 집에 전세를 살았는데, 방 한 칸은 월세를 놓고, 가운데 작은 방이 형식상 어머니와 나의 방인 셈이었다.

서울의 형님도 직장생활은 하고 있었지만 회사형편이 소송과 부도 직전의 상황이라 어려운 도시생활에서 처자식 건사하기도 빠듯했으니 그때부터 어머니와 나는 누님 집, 형님 집 사이를 전전하며 질박하고도 막막하기만 한 떠돌이 식객생활로 접어들 수밖에 없었다.

큰누이의 집에서 하루나 이틀을 보내고 교통비 1–2백 원 정도를 얻으면 다음은 작은 누이 집으로 가고, 다음은 형님 집에서 하루 이런 식의 생활이 이어졌다. 여전히 내 일기장에는 저주, 절망, 무의미 같은 단어들이 올라왔고, 숨이 막힐 듯한 서울에서의 생활은 아무런 희망과 대책도 없는 가운데, 아버지에 대한 회한과 사념은 나를 지탱할 수 없을 정도의 무기력만 제공하고 있었다.

그런 서울에서의 생활이 열흘 정도 흐른 7월 4일, 그날은 남성동 셋째 누이의 집에서 자고 일어났다. 자형은 가까운 부대에서 장교로 근무를 하고 있었고, 단독주택 집에서 전세로 신혼살림을 하고 있었다. 오전에 집을 나서서 또 어디로 가야하나를 생각할 수밖에 없었는데, 결국 누이와 말다툼이 벌어지고 말았다.

그 누이는 집념이랄까 현실적 여건에 노력으로 적응하려는 의지가 뛰어났었으니 대책 없는 무능한 동생이 안타까운 마음이었을 것이고, 그 말이 빌미가 되어 나의 자격지심을 파고들었는데, 그것을 나 스스로가 용서하지 못했었던 것 같다.

아무 버스나 타고 닿은 곳이 한강 뚝섬유원지였다. 그날이 마침 일요일이라 행락객들이 많았고, 모두들 행복한 가족나들이 인파를 보자

알 수 없는 외로움과 서러움이 복받쳐 올랐다. 내가 할 수 있는 일이라고는 미친 듯 술을 마시는 일밖에는 없었다. 급속히 오르는 취기 속에서 고통으로 신음하시던 아버지의 모습과 절망의 회색 그림자로 모자이크된 미래의 내 모습이 떠올랐다.

얼마의 술을 마셨는지, 어떻게 계산을 했는지 기억에 없고, 어렴풋이 남의 지프차에 올라갔던 기억이 되살아난 때는 해가 바뀐 다음 날, 용산 경찰서에서 구속이 된 상태에서였다. 아마도 술이 너무나 괴로운 나머지 차문이 열려있던 차의 좌석에 앉아 쉬겠다는 생각이었을 것이다. 그런데 차주 일행이 자동차절도범으로 관할 파출소에 신고를 했고, 출동한 경찰에 의해 현행범으로 체포되어 용산서로 이송된 것임을 뒤늦게야 알게 되었다.

상의는 완전히 벗겨져 있었는데, 기억을 되살려보니 차주 일당이 경찰이 오는 동안 도망치지 못하게 내 상의를 모두 벗겼고, 그 과정에서 나의 등에 긁힌 상처가 남게 되었음을 알았다. 어처구니없는 일이었으나 차라리 내 마음은 당당했다. 할 테면 해보라는 베짱이 나도 모르게 생겼다.

담당형사도 알았을 것이다. 그렇게 만취한 사람이 키도 꽂혀있지 않은 자동차를 어떻게 훔칠 것이며, 범죄의 이력을 조회해 봐도 나에게서 범죄의 의사가 없었음을 너무나 잘 알고 있었을 것이다. 그러나 경찰로서는 좋은 건이 걸려든 것이다. 이미 세상의 더럽고 썩은 부분을 조금은 알고 있던 나로서는 강한 적개심이 끓어올랐고, 어제 누이와 다투고부터 지금껏 잘못된 것이 하나도 없다는 정정당당한 자신감까지 생겼다.

다만 어머니가 이 일을 알면 무척 충격을 받을 것이라는 걱정밖에는 다른 생각이 없었다. 담당형사가 연락을 했는지 형님과 누이가 달려왔고, 형님은 무조건 살려달라고 통사정을 하는 것이었다. 나는 그때 형님이 참 답답하고 미웠다. 나는 법대로 가고 싶었다. 그러나 세상은 이미 모든 것이 뒷거래로만 이루어지는 썩은 판에 내가 전과자가 되는 것은 서류만 만들면 되는 시간문제일 뿐이었다.

큰 자형이 형사과장과 친분이 있었던 관계로 전화 한 통화에 나는 형님이 건네주는 셔츠를 입고 용산서를 나올 수 있었다. 죄와 무죄는 자신이 저지른 행위에 의해서 결정되는 것이 아니라, 돈과 배경에 의해 결정된다는 보편적 진리 하나를 추가로 알게 된 셈이다.

이후 한 두 차례 추가 호출이 있었는데, 큰누이와 내가 경찰서를 방문했으나, 그때마다 담당경찰은 의도적으로 자리를 비우며 뒷거래의 단가를 높이는 교활한 처방을 하고 있었다. 내가 아무런 배경도 없이 주거조차 일정하지 않은 사람이었다면 그동안의 절도 미제 사건들을 나에게 똘똘 말아서 기소를 하고, 일거에 많은 미제사건을 처리하는 쾌거(?)를 올리게 되는 당시의 경찰의 추태를 여러 세간의 이야기를 들어서 나중에 알게 되었다.

당연히 사례가 전달되었을 것이나, 누이나 형님도 나에겐 말하지 않았다. 어머니도 별 말씀이 없으셨고 그 일은 잊혀지면서 또다시 칩거와 무위의 날들이 기다리고 있었다. 이 용산경찰서는 그로부터 꼭 33년 뒤에 하나 뿐인 자식의 주검에 따른 수사종결 확인의 당사자로 다시 출석하게 되니 나로서는 살아있는 저주의 형장과 같은 곳이라 할 수 있을 것이다.

쇼펜하우어가 인생은 권태와 절망 사이를 오가는 시계추라고 했던가? 그 이후로도 무위, 무의미, 무대책과 무기력의 4무(無)가 내 인생 20대의 초반을 집요하게 파고들었고, 문학이라면서 낙서 같은 그야말로 말도 안 되는 시와 인생철학을 긁적이는 노트 속에서 끝없는 나락으로 추락하는 실습을 자행한 것이 생활의 전부였으니, 참말로 거꾸로 달리는 인생의 말 꼬랑지를 용케도 붙잡고 있었던 셈이다.

형님과 형수는 어머니와 내가 같이 있는 것에 대해 싫은 내색 한 번 안 했지만, 어려운 형님의 살림에 밥그릇만 축내는 것이 죽기보다 싫었고 나름대로 돈벌이를 해보려는 노력은 게을리 하지 않았다. 앞에서도 언급하였지만 당시의 경제 여건에서는 지금 같은 아르바이트의 개념 자체가 없던 때였으나, 내가 찾아간 한곳은 버스 차장의 수입금을 감시하는 이른바 삥땅감시원이었다.

하루 종일 버스의 일정좌석에 동승하여 승차인원을 체크하고 차장이 입금하는 금액과 대조케 하여 삥땅을 예방하는 직업이다. 명칭은 교통량조사원이라 했고, 하루 종일 버스를 타고 조사표를 제출하면 정확한 기억은 없지만 점심 값과 시내버스비 정도를 벌 수 있는 일이었다고 기억된다.

찬밥 더운밥을 가릴 형편이 아니었으나, 그날의 일기장에 나는 다음과 같이 기록하고 있 다.

"~~~ (전략) 생각해 볼 때

그 연약한 여차장의 슬픔어린 손이

주머니에 들어가는 것을 막기 위해 (중략)

~~~ 이는 도저히 내가 할 수 없는 일이다. (하략)"

이런 식이었다. 그들을 어찌 도둑으로 전제하고 하루의 일당을 벌기 위한 감시자가 될 수 있을 것이냐? 하는 생각을 했던 것인데, 매사가 그런 식이었다. 무엇보다 견딜 수 없었던 것은 아버지가 돌아가시고 일거에 찾아온 가정의 해체에 따른 고적감과 공허한 박탈감이었다.
~~~

어머니, 형님과 누이들이 있었으나 본질적으로 가정의 일원으로서 내가 나누고 대화할 그런 공간은 없었다. 학생이었거나 직업에 전념했었다면 공부와 일을 통하여 극복할 수 있는 방편도 있었을지도 모르겠다. 그리고 유교가 생활이념이던 우리 집안에서는 어릴 때부터 나를 정신적으로 지탱해 준 신앙심도 없었으니 정말 서울이라는 대도시에서 아무런 내일에 대한 대책 없이 사방의 벽에 갇힌 것 같은 절망감과 공허함만 이어졌을 뿐이다.

그 당시의 노트

어머니는 어머니대로 아들, 딸집을 전전하면서 장기체류에 따른 부작용과 남매들 상호간의 발생 가능한 이해관계들로부터 사전예방을 하셨고, 나 역시도 형님과 누이의 집을 이동해 다님으로서 내가 식객이나 가족구성원이 아닌 방문객일 뿐이라는 인상을 남기기에 급급한 날을 보내기에 바빴다.

가정이란 말의 사전적 정의는 가까운 혈연관계에 있는 생활공동체 또는 한 가족이 생활하는 집 정도가 되겠지만, 생활공동체란 동질성의 대화와 경제의 종속관계가 유지되어야 함을 전제로 하는 것이므로, 어

머니와 나는 이러한 가정이라는 굴레에서는 한참을 벗어난 아웃사이
더였던 셈이었다.

  의당 아버지가 안 계시는 집안은 맏이가 아버지 역할을 하면서 가정
의 계속적 건사를 도모해야 할 터이나, 큰 형님이 있는 고향 봉계는 먹는
입 하나를 더할 형편이 아니었고, 폐인이 되다시피 한 형님과 동생마저
무위도식으로 고향집을 지키며, 형제가 술이나 퍼마시며 산다는 것도 남
보기에 자랑스럽지 못하다는 어머니의 판단도 작용한 때문이었다.

  군대에 입대를 한다 해도 징병검사 후 1년 정도가 소요되었으니 그
때로 봐서도 2년여를 처절한 무위도식의 절망감 속에서 보내야할 형
편이었다. 아버님께서 생시에 내게 하신 말씀이 생각났다. 서울의 중
장비 기술학원에 등록하러 상경하던 날의 말씀으로 기억되는데, “무
슨 일, 어떤 직업이고 네 자신에 달렸다.”던 말씀이 떠올랐다.

  더는 막연히 시간만 축낼 수는 없다는 생각에 신문광고를 보고 찾
아간 곳이 청계천 상가에 있는 미용운동기구 판매 외무사원이었다. 지
금은 이 분야가 홈쇼핑에서 단연코 매출 상위에 들어가는 품목이지만,
대부분이 먹고살기 바쁜 그 당시에 몸매와 체형을 가꾸는 미용기구를
팔기가 어디 쉬운 일이었겠는가?

  제품이래야 베어링이 들어있는 원반 접시처럼 생긴 것에 올라서서
좌우로 돌리면 다리와 허리선이 날씬해진다는 참, 말도 안 되는 말씀
을 줄줄 외며 몇 날, 며칠을 이 동네, 저 사무실을 찾아다녔으나 단 한
개도 팔아보지 못하고, 그때의 자괴감과 무능함으로 나는 가슴에 상처
만 남긴 채 좌절하고 만다.

  ‘나’ 라는 인간은 아무 것도 할 줄 모르고, 할 수 있는 게 없다는 패
배감으로 버스비도 남기지 않고 술을 마시기 일 수였다. 반길 곳 없는
형이나 누님 집 보다, 고향에서 올라와 공장직공이나 점원 같은, 어렵

게 자취생활을 하는 친구에게 까지 걸어가서 숙식을 의탁하기도 했다.

그러다 아모레 화장품 외판원을 하고 있던 고향친구 조명형의 도움으로 아모레 화장품 중부 대리점에 다시 외판원으로 취직을 하게 된다. 지금의 방문판매와 같은 것인데, 그 곳에 입사하는 데도 재정보증이며 절차가 까다로웠다. 대리점에 출근을 하면 화장품 제품이 가득가득 담긴 네모난 가방을 양 손에 들고 나와서 그때부터는 자신이 알아서 팔아야 되는데, 판매원 수당은 판매액의 36%를 월말에 정산해 주는 고수익 외판원이었다.

골목마다 "아~~모~레 화장푸~움~~"을 목청껏 외치며 결사적으로 쏘다니는 동료들도 있었지만, 나는 죽어도 그렇게는 못할 것 같아 고작 누이나, 누이가 소개하는 이웃집에 몇 가지 로션 따위를 파는 게 고작이었다. 고객이 거의 모두 여자였으니 넉살좋게 여자를 상대로 풍을 치며 고객을 확보해야 되는데, 내외법이 엄연한 유교환경의 폐쇄적 봉건가정에서 자라난 탓에 남녀유별을 머리 속에 새기며, 여자에게 아양을 떠는 일은 수치스럽게 생각될 뿐이었다. 그러니 판매실적 경쟁을 매일 그라프로 표시하는 대리점에서 나는 늘 최하위를 면치 못했고, 그럴수록 나의 자멸감과 무력함은 나를 견딜 수 없는 절망감으로 몰고 갔다.

따라서 실적과 경쟁이 생존의 그림자로 작용하는 대열에서 나는 또 사표를 내고 냉엄한 서울의 거리로 나설 수밖에 없었다. 고향친구들의 회사나 가게를 찾아가 친구가 퇴근할 때까지 시간을 죽이다가, 어려운 그들의 용돈에서 고작 막걸리 잔이나 얻어먹고 취하는 일이 생활의 전부인 날들이 이어졌다.

누이들의 덕으로 일찍이 명동으로 진출하여, 돈을 많이 번 친구 놈을 운 좋게 만나는 날은 맥주홀에서 귀한 맥주를 얻어 마시며, 천사 같은 여급들의 서비스를 받는 호사를 누리면서도, 우라질 자본주의의 더러운 횡포에 허탈의 폭음을 더하였으니, 허랑한 젊은 날에 대한 변명일 뿐이겠지만, 10대와 20대를 분명한 분수령으로 하여 찾아온 내부의 혼란을 스스로 이겨내기에는 나는 너무나 불리한 성장조건을 지니고 있었던 것 같다.

이후에도 나의 구직투쟁은 계속된다. 급사처럼 심부름이나 하며, 어깨너머로 도안기술을 배워두면, 앞으로 밥 먹고 사는 밑천이 될 것이라는 작은 자형의 소개로 들어간 소공동의 도안사무실에서도, 도안은 아무나 하는 게 아니라는 확신만 배운 채 한 달을 넘기지 못했다.

컴퓨터 그래픽이 아예 없던 시절의 도안기술은 고소득이 보장되는 하이테크 기술이었다. 그러니 배우겠다고 들어간 곳에서 월급을 줄 이유도 없었고, 점심도 해결 안 되는 곳에서 도안사의 심부름과 줄긋는 작업이나 거들다가 그만 둘 수밖에 없었다.

누이와 형들은 나를 보고 인내심도 없고, 의지력도 없는 아무것도 못할 녀석이라며 눈을 흘기기 시작했고, 아버지의 운명으로 좀은 가엾이 생각하던 막내에 대한 동정심도 여지없이 사라지고 있었다.

대전의 풍한방직에 근무하던 외6촌 형이 나의 처지를 알고 자신의 회사에 취직을 시켜주겠다고 하여 헐레벌떡 달려갔으나, 담당부장으로부터 일언지하 거절당했던 일까지 겹치며 절망, 고독, 자괴감 같은 패배의식은 영양분을 공급하지 않아도 절로 무럭무럭 자라났다. 세상과 사회에 대한 적개심과 반항은 상대적으로 골이 깊어만 갔고, 정말 이대로 침몰하고 말 것이라는 불안과 자신에 대한 불신은 나를 끝없는 방황의 늪으로 인도하고 있었다.

아버님의 얼마 되지 않는 퇴직금에서 나오는 이자로 어머니는 고향의 큰 형과 형수 그리고 손자들의 최저생계의 굶주림을 면하게 하는데 급급해 있었고, 어느새 71년도의 가을은 깊어가고 있었다. 미칠 것만 같았다는 표현이 정확하리라. 어디론가 도피하거나 현실로부터 떠나야만 숨을 쉴 것 같았다.

커다란 여행용 트렁크를 빌려 옷가지며 일상의 보따리를 챙겨 무작정 완행열차에 몸을 실었던 것이 71년 10월 20일이었다. 수중에 여비가 넉넉할 리 만무하였고, 목적지가 있는 건 더더욱 아니었다. 그렇다고 당시 젊은이들 사이에 유행하던 무전여행을 할 만한 용기와 배짱도 내겐 없었다. 그러니 결국 찾아갈 수 있었던 곳이래야 일신의 의탁이 가능한 친구나 친지들의 주변이었고, 청주에서 우체국에 근무하던 친구를 찾아간 게 여정의 시작이었다. 친구가 출근하고 없는 자취방에서 무료한 시간을 보내다가 청주 시가의 가로수 낙엽 지는 거리를 하릴없이 걸으며, 보헤미안은 외롭기 위해 방황하는 아스팔트의 유목민이라는 관념의 시를 쓰곤 했다.

사람이 그립고 막연히 가족과 연인이 있었으면 좋겠다는 생각을 했다. 저녁어스름이 찾아온 청주의 중앙공원에는 은행잎 노란 낙엽이 지고 있었다. 낙엽 지는 소리가 시신의 관에 못을 박는 소리와 같다고 보들레르가 읊었던가?

모두들 바쁜 걸음. 연인과 또는 가족친지들이 나누는 행복한 대화와 웃음을 아스라이 바라보며, 가정으로 돌아가는 사람들의 발길위에 나도 모르게 눈물이 떨어지고 있었다.

「 가을저녁에 그대를 기다린다 」

은행잎 노랗다 못해
하얗게 엎드려 있는
그대의 집 건너 앉은

공원의 벤치에서
하나 둘 저녁을 여는
가로등을 보고 있다

퇴근길 서두르는
사람들 발길 분주한 만큼
어디에도 보이지 않는
그대 시린 별꽃 웃음

은행잎 한두 장에
갈비뼈 부서지듯
그립단 말 한마디
무채색을 얹어본다

포장마차의 석쇠위에서
소금으로 살을 비빈
몇 마리 도루묵 보다
내 가을의 온기는

몇 갑절은 외로울
침묵으로 서럽다
어둠이 한기를 데리고 와
대책 없는 시장기에
소주 한잔을 뿌리고

어쩌면 모세가
지팡이 하나로 광야를 버리듯
이 가을 나는
팔자 좋게 그대를 기다리고 있다

　할아버지 할머니, 부모님과 형님, 누이들이 모두모여 살던 옛집이 그리웠다. 돌아가려야 갈 수 없는 추억일 때, 그것은 낭만이 아니라 상실의 사실이 될 뿐이다. 마음씨 넉넉한 친구의 배려로 고달픈 자취살림이지만 청주에서의 식객생활은 얼마동안 이어진 것으로 기억된다.

　그렇다고 언제까지고 눌러있을 수도 없는 일이고 하여, 대전의 외6촌 형님의 자취방과 대구에서의 친구 집을 거치며 나그네 아닌 나그네 생활을 전전하다, 결국 최종 귀착한 곳은 고향집이었다.

　큰형님은 여전히 술과 방탕한 생활의 연속이었고, 고향도 결국 내가 머물 수 있는 곳이 되지 못한다는 결론만 재확인한 채 서울로 돌아오고 만다. 그렇게 1971년도가 저물고 있었다. 그런 와중에서도 대학을 가야한다는 나 혼자만의 욕망은 끊임없이 꿈틀대고 있었다. 아버지의 퇴직금으로 등록을 한다면 2~3학기 정도는 버틸 수 있으리라는 교활한 생각을 하기 시작한 것이다.

　그러니 4년제 대학입학은 실력도 문제였지만, 근본적으로 넘겨다 볼 상황이 아니었다. 이듬해가 되면 징병검사 대상이고, 그렇게 되면 군대생활 3년 뒤에는 나는 영원히 대학의 문턱에도 가 볼 수 없을 것이라는 강박관념이 밀려들었다.

　형님 셋, 누님 셋이 있었지만 어느 누구도 동생의 대학등록금을 책임질 가정형편은 아니었다. 우선은 회사의 부도로 실업자가 된 서울 형님집에서의 식객노릇부터 면해야 했다. 또다시 둘째 자형의 주선으로 안국동에 있는 서화사의 점원으로 그해 연말이 가까워 취직을 하게 된다.

지금도 안국동에는 유명화가의 그림이나 글씨가 투기꾼이나 큰손 마담들에 의해 가격이 둔갑하는 것처럼, 그때도 자본의 횡포는 그림이며, 글씨를 가릴 것 없이 예술의 깊은 곳까지 침투해 있었다. 소정 변관식, 의제 허백련 같은 나로서는 처음 들어보는 대가들의 그림 한 점 값이 서울 형님의 전세 집값 보다 비싸다는 사실에 경악을 금할 수 없었다.

그런데 내가 안 사실 중에 더 놀랄 일은 상당수 그림이 가짜라는 사실이었다. 그것은 공공연한 비밀이었고, 구매하는 얼빠진 유한마담들 또한 그것을 아는지 모르는지, 거액의 돈을 아깝잖게 던지고는 전리품을 얻은 장군처럼 기분 좋게 사간다는 사실이었다. 비쌀수록 가짜가 많고 잘 팔린다는 사실을 알려준 것은 나의 고참 점원이었다.

아! 이것은 아니라는 절망감이 밀려왔다. 내가 받기로 한 월급은 1만원으로, 당시의 나로서는 생명줄 같은 직장이 아닐 수 없었다. 시내버스비가 25원이었고, 내가 자주 가던 3류 극장인 퇴계로 극동극장의 관람료가 50원 안팎이었던 걸 감안해 보면 월급 1만원은 적은 금액이 아니었다.

그곳에서 내가 하는 일은 큰손 마담들이나 손님을 안내해서 구매욕구를 자극시키고, 매매가 성사된 병풍이나 액자 등을 조심스레 포장하여 차에 실어주거나, 당시로서는 귀한 서화사의 자동차의 운전사와 배달을 해주는 일 따위의 그야말로 점원이었는데, 나의 고참 점원은 자신도 언젠가는 이러한 서화사를 개업하리라는 야멸친 꿈을 지니고 있었다.

그러나 나는 그 모순과 허영 그리고 자본의 횡포에 의한 사회현상에 대해 심한 멀미를 느끼고 있었다. 그러면서 나는 도대체 뭘 해먹고 살아야할 인간인가에 대한 자멸감이 또다시 밀려왔다.

"장 폴 사르트르"의 소설 『구토』를 생각해 본다. 자신의 행동에 무언가 의미를 부여해 보지만 자신도 그것 자체가 무엇인지 알지 못한 채, 심한 구토를 느끼게 되는 실존의 부재 같은 상황이 당시의 내 정신의 세계였다고 하면 정확한 표현이 될 듯싶다.

그것이 막연히 이어질 실직과 무위의 현실보다 더 장엄한 것이 아닐진대 나는 한달도 채우지 못하고 그 직장을 그만두고 만다. 어머니의 비탄과 형제동기간의 냉담은 어쩔 수 없는 일이었다.

어머니는 이런 나의 개전(改悛)에 도움이 될까하여 유명하다는 역술인을 찾아가 나의 이름을 지어오셨다. 법원을 통한 개명이 거의 불가능한 시대였으니 법적 개명은 아니고, 평소에 지인들이 불러주거나 숟가락 같은데 개명된 이름을 새겨 넣으면 그에 따른 호운이 열린다는 것이었다.

어머니는 "선호(善好)"라는 그 이름을 지극 정성 불러주셨고, 내가 사용하던 숟가락에도 그 이름을 새겼음은 물론이다. 착하고 좋다는 뜻의 이름이니 그보다 좋은 이름이 어디에 있을까만, 나 스스로는 그 이름을 사용하지는 않았다. 그해 겨울은 유난히 길었다. 대책 없이 또 한 해를 보낸다는 소회보다 대학에 들어가야 한다는 혼자만의 질긴 강박관념이 더욱 괴로웠다.

해가 바뀌고 1972년 초에 나는 낙향을 한다. 어떻게든 지방에 있는 전문대학이라도 합격해 놓고 어머니와 형님, 누이를 설득할 요량이었다. 그래서 내가 선택한 학교가 지금의 계명문화대학인 "계명전문대학교"식품영양학과였다. 학과 선택에 집요한 의지와 포부가 있었던 게 아니고, 당시로서는 거의 생소한 학문이지만 장래엔 많은 발전이 있을 것이라는 막연한 생각이었다.

어느 학문이 그렇지 않겠는가만, 모든 건 자신의 노력과 의지에 달린 것이리라. 어떤 학교, 어떤 전공이든 최선을 다했어야할 터이지만 이후 나의 대학생활 역시 방황과 좌절, 혼돈과 허무의식 속에서 최선과는 거리가 먼 생활을 하게 된다.

생래적으로 유약한 의지력과 패배의식 그리고 아버님의 운명으로 찾아온 청년기의 혼란이 허무적 비현실정신을 키웠던 것이다. 입시경쟁률은 3:1 정도였으나 합격의 자신은 없었다. 그렇게 기다리던 합격통지를 받았을 때는 잠시 기뻤지만 등록을 해야 하는 난관이 기다리고 있었다. 상경하여 형님에게 합격사실을 이야기 하였으나 거길 나와서 뭘 하겠느냐는 것이었다. 그러나 어머니는 막내아들의 길이라 믿었던지 아버님의 퇴직금에서 입학 등록금을 마련해 주셨다. 그 퇴직금은 한 푼 수입도 없는 고향의 큰 형님 내외와 조카들의 생존을 위한 최소한의 생계비로도 염출되어야 했고 또 나의 대학 등록금으로도 분산되어야 했으니 절박하고도 눈물겨운 돈이 아닐 수 없었다.

입학금은 10만원에 가까운 거금이었던 것이다. 그래서 나는 2년 늦게 그렇게 원하던 대학생이 되었고, 1972년 3월 7일 입학식을 가졌다. 아래 사진은 그날을 기념하여 내가 어머니와 같이 찍은 사진이다.

대학 입학식을 마치고 어머니와 기념촬영

5. 내 청춘의 순진한 착각 대학생활의 시작

처음 한달은 하숙을 했으나 하숙비 부담도 만만치 않았고, 그 집에 왠지 오래있고 싶은 마음이 내키질 않았다. 주인집에는 젊은 아주머니가 초등학교 들어가기 전쯤으로 기억되는 딸과 둘이 살았었는데, 주인 아저씨는 직업이 무엇인지 여러 날 만에 한 번을 다녀가곤 했다. 그 딸 아이가 참 예뻤었는데, 아주머니가 아이를 심하게 매질하는 것이 싫었고, 자격지심인지는 몰라도 아주머니의 은밀한 웃음이 마음에 걸렸다. 어쩌면 히스테리나 욕구불만이 아니었는지 모르겠다.

하숙비도 절약하고 저녁 식사시간을 지켜야 하는 번거로움에서 벗어나 캠퍼스에서 그리 멀지 않은 곳에 자취방을 얻고, 어머니는 냄비며 반찬, 쌀 몇 되를 구해주시곤 상경하셨다. 그 집은 구멍가게를 하던 집의 끝 방이었는데, 한마디로 달동네라고 보면 된다. 한두 사람이 누우면 딱 맞을 방에 바로 옆에는 수거식 화장실이 있었고 부엌은 따로 없는 방이었다. 그래도 나만의 방을 가졌다는 사실과 대학생이 되었다는 사실에 고무된 채, 교정에 무르익어가는 라일락 향내에 취하며 나의 대학생활의 첫 신학기는 그렇게 틀이 잡혀가고 있었다.

대학시절

졸업 즈음

캠퍼스에서

지난 무절제와 방황의 세월에서 놓여나 소속된 삶을 추구한다는 것은 얼마나 아름다운 일인가? 이미 대학 3학년이 된 친구들을 찾아가 늦도록 학사주점과 한창 유행하던 중앙통의 DJ음악다방 같은 곳에도 들리곤 했다. 문제는 늘 용돈이었다. 물론 국민소득이 최빈국을 겨우 벗어난 경제수준이었으니 누구나 어려운 때였지만, 지금 생각해도 어쩌면 그렇게 곤궁했던지 대학생활 동안 옳게 점심을 마음 놓고 사 먹어본 기억이 별로 없다.

대구에는 경북여고에 교편을 잡고 있던 셋째 형님이 살고 있었으나 어차피 그 땅에도 가정이라는 안식은 나에겐 없었다. "열차 집"이라 불리던 간이식당의 우동 한 그릇이 30원이었고, 그 돈이면 학교 앞 대폿집에서 큰 잔 막걸리를 서너 잔 마실 수 있었기 때문에 돈이 있으면 차라리 막걸리로 점심을 때우고 강의에 들어가곤 했다.

학교 앞 통일식당의 아주머니의 후한 인심에 공짜 안주로 주는 육개장 국물과 반찬이 훨씬 영양섭취 면에서 유리하기도 했고, 동급생들보다 뭔가 사회생활의 이력이 붙은 듯한 노숙한 행보를 보이기 위한 객기 같은 것도 있었으리라.

마침 대학신문사 기자 모집이 있어 지원하여, 면접과 기사작성 같은 필기시험과 면접시험을 치렀는데, 그동안 나름대로 낙서처럼 휘갈기던 문학이니 개똥철학의 이력 때문이었던지 높은 경쟁률을 뚫고 합격이 되었다. 면접 교수는 후일 국립국어원장을 지낸 남기심 교수였었는데, 나의 장래 포부가 무엇이냐고 물었고, 나는 그침 없이 외교관이라고 대답했던 기억이 난다. 순전히 평소에 상상도 하지 않던 직업이었는데, 좀은 그럴듯한 포부라 생각하여 임기응변 둘러댔던 것인데, 외교관이 되려는 사람이 왜 전공은 식품영양학을 선택했느냐는 난처한 질문을 또 하는 게 아닌가? "식품영양학도가 외교관이 되지 말란 법이 어느 법전에 나오더냐?"고 반문을 함으로서 면접이 통과되었다. 대학신문사 기자생활은 나에게 많은 경험과 또 다른 세상을 체험케 하는 동기가 된다.

우선 학생기자 수당으로 나오는 돈은 나의 어려운 경제조건에 많은 도움이 된 것은 물론이고, 4년제 대학에 낙방 후 입학하여 많은 패배의식을 가지고 있던 학과 동급생들과는 차별화된 엘리트 의식 같은 걸 솔직히 가지고 있었다. 원고를 청탁하고 기사를 작성하며, 인쇄소에서 교정을 보는 일 따위가 나의 취향에 맞았고 나는 정말 오랜만에 애정이 가는 일을 만난 셈이다.

대학신문사 기자들과 부석사 여행

이때 같이 편집기자로 입사한 친구들 몇몇과는 지금도 가끔 연락을 하며 지내고 있으니, 건승으로 다닌 전공학과 보다는 내 인생에 많은 인연을 제공한 계기로 보아야할 것이다. 학내에 봉사서클인 “앤트(Ant, 개미)”회를 만들어 회장이 되기도 했고 나름대로는 알뜰한 대학생활을 꾸려가고자 했다.

아버님의 1년 탈상제에 모인 어머니를 비롯한 형제 동기간이 이런 나의 달라진 모습에서 많은 안도를 한 것도 사실이다. 그러나 본질적으로 나의 대학생활 또한 열정과 진취적 노력과는 거리가 멀었고, 끊임없는 상실감과 소외감 속에서의 갈등과 방황은 떠날 줄을 몰랐다.

도무지 앞날을 내다볼 수 없었다. 한없는 꿈과 도전정신으로 자기계발과 학문에 정진하여야 할 때였으나 뼛속 끝까지 불어오는 생래적 외로움과 가정의 붕괴에서 오는 안식의 갈증을 나는 어찌해 볼 도리가 없었다.

대부분이 여학생이던 학과 동급생 어느 누구도 나처럼 허탈과 외로움의 나날을 보내지는 않았고, 모두들 가정이라는 울타리에서 부모의 배려로 아름다운 대학생활을 하는 것으로만 보였다. 무절제한 자취생활은 거의 굶는 일이 일상사였고, 술로서 허탈의 젊음을 마셔대기 일수였는데, 그때의 고르지 못한 식습관으로 지금도 나는 위장이 약하다.

그러면서도 나는 문학을 이해하고 문학적 삶의 철학을 지녔노라고, 한마디로 말도 안 되는 우월감에 젖어 허랑한 젊음의 꽃다운 시간을 낭비하고 있었으니, 이후의 내 일생에서 맞을 수밖에 없었던 고난의 예비 된 이력을 미리부터 스스로가 쌓아갔던 셈이다.

그것은 허영이었고, 편벽된 나의 무능과 박약한 의지에 대한 자기변명의 빌미를 만드는 것에 불과한 것이었다. 순수한 착각이었다. 대학생이 되면 내 인생의 청사진이 절로 밝혀질 것이라는 어리석고도 우매한 착각. 아버지의 전 생애와 다름없는 퇴직금으로 지방의 이름도 없는 전문대학에 그토록 어렵게 등록을 하여, 노력도 없이 대책 없는 내일에 불안해 할 것이 아니라, 낮에는 공장에서 직공으로 일을 하더라도 야간대학에서 열심히 공부했으면 무한한 나의 창조적 미래는 예비 되었을 것이었다.

인간이 할 수 있는 일은 주어진 현실에 최선을 다하는 것일 뿐, 결과를 도모하는 것은 운명의 영역이라는 말이 있듯, 하늘은 스스로 돕는 자를 도울 뿐이리라. 누구나 시대를 원하여 태어날 수 없지만 내가 청소년에서 청년으로 탈바꿈 하던 그 시기는 암울한 시대의 그림자는 어디서나 만날 수 있었고, 젊음의 반항과 방황은 낭만의 그림자가 아니라, 질곡의 밀실처럼 숨통을 막는 것 같았다.

20살 청년이 되면서부터 불어 닥친 아버지의 운명에 기인한 가정의 붕괴와 나의 가치관의 혼돈 같은 악재는 내 삶의 어두운 유전자로 복제 되었던 것 같다. 대구라는 도시는 나에겐 하나의 거대한 병동이었다. 누구든 같이 있어줄 사람이 그리웠다. 수업을 마치고 계명대학의 노천강당에서 해 저무는 대구시가의 무수한 집들을 내려다보며, 저 집에는 지금 사랑하는 가족들이 따끈한 된장찌개가 오른 밥상을 마주하고 사랑의 대화가 오가고 있을 것이란 생각을 했다. 나의 첫 시집의 제목이 된 "세상의 푸른 저녁"이다.

「 세상의 푸른 저녁 」

세상이 온통 푸른 저녁 날에는
그 사람과 마주앉아 저녁상을 받고 싶다

세월이 더디 가면 어떠한가
나는 그저 노을 빛 빈 잔으로도
행복한 사내일 것이다

아픔의 날들을 서러움에 젖어 살아오느라
아프지 않은 날들이 더 아팠던 지난날 잊고
내게도 이유 없이 푸른 저녁이 있다는 걸
세상에 보란 듯 알려야 하지

세상이 정말 푸른 저녁 날에는
그 사람을 만나고 싶다
살아서는 못다 쏟을
가슴의 샘물 모두 쏟아버리고
토실한 내일의
하얀 속살을 안아봐야지

우리 삶 빛으로 뜰
그대 안의 그림자
세상이 온통 푸른 저녁 날에는
나도 이 땅에
마지막 글 한 줄 남길 수 있게

　세상에는 태생부터가 부모도 없이 천애고아로 태어나는 사람도 많
건만 나는 어머니가 계시고, 많은 형제 동기간이 있지 않느냐고 자문
자답해 보았지만 외로움을 해결하는 데는 별 도움이 되질 않았다. 유

년과 청소년기를 피 보호 속에서 성장하며 봉건적 유교의 가풍으로 자라오면서 토속적 정서의 지배를 받아온 나에게 도시는 비정한 보헤미안의 숲이었을 뿐이다.

학과의 전공 공부가 내 인생에 어떤 도움이 될 것인가 하는 회의감이 밀려왔고, 이미 대학 3학년인 친구들을 생각하면 초조한 생각이 들었다. 고향친구들이나, 몇 안 되는 학과 친구와 대학신문사 기자 친구 등을 붙잡고 막걸리나 사달라는 한심한 대학생활이 이어졌다. 마실수록 목이 말라오는 젊음의 방황이랄까, 나를 둘러싼 의식의 저변은 온통 갈등과 세상에 대한 반항으로 일그러졌었다는 표현이 좀더 정학한 표현이 될 것 같다. 방학이 되어 지긋지긋한 자취생활에서는 벗어났으나 서울의 형님, 누이의 집과 대구, 김천의 3각 지점을 전전하며 식객 노릇만 했을 뿐, 흔한 MT나 캠핑 같은 여행도 떠나보지 못한 채 폐쇄적이고, 노회한 늙은이 같은 일상을 보내고 있었다.

대부분이 여학생이던 학과의 급우들과도 친하게 지내거나 내가 능동적으로 프러포즈를 하여 차 마시고 사귀는 따위의, 소위 연애감정 같은 의식도 없었다. 막연히 이상형의 여인, 이를테면 나의 외로움의 절반을 공유하고 나를 이해해 주며, 정말 드라마 같은 사랑을 나눌 수 있는 그런 애인이 있었으면 좋겠다는 막연한 꿈만 꾸었던 것 같다.

시대의 상황도 파격적인 자유연애가 덕목인 지금의 상황과는 너무나 거리가 먼 보수적이고 폐쇄적인 상황이었다. 여전히 거리에는 반공ㆍ방첩, 식량증산, 산아제한 같은 포스터로 장식되었고, 진학을 포기한 많은 여자들은 버스 차장으로 또는 구로공단의 여직공으로 눈물 냄새 나는 소금국을 먹으며, 3교대의 초인적 노동을 고향집으로 송금되는 적금통장으로 위로받으며 살아가고 있었다.

가난은 사람을 비굴하게 만든다고 했던가? 돈 좀 만지는 친구나 선배를 찾아가 한 자리 술과 괜찮은 분위기의 술집이 있으면 그냥 하루를 보냈다는 안도감으로 나의 젊음의 이력을 쌓아갔으니 무슨 말로 자기변명의 세 치 혀를 더하겠는가.

2학기 등록금 8만원을 지출함으로서 아버지의 퇴직금은 절반을 초과하고 있었고, 어렵게 학교를 졸업한다고 해도 보장된 미래는 당연히 있을 수 없었다. 지금 생각해 보면 마지막 등록금은 어머니가 아들, 딸로부터 푼푼히 받은 용돈을 모아 드디어 바닥이 나가는 아버지의 퇴직금에 보태어졌으니 내가 졸업을 하는 데는 온 동기간이 동원 되었던 셈이다.

여전히 잡기장에는 방황, 회의, 인생의 무의미 같은 황당한 인생론으로 도배를 하며 절로 가는 세월을 축내고 있었고, 어느 듯 해는 1973년으로 바뀌어 있었다.

그해 1월에는 강릉 경포대로 여행을 하였다. 지금은 용어조차 생소한 단어가 되었지만 소위 펜팔이 젊은이들 사이에는 유행하고 있었고, 실제로 연애와 결혼으로 골인하는 만남도 드물지 않던 때였다. 요즘의 풍조와 굳이 비교를 한다면 컴퓨터 채팅에 해당된다고나 할까. 나에게도 1년여를 편지를 주고받던 "K"라는 미지의 여인의 집이 강릉이었던 것이다. 어떤 연유로 그녀와의 편지 소통이 시작되었는지는 확실한 기억에 없으나, 결핵 홍보지에 사연을

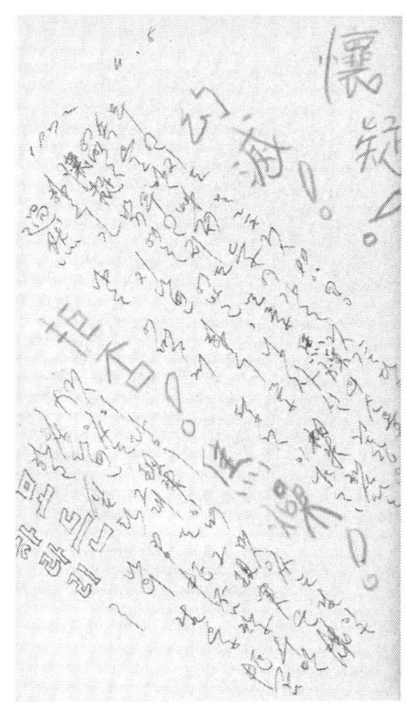

당시의 인생론 노트 한 쪽

나누고 싶어 하는 펜팔주소록에 내 이름이 얹어졌고, 그녀가 내게 먼저 편지를 보내오게 되어 나도 답장을 하며, 편지 오는 날을 기다리는 게 생활의 낙이 되기도 했다.

외모는 고사하고 목소리조차도 들어보지 못한 미지의 여인이었으나 나의 방문 제의를 거절 없이 받아주었고, 청량리에서 출발한 야간 완행열차가 아침이 되어서야 나를 내려놓은 강릉역에 그녀는 친구와 둘이 마중을 나와 있었다. 난생 처음 와 보는 먼 곳에서 생면부지의 펜팔 친구를 만난 것이다.

서로는 막연한 이성과 그리움의 대상이었고, 시대의 불화와 타협을 공유하는 친구이기도 했다. 키도 늘씬했거니와 얼굴도 준수한 편인 긴 머리의 여인이었다. 구체적 직업은 알 수 없었으나 아마도 그곳에서 직장생활을 한 것으로 알고 있다. 아침식사를 나누고 퇴근 이후 다시 만나기로 하고 그녀는 출근을 하였다.

그때 성행하던 펜팔지기들 사이에는 징크스가 있었는데, 펜팔친구는 만나면 관계가 끝난다는 것이었다. 그것은 환상 속의 존재의 대상은 현실적 상황의 인식과는 괴리가 있을 수밖에 없고, 그래서 편지 속에서 그리던 이상형은 만남을 통해서 쉬 무너지는 것은 있을 수 있는 일이 아닐까.

아무튼 그녀가 출근하고 남은 시간에 나는 경포대를 찾아갔다. 눈 내린 경포대의 고요한 겨울바다! 높은 파도의 포말이 밀려오는 백사장에는 아무도 없었다. 하늘엔 짙은 구름이 끼어있었고, 갈매기만 이따금 해조음을 흘리며 날고 있었다. 낯선 이역에 홀로 던져진 고적감에 더하여 진한 외로움이 밀려온 것은 당연한 수순이 아니었을까.

저녁때 그녀를 만나 어떤 이야기들을 나누었는지는 정확한 기억에 남아있지 않지만 1년여를 오고간 편지 사연에 더하여 하고픈 말들이야 오죽 많았겠는가? 거의 밤 12시가 가깝도록 강릉 시가지를 걸었고 그렇게 우리는 헤어졌으며, 그 이후에도 몇 번의 편지가 더 오고 갔으나 펜팔의 징크스처럼, 잊혀진 젊은 날의 하나의 이벤트로 기억 속의 창고로 들어가고 말았다.

그해 2월엔 셋째 자형이 대위로 제대를 하고 영주로 낙향을 한다. 누이도 서울생활을 접고 대농가 맏며느리로 시부모 모시며, 몸을 부수듯 곤고한 일상이 시작된 것이다. 어쩌다 어머니가 영주의 누이를 방문하고 돌아오신 날에는 막내딸 자식이 애처로워 눈물을 흘리는 걸 보았고, 내가 들렀을 때도 고생하는 누이가 안쓰러웠으니 생활의 질박함이야 오죽했겠는가? 지난 날 직선적인 언어표현 때문에 나와도 많이 다투기도 했던 누이지만, 만나고 돌아올 때면 늘 뒤를 돌아보게 했다.

2학년 1학기 신학기 등록금은 84,500원이었다. 졸업반이 된 것이다. 과연 나는 무엇을 공부했고, 미래를 위한 어떤 발전적 노력을 했단 말인가? 그렇다고 졸업장을 포기할 수도 없는 일. 다시 학교생활은 반복되었다. 그해 3월 24일에는 대구 형님이 처음으로 대명동에 집을 장만한다. 골목 끝집의 방 네 개에 마루와 창고 방 그리고 작은 마당이 있던 한옥 집이었는데, 그 집을 장만하는 데는 형수의 철저한 절약정신과 검소함이 결정적으로 작용을 하였다. 나도 자취생활을 접고 형님 집의 창고 방에서 더부살이가 시작된 것이다. 방 둘은 세를 놓았고, 건넌방은 계대 미술대학에 다니던 형님의 처제에게 배당이 되었다.

내가 기거하던 방은 부엌을 지나 돌아가면 창고 용도로 달아낸 방인데, 아궁이는 아예 없었고 책꽂이 하나에 혼자 누우면 딱 맞는 그런 방이었다. 그 방에서 나는 대학을 졸업할 때까지 지나게 된다. 겨울이 되어도 불을 지필 수 없었고, 형수의 자로 젠 듯한 식사량 때문에 배가 많이 고팠는데, 그 허기를 학교 앞 대폿집에서 막걸리로 채우곤 했다.

나의 알량한 용렬함이 그러한 대우에 대한 잠재적 불만이 있었던지, 그해 마지막 학기가 끝나가던 초겨울의 어느 날 술에 취하여 형님 집의 유리창을 부수고 난동을 부린 일이 있었다. 그때 유리에 찍힌 흉터가 나의 오른손목에 지금까지 남게 되었고, 뼈까지 허옇게 드러난 상처에서 흘러내린 피가 얼어붙은 상태로 형님으로부터 쫓겨나 파출소에서 통금을 넘기고 학교엘 갔었다.

어떤 변명으로 폭력을 정당화 시킬 수 있겠는가? 모든 것이 혼란 자체이던 내 학창시절의 한 편린으로, 지금도 의식의 깊은 곳에서 지워지지 않는 어리석은 기억으로 남아있다.

4월에는 제주도로 수학여행을 갔는데 나는 가질 못했다. 여행경비를 조달할 길도 없었고, 학교의 현실에 결코 만족하지 못한 반항아로서 가고 싶은 마음도 없었다. 중학교 때의 수학여행을 끝으로 나는 생애에 더 이상의 수학여행은 가보질 못한 셈이다.

세상에 대한 적개심과 반항심만 확대시킨 채 대학에만 들어가면 미래의 장밋빛 청사진이 절로 펼쳐질 줄만 알았던 나의 순진한 착각 속에 마지막 학년의 봄은 준비된 첫사랑의 언어로 그렇게 다가오고 있었다.

6. 첫사랑 그 쓰디쓴 배신의 독배(毒盃)

"탐 존슨"의 "Green green glass of home(고향의 푸른 잔디)", "다니엘 분"이 부른 "Beautiful sunday(아름다운 일요일)" 같은 팝송이 유행을 했고, 대학마다 정보형사가 암암리에 활약하고 있었다. 군사정권으로부터 금지곡이 된 "아침이슬"이 청바지와 통기타 세대라 불리던 학생들 사이에서 암암리에 합창되던 캠퍼스에는 라일락 향기와 젊음의 열기로 무르익은 봄의 화사한 햇살이 내리쪼이고 있었다.

그 어지러운 봄바람 속에 처절한 아픔으로 점철될 나의 첫사랑도 실려 오고 있었다는 사실을 나는 알지 못했다. 세상에서 인내할 수 없는 것이 두 가지가 있으니 사랑과 재채기라고 했던가? 사랑은 거부의 몸짓이나 의지와는 전혀 무관하게 찾아온다. 강릉에 펜팔로 편지를 주고받다가 한 번의 방문 이후 서서히 잊혀진 펜 벗 말고는 나는 여자를 알지 못했다.

이상형의 여인과 사랑을 나누면서 상처받은 나의 영혼을 나누었으면 좋겠다는 막연한 그리움은 있었으나, 내가 사랑을 찾아 나선 바도 없었고, 적극적으로 미팅을 하거나 이성교제에 안달이 났던 것도 아니었다. '테브르몽' 은 젊어서는 사랑을 하기 위해 살고, 나이가 들어서는 살기 위해 사랑을 한다고 했던가?

그것은 그렇게 찾아왔다. 벌써 졸업학년이 되었다는 허탈감과 1년여를 학과동기로 지내온 동급생들 중 일부는 코드가 맞는 어울림이 있었다. 농활을 했다거나 적극적 봉사활동을 펼친 서클은 아니었지만, 내가 회장이던 서클에는 7명의 학생이 있었는데, 나를 포함 남학생은 3명이었고 나머지는 여학생이었다.

아무래도 같이 어울리는 기회가 많았고, 아쉽게 끝나는 대학생활에서 이성교제라는 보장된 추억의 이력을 쌓아보고 싶은 마음도 있었을 것이다. 그해 5월 13일은 일요일이었는데, 그들 중 친구 4명이서 구미 금오산으로 봄나들이를 갔었다. 특별한 목적이 있는 나들이가 아니라 무르익는 봄과 멀지 않은 대학생활의 아쉬움을 나누자는 묵시적 동의의 나들이였던 셈이다.

대구역에서 열차를 이용하여 도착한 금오산에서 우리는 당연히 술을 마셨고, 그만큼 서로의 감춰졌던 속내를 많이 들어 낸 하루가 되었다. 그 일행 중 한 여학생이 내 운명의 첫사랑으로 다가오고 있었다는 사실을 그때는 알지 못했다. 성이 "S"였던 그녀는 나들이 내내 나의 옆자리를 지켰고, 돌아오는 열차 안에서도 특별히 나와는 많은 대화를 나누었다.

그녀는 경제적으로도 어렵지 않은 여건 속에 부모님과 오빠와 동생 같이 행복한 가정에서 살아가는 것 같았다. 대구역에 내려서도 자신의 집까지 바라다 달라는 주문을 받았지만 그때만 해도 그 만남은 일상에서 의례적으로 있는 만남이라고만 알았었다.

좀은 왜소해 보이는 키에 피부가 고왔던 그녀는 무척 순진한 용모를 지니고 있었다. 집 앞에서 헤어지면서 다시 만날 약속을 자연스레 하게 되었고, 학교의 일상에서는 늘 대해왔던 그녀였으나 그날의 만남은 나에겐 특별한 만남으로 다가왔던 것이다. 젊어 한 때 누구나 우정과 연정은 분명한 선이 그어지지 않은 혼란의 두 얼굴로 존재하기 마련이지만 나 역시도 그런 상상 속의 연정은 꿈꿀 수 없었다.

그러나 그날 이후 우리는 급격히 가까워졌고, 학내 커플로 질투와 부러움을 동시에 사게 되는 사이로 발전하게 된다. 점심 값과 버스비도 없는 내 몫까지 항상 그녀는 두 배의 용돈을 지출해야했고, 찻집에서 또는 막걸리 집에서 내 곁에는 늘 그녀가 있었다.

처절한 방황과 고독의 늪에서 나는 나도 모르게 건져 올려지고 있었다는 표현이 맞을 듯하다. 추락하는 사람에게 밧줄을 던지면 본능적으로 그 줄을 잡듯 나의 첫사랑은 구원 아닌 구원의 얼굴로 다가왔던 것이다.

짧은 만남이 아쉬워 밤늦게 서로에게 편지를 썼고 그 편지를 다시 꺼내 읽으면서 떨어져 있음의 벽을 허물곤 했다. 공원의 벤치에서, 동대구역을 떠나는 교외선 열차에서 또는 허름한 목로주점의 늦은 시간에까지 우리들의 할 이야기는 끝이 없었던 것 같다.

여름방학이 되어 서울로 떠나는 야간열차를 홈에서 전송해주던 그녀를 뒤로 한 서울의 생활은 무의미했다. 유일한 소통로인 편지를 쓰고 기다리는 것이 고통이자 크나큰 즐거움이었다. 그녀의 편지에는 온통 나로 인한 그리움으로 가득했고 나는 그것이 사랑이라는 확신을 가지기에 이른다.

너무나 당연하고, 정당한 사랑의 담론이 아닌가? 사랑은 관심의 또 다른 표현일 뿐이다. 서로의 안부를 걱정하고 그리워서 괴는 것이 곧 사랑이리라. 내 청춘의 짧은 꽃 피던 날들은 그렇게 내 곁에 다가와 있었다. 내 인생이 능동적 의지와 선택으로 이룬 것이 별로 없듯, 첫사랑의 조우에서조차 능동적 선택이 아닌 찾아오는 인연을 만났던 것이다.

마지막 학기의 등록금 85,800원은 어머니가 어떻게 조달했는지를 나는 알려고 하지도, 알고 싶지도 않았다. 이제 졸업은 하는 것이고 나

는 그녀와의 아름다운 학창생활을 장식해 가면 될 것이었다. 장래의
진로나 미래에 부닥칠 일들은 그때 가서 생각키로 했다. 오랜 방황과
고독의 늪에서 건져진 지친 몸을 이해해 주고, 따뜻한 관심으로 품어
주는 그녀가 있는 한 모든 것이 가능할 것만 같았다.

　안식의 빈곤에서 만난 포근함에 취하여, 다가올 이별이나 어떠한
배신도 나의 것이 아닐 것이라고 스스로에게 속삭이고 있었다. 대구
근교의 간이역에서 열차를 내리면 지천으로 피어있는 코스모스 꽃길
과 갈대숲을 만날 수 있었다. 내가 코스모스를 더욱 좋아하게 된 것도
우연이 아니었고, 그때부터 연애시를 끌쩍대는 습관이 생겼다.

「 섬 」

나는 당신의
섬이 되겠습니다
당신을 묶어두는 섬이 아니라
나를 당신에게 가두는
섬이 되겠습니다
이 땅의 바다 끝
살아가는 아픈 소리
들리지 않는 곳으로
세상에서 가장 슬픈
작은 섬이 되겠습니다
밤에는 별 하나
그리고 사랑도 한잔
기다림의 맺힘을

눈물처럼 키우는
나는 그리운
당신의 섬이 되겠습니다

  돌아가는 열차시간까지의 넉넉한 시간 동안 가을이 무리지어 내리는 시골의 강둑을 걸으며, 때마침 불어오는 바람에 나부끼는 억새풀이 그녀의 긴 머리칼을 흩어놓고 있었다. 내 20대 초입의 방황에 잠시나마 종지부를 찍었던 이벤트가 짧은 만남 뒤에 찾아온 긴 이별의 첫사랑이었다.
  강변의 포프라 나무숲에는 됫술 막걸리를 팔던 주막집도 있었던가 보다. 남자는 첫사랑에 매달려 살고, 여자는 마지막 사랑에 기대어 산다는 말이 있었던가? 그날을 추억한 졸 시가 "지난 어느 가을날에 대한 몇 가지 추억"이다.

「 지난 어느 가을날에 대한 몇 가지 추억 」

동대구역의 2층에 있던
넓은 유리창으로 전망 좋은
토요일 오후의 느슨한 그릴

그때는 살아가는 것이
이리도 숨 가쁠 일 없던
한 20년쯤 전이었던가

역마다 가고서는

교외선 열차를 타면
지천으로 만나는 가을들꽃과
저 홀로 말라가는 갈대숲이
소리죽여 부르는
스산한 갈바람도 좋았다

짧은 가을 해를 서산에 버리고
꼭이 돌아 올 이유 없는 귀로에서는
간판도 필요 없는 선술집에서
젊은 날의 오기(傲氣)로 술잔을 비웠었다

무시로 잎 떨어내는 강변의 포프라 밑
세월이 스쳐간 힘겨운 허리로
뒷술 막걸리를 팔던 그 집 주모에겐
코스모스를 닮은 딸도 하나 있었던가

인정 많은 막걸리 안주를 날라다 주며
가슴이 시리도록 맑게 웃던 그 여인도
지금쯤은 한 남자의 아내가 되어
악을 쓰며 남편의 월급봉투를 챙기고 있을까

3백만 땟국 씻은 금호강 물길 따라
가을이 쉬 오던 그날 그 자리엔
삼천 세대 아파트가 피곤하게 들어앉고
하늘로는 힐끗

흰 구름 한줌 허심히 날뿐

세상사 숨통 터질 하 많은 일들조차
오늘은 숨죽인 채
소리 없이 섞여
흐르고 있구나

　우리는 잠자는 시간 말고는 거의 같이 붙어있었기 때문에 서로의 생각과 일상을 너무나 잘 알고 있었다. 그래서 내 일기조차도 그녀에게 써달라는 부탁을 하기도 했고, 그녀도 흔쾌히 나의 일기를 대신 써주기도 했다. 내가 묵던 좁고 지저분한 창고 방을 말끔히 청소해 주었고, 형수는 그런 나의 방문객이 달가울 리 없었을 것이다.

　가을의 애상에 몹시 목말라하던 나였지만 그해 가을은 그렇듯 넉넉했다. 경주를 다녀오던 열차 안에서 피곤한 나를 위해 그녀는 팔베개를 해주었고, 세상에 부러움 없이 잠이 들었던 기억. 우린 서로 사랑한다 믿었다. 그런 것들을 굳이 우정이었을 뿐이라는 변명은 의미가 없을 것이다.

　낙엽이 무시로 떨어져 내리던 대구 앞산 공원에서 우리는 첫 키스를 한다. 날카로운 첫 키스는 운명의 지침을 돌려놓았다는 만해 선생의 시가 있지만, 우리에게도 첫 키스는 운명의 흔적으로 그렇게 찾아왔었다. 준비된 이별의 예감! 그것은 아름다운 키스의 추억이 아니었다. 현실적으로 우리의 만남은 한시적 한계의 벽에 갇힐 수밖에 없었다.

　시대는 온통 유신개헌의 철권정치 속에 학교 앞에는 군인들이 총을 들고 지키고 있는 암울한 장벽이 만들어 지고 있었다. 11월 30일 종강을 하고, 어떤 형태로든 서로의 갈 길을 가야만할 입장이었다. 그녀의 태도도 바뀌고 있었다. 그토록 따뜻했던 가슴의 포근한 그녀의 어디에서 그런 야멸친 돌변의 방어본능이 잠재하고 있었던지, 아득한 생각에 마음은 아플 겨를조차 없었다는 표현이 맞으리라.

급기야 우리들의 만남의 최후 마지노 라인은 74년 2월 22일 졸업일까지라는 최후통첩이 그녀에게서 날아왔다. 8개월 동안의 첫사랑이라니…. 만남도 나의 의지가 아니듯 붙잡는 일도 나의 의지로는 아무 것도 할 수 없었다. 또다시 처절한 방황과 안식의 빈곤, 무절제의 세상을 향해 반항의 깃발을 혼자 흔들며 돌아가야 한다니….

내가 여자에 대한 잠재적 회의와 혐오의 싹이 트기 시작한 것도 그때였다. 아울러 그녀와 함께했던 추억의 편린이 남은 대구 땅이 정말 싫어졌다. 그러나 아이러니컬하게도 나는 대구에서 공직의 길에 들어섰고, 20여년을 대구 땅에 직장의 근거를 두고 살았으니 인간의 의식에서 기인하는 좋고, 싫음이란 얼마나 하잘 것 없는 것인가?

그해 1월 21일. 좀처럼 내리지 않던 폭설이 내린 대구 땅에서 우리는 영원히 이별을 한다. 그녀가 왔었고 나는 맞았으며, 그녀는 떠났고 나는 보냈다.

「 별이 있다면 」

별이 있다면
우리 만날 수 있을까
가려운 겨드랑이 날개 짓 벗어두고
이승의 마지막 날
엉겅퀴 풀꽃 지천으로 늘어진

그날 어디쯤에서는

우리 만날 수 있을까

이유도 없이

알게 모르게 살아오는 동안

작게는 시달리고

더러는 빚진 우리들 삶이

오늘은 또 이리도 서럽구나

차라리

한 조각 별이라도 될까

푸른 구름 냄새 같은 어머니 가슴으로

떨어지던 그날의 예쁜 별이 될까

날마다 밤마다 새로 태어나

가슴에 그리운 별 하나 묻어두고

흩어져 사라질 나는 바람이고 싶다

별이 있다면

우리 다시 만날 수 있을까

만날 수 있을까

먼 훗날 이 땅이 아닌

저문 하늘 아래서라도

별이 있다면

다만 별이 있다면

    그러나 그것은 그녀에 의해 예비 된 이별이었다. 그녀에게는 이미 갈 길이 정해져 있었던 것이다. 그 당시 그녀에겐 일찍부터 정혼자(定婚者)가 있었다는 사실을 세월의 수레바퀴가 수없이 흐른 뒤 그녀와 친했던 여자 동창생으로부터 들었을 때, 나는 배신의 일종에 첫사랑도 소속될 수 있다는 사실이 새삼스러웠을 뿐이다.

그녀는 졸업만 하면 결혼을 할 약혼자가 정해져 있었고, 그녀는 결혼으로 상실될 이성교제의 경험과 학창시절의 추억을 담보하기 위해 나를 선택했던 것이다. 그 추억을 장만하기 위한 제물이 내가 된 것이고, 한시적 만남과 헤어짐에 따른 뒤탈이 없을 사람으로서 나를 골랐던 것일 수도 있다.

그녀는 사랑 했다는 사실을 사랑한 것이다. 사랑을 사랑했었기 때문에 그녀가 나를 떠나가는 것은 사랑을 떠나가는 것이지 나를 배신하는 것이 아니라는 자기최면을 걸었을 지도 모른다. 그렇게 순수했고 순진했던 여인이 아니었던가? 20대의 초입에서 만난 아버님의 운명으로, 비탄과 방황 속에서 안식의 갈증에 목말라하던 나에게 그토록 따스한 배려와 정을 쏟았던 것이 고작 자신의 사랑체험을 위한 무대장치로서의 나에 불과했단 말인가?

그런 소재라면 왜 하필 나였단 말인가? 그처럼 많은 갈등과 외로움으로 인하여 20대 초반의 청년이라 할 수 없을 만치 상한 내가 왜 선택 당해야 했던 것인지, 첫사랑이라 믿고 마신 쓰디쓴 독배는 내가 지난 험한 세월을 살아오면서 여자를 향해 사랑의 문을 활짝 열지 못하게 하는 독소의 부작용으로 나타나게 된다.

「 첫사랑 」

아련하기도 한
5월의 어느 날
봄날의 흥분 같은
문둥이 꽃 전설 같은
그칠 줄 모르는 걱정이
내 손가락 사이를 빠져나갔다
눈빛 유방색깔의 그대를 향한
내 그리움의 충격은 아직도 첫사랑
차라리 눈을 감고 싶었던 그날의 이별터엔
지금은 거치른 들풀이라도 자라났을까
영산홍 독기 같은
아 그 선연한 내 영혼의 빈들에
지금도 피 흘리는
첫사랑
가시나무 새
한 마리

모든 것이 무의미 하고 위선일 뿐이라는 패배의식에 더하여 지난 날 보다 더 처절한 방황과 무절제의 날들이 기다리고 있었음은 당연 하다.

7. 소시민으로의 길, 군대와 직장생활

　그 당시의 나로서는 그녀의 처한 입장이 어떠했는지를 알지 못했고, 현실적으로 이루어질 수 없는 나와의 이별의 충격을 미리 예방하기 위한 그녀의 배려가 나에 대한 이별 선언으로 나타난 것이라고 믿고 있었다. 아니 불과 몇 해 전, 이제는 지난 세월의 것들로부터 모두들 자유로울 수 있는 50살이 다 되어가는, 그러니까 졸업 후 사반세기가 흐른 어느 날에야 그 사실을 우연히 알게 되었으니 내 첫사랑의 이력도 깨나 기구했다고 할 수 있겠다.

　졸업 이후의 내 생활은 한마디로 더 가관의 무절제한 터널 속과 같은 것이었다. 고향과 서울의 형님과 누이의 집을 전전하며, 조금씩 얻은 용돈으로 아는 친구들이나 돌아가며 찾아가서 술 얻어먹고, 동가식서가숙 하는 그야말로 황폐한 젊음의 날들을 보낸다. 4월에는 일손 모자라는 영주 누이의 집에서 과수원 농사일을 거들며 입치레를 했고, 5월에는 대구 형님 집에서 구차한 연명을 이어나갔다.

　그러던 중 결국 5월 19일. 그렇잖아도 나의 더부살이로 가계에 힘이 겨웠던지, 형수가 아침 밥상에서 나의 식객생활에 따른 불만을 노골적으로 표현했고, 대학 3학년에 다니며, 같이 살던 형수의 친정 여동생을 포함, 둘 다 집을 나가라고 선포를 했다.

　그날은 일요일이었는데, 형님의 밥그릇이 마당으로 날아가고 집안은 일대 아수라장이 되었다. 그 와중에도 나는 남은 밥을 눈물과 함께 꾸역꾸역 끌어넣고 있었다. 많이 먹지 않은 밥이었지만 언제 다시 식사를 할 수 있을지도 모르는 날들이었기 때문에 살기 위한 본능으로 밥알을 씹어야 했다.

형수도 형님의 교사 박봉에 많은 아이들 건사로 도시생활에서 얼마나 골몰이 많았을 것인가? 멀쩡한 젊은 놈이 막일이라도 하면 될 것을 무어라 할말이 없었다. 정말 죽고 싶은 마음이었고, 막상 집을 나서니 막막하기만 했다. 그러나 어디로 가란 말인가? 가정 없는 동생은 형이나 누이가 거두어주는 것이 아닌가? 하는 원망도 해 보았지만 이제는 그때의 형수를 충분히 이해할 수 있다.

아니 형수를 포함 형님, 누이, 자형들 모두에게 나는 일생의 빚을 진 것임을 알고 있다. 고향의 큰형님 내외는 정말 일원 한 푼 수입이 없는 상태에 그곳에서 식객노릇을 하기도 어려웠고, 대구는 이곳저곳을 걸어 다니면 되었지만, 서울에서의 생활은 교통비 없으면 지옥의 생활이었다. 철공소에 다니는 친구의 자취방에서 묵기도 하고, 대구역 대합실에서 잠을 자기도 했다.

아버지가 계셨으면 하는 생각과 눈물이 많아진 세월이었다. 여름 한 철은 대학 다닐 적 학교신문사 편집기자들이 단체식사를 해결하던, 화교(華僑)가 운영하는 중국음식점에서 식객노릇을 하며 세월을 죽였다. 식당이니 만큼 먹는 것은 배불리 먹었다. 그 중국인 교포는 대가족이 함께 살았는데, 나는 중국음식 배달이라도 하겠노라고 했지만, 나보다 몇 살 위가 되는 주인은 아무런 대가 없이 나에게 편히 지내라고 했다.

밤이면 비게 되는 이층 손님방에서 주방장과 배달소년들과 같이 잠을 잘 수 있었고, 최소한의 용돈까지 주어서 복지관에서 이발도 하게 했던 정말 고마운 분인데, 세월이 지나고는 한 번도 찾아보지 못했다.

낮에는 중앙공원에서 글 같잖은 글을 끌쩍거리기도 하다가 주인이 준 몇 푼 용돈으로 술을 먹었다. 돈이 없었기 때문에 술이 빨리 취하도록 일부러 빈속이 될 때를 기다려 단숨에 마시곤 했다. 미친 듯이 술을 마실 수밖에 없었다. 모든 것에 대한 반항으로 술을 마셨고, 잊기 위해 마셨으며, 마신다는 사실을 잊기 위해 또 술을 마셨다.

학교를 입학하기 전보다 모든 것은 더욱 혼란스러웠고, 미래에 대한 보장은커녕 자신을 혹사시킨 일상은 더욱 악순환 되는 결과로 나타났다. 건강도 나빠지고 있었다. 몸은 깡말라 있었고, 무절제한 날들은 젊음이라 하여 건강까지 피해 가지는 않았다.

그해 나는 대한민국 남자라면 누구나 피해갈 수 없는 징병검사를 받는다. 결과는 2을종 3급이었다. 남들은 돈을 썼느냐고 물었다. 그 등급이면 당시 보충역에 편입되고, 1년여의 방위 근무만 마치면 되었지만 학력이 대학 재학 이상으로 분류되어 이듬해 현역병으로 입영하게 된다.

나 역시도 1년으로 복무를 마치면 뒤처진 사회생활에서의 연조가 맞기 때문에 보충역을 원했으나 소위 빽을 달지 않고는 어려운 일이었다. 이미 내 나이 또래의 친구들은 제대를 얼마 남겨두지 않은 세월이었다. 3년의 복무를 마치고나면 20대 후반의 서른을 바라보는 나이가 되는 것이다. 무엇을 배웠거나 내일을 위한 실력을 쌓아두었다면 세상살이의 앞뒤가 바뀌는 것이 무슨 대수겠는가 만, 나의 경우는 그런 것도 아니었다.

1975년 6월 17일 나는 안동에 있는 36사단에 신병 입대를 한다. 어머니와는 김천에서 작별을 했다. 어머니 생시에 형님들을 군대에 보내며, 막내인 내가 성장했을 때까지 군대가 있겠느냐고 생각했었다는 말씀을 들은 바 있으니 한반도 사나이들의 운명이라고나 해야 할지….

70년대 중반의 예비사단은 열악하기 그지없는 최악의 훈련시설이었다. 일년 중 가장 무더운 여름철에 훈련을 받으면서도 물 사정이 나빠 샤워는 딱 2번을 했을 뿐이다. 지금의 세대들이 들으면 거짓말을 한다고 우길지 모르겠으나 사실이다. 한 번은 40명 소대원을 옷을 벗겨 콩나물 통처럼 모아놓고, 소대장이 물 한 양동이를 한두 번 끼얹어 주는 게 끝이었다. 모서리나 끝자리에 위치한 병력은 물 한 방울 튀기지 않은 채 목욕을 끝내야했다. 그리고 한 번은 전 훈련병을 대열을 갖춰 낙동강까지 행군을 시킨 다음 낙동강 노천에서 발가벗고 한 목욕이었다.

멀지 않은 곳으로 시외버스도 지나갔고, 남녀 가릴 것 없이 오고 가는 사람이 적잖은 곳에서 수 백 명 훈련병이 뒤엉겨 목욕을 했으니 이 글을 읽는 독자 중에는 경악을 금치 못하는 분도 있을지 모르겠다. 식사시간은 식당에 입장하는 순간 '식사완료 30초 전!' 이 발령되었고, 썩은 냄새가 진동하는 밥 조금에 된장 멀겋게 푼 양배추 국이 부식의 전부였으니, 그 많이 편성된 국방예산은 어디에 가고 그토록 군대도 썩을 수 있는 것인지 아득한 생각뿐이다.

그때가 6.25 전쟁 중도 아닌 세월이었지만 훈련병 개인에게 지급된 알루미늄 식기가 딱 2개였으니 국과 밥 말고는 다른 부식이 있을 수 없었다. 누구의 잘못이었겠는가? 총체적으로 썩은 곳에서는 썩지 않은 것이 썩은 것이 된다. 상하가 모두 부패한 조직에서 어느 누구든 부패로부터 자유로울 수는 없었을 것이다. 어쩌다 비곗덩어리 맹물 위에 뜬 것 같은 멀건 국이 나오기는 했으나 영양의 불균형은 심각한 정도였었다.

훈련소 시절

보급품의 절도 및 구타와 기압은 당연한 일상이었고, 나는 굶는 것에는 어느 정도 이력이 나 있었기 때문에 그런대로 견딜 만 했으나 훈련병 대부분은 몹시 배가 고파했다. 그러한 현실을 당연한 것으로 받아들일 수밖에 없는 조건이었지만 나는 세상에 대한 적개심을 키워나가는 기억의 인자로 받아들이게 된다. 소원수리나 검열단 같은 제도적 장치는 있었으나 그것이 요식행위이고 형식이라는 것은 누구나 알고 있는 공공연한 비밀이다.

내가 소속된 소대는 중대의 1소대로 선임소대였으며, 소대원 40명 중 대학 재학 이상은 나를 포함, 영남대와 목원대 신학대학 등을 다니다 온 3-4명이 전부였고, 내가 훈련병을 대표하는 선임 향도가 된 것이다. 한마디로 240명 중대 훈련병을 대표하여 권리는 없고 의무만 있는 훈련소 생활을 했다.

　지금도 드라마나 영화에서 전쟁 중 훈련소 생활을 연출한 장면들을 보고, 다른 친구의 군대시절의 이야기를 들어보았지만 나의 훈련소 시절은 기구하리만치 고생하고 보낸 케이스에 해당되는 것이었다. 그러나 정신적으로는 일률적 단체행동에 정신없이 따르면서 무기력이나 방황 같은 그동안의 나의 생활도 종지부를 찍은 결과가 되었고, 짧았던 첫사랑의 환상에서 벗어날 수 있는 계기도 되었다고 본다.

　나를 군에 보내놓고 어머니의 행보는 빨라지셨다고 한다. 어디로 팔려갈지 훈련을 마치고 어느 부대로 배치되는가의 문제는 저승에서의 천당이냐, 지옥이냐의 문제와도 같은 중차대한 일이었기 때문이다. 그 모든 것이 소위 빽이나 배경으로 결정되던 시기였으니 어머니께서는 집안의 막강한 배경을 동원하기 시작한 것이다.

　집안에는 이름만 대면 누구나 다 알만한 지위의 인사가 있었고, 윗대부터 신망이 있었던 우리 집 어머니의 부탁은 즉효 하여, 부대배치는 미8군 카투사 교육대로 명령이 떨어졌다. 흔히 양놈과 같이 버터 먹으며 군대생활을 한다는 모두가 부러워하는 부대로 명령이 난 것이다. 그곳에서 미군부대 생활에 필요한 영어와 소양교육을 3주 통과하게 된다.

　75년 8월 1일로 기억되는데, 새벽에 도착한 평택의 미8군 카투사교육대는 한마디로 천국이었다. 아침식사를 하러들어간 대형식당에서 같이 배치된 동기생 훈련병들은 단체로 입을 닫고 말았다. 산해진미라고 밖엔 말할 수 없는 고기며, 스프, 과일, 주스와 버터 같은 요리가 호텔 같이 시원하게 냉방된 분위기 속에서 한 시간이나 주어진 식사를 하라는 게 아닌가?

　대충 말은 들었지만 식사완료 30초전에 익숙해 있던 우리 훈련병들에게 그렇게까지 한다는 것은 뭔가 잘못된 것이거나, 혹시 혼란을 주고자 하는 의도가 아닐까 할 정도로 의아했으나 모든 건 그대로였다. 훈련병으로서 최소한의 의무만 강제되었을 뿐 그 외는 자유였다.

무엇보다 훈련기간 중 두 번 밖에는 못한 샤워를 하루에도 몇 번이나 할 수 있었고, 곰팡이 냄새가 나는 훈련복과 통일화를 벗어버리고, 카키 그린의 윤기 흐르는 군복과 번쩍거리는 군화는 모두들 신기해서 행동이 부자유스러울 지경이었다.

쉬는 시간에는 잘 가꾸어진 잔디밭에 삼삼오오 둘러앉아 잘빠진 미 여군들의 엉덩이와 가슴을 훔쳐보며 모두들 꿈이 아니기를 바랐다고나 할까. 나 역시도 길진 않지만 질곡 많은 생애에 처음으로 자유란 의미를 알았던 때가 아닌가 싶다. 가정이 사실상 붕괴된 이후 하루 세끼 밥을 꼬박 찾아먹은 것은 아마 군대에 들어가서 처음인 것 같다.

그곳에서 교육을 마치고 의정부 19지원단과 대전의 6병기 대대를 거쳐, 미8군 의무지원사령부에 치과의무병으로 전속을 받는다. 나의 업무는 미군 군의관 파트너가 되어 환자진료를 보조하는 일이었는데, 미국에서도 최고의 엘리트로 인정받는 군의관과 한 팀이 되어 그야말로 미국 군대식 근무를 하는 것이다. 당연히 모든 언어의 소통은 영어로 해야 하는데, 처음엔 어려움이 많이 따랐으나 세월이 지나면서 전혀 불편함이 없을 정도로 영어실력도 향상되었다. 일반 외과와 치과가 같이 연동되어 있기 때문에 야간 당직에는 외과 군의관과 같이 응급환자 진료를 하는 등 수준 높은 미국의학의 진수도 맛보는 계기가 되기도 했다.

그때 많은 군의관과 알게 되었는데, 특히 소령이던 Dr Hoots와 소령 Keller, 외과 대위 Powell, 대위 Nance 등과는 아주 친하게 지냈다. 특히 Dr Hoots는 고향 봉계의 우리 집에 까지 와서 놀다가 갔고, Nance 부부와는 같이 대전의 동학사와 정읍 내장산 등지로 여행도 다녔다. 그때가 한 여름이었는데, 정읍 역에서 기차를 기다리며 Nance

와 막걸리를 얼마나 마셨던지 이후 우리는 서로를 슈퍼맨이라 부르며 농담을 주고받았다. Keller는 나를 Jim(짐)이라 불렀는데, 그것은 어느 날 Keller가, 한국의 왕은 자신을 어떻게 부르느냐고 묻기에, '짐(朕)' 또는 '과인(寡人)'이라 부른다 했더니 과인은 발음이 어렵던지, 그때부터 나를 짐이라 불렀던 것인데 그때의 jim이 지금의 나의 메일 ID가 되었다.

1일 8시간 업무에 주 5일 근무 그리고 주중의 하루를 오전 근무로 마치면 술 좋아하던 Hoots와는 미군 장교 클럽에서 맥주를 마셨고, 운동을 좋아하던 Nance와는 부대 내의 볼링장에서 볼링을 치거나 테니스를 즐겼다. 숙소는 냉난방 잘 된 구획된 독방이 주어졌고, 소위 하우스보이라 불리던 아저씨들이 세탁과 다림질, 침구정리와 구두까지 반짝반짝 닦아주었기 때문에 그야말로 호광 한 번 신나게 한 셈이다. 아마 내가 정신적 절망감 없이 일신의 숙식 걱정을 하지 않았던 때가 일생 중 그때가 유일하지 않나 싶다.

무엇에건 미래를 위한 발전 지향적 노력을 게을리 해온 나였지만 그때가 내 인생을 업그레이드 시킬 수 있는 좋은 기회였음을 후회스럽지만 부인할 수 없다. 영어공부 하나만 확실히 해두었어도 내 인생은 상종가를 칠 재료가 되었을 것이고, 그토록 주어진 많은 시간을 고시 공부에 쏟았더라도 이후에 나에게 불어 닥칠 운명의 질곡은 좀더 쉽게 극복될 일이 아니었던가?

뻔질나게 서울에 나와서 누이들과 작은 자형 등에게 용돈 신세나 지며, 술이나 퍼 마시는 생활을 보냈으니 무슨 할 말이 있겠는가? 올리브 그린의 군복에 반짝이는 구두를 신고 나가면 아닌 말로 여자들에게 제법 인기도 있었던 것 같다.

대전 캠프 에임스 시절

의정부 한미 일군단 시절

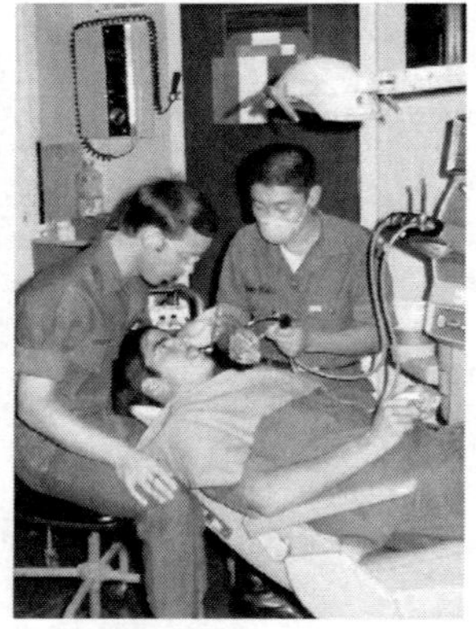

소령 Hoots와 진료 중에

고작 내가 기울인 노력이 있다면 부대 내에서 예방의약 업무를 담당하던 한국계 미 여군 일등병 'Jelly-K'와 한동안 죽이 맞아 사귀면서 그녀가 혹시 나와 국제결혼이나 해주면 미국으로 이민을 떠나겠다는, 그것도 막연한 생각을 해 본 것뿐이었다. 그녀는 작은 키에 얼굴이 인형처럼 예뻤는데 고향집에도 데리고 갔고 술깨나 같이 마시기도 했다.

그때는 지금의 후진국가 국민들이 코리언드림을 꿈꾸는 것처럼, 미국행이 우리 국민들 사이에는 하나의 환상이던 때였다. 그렇다면 그녀를 어떻게든 움직여 미국행을 하는 것도 불가능한 건 아니었으리라. 그러나 가슴의 한쪽에서는 여자로부터의 이별이라는 두려움이 잠재되어 있었고, 앞날에 대한 확고한 신념도 없는 가운데, 그녀도 미 본토 부대로의 전속명령을 따라 출국함으로서 길지 않았던 그녀와의 만남은 나의 잊혀진 여인 중의 하나의 이름으로 존재하게 된다.

대위 Nance 등과 한국계 미군 Dr박의 가정방문

미군부대 지휘관의 감사장

그런대로 무사히 군대생활을 마치고 1978년 3월 22일 나는 전역을 한다. 나의 친구들은 대부분 벌써 제대를 하여 사회의 각 분야에서 자리 잡아 자신들의 영역을 닦아가고 있었고, 일부는 중견사원으로 두각을 나타내고 있었지만 나에겐 어떠한 복안도 대책도 없는 날들이었다. 고향에서의 무위도식의 날들이 기다리고 있었을 뿐이었다.

책을 보거나 기와집을 짓기도 하고, 글을 써본다고 긁적거려 보았으나 무르익는 봄날은 방랑벽 많은 나를 가만두질 않았다. 반겨줄리 없는 이곳저곳의 친구들이나 찾아가 술이나 얻어 마시며, 나의 습관에 익숙한 유전자가 되어버린 무절제한 생활의 연속을 한동안 보낸다. 어머니는 언제나 내가 직장을 잡으면 나랑 같이 살며 뒷바라지나 해주면서 사시겠다는 소박한 염원을 늘 말씀하시곤 했지만 당장 뚜렷한 대책은 없었다.

그러던 그 해 5월. 서울의 작은 자형이 그 당시 수출 붐이 일고 있던 섬유봉제 공장에 투자하는 조건으로 동업을 하게 되었는데, 자형은 서린호텔(주)에 간부로 근무를 했기 때문에 내가 그 공장의 동업자 견제 겸 일을 배우는 직원으로 들어가게 된 것이다. 말이 공장이지 서울의 봉천동 달동네 가까이에 있던 가내수공업 공장으로 흔히 ‘사시 요꼬’라 불리던 편물 수작업을 하던 공장이었다.

한마디로 노동집약형 후진산업이었던 셈인데, 값싼 노동력을 이용한 임가공 형태의 하청 가공공장으로 우리나라 경제발전에 효자역할을 했던 직종이기도 하다. 70년대 후반이었으니 서울로, 서울로 밀려든 인력은 넘치고 일자리는 부족했다.

“대윤산업사”란 상호를 달고 있던 그 공장에는 30여명의 아가씨와 아줌마 직공이 있었고, 1층은 세탁실이었으며, 2층은 편물 작업장이었다. 유림통상(주)에서 하청 오더가 떨어지면 원부자재가 들어왔고 납기가 촉박하면 철야근무가 계속되었다.

내 직함은 과장이었는데 포장, 자재수불, 재하청 발주 등 그야말로 모든 업무를 총괄하는 총무였다. 직원은 동업자인 사장과 공장장, 부장과 경리, 운전기사와 나를 포함 6명이었다. 내가 제대 후 사회생활에 첫발을 들여놓은 첫 직장인 셈인데, 비참한 노동현장과 사회 모순을 여실히 체험하게 된다. 노동인권이라는 용어 자체가 없던 시절이었고, 고도성장을 향해가는 산업화의 현장에는 엄청난 모순이 도사리고 있었다. 작업환경도 열악했고, 납기에 제품을 맞추지 못하면 엄청난 불이익은 물론, 사업의 존망이 걸린 문제가 되기 때문에 철야근무는 흔히 있는 일이었고, 다른 공장으로 재하청을 주기도 하는데, 그곳도 모든 여건이 열악한 상태에서 납기의 펑크는 왕왕 발생할 수밖에 없었다.

그럴 때면 제품포장 상자 안에 못쓰는 원사 꾸러미를 밑에 깔고 그 위에 완제품을 얹어 포장을 하여 중량만 맞추어 출고를 하기도 했다. 수많은 상자를 검수자가 모두 검수할 수가 없고 일단 선적만 되면 돈은 받을 수 있었거니와 그 다음의 클레임과 신용문제는 별개의 것이었다.

어머니의 바람대로 가까운 상도동에 단칸방을 얻어 모자간의 생활을 시작했다. 그 방에는 고향의 큰 형님도 한 번씩 와서 삼모자가 같이 생활하기도 했었는데, 종일 지루하게 나를 기다리는 어머니를 위해 그 당시만 해도 비쌌던 흑백 TV를 할부로 구입해 들여놓았고, 형님과는 그 당시 인기절정의 동대문야구장에 고교야구 구경을 가기도 했다. 그러나 그곳에서의 생활은 공장이 동업자와의 불화와 부도로 문을 닫은 그해 가을까지만 이어지고 만다.

그 직장에서 나는 일정한 호봉 책정이 없이 부정기적으로 자형으로부터 생활비를 받았었기 때문에 정확한 봉급액은 기억에 없다. 아무튼 나의 첫 사회생활의 직장은 그렇게 종지부를 찍었고, 나름대로 이력서를 들고 신문광고에 난 이 회사, 저 회사를 찾아다녔지만 직장다운 직장은 어느 곳도 나를 사용하겠다는 곳은 없었다.

기술이나 노동력, 아니면 좋은 학력이 요구되는 세상임은 지금도 마찬가지겠으나, 나는 어느 것도 갖추지 못한 경우에 해당되었다. 결국 나는 서울의 생활을 접고 기약 없는 낙향을 한다. 고향의 사랑방을 차지하고 앉아 겨울인데도 귀찮아 군불도 지피지 않는 도사 아닌 도사의 생활을 한동안 보냈다.

그러다 이듬해 2월 이번엔 서울의 큰누이가 금호실업(주)에 전무이사로 있던 큰 자형을 설득하여 금호건설(주) 해외사업부 외사보증과에 취직이 된 것이다. 당시 한참 붐을 이루던 중동지역 해외건설 경기에 힘입어 임원인 자형의 입김이 작용한 것이다. 원래 큰 자형은 성격이 별로 자상한 면이 없는 분으로, 처갓집의 인사부탁 같은 걸 달가워하지 않는 성품이었다.

나도 당초에는 해외현장에 나가는 조건으로 입사를 했는데, 나는 처음엔 본사의 시스템을 배우며 근무를 하고 싶다는 뜻을 전한 것이 큰누이와 동기간에게는 두고두고, 내가 고생이 싫어 외국근무를 기피한 것으로 낙인찍히는 오해의 계기가 된다. 그러나 준비하라는 외국행 출국 서류를 넣었으나, 면접시험에서 해외파견은 취소되었고, 본사에 근무 하라는 말을 담당 이사가 알려주었다.

하지만 본사에 입사하고 보니 내가 설령 원했다 하더라도 나는 외국 현장엔 갈 수가 없는 입장이었다. 해외현장은 이권의 보고다. 한마디로 현장은 어두운 부패의 연결고리로 이어져 있었기 때문에 본부 전무의 처남인 나를 받아들일 수 없는 상황이었던 것이다. 이후 나는 해외 현장이 생길 때마다 현장근무를 지원했으나 지휘계통에 의해 번번이 외면당하고 만다.

해외근무는 국내와 달리 고생하는 대신에 단기간에 목돈을 만질 수 있는 장점이 있다. 막상 입사를 하고보니 내가 받은 호봉은 4을급 22호봉이었는데, 월급은 11만 4천원이었다. 고도 산업화의 결과로 인플레는 엄청 이루어져 있었고, 당시의 내 하숙비가 8만원 정도였으니 초봉이라고는 하나 지나친 박봉이었다.

더구나 미칠 일은 같은 조건에서 4년제 대학을 나온 직원은 초봉이 2배에 달하는 20만원이 넘는 걸 알았을 때는 분노를 넘어 일할 의욕이 생기지 않았다. 고졸 타자수로 같이 입사한 여직원과 나는 똑 같은 월급을 받는 수모를 겪었다. 예나 지금이나 호봉은 그 사람의 인격과 직결되는 묵시적 사회의 계급이다.

전문대학이지만 대학을 졸업하여 군대 3년을 마치고 입사한 직원이 어찌해서 고졸 신입 여사원과 호봉이 같아야 하며, 4년제 대학을 졸업 했다는 이유 하나만으로 봉급이 나의 더블이 되어야 하는가는 지금도 알 수 없는 일 중의 하나다. 나는 그 회사에서 2년을 재직했지만 결국 호봉의 차이는 좁혀지지 않았다.

나는 원래 돈을 중요하게 생각지 않는 사람이었으나 그 문제는 돈의 문제가 아니었다. 내가 하는 일은 해외현장에 필요한 무역업무와 수출에 필요한 대사관 영사업무 그리고 필요한 자재를 구입하여 선적하는 일 등이었는데, 나에게 떨어지는 일은 그들보다 결코 적은 게 아니었다. 오히려 사내의 외환이나 어려운 문제가 발생하면 나의 동창인 맥이나, 큰 자형의 후광을 이용 하는 등 일은 내가 더 많이 처리해야 할 형편이었다.

물론 먼 미래를 기약하며 주어진 여건에 최선을 다하면 된다. 그러나 용렬한 분별심의 나로서는 몹시 의기소침했고 자기계발에 소극적이 되어갔다. 게다가 나를 더욱 견딜 수 없게 만든 것은 직속상관인 과장의 멸시였다. "전문대 졸이 우리 회사에 입사한다는 건 불가능하다. 죽도록 일해도 4년제 대졸자들의 능력 따라 가겠나? 자형인 본부의 전무 덕인 줄이나 알고 처신 똑바로 하라!"는 비아냥은 견디기 힘들었다. 내가 조금이라도 성질이 과격했다면 그 인간은 진단 몇 주 정도는 각오했어야 하리라. 능력이라니! 4년제 대학을 졸업한 인간들이 어려운 일처리에 부딪치면 물어 보는 건 나에게서였다. 지방 고등학교였지만 당시에 명문고로 인정해 주던 고등학교의 동문 선배와 동기들이 사회의 요소요소, 외무부와 재계, 기업, 금융 등에서 힘이 안 되는 곳이 없었다. 그때만 해도 나는 사회적 발이 넓었고, 자형들까지 기업체의 임원이었기 때문이다.

예나 지금이나 사람이 힘없고 가난하면 아무리 자신의 철학이 확고하고, 주장이 옳아도 절대로 인정을 받을 수 없다. 20대의 청년기를 방황과 무절제로 보낸 허황한 경력이 있는 나는 형제 동기간으로부터도 인간적 인정을 받기에는 이미 틀려버린 자가 이력을 쌓아놓은 상태였었다. 그러나 나는 세상이 참 가소로웠다. 자랑처럼 들릴지 모르겠으나, 마치 큰일을 해낸 듯 유세를 부리는 일 따위를 내가 보니 장난처럼 보이는 일들뿐이었다. 능력이 아니라, 아부와 모사로 이루어지는 세상사인 것이다.

아무튼 나는 그 직장에서 세상의 많은 것을 배우며 사회인으로서 이력을 쌓아나가고자 했다. 친지와 주변의 권유로 맞선도 여러 차례 보았으나 내 마음은 여자에 대한 문이 열리지 않았다. 당장 한 푼도 없는 상태에서 결혼을 하여 가정을 이룬다는 것은 무모한 집착이라는 데 생각이 모아졌다. 어머니는 내가 결혼 하는 것만 보면 두 다리 뻗고 죽겠노라고 성화셨고, 이래저래 맞선 자리는 끊임없이 이어지고 있었다. 맞선을 본 여자 중에는 나와의 결혼을 적극 구혼하는 사람도 있었으나 그때만 해도 결혼이라는 사건은 구체적인 나의 현실이 아니었다.

작은 누의의 집과 잠실의 주공아파트의 형님 집에서도 식객노릇을 했으나 일찍 들어가고 싶은 마음이 내키질 않아 동창 선후배들과 술을 마셨고 귀가시간은 늘 통금이 가까웠다. 당연히 누이와 형수의 불만이 이어질 수밖에 없었거니와 그 생활도 접고 정릉에 하숙을 얻어 몇 달을 생활했으나, 월급에서 하숙비를 제하고 나면 용돈이 빠듯한 지경이라 지출을 줄일 요량으로 왕십리에 자취방을 얻어 잠만 자는 생활을 하기도 했다. 솔직히 내가 맡은 업무가 남들 다 부러워하는 대기업 계열회사의 해외자재와 무역업무였으니 아닌 말로 적당히 윗전에 아부하며, 납품업자들 사이를 잘만 다루면 돈 아쉬운 줄 모를 자리이긴 했다. 하지만 지난날 교통비가 없어도 아니면 아니라는 식의 인생을 살아온 나로서는 그렇게 하는 것 자체가 불가능한 인간이란 걸 부인치 않겠다.

그러던 중 시대는 박대통령 시해사건으로 비상계엄상태였고, 이어서 12.12 군사 쿠데타가 발발하여, 정국은 한 치 앞도 내다볼 수 없는 소용돌이 속이었다. 그런 외중에 해는 바뀌어 내 인생의 20대 마지막인 29살이 되었다. 아무튼 결혼은 해야만 할 숙제였었다. 사람들은 선을 보고 배우자를 선택한다고 하지만 그것은 자신의 선택으로 이루어지는 것이 아니라, 숙명의 결과물로서 다가온다는 것을 늦게나마 알게 된다.

그러니까 나의 첫 번째 아내가 된 아니, 이 세상에 나의 유일한 자식을 같이 만든 그 사람을 만난 것이 어찌 우연이었겠는가? 서울 형수의 잘 아는 분과 아내가 될 사람의 언니가 같은 친분이 있었고, 나는 그 만남에 나가면서 이 결혼은 이루어질 것이라는 숙명적 예감을 직감하고 있었다. 그것은 외형적으론 나의 선택이었지만 결과적으로는 나의 인과의 숙명처럼 비극의 예비 된 결과물로 다가오고 있었던 것이다.

8. 한 번의 결혼과 천 번의 이혼

그녀는 경남 남해가 고향이었고 6남매의 막내로 실업계 고등학교를 졸업하고 상경하여, 형부의 주선으로 C기업에 근무를 하다가 그만두고, 오빠와 언니 집을 오가며 지난날의 나와 같은 처지의 더부살이를 하는 중이었다. 그러한 사실이 동류의식 같은 보상심리로 작용을 했고, 쉽게 의기투합 하는 데 일조를 했던 것 같다.

아버지는 남해 어촌에서 작은 배를 가지고 어업을 했던 분이고, 어머니는 당시에 신장 절제술을 받아 건강이 좋지 않은 상태였었다. 크게 가난하거나 부유하지도 않았지만, 집안은 동기간이 화목했고 언니와 오빠들은 모두 안정된 가정을 꾸리고 있었다.

1980년 4월 20일 맞선을 보았다. 키는 보통 키에 용모는 괜찮은 인상이었다. 첫 만남에서는 늘 그렇듯 의례적인 인사치레가 오간 이후 나의 제의로 두 세 번의 만남이 더 이루어졌다. 부모의 사랑과 떨어져 있던 그녀도 가정의 안식에 목말라하고 있었음이 서로의 연민으로 작용하였고, 24살이던 그녀도 당시의 결혼 풍속으로는 결혼 적령기에 해당하고 있었으니 어차피 결혼은 선택이 아니라 필수였던 셈이다.

그해 5월엔 그녀도 하릴없는 서울을 떠나 고향 남해의 부모님에게로 내려가 있었고, 나도 마침 회사의 일로 부산에 며칠간 출장을 갈 일이 생겼던 터라, 부산에서의 업무를 마치고 남해로 그녀의 집을 찾아가게 된다. 난생 처음으로 가보는 남해. 시외버스의 차창 밖의 남해대교가 잘 보이지 않을 만큼 봄비가 퍼붓고 있었다. 다가올 내 앞날의 운명의 질곡을 예기해 주는 폭우였을까?

(사진27) 처가가 될 집을 찾아가는 길에 – 남해 창선교 앞에서

나는 그녀의 부모님께 인사를 했고 이런저런 이야기를 나누고는 건넌방에 마련해 주는 독방에서 하루를 묵었다. 그녀의 부모님들도 마지막 남은 막내딸이 하루빨리 결혼을 하여 짝을 찾게 해 주는 것이 노후의 자신들의 유일한 할 일이었으며, 마지막 의무란 것에 공감하고 있던 차에, 나의 출몰은 양가의 부모들에 의해 일사천리로 결혼식을 준비하는 계기가 된다.

월세방 하나 구할 돈이 내 수중에는 없었으나 결혼이란 것이 그렇다. 사람만 있으면 그냥 치러지는 것이 결혼식이 아닌가? 동기간이 각각 비용을 분담하고, 일사천리로 결혼식 준비는 진행되었다. 식장은 6월 11일 호텔 신라 영빈관으로 잡아졌고, 혼수와 함 같은 의례적인 절차들은 기다리고 있었다는 듯이 진행되었다. 좀은 담담한 기분이었지만 무척 흥분되고 설레는 것이 결혼이란 사실이 신기하게 느껴졌다.

맞선에서 결혼까지 두 달이 걸리지 않았다.

내 수중에는 솔직히 돈이라고는 1만 7천원이 전부였는데, 축의금이나 동기간이 도와주지 않는다면 신혼여행도 떠날 형편이 못되었다.

첫날밤이야 인천 올림포스 호텔에 근무하는 군대친구가 있어 하룻밤 신세를 지겠다는 약속을 받아두었지만 아무런 대책이 없는 결혼식이었다.

결혼 후 신혼살림 방을 얻을 때까지는 둘이 겨우 돌아누울 수 있는 왕십리의 자취방에서 신접살림을 시작하기로 했다. 참 무모하다해야 할지 어리석다해야할지 나 스스로도 판단이 서질 않았다.

톨스토이는 한 여자와 결혼하여 일생을 살려고 하는 것은 한 자루의 촛불로 평생 동안 광야를 비추려고 하는 무모한 짓과 다를 게 없다고 하였으나, 그때는 나의 결혼만은 영원할 것이고, 나만은 기필코 행복해 지리라는 어이없는 확신을 지니고 있었다. 결혼은 내가 선택한 운명이고 결정된 일인 만큼 행복을 위한 노력만이 남았을 뿐이다.

특수한 계층을 제외하고는 누구든 결혼할 때는 모두 셋방에서부터 신접살림을 시작하던 때이니 없는 것 자체가 문제는 되지 않을 터였다. 자존심의 상처를 입으며 다니고 있는 직장이 평생직장이라고는 상상조차 하지 않았다. 어떻게든 다른 길이 있을 것이라는 막연한 생각을 지니고 있었다.

결혼식의 주례는 경제부총리를 지낸 조 순씨를 큰 자형이 섭외를 했고, 의례적인 결혼식을 기계적으로 마치고 축의금 일부를 신혼여행 경비로 받아서 인천으로 향했다. 첫날밤을 인천에서 보내고, 다음 날 처음 가보는 제주행을 감행할 생각이었다. 올림포스 호텔에 여장을 풀고 나니 하루해가 저물고 있었다. 그녀와 나는 월미도의 바닷가 횟집에서 저녁 겸 자축의 술 한 잔을 나눴다.

내가 준비한 카세트에서는 "스키드 데빗슨"의 "The end of the world(이 세상의 끝)"가 흘러나오고 있었고, 다가올 미래의 어떠한 질곡과도 무관하게 나도 결혼을 했구나 하는 안도감에, 혼란과 방황의 종지부를 찍을 것만 같았다.

신혼여행은 행복하고 즐거웠다. 처음 가보는 제주도의 이국적 풍광과 아름다운 섬 풍경에 반해 2박3일의 일정이 짧기만 했다. 일상으로 돌아온 나는 왕십리 자취방에서 신접살림을 시작 했다가 6월말, 강서구 화곡동 주택의 방 한 칸을 150만원에 전세를 얻어 이사를 한다. 장롱과 세간 살림이 들어오고 자취방에서 끼니를 거르던 곤고한 생활에서 벗어나 세상 처음으로 내 보금자리를 갖게 된 것이다. 누이와 형들의 도움이 컸었다. 지금처럼 아파트가 그리 흔한 것도 아니었고, 서울의 주택난은 심각했다. 전세 계약기간은 6개월이었고 대부분의 셋집은 6개월이 지나면 세를 올려주거나 그럴 형편이 안 되면 더 변두리로 이사를 가야 했다.

화곡동에는 아내의 언니들이 가까이서 살았고, 그래서 살림집도 그쪽으로 정해진 것이다. 처갓집의 동기간은 무척 우애가 있는 것 같았다. 특히 아내도 막내인 만큼 장모와 언니들의 관심과 보살핌이 유별난 데가 있었다. 그러한 점이 긍정적 순수한 우애라는 순기능도 있지만, 가까이 살면서 생활수준의 비교를 통한 상대적 상실감과 박탈감을 조장하는 경우도 있었던 것 같다.

새로운 신혼살림방을 얻어 이사하던 날이었다. 처형들이 와서 일을 도와주고 있었는데, 아내가 큰 처형을 붙잡고 울고 있는 게 아닌가? 아내의 하소연이었다. "이렇게 해서 어떻게 사느냐!"는 것이었다.

나는 내가 뭔가를 잘못 들은 것으로 알았다. 단칸방이기는 했으나 대문 쪽 화단으로 창이 난 적당한 크기의 방이었고, 연탄아궁이가 지

하에 있어 불을 갈 때 불편하기는 했어도 그 당시 우리 또래의 신혼부부들이 대부분 살아가던 순서의 하나였었다. 아내의 성장환경도 남해 바다 어촌에서 중농의 가정에서 자란 서민이었다. 언니들은 나이 차이도 났고, 마이하우스를 장만하여 어느 정도 서울의 중산층을 살았기 때문에 그런 것들과의 비교, 분별심에서 오는 상대적 빈곤감이었을 것이다.

봉급 10여 만 원을 받는 나로서는 수 천 만원을 호가하는 서울에서 내 집을 장만한다는 것은 계산적 수치로는 나오지 않는 아득한 것이었다. 한동안의 신혼기분에 들떠서 현실적 문제를 잊고 지낸 것이 새로운 내일의 부담으로 밀려왔다. 나 역시도 우울했다.

그런대로 신혼살림에 들어갔고 일상의 일들이 이어지는 날들을 맞는다. 여름휴가 때는 남해 처가에서 보냈고, 장인어른의 작은 배를 같이 타고 바다로 나가, 감싱이와 놀래미 낚시 등을 즐기기도 했다. 장모님은 병약했으나 장인어른은 아주 건강하셨다. 당연히 약주도 좋아하셨고 옹서 간에 잡아온 고기를 안주삼아 거나하게 취하기도 했다.

휴일에는 용인 민속촌이나 교외나들이도 하면서 가까운 동서들의 집에 자주 들려 같이 식사하고 담소하는, 외형적으로는 평범한 신혼부부의 생활을 보내고 있었다. 그러나 이미 아내는 여러 가지 요인, 이를테면 가장 아내가 중요시한 경제적 가난의 문제, 나의 무능한 대책 없는 미래 그리고 친구와 술 좋아하며, 가정적이지 못하다는 나에 대한 불안과 불만 같은 요인으로 신뢰의 벽에 금이 가고 있었다.

나는 솔직히 박봉에 만족할 수 없는 직장이었지만 살아가는 것에 대하여는 자신이 있었다. 지난 세월의 그 많은 방황과 질곡으로 단련된 몸이 어떤 생활이든 부딪혀 나가는 것은 어려울 일은 아니라 생각했다.

아내에게 현실은 낮춰보고 꿈은 먼 곳에 두고 살자는 회유 아닌 회유를 했으나 아내의 모든 삶의 가치 선은 경제적 부에 있었다. 이러한 인생관의 차이는 결국 이혼과 내 인생의 비극적 시나리오의 대사를 남기게 하는 한(恨)의 씨앗이 되고 만다. 24살 여자의 입장에서 보면 자신을 제외한 세상의 모두가 행복하고 부유해 보일 수가 있었을 것이다.

내가 능력 있고 부유했으면 그만인 일이었고, 그러한 인생의 풍파를 겪지 않아도 되었을 터였다. 3년여로 막을 내린 내 결혼의 이력은 이미 비극의 운명이 준동하기 시작했던 것이다. 아내의 입에서 공공연하게 이혼이라는 말이 나오기 시작했다. 이후 나는 아내로부터 수 백 번에 달하는 이혼요구의 소리를 들어야 하는 퇴물의 남편으로 전락하게 된다. 원인은 앞에서 열거한 오로지 그런 이유뿐이었다.

아내의 형부와 오빠에 비해 성실성이나, 경제력 또는 인격 면에서 모든 것이 열등한 남편으로 보였을 것이다. 할말이 없었다. 물려받은 재산도 없었고, 학력이 좋은 것도 아니며, 고액 봉급에 시제말로 직장에서 잘 나가는 미래가 보장된 엘리트 사원도 아니었다. 자본주의 사회의 절대가치인 부의 형평문제를 극복하지 못한 사내가 무슨 남편으로서 말을 할 수 있으랴. 수 억 원을 벌어오라는 것도 아니었잖은가?

살맛이 나질 않았다. 그럴수록 가정은 일찍 들어가고 싶은 생각에서 멀어졌고 당연히 아내의 불평은 시간에 정비례하여 늘어갔다. 그런 와중에도 아내는 임신을 하였고, 나는 또 무능한 아버지로서의 책무까지 늘어난다는 것에 대해 기뻐할 겨를이 없었다. 그 해 회사에서 중동 요르단에 새로운 현장이 생겨 돈도 모을 수 있고, 아내의 대책 없는 채근으로부터도 완충기가 될 수 있는 해외근무를 지원했으나 역시 받아들여지지 않았다.

지난 역사의 가정은 무의미 한 것이긴 하지만, 그때 그렇게 되었더라면 나의 인생은 또 어떻게 전개되었을지 모른다. 뱃속의 태아의 성장에도 아랑곳없이 우리들의 부부생활은 근본적으로 겉돌고 있었고, 아내의 채근은 널뛰는 것을 반복하고 있었으니 태아교육의 차원에서 아이도 좋을 게 없었을 것이다.

그해 겨울 임신한 아내에게 바람도 쏘여줄 겸 인천 남동바다에 있는 소래포구를 찾아간 일이 있다. 나도 바다를 좋아했지만 바닷가 출신인 아내는 생선을 잘 먹었다. 임신하면서부터 시작된 입덧은 출산할 때까지 이어졌고 늘 사이다만 마시곤 했으니 별미라도 먹여보자는 심산도 있었던 것이다. 질펀한 겨울포구의 풍경은 한마디로 애상과 쓸쓸한 낭만적 정서를 같이 제공하고 있었다. 묵묵히 씹었던 아나고 회의 비린 추억이 생각나 기록한 졸 시가 "겨울 소래포구"다.

「 겨울 소래포구 」

소금기로 몸을 굽힌
소래 항은 거기 있다

비릿한 정액냄새
겨울을 삽질하는
포구의 해넘이 풍경은
그립거나 설움이다

떠나본 사람은 안다
산다는 건 가슴에
이별의 흉터를

별처럼 흩어놓고
조금씩 꺼내어보며
상해가는 길이란 걸

바람도 가슴을 지나
먼 바다를 만들고
시린 손 꺼내들고
감싸 안는 삶의 길에
아닌 듯 뒤돌아보는
못 보낸 애련(哀憐)의 넋

얼마를 그리워하면
비울 것 채울 것을
저 바다 젖 몽우리
혼불 속에 묻어두고
나 절로
그 길을 알아 홀연히 걸어갈까

- 2009년 2월 중앙일보 시조 백일장 당선 -

서울의 화곡동의 신혼 단칸방, 하루에 세 번은 맞춰야하는 연탄아궁이의 불문을 새끼손가락 하나 들어갈 만큼만 열어놓고, - 누구나 알고 있던 연탄절약의 지혜였던 셈이다 - 임신 육 개월로 부풀어 오른 아내의 봉긋한 배를 앞세운 채 찾아갔던 소래포구, 밤하늘의 별만큼이나 많은 사람들의 발자국 위에는 생선을 팔려는 아낙네들의 생존의 함성이 월경 혈처럼 흘러 내렸다.

몇 가지 생선 중에서 값싸고 양 많은 아나고를 골랐던가? 나는 취하기 위해 아나고를 씹었고, 아내는 뱃속의 태아를 위해 묵묵히 생선을 씹었다. 4반세기의 세월이 좋이도 흘러, 서로를 위하던 그날의 영양물질은 지금 어떤 존재의 의미로 그날의 세 사람의 구성요소로 남았단 말인가?

아내는 산 채로 이별을 했고, 자식은 죽은 채로 이별을 했다. 아픔이기에 앞서 생사와 이별이 난무한 그리운 절망 같은 나 개인의 가족사를 어떠한 채색을 하여 존재의 미학으로 승화시킨단 말인가? 생사도 하나의 이벤트일진데, 이별 어찌 사람의 일이 아니랴.

소래포구는 거기에 있을 것이다. 그날의 수많은 사람에 더하여 오늘도 한 보따리 밤하늘의 별 같은 사연들을 안고, 아낙네들은 생식을 위한 피를 흘리고 있을 것이며, 빼곡히 들어선 모텔은 욕정의 복어 알처럼 부푼 연인들의 하룻밤을 알라딘의 등불처럼 밝혀주고 있으리라.

해는 바뀌었고 나는 공연히 초조했다. 자식이 태어나고 더 질박할 경제의 곤고함이 찾아올 것이라는 강박관념에 무언가 새로운 돌파구를 찾아야 한다는 생각을 하기 시작했다. 1981년 2월 나는 직장에 사표를 낸다. 평소 알고 있던 친구를 통해 서울 장교동 인쇄골목에 있던 세화출판인쇄사에 투자 없는 동업조건으로 들어가게 된다. 봉급이 정해진 건 아니고, 내가 영업을 하여 오더를 물고 오면 수익금을 나눈다는 조건이었다.

세상물정에 어둡던 나였지만, 금호건설에는 더는 있고 싶지 않다. 편파적 대우와 박봉보다도, 서울의 형님도 큰 자형의 그늘에서 평생을 의탁하며, 전국의 금호실업 지점을 평사원으로 전전하는 마당에 일종의 자존심과 오기 같은 것도 큰 작용을 하였다.

그러나 세상 일이 그리 단순한 나의 희망대로 따라줄리 있겠는가? 이권에 해당하는 출판물과 인쇄물의 발주는 쉽게 나에게 떨어져 주질 않았다. 그때 인쇄와 출판업의 생리와 경영에 대해 많은 걸 배우기는 했지만, 가정경제는 점점 더 어려워만 갔다.

아내의 성질은 단순한 편이었고 논리적 이해와 인내를 하는 대신, 상황에 대하여 직선적 감정표현이 두드러진 사람이었던 것 같다. 여자는 중용을 못 지킨다고 했던가? 대부분의 여자들이 그러하겠으나 아내의 경우 자신의 편견에 한 번 빠지면 무서우리만치 표독스러워지는 면이 있었다. 이혼 하자는 말을 듣는 것은 단골메뉴로 나의 일상에 올라왔고, 사는 게 정말 힘이 들었다. 의욕은 고사하고, 세상에서부터 도피하고 싶은 게 솔직한 심정이었건 것 같다.

모든 것은 아내를 리더 하는 남편의 역량에 기인하는 것임을 말해서 무엇 하랴. 용렬하고 덕성이 부족했던 나로서는 참 죽고 싶은 결혼생활이었다. 그런 와중에서 81년 5월 12일 오전 10시 45분 화곡동의 '강서 서울병원' 에서 첫 아들을 얻었다. 음력 4월 9일이었는데, 전날 밤 초파일 연등행렬을 보고 돌아온 새벽에 진통이 왔다. 막상 아들을 얻고 보니 너무나 신비스럽고 기뻤으며, 세상을 보는 견해가 달라지는 것 같았다. 어려운 형편에 곧장 퇴원하여 어머니와 장모가 번갈아 돌보며 다녀가시곤 했다.

아기의 이름을 짓기 위해 나름대로 여러 날을 고심 끝에 험한 세상 곱게 자라라는 뜻에서 "고운(高芸)"이라 지었다. 한자의 뜻으로는 운(芸)자는 책갈피에 넣어서 책장이 좀 쓰는 것을 방지한다는 향풀 '운' 자이니 공부도 잘하여 높은 경지에 이르라는 뜻이었다.

내가 하는 일은 좀처럼 일어서기 어려웠고 명실상부한 실업자의 길로 들어서게 된다. 지루한 세월이었다. 아내의 추궁과 히스테리는 늘

어만 갔고 아이의 백날이 되어도 백날 사진 한 장 찍어줄 형편이 되지를 못했고, 나의 카메라로 조손(祖孫)을 같이 찍어둔 사진뿐이다. 비정한 서울은 나에겐 또 하나의 감옥이었다.

아이의 백날에 할머니에 안긴 아이의 사진

　　주변에서도 그랬지만 형제 동기간들도 좋은 직장 때려치우고 나와서 고생할 줄 알았다는 듯한 분위기였던 것 같다. 좋긴 젠장! 아무리 굶어 죽는 한이 있다 해도 그 썩어빠진 우라질 직장에서는 다시 오라고 사정을 한대도 가지 않았을 것이다.

　　주택난으로 전세돈은 올라갔고 더 변두리로 이사를 가지 않으면 안되었다. 지금은 신도시가 되었지만 강서구 신월동으로 그해 10월에 궁색한 살림을 이끌고 이사를 간다. 곳곳이 밭이고, 집 바로 위로는 김포공항의 항공기가 이착륙 하면서 내는 굉음이 천지를 진동하곤 했다.

　　이런 나를 지켜봐야 하는 어머니의 마음은 얼마나 안타까우셨던지, 잘못 없는 형님과 딸들을 원망하시기도 했다.

서울 형님도 부산, 청주 등지에서 큰 자형의 영향으로 직장을 전전하다가 직장사정이 여의치 않아 서울에 와서 실직상태에 있었고, 장교동 인쇄 골목에서 나랑 매일 같이 만나 별 소득 없는 인쇄물 오더를 따러 다니기도 했는데, 점심 먹기가 힘든 지경이었다.

모든 영업이란 게 그렇다. 거래가 됨직한 알음이 있는 사람에게는 평소에 만나서 술도 사고 밥도 사며, 환심을 사두어야 그것이 내일을 위한 투자가 되거늘, 나는 친구나 친지에게 부탁하러 가서도 얻어먹고 와야 할 형편이었으니 결과는 불문가지였다.

아내에게서 이러한 나를 견뎌주고 인내할 만한 아량이 있기를 어찌 바라겠는가? 그러던 어느 날 밤. 역시 의기소침한 몸을 이끌고 저녁도 먹지 못한 채로 집엘 들어갔는데, 아내의 분노는 극에 달해 있었다. 늘 있어온 일이었거니 천진난만하게 잠들어 있는 아기가 깰까 저어하면서 계면쩍게 웃어넘기며, 평소처럼 모면해 보고자 했으나 그날의 상황은 달랐다.

시간이 길어지면서 그렇잖아도 살맛나지 않던 나의 인내도 한계에 달했고 그때는 눈에 보이는 것이 없었던 것 같다. 석유곤로용 1말들이 기름통이 눈에 들어왔고, 순간적으로 뚜껑을 열고는 나의 머리위에서부터 석유를 끼얹었다. 나도 모르게 무의식적으로 일어난 동작이었지만 가까이에 성냥 통이 있었다. 아내는 분을 삭이지 못해 흥분해 있었고 나의 행동을 지켜보고만 있었다.

석유가 눈에 들어가면 그렇게 눈을 칼로 도려내는 것처럼 쓰라리다는 사실은 그때 처음 알았지만, 옳게 눈을 뜰 수 없는 상황에서 성냥 통을 잡기는 쉬운 일이 아니었다. 몸부림 치듯이 성냥 통을 겨우 집어 들었을 때 심하게 다투는 소리가 심상찮았던지 주인아주머니가 달려왔다.

젊은 주인 여자는 새파랗게 질린 채 내게서 성냥 통을 빼앗았고, 남의 집 불낼 일 있냐고 소리 소리를 질렀다. 자신의 집이 사람 불타는 것보다 두려운 일이었겠으나, 사람이 불타면 어차피 집에도 불이 붙었을 터이니 맞는 말이었다. 한 말 가까운 석유를 뒤집어썼으니 양말 속에까지 석유로 질퍽댔고 눈은 떠지지가 않았다.

참 모진 세월이었다. 그러나 그 정도는 서곡 정도에 해당하는 더 처절한 날들이 기다리고 있었으니 필부의 삶 치고는 제법 파란만장 했다고나 해야 할지…. 30년 세월이 지나온 기억의 저편이지만, 나 자신이 겪어야했던 운명의 질곡이 이렇듯 가슴 아프기만 하다. 그런 날들 속에서도 아이는 그 작은 손을 꼼지락거리며 자라났고, 그런 아이를 볼 때면 한없이 미안하고 안쓰러운 생각에 눈시울이 붉어지곤 했다.

신비롭고도 신기했다. 자식을 키워본 부모는 알 것이다. 아기가 뒤집기를 하고, 배밀이 하다가 일어서서 한발자국씩 걸음마를 내디딜 때, 그때의 신비로운 환희심을 말이다. 자식은 그때 부모에게 모든 것을 돌려주었기 때문에 평생을 부모에게는 빚이 되는 것이리라.

그해도 저물 무렵 작은 자형이 (재)남한강공원묘원을 동업으로 인수하게 된다. 다시 말해 공원묘지의 허가를 받아, 싸게 사들인 야산을 제 값을 받고 묘지로 분양을 하는 사업이다. 이후 공원묘지 사업은 전국적으로 성황을 이루게 되지만 그때만 해도 공원묘지가 그리 많지 않았고, 공원묘지란 단어 자체가 일반인들에게는 생소하게 받아들여지던 그런 장묘문화의 시대였다.

다행이 취직이 된 것이다. 그곳에서 내가 맡은 일은 매일 서울 시내의 영안실이나 장의사 등지를 다니면서 장지를 구하는 사람을 유치하는 이른바 묘지 장사인 셈인데, 현장이 경기도 여주에 있어서 서울에서 거리가 멀다는 취약점이 있었다. 사촌 장화도 같이 영업용 차량을 운전하며 호구를 해결하고 있었지만 나는 당장 급한 생계문제를 해결

했다는 안도감에 나름대로는 주어진 일에 최선을 다했다.

남한강 공원 재단 근무 당시 남한산성에서 4촌 장화와 함께

무르익는 봄날의 남한강 공원에서

신월동 집이 6개월 계약기간도 다 되기도 했지만 사무실까지는 거리가 너무 멀었고, 솔직히 말해서 이참에 아내가 친정의 언니들과 가까이 있음으로서, 상대적 빈곤감을 비교하는 것도 예방해 보자는 생각에 82년 4월 25일 성남시 단대동으로 이사를 감행했다.

지금의 성남이야 대도시가 되었지만 그때만 해도 성남은 살기 어려운 사람들이 모여서 새로운 시가지를 형성하던 신흥도시라 못 사는 것에 위축될 필요도 없는 그런 곳이었고, 더구나 내가 이사 간 단대동은 성남에서도 달동네에 속하는 곳이었다. 슬레이트 지붕을 인 조그만 한옥이었는데, 몸체에 딸린 기다란 방 하나와 별채의 작은 방 하나를 끼워서 세를 들었으니 방이 두 개였던 셈이다. 그러면서도 서울 보다는 훨씬 저렴했고, 천정이 낮았으나 미닫이문을 열면 바로 아궁이가 있는 작은 부엌이 있어서 그런대로 살만은 했다.

아이는 돌을 맞았고, 잔치는 못했지만 사진관에서 사진을 찍어주고 간단한 기념을 해주었다. 사촌 장화와 같이 회사의 자가용으로 성남 집에 들려 아이를 운전석에 앉혀주면 좋아서 방긋방긋 웃던 모습이 지금도 눈에 선하다. 그것이 살아있는 자식이 아닐 때에야 더 말해서 무엇 하랴!

단대동에서 아이가 두 살 때

아내는 낯선 곳에서 내가 출근하고 나면 혼자인 방에서 아이를 보며 지내기가 외로웠을 터이나, 그럭저럭 생활은 어려움 속에서도 틀이 잡혀가는 듯 했다. 그러나 그런 잠시 동안의 안정은 오래가지 못했다.

회사의 동업자 측에서 편법을 써서 다른 사람이 회사를 인수하였고, 그러면서도 오히려 자형을 법률에 소송을 하는 사태가 발생하고 말았다. 나는 자동으로 실업자가 된 것이고, 자형은 그 와중에서 수 억 원의 자본금까지 날리게 된다.

또 어떻게 살아가야할 것인지 아득한 심경은 안개 속을 맴돌기만 했다. 기다리는 생활은 뻔한 것이었다. 아내의 불만이야 당연한 것이었고, 생활비 조달은 막막한 가운데 아이까지 병치레를 했지만 병원은 고사하고 약방의 약도 제대로 쓸 수 없었다. 장염이었던지, 먹지도 않고 설사만 계속하여 나중에는 탈수현상까지 이어졌다. 의료보험이 없던 시절 병원은 갔다하면 1~2만원이 나오는 건 예사였다.

서울 방산시장에 도매장사를 하는 사회친구가 있어 그에게 돈 몇만 원을 빌리러 갔다. 반갑게 맞아주었고 맛난 점심은 얻어먹었으나 돈 3만 원만 꾸어달라는 말이 차마 목구멍을 넘어오지 않았다. 결국 친구의 퇴근시간이 되어 작별을 하고 돌아오면서까지 돈을 빌리지 못했다. 성남으로 돌아오는 버스에서는 눈물을 삼킬 수밖에 없었다.

내가 이후 공직생활을 하며, 내게 돈 부탁을 하면 대출을 받아서까지 빌려주었던 이유가 이때의 어려운 경험의 소산인 듯하다. 오죽하면 내게까지 돈을 빌려 달라 하겠는가? 하고 말이다. 오늘날 까지 살아오면서 나는 주변의 이 사람, 저 사람에게 1억원 가까운 돈을 빌려주었으나, 단 한 사람도 약정대로 원리금을 다 갚은 예는 없었다. 참 나는 전생에 남의 돈을 많이도 떼어먹은 업연이 있었던가 보다.

탈진해 있을 아이와 초조하게 기다리고 있을 아내의 얼굴이 떠올랐다. 다음 날은 서울 화곡동에 친구가 약국을 하고 있어서 그 친구에게서 공짜로 약을 지어와 먹였으나 큰 차도가 없었다. 마침 어머니가 집에 오셨고 어머니의 치마 밑 고쟁이 속의 쌈짓돈으로 성남의 양친회

병원에 데리고 가서 주사를 맞히고 약을 쓰니 금세 차도가 있었다. 어머니는 딸네 집 전전하며 용돈으로 받은 돈을 내놓으셨는데, 그때 병원비가 8,000원이었던 것으로 기억하고 있다. 용돈을 드려도 죄스러울 판에, 이후 나는 어머니의 가슴에 씻을 수 없는 한을 심어준 불효를 저지르고 말았으니 이 죄를 어찌 다 갚을지 아득하기만 하다.

대책 없는 성남에서의 생활을 아내도 더는 원치 않았고, 언니들과 떨어져 외로움까지 겹친 마당이라 그해 12월 다시 서울의 화곡동으로 이사를 한다. 취직을 위해 열심히 뛰어다닌 결과 금호건설에 있을 때 알게 된 해외수출 포장업체에 총무과장으로 어렵게 입사를 할 수 있었다. 해외 수출품을 선적하기 전 나무상자 같은 걸로 포장을 해 주고 대행비를 받는 회사였는데, 법인체였으나 직원, 종업원이 모두 7~8명에 불과한 작은 회사였다.

김포로 가는 변두리에 있던 그 회사에서 내가 하는 일은 그야말로 모든 일을 총괄하는 총무였다. 입사하여 경영상태를 보니 한마디로 한숨이 절로 나왔다. 직원들이 월급을 받아본 지가 한참이나 되었고, 일이 들어와도 제대로 해낼 형편이 되질 않았다. 그런 상태에서 사장이 나를 입사 시킨 것은 이런저런 이력과 인맥을 통하여 조건 좋은 오더를 가져오지 않을까 하는 생각이었던 것 같다.

나름대로 정말 열심히 뛰었으나 늘 수중의 교통비를 걱정해야할 형편이었다. 해는 1983년으로 바뀌었고, 나는 그 회사에서 옳은 월급 한 번 받아보지 못하고 3개월여 만에 퇴사할 수밖에 없었다. 아이는 어느새 세 살이 되어 있었고, 여기저기 걸어 다니며 재를 저지르는 바람에, 이래저래 돋우어진 제 어미로부터 넙신하게 얻어터지곤 했다. 내가 있을 때는 나를 빗대어 더욱 심하게 아이를 다루는 것이 눈에 보였다.

더는 못살겠다며 이혼해 달라는 말의 빈도는 점점 더 자주, 심하게 나타났지만 정말 나로서도 어쩔 도리가 없었다. 내가 무엇이 잘못 되었나를 곰곰이 생각해 봐도 뻔뻔스럽게 잘못한 게 없다는 자기합리화만 떠오를 뿐이었다. 지금 생각해 보면 그 지경에 막노동판에라도 갔었더라면 아내의 연민과 동정을 받았을까 하는 생각을 해본다. 도대체 내가 뭘 잘못했으며, 무엇을 어떻게 하란 말인가? 사랑과 신뢰가 없는 관계는 어떠한 이벤트도 감동으로 이어지기 어렵다.

거의 매일 같이 이어지는 부부싸움에 자포자기의 심정이 되어갔고, 주인집 보기도 민망한 데다, 밤늦은 시각에 곤히 잠든 죄 없는 아이가 깰까봐 나는 최대한 목소리를 낮추고 일상의 대화를 하는 것처럼 간간히 웃음을 가장해 보이는 여유(?)를 부리곤 했다. 그러나 그런 것이 오히려 부아가 치민 아내에게는 자신에 대한 비아냥과 무책임으로만 들렸던 것이다. 그럴수록 아내는 나로 인하여 감내해야 하는 상실과 가난으로부터 오는 빈곤의 상대적 상처를 키워 갔을 것이다. 정말 죽고 싶은 생각뿐이었다. 신문 지상에서 생활고를 비관해 자살을 택했다는 기사를 볼 때 사람들은 대부분 죽을 각오가 있으면 무얼 못해서 죽느냐고 객관적 비평을 하지만, 그것은 무책임한 비평일 수 있음을 나는 알고 있다. 기술도 없고 번듯한 학력도 없다면, 육체적으로나마 강인한 체력을 지녀야 들 짐이라도 질 것이 아닌가?

가까이 있는 언니네 집에 다녀오는 날은 부부싸움의 전투양상은 더욱 치열해 졌다. 큰 회사에서 간부가 된 형부의 생활과 나의 입장을 비교 분별함으로서 받아야 하는 아내의 자존심의 상처는 또 오죽했을 것인가? 이런 생활을 이어가고 있는 나의 처지를 아는 어머니와 동기간들의 노심초사도 클 수밖에 없었을 것이다.

무역회사에서 자재업무를 보는 친구가 있어 부자재 나부랭이 구입하는 데 몸수고를 해주면 겨우 주·부식 떨어지는 걸 막을 정도는 되었다. 지금 그 친구는 오래전 미얀마로 이민을 가서 현지에서 공장을 운영한다고 들었는데, 연락이 끊긴 지는 오래 된 것 같다. 세월은 그래도 흘렀고, 달력이 뜯기어 나가는 속도만큼 아이는 자라고 있었다.

이듬해 봄. 늘 나에게 많은 도움을 준, 작은 자형이 친구가 부장으로 있는 구로공단의 영창실업(주)에 자재과 대리로 나를 취직시켜준다. 가죽원단을 이용하여 의류를 생산하는 공장이었는데, 종업원이 300명 정도 되는 탄탄한 중소 기업체였다. 나는 그곳 창고에서 원단과 부자재를 입출고 하는 업무를 맡아보았는데, 월급은 30만원으로 금호건설에서 보다 두 배를 받은 셈이다.

그 사이 엄청난 인플레가 되어있었으나 금호건설에 비하면 나로서는 생애 최고의 고액 월급을 받게 되면서 이제 나도 사는 것 같이 살아볼 것 같은 희망에 젖었었다. 가정도 보다 안정되어 갈 것이라 믿었고 그런 만큼 내가 할 수 있는 최선을 다해나갔다. 그러나 그런 바람은 오래가지 않았다. 한동안 뜸하던 아내의 이혼 요구는 다시 이어졌고, 본질적 삶의 행복과 나는 거리가 멀어도 한참을 멀었던 것이다.

무엇이 아내를 그토록 이혼교의 광신도가 되게 했는지는 지금도 확실히 알지 못한다. 부부가 헤어지는 데는 몇 가지 공식이 있다. 배우자의 부정과 배우자의 직계 존속에 대한 학대, 폭행이나 주벽, 도박이나 경제적, 건강상의 문제로 배우자로서의 일정 기능을 담당하지 못할 때 이혼을 검토하게 되고, 그 중 일부가 최종적으로 이혼을 한다. 나는 그 중에 경제적이라는 세 글자에 해당하는 문제를 안고 있었던 셈이다.

지금은 우리나라를 이혼공화국이라 하여 결혼 세 쌍 중 한 쌍 정도가 이혼을 하는 시대가 되었지만 그때만 해도 이혼은 죽음 다음이라 대부분 생각하던 때였다. 아내는 나와 이혼을 하고 떠나면서 남긴 마지막 편지에서 그것은 자본주의 사회에서 부(富)가 전제되지 못한 삶은 아무런 의미가 없는 것이라는 이유를 제시하였다.

설마!? 하는 분들도 있을지 모르겠으나 사실이다. 아내는 세 살 된 자식을 버리면서까지 부의 길을 택했던 것이다. 수 억 원의 부를 원한 것도 아닐진대 그 소박한 현실적 꿈을 달래주지 못한 내가 무슨 요설을 늘어놓을 수 있겠는가? 실은 본고를 집필하면서 쓸 것인가, 말 것인가를 가장 고민하고 망설였던 부분도 처자식에 관한 부분이었다.

어쨌든 한 때의 아내였던 사람에게 원망을 늘어놓는 것으로 보일 수도 있고, 떠나간 자식의 흔적을 더듬는다는 것은 그 자체로서 고통이었기 때문이다. 그러나 지난 과거사는 가슴에만 묻어둔다고 없어지는 것이 아니고, 역사책을 불사른다고 역사가 없어지는 것이 아닌 것처럼, 세상 밖으로 나온다고 하여 달라질 것이 없다는 오랜 고민 끝에 글로 남기기로 한 것이다.

사람은 누구나 자신에게는 관대하고 남에게는 엄격한 속성이 있다. 주관적 화자의 입장에서 보면 그 말이 다 맞는 것 같아도, 객관적 화자가 되면 같은 말이라도 전혀 다른 뉘앙스로 다가오게 된다. 그래서 부부 송사는 양쪽 말을 다 들어보고 솔로몬의 지혜와 같은 판단이 필요한 것이다.

직장의 일은 너무나 육체적으로 힘이 들었다. 가죽 원단은 한 묶음이 평균 30kg 정도로 무거웠는데, 하루에도 몇 트럭씩 입고가 되었고, 나를 포함한 직원 셋이서 어깨에 걸머지고 1층과 2층 창고의 각각의 자리에 하치하여야 한다. 끊임없이 이어지는 입출고 일을 마치면 퇴근할 때는 거의 파김치가 되는 것 같았다.

가죽 원단은 강한 화공약품으로 처리를 하기 때문에 일보다 냄새에 마취가 된 것처럼 얼얼한 기분이 들 때가 많았다. 귀가를 한다고 해도 그리 편한 가정의 안식이 있는 건 아니었고 주위 친지의 당부 때문에 우리들의 결혼 관계는 형식상 유지될 뿐이었다.

아내의 모든 불평과 불만은 나의 능력 부족과 부덕에서 유래한 것인 만큼 아내의 잘못은 없다. 그러나 단 한 번 내가 아내에게 섭섭했던 것은 당시 영창실업에 근무하던 어느 날의 일이다. 어머니는 내가 제대 후 '대운산업사'에서 일할 때 잠시 나와 상도동에서 같이 생활했던 이후부터는 고향 봉계에서 지내시게 된다. 고향에서의 생활은 식사나 용돈 등에서 척박하기 짝이 없는 생활이셨다. 지난 해 늦가을. 고향에 묘사 때 다니러 갔을 때의 어머니의 입은 옷이며, 입성이 말씀이 아니었다. 원래 어머니는 담배를 즐겨 피우셨는데, 시골 어디에서 용돈이 나오겠는가?

큰길에서 누군가가 피우다 버린 권련을 주워와 그것을 아껴가며 피우시는 걸 보고 너무나 가슴이 아팠다. 커피를 좋아하셨는데, 커피는 고사하고 늘그막에 담배 한 가치 즐기실 형편이 못되었던 것이다. 그 모습이 머리에서 떠나지 않았고, 월급을 받자 나는 취직을 해서 잘 있다는 안부와 함께 돈 5,000원을 부치니 담배 사 피시라는 편지와 함께 상의 주머니에 넣어두었다가 이튿날 송부한다는 것이 아내에게 발각되고 말았다.

새벽 2시쯤이었을 것이다. 그날도 원단 상하차와 자재수불로 피곤한 잠에 골아 떨어졌었는데, 새하얗게 질린 아내가 나를 무참하게 깨우고 있었다. 놀라 일어나 보니 정말이지 아내의 얼굴에는 분장을 한 것처럼 핏기라고는 하나도 없었다. 그러면서 불문곡직 통곡을 하는 것이었다.

나도 잠 길에 영문도 모른 채 경악할 수밖에 없었으나, 바로 옆방이 주인집이라 말하는 것조차 다 들리는 판에 최대한 목소리를 낮추고 무슨 일이냐고 물었다. 아내의 손에 그 편지가 들려져 있었던 것이다.

내 월급이 30만원이었고, 내 용돈을 아끼면 어머니께 5,000원 용돈 한 번 드릴 수도 있는 일이 아니었을까? 매달 5,000원을 보내드리 겠다는 것도 아니었는데, 잠 든 남편의 주머니를 뒤져서 꼭 그렇게 피곤한 잠에 떨어진 사람을 통곡으로 새벽에 깨워 놓아야만 할 사안이었을까? 한 푼이라도 아껴서 하루 빨리 가난에서 벗어나고자 한 눈물겨운 아내의 정신을 내 모르는 바 아니었다.

나도 그래서 출퇴근 교통비라도 절약하겠다고 날이 궂지 않은 날은 화곡동에서 구로동 회사까지 왕복 40km를 자전거로 통근을 하지 않았던가? 결국 내 생애 처음으로 어머니에게 드리려던 용돈은 보내지 못했고, 이후 돌아가실 때까지 나는 한 푼의 용돈도 드리지 못한 채 어머니를 돌아가시게 한 것이 아내에게 섭섭한 일이라면 섭섭한 일이라 하겠다.

그해 5월. 고향의 큰형님이 세상을 떠난다. 영세민 의료보호대상자였으나 내가 문병을 갔던 경북대학 병원에서는 한 사람의 실험 도구를 대하듯 진료를 하는 것을 보았다. 내가 보았을 때도 이미 위중한 상태였으나 무엇을 어떻게 해 볼 방도가 내게는 없었다. 진단명은 장결핵이었지만, 실은 무슨 병인지도 확실히 알지 못했고, 당시 영세민이 받을 수 있는 의료보호 여건은 열악하기 그지없는 것이었다. 고향집에 퇴원해 와서 옳게 약을 써보지도 못하고 47세의 젊은 나이에 세상을 떠난 것이다. 불치의 악성 종양 같은 병도 아니었고, 후진국형 질환과 의료의 사각지대에서 운명을 맞은 것이다.

몇 달 전 병원에서 형님을 본 것이 마지막이 되었고, 마지막 남긴 말이 어머니를 두고 앞서 떠나는 것이 죄스럽다는 말을 남겼다고 들었다. 초상에 임하여 어머니의 단장의 애절함을 어찌 표현하랴! 그 험한 꼴을 겪으면서 어머니는 급격히 노쇠해지면서 노기까지 겹쳐오게 된다. 뛰어난 두뇌와 비범한 재주를 좋은 곳에 한 번도 펼쳐보지 못하고,

평생을 방탕과 무절제 속에서 술과 타락의 짧은 일생을 보내고 떠난
것이다.

　그 초상을 치루는 와중에서도 아내는 나와 다투었다. 비통해 하는
어머니를 위해 나는 하루 정도는 더 머물고 싶었고, 아내는 하루빨리
불편한 곳을 떠나고 싶었기 때문이었다. 전생에 나는 아내에게 많은
고통을 준 인연이었다고 생각한다. 그래서 이생에서 다시 만났으나 고
통으로부터 해방하려는 업연의 본능이 나와의 이혼 요구로 나타났을
것이다.

　몇 달 후에는 큰형수마저 위암선고를 받고 김천의료원에서 대수술
을 하게 된다. 그때 대학생이던 조카를 대신하여 수술 승낙과 수술 후
포르마린에 담긴 적출물을 가지고 경대병원에 조직검사를 의뢰하는
등 간호와 뒤처리를 위해 내가 서울에서 김천을 통근하다시피 했었다.

　이후 형수는 5년을 더 살고 세상을 떠나지만 우리 집은 한마디로
폐허나 다름없었다. 고향에는 어머니와 병든 형수, 어린 조카들이 황
량한 자리를 지키고 있었다. 생활은 비참했다. 그 회사에서 나는 6개
월간 근무를 하고 퇴사를 당한다. 회사가 부도가 났던 건 아니고 한마
디로 퇴출당한 것이다.

　일이 너무 힘에 부쳤고 내가 해야 할 일에 과부하가 걸린 것이다.
육체가 따라가질 못했다. 여름을 지나면서부터는 자재창고의 탁한 공
기와 무더위 속에서 과중한 업무를 처리하다보니 거의 탈진이 되다시
피 했고, 일 처리능력은 한계를 보일 수밖에 없었다. 그런 나를 냉혹한
조직사회의 간부들이 그냥 둘 리 없었다. 집요한 사직 권고 압박이 들
어왔고, 해고가 아닌 자진 사표를 종용했기 때문에 노동청에 진정을
해도 소용이 없었다.

　때마침 아이를 데리고 남해 친정에 가있던 아내와 자식의 얼굴이

떠올랐다. 이번에는 어떠한 말에도 아내는 굽히지 않을 것이었다. 예상했던 대로 아내의 이혼 요구는 도를 넘어있었고 나는 변명과 인내를 주문하는 것으로 전전긍긍할 수밖에 없었다.

설령 나와 이혼을 해서 더욱 불행진다 해도 후회하지 않을 테니 이혼만 해달라는 것이었고, 그 말은 얼마나 절실한 것이었던가? 그러나 그토록 원하던 아내의 이혼에는 단서가 붙어있었다. 반드시 아이의 양육은 내가 책임지라는 것이었다. 정말 기가 막힐 노릇이었다. 아직 기저귀를 갈아주어야 하는 어린 것을 내가 어떻게 먹이고 키울 것이냐 하는 문제를 생각해 보면 그대로 죽으라는 말과 다름없었다. 어머니가 정정하시다면 손자 하나 봐 줄 수도 있었겠지만 큰형님을 앞서 보내고, 이미 노기(老氣)까지 보이시던 어머니는 그럴 입장도 못되셨다.

아내에게 아이가 일정한 나이가 될 때까지 만이라도 양육을 해주면 피를 팔아서라도 양육비는 보내주겠노라는 나의 제의는 "이게 누구의 새끼냐!"며 표독스럽게 달려드는 아내의 기세에 눌려 더 이상 말을 꺼낼 수도 없었다. 자식을 데려갈 것 같으면 왜 이혼하겠느냐는 것이었다.

정말 막막했다. 어떻게 부자(父子)가 살아가란 말인가? 나야 피도 물도 안 섞인 남남이라 해도 어린 자식을 뻔히 사지로 내모는 일이 아닌가? 나에 대한 원한이 얼마나 아내의 골수에 사무쳤으면 이렇게 까지 할까를 생각하면서 끝없는 절망감과 허탈함에 내 운명이 야속하기만 했다.

오죽했으면 자식을 버리고 떠나는 어미의 마음은 어떠했을 것인가? 아내 역시 운명의 피해자였다. 모든 것은 나로 인하여 발생된 나의 인과의 업장일 뿐이었다. 달리 선택의 여지는 없었다. 그때 우리들의 응급사태를 진화하기 위해 서울 형수가 아내에게 투입되었을 때 아내가 형수에게 이런 말을 했다는 말을 나중에 들었다.

"허랑방탕한 고운이 아빠를 정신 좀 차리게 하여서 데리고 살겠노라."고….

허랑방탕이라!!!…. 허랑방탕이라는 말의 사전적 정의가 언행이 허황하고 착실하지 못하여, 주색에 빠져 행실이 추저분하다는 뜻이니 나에 대한 평으로는 그만한 적확한 언어를 찾기도 힘들 것 같긴 하다. 참 존경할 만한 인간에 대한 관찰력이 아닐 수 없다.

아내의 말처럼 나는 결국 정신을 못 차린 탓에 아내에 의해 다시 데리고 살아지는 것(?)은 영원히 불가능하게 되고 만다. 그해도 끝나가는 83년 11월 쌀쌀한 기온에 구름까지 잔뜩 끼어 흐린 하늘의 서울 남부지방법원에서 결국 합의 이혼을 하였다.

합의이혼의 의사가 강제성이 있었던 게 아닌 가를 확인하는 판사는 수없이 밀려드는 이혼 쌍에 지쳐있었고 기계적 판결을 하는데 채 2분이 걸리지 않았다. 합의이혼 확인서를 당사자 각각에게 한 통씩 발부하였고, 3개월 내로 본적지 읍면동 사무소에 제출만하면 영원히 부부로서의 행정적 인연은 소멸되는 것이다.

편지 하나를 남겨둔 채 아이를 남겨두고 그날 밤 아내는 집을 나갔다. 자본주의 사회에서 가난으로부터 오는 멸시와 천대는 다른 어떠한 조건이 구비되었다 해도 무의미하다고 주장한 대목에서는 비장한 각오가 느껴지기 까지 했다.

앞으로의 거취문제를 정하고 봐야할 일이었다. 지금은 고인이 되신 큰 누이는 한 번 가슴 아프더라도 아이를 고아원에 맡기는 것이 나를 보나, 아이 모두를 위해 최선의 방법이라는 충고를 해 주었다. 그러나 나는 죽으면 죽었지 그 일만은 못 할 것 같았다. 그러나 세월이 이리도 무상이 흘러 자식마저 한줌 재로 떠나버린 지금, 차라리 그때 누이의 말을 따랐더라면 아이는 훌륭한 모습으로 이 땅 어딘가에서 열심히 자신의 삶을 살아가고 있을지도 모른다는 생각이 가슴 치는 고통으로 무시로 나를 괴롭힌다.

죽으나 사나, 돌아갈 수 있는 곳은 어머니가 계시는 고향이었다. 전세방도 빼야하고 이런저런 해결해야할 문제들이 많았다. 고향에 가서 형님을 앞세운 후 급격히 노쇠한 어머니에게 사실을 고하고, 큰형수에게 이리하여 고향으로 낙향해야겠다고 말했더니 큰형수의 반응이 너무나 냉담했다.

자신도 대 수술 후 병든 몸으로 공장에 다니며 자식들을 건사하는 마당에 대책 없이 쳐들어오겠다는 두 부자가 호랑이보다도 무서웠을 것이다. 정말로 가슴은 쥐어짜는 것처럼 쓰려왔다. 한없는 허탈과 죽고 싶은 절망감만 밀려왔을 뿐 어디에서부터 어떻게 해야 할 지를 생각할 수도 없었다.

큰 형수는 진주에 사는 형에게로 갈 것을 권유했지만, 초중고 아들 딸 넷이 있는 그곳에도 대안이 될 수 없었고, 설령 어디 그 일이 가당키나 할 일이든가? 정리를 하는 동안만은 아이를 봐 준다는 아내의 언질이 있었기 때문에 어떻게든 빨리 매듭을 지어야할 일이었다. 결국 비어있는 사랑채에 내가 낙향하기로 하고 형수에게는 어떠한 짐도 되지 않기로 했다. 서울의 전세방도 빠지고 이런저런 눈물겨운 이삿짐을 꾸리는데 석 달이 걸렸다. 2월에 고향 면사무소에 합의 이혼신고서를 발송했고, 1984년 3월 1일 그 처절한 고행의 길 낙향을 하였다. 아이는 아직 세 돌이 되질 않았고, 대소변을 옳게 가리지 못했다.

9. 내가 만든 정신병동, 고난과 좌절의 낙향의 세월

　그 날은 찌푸린 날씨에 간혹 눈보라까지 뿌리는 을씨년스러운 날씨였다. 이삿짐이래야 나의 신변 옷가지와 아이의 장난감 몇 개 그리고 그때만 해도 아이에게 필요하던 기저귀 몇 장과 자잘한 집기 따위가 전부였다.

　김천서 서울 다니는 개인화물차를 싼값에 대절하여 출발하던 화곡동에는 아내의 언니가 와서 눈물을 훔치고 있었고, 아비에게 안겨 처음 타보는 화물차가 신기하기도 할 터라 신이 났어야 할 녀석이었지만, 무엇을 알았던지 한 마디 응석도 부리지 않았고, 다행이 그 날부터 오줌을 가리기 시작하면서, 이어 곧 기저귀를 사용치 않게 된다.

　마침 대충의 사정을 알게 된 마음 착한 운전기사를 만나서 많은 위로와 좋은 말을 들으며 속으로 눈물을 감추었다. 자유당 말기에 독재정권에 의해 금지곡이 되었던 "유정천리"라는 노랫말 가사는 이러하다.

가련다 떠나련다

어린 아들 손을 잡고

감자 심고 수수 심는

두메산골 내 고향에

못살아도 나는 좋아

뭐 대충 이런 노랫말이었는데, 참 내 처지에 딱 맞는 곡조인 셈이었다. 김천까지 내려가는 4시간여 동안을 아이 같잖게 담담히 내 품에 안겨있는 자식과 간간이 뿌리는 눈보라를 헤치며 어두울 때 도착한 고향에는 어머니와 큰 형수, 조카가 늦은 저녁을 먹고 있었다.

혼비백산 달려 나온 노모의 얼굴에 맺힌 그 날의 눈물은 나의 삶에 모든 기쁨을 앗아가기에 충분할 것 같았다. 정말 그 길밖엔 없었던 것일까? 그 형극의 길이라고 밖에 할 수 없는 그 길을 가지 않으면 안될 만큼, 과연 내가 아내에게 모진 죄업을 지었던 것일까? 그 길이 20여 년 후 자식을 가슴에 묻어야할 예비 된 시작의 길이었음은 어찌 감히 상상이나 했겠는가?

자신의 육신에서 떨어져 나온 피붙이 자식을 버려야할 만큼 내가 저주스럽고, 돈과 부가 그리웠을까? 아내의 입장에서 보면 충분히 항변할 논리는 성립되어 있었을 것이다. 아내보다도 모든 게 못하고, 별 것 아닌 여자도 지극한 남편 사랑에, 자본주의사회의 부의 특권을 마음껏 누리며, 꿈같은 삶을 살아가고 있는 주변의 허다한 현실을 보면서 얼마나 많은 날들을 가슴에 한을 키웠을 것인 가는 쉽게 짐작 할 수 있다.

행복의 추구권은 인간의 기본권리일 진데, 아내의 선택을 지지리도 못났던 내가 어찌 탓한단 말인가? 30년도 아닌 겨우 3년여를 살아오고는 나와 그녀 자신과는 행복과는 영원히 거리가 멀다는 결론을 어찌 하여 내릴 수 있었을까?

나는 이미 살아있어도 살아있는 게 아니었다. 그러나 나에겐 칼 같은 마음의 모진 마음이 없는 유약함 때문에 현실포기나 극단적 자살 같은 선택의 몫은 나의 것이 아니었다. 늦추위가 극성을 부리던 그날, 겨우 냉기를 면한 어머니가 거처하는 고향의 건넌방에서 행장을 푼 나와 아이에게 다가온 큰 형수는 앞서 기술 한 것처럼 심한 낭패감에 젖어 있었다. 병든 몸으로 어렵게 척박한 삶을 꾸려 가는 큰형수로서는 얹혀살겠다고 고향으로 밀고 내려온 대책 없는 부자가 얼마나 두려웠겠는가?

그러나 그 당시의 상황에서 내가 선택할 수 있었던 길은 달리 없었다. 어차피 어렵게 살아가는 형수에게 얹혀 밥벌레 노릇을 할 생각은 애초에 없었지만, 형수의 낭패감은 나로 하여금 더욱 깊은 절망의 깊이를 더한 것이 된다.

큰 형수가 암 진단을 받고 생사의 결단을 내려야했을 때, 내가 서울과 김천을 출퇴근하듯 오가며 간호를 했었고, 장조카가 고등학교 등록금을 못 내어 학교를 포기할 상황일 때, 결혼패물을 팔아 보태주자고 했다가 아내로부터 호된 질책을 받고 움찔했던 생각들이 겹쳐졌다.

이튿날부터 고향 사랑채를 청소하고 군불을 지피며, 노모를 모시고 자식을 거두는 3조손(三祖孫)의 눈물겨운 살림살이가 시작되었다. 장작을 쪼개고 아궁이의 바람벽을 치며, 마루에는 비닐 벽을 쳤다. 3월인 데도 좀처럼 봄소식은 다가오지 않았다. 온수 순환식 연탄보일러를 구해서 난생 처음으로 연탄보일러를 직접 내 손으로 시공했다. 기술자를 부를 형편은 고사하고, 한 푼이라도 아껴야 하는 터에 궁하면 통한다고, 자식과 노모를 추위에 떨게 할 수 없다는 절실한 마음이 있으니 보일러 기술도 별 것이 아니었다.

찌든 벽지도 새로 사다가 풀을 끓여 혼자 도배를 했고, 아무튼 살아야겠기에 석유곤로를 수리하고 수저와 식기, 밥솥과 쌀을 구해서 아이가 먹을 반찬과 어머니가 드실 반찬을 식성 따라, 따로따로 마련하는 처절한 살림살이가 시작되었던 것이다. 사나이가 얼마나 못났으면 그 몰골의 삶을 감히 시작하려고 마음을 먹었던지, 아련한 세월의 저편에서 물안개처럼 침범하는 기억의 가시 걸림은 가슴을 쥐어짜는 아픔으로 고스란히 저장되어 있다.

아내와 헤어져 어린 자식을 데리고 고향으로 살러온 사내를, 좁은 고향마을의 인심들이 수군대며 멸시하는 소문을 뒤로한 채, 그 삶은 어쩌면 살아남으려고 버틴 것이지, 결코 살아가는 것이 아니었다. 한 푼의 벌이도 없이 언제까지일 지도 모르는 막연한 삶을 이어가기 위해 내가 목숨을 대고 의지할 데라고는 낙향하며 가지고 온 전세보증금 150만원 중, 이사경비와 살림도구 구입을 위해 지출한 20만원을 제한 130만원이 세 식구의 생명을 태운 두레박이었던 셈이다.

아내는 헤어질 당시 그 돈에는 자신의 권리도 포함되어 있다는 말을 했다. 맞는 말이다. 꼴 난 액수의 돈이었지만 부부 같이 살았던 셋집은 결혼축의금과 동기간이 염출한 돈이었지만 합산의 공동재산이니 만큼 아내의 말은 당연한 말이었다. 그러나 나는 그 돈을 아내에게 나눠 줄 수 있는 형편이 아니었다. 자식과 같이 살기 위해서는 철면피가 될 수밖에 없었다. 그 점은 지금까지도 마음의 빚으로 알고 있다.

아내는 혹시 이런 생각을 했을지도 모르겠다. 서울의 형수에게 했던 말처럼, 막상 내가 아이를 데리고 살아보면 어려운 생활고와 엄마를 찾는 아이의 보챔에 스스로 침몰해서 자신을 찾아와 정신을 차리고 살려 달라고 빌 것이란 생각 말이다. 그런데 나는 지금까지도 정신을 못 차리고 살아왔으니 그런 생각이 있었다면 한참을 잘못한 생각인 것 같다.

그러나 불행 중 다행인지, 다행 중 불행인지는 모르겠으나, 그 날 이후 아이는 20년 세월을 꿈속에서조차 한 번도 엄마를 찾은 일이 없다. 모든 아이가 울 때는 엄마를 찾는 게 당연하거늘 아이는 예외 없이 '아빠––' 하고 울었으니 운명의 징조에 대하여는 어린 아이도 천정적으로 감지를 했던 것일까?

급작스런 환경의 변화를 어찌 아이라고 모를 수 있었을 것인가? 그 날부터 아이는 단 1초도 나를 떨어지지 않으려고 했고 잠을 잘 때도 나의 허리띠를 잡아야 비로소 잠이 들었다. 어쩌다 꿈속에서라도 나를 놓쳤다 싶으면 소스라치게 놀라 일어나서는 내가 곁에 있는 것을 몇 번씩이나 확인한 후에야 다시 잠이 드는 것이었다.

서 말 엿 되의 어미의 피를 쏟아 만든 자식이 엄마를 한 번도 찾지 않았다는 사실에 아내는 배신감을 느낄지 모를 일이다. 불안과 초조, 낮에도 낮잠 한 번 제대로 자지 못한 네 살 박이 아이가 어찌 정서의 장애가 없기를 바랄 것인가? 정말 그대로 깊은 잠 속으로 빠진 채 영원히 눈을 뜨지 않는, 죽음보다 깊은 잠을 자고 싶었다.

세월은 모든 것을 묻어준다고는 하지만 세월로도 묻을 수 없는 것은 가슴 속의 무덤일 것이다. 아이는 촌시도 내 곁을 떠나려 하지 않았다. 심지어 내가 간 변소 문 앞을 지키고 있는가 하면, 예비군 훈련도 갈 형편이 못되었다. 아무 것도 할 수 있는 게 없었다. 끼니때가 되면 습관적으로 밥을 지어 어머니와 자식을 위해 밥상을 차리는 것이 일과였다.

아이 목욕을 시키기 위해 김천 시내 목욕탕이나 생존에 필요한 부식을 사기 위해 시장에 들리는 일이 외부세계와의 유일한 소통 창구였다. 솔직히 고백건대 그때 나는 이래서 사람이 사람을 죽일 수도 있겠구나 하는 생각이 들었다. 세상과 사람들을 향한 적개심과 바닥없는 함정에 빠진 것 같은 무한한 절망감을 안주삼아, 어머니와 아이가 잠든 머리맡에서 소주병을 비웠다.

그래도 세월은 흐르는지, 잔인한 4월의 달에 꽃은 피고 새는 울었다. 아랫목에서 초췌하게 잠든 노모와 저도 모르게 잡았던 아비의 허리띠를 놓고 깊은 잠에 빠진 아들, 두 조손(祖孫)을 윗목에 앉아 처연히 바라보며, 아무도 모르게 소주병을 기울일 때, 동산의 밤 소쩍새는 왜 그리도 울어대는지…. 찝찔한 눈물이 절로 안주가 되던 그런 세월이었다. 잠이 든 어린 아이를 보면 애틋한 연민에 더하여 못난 내 자화상이 무시로 떠올랐다. 아이를 위해 종이를 접어 장난감을 만들어 주기도 했는데, 이 세월을 언제까지, 어떻게 이어가야할지 막막한 생각만이 내 주변을 교대로 어지럽혔다.

「 종이접기 」

종이로 학을 접다가
결국은 접히지 않는
날개 한쪽을 보네

얼마나 많은 날들을
종이 접듯 심장을
구기면서 살아야할까
한쪽 날개로는
날지 못하리

학이 되지 못하고
펼쳐선 다시 색종이만 될 뿐

내 몰골 접어서 무엇 하나
빚어내지 못하네

종이를 접다가 문득
내가 나 아닌
또 하나 못난 모습
날개 접힌 자화상만
보고 말았네

　그러나 아침이면 일어나 어머니와 자식을 위해 아침을 지어야 했고, 빨래를 하며 대책 없는 암울한 날을 피동적으로 맞을 수밖에 없는 날들이었다. 그때만 해도 30대 초반의 젊은 나이의 나로서 비관도 되고, 자중지란의 울분도 스스로 삭이기에는 견디기 힘들었지만, 나는 그래도 습관적으로 목숨을 이어갔을 뿐이지, 자살 같은 것은 생각해 보지 못했다.

　그해 여름 미칠 것 같은 심경을 달랠 겸 아이와 함께 강릉으로 해수욕을 다녀왔다. 어린 것이 얼마나 좋아하던지…. 이후 아이가 중학교 1학년 때 다시 강릉에 해수욕을 데리고 갔으니 일생 동안 저와 같이 두 번의 해수욕을 즐긴 셈이다.

네 살 때 경포 해수욕장에서

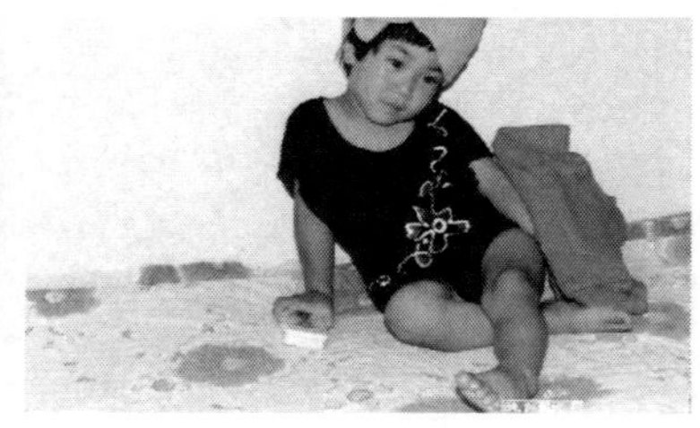

해수욕장의 민박집에서

목말을 태우고

아이와 모래성을 쌓으며…

　나중에 안 사실이지만, 나와 자식이 이런 처절한 고난의 세월을 보내고 있을 때, 아내는 이미 재혼을 위한 절차를 진행하고 있었다는 것이다. 아니 어쩌면 그 이전부터 자신이 이혼하고, 재가할 길을 미리 다 마련하여 열어놓고 있었다는 표현이 더 정확한 표현이 될지도 모르겠다. 그렇지 않고서야 어찌 그리도 빠른 재혼의 길을 갈 수가 있었단 말인가?

　그런지도 모르고 그 해 가을에 나는 서울의 모 상가에 있는 식당에서 카운터를 보던 아내를, 중매를 섰던 쪽에 수소문을 하여 찾아갔었다. 어떤 연유로 그 곳에서 일하고 있었는지는 잘 모르겠으나, 나의 입장에서는 도저히 자식의 양육에만 매달릴 수는 없었고, 그야말로 공사장의 막일이라도 할라치면 아내가 아이의 양육을 좀 맡아 주면, 어떻게 해서라도 양육생활비를 보내주겠노라고 사정을 이야기 했었다.

　나도 참 어리석었었던 것 같다. 아내는 자신이 가야할 길이 이미 정해져있었으니 어떻게 그 말이 가당키라도 했겠는가? 일언지하 거절을 당하고 고향으로 돌아가는 길에는 하염없는 눈물이 흘렀다. 그 날 아내는 분명히 내게 말했다. "왜 다시 찾아와 괴롭히느냐!"고….

　그랬을 것이다. 하루 빨리 과거와는 단절하고 새로운 삶이 기다리고 있는 밝은 미래를 향해 가야할 아내로서, 다시 찾아와 치근대는 나

로 인해, 잊고자 노력하던 자식을 다시 돌이켜봐야 하는 고통을 주는
것이나 다름이 없었을 것이다.

고향집에는 아빠를 찾아 난리가 났을 아이를 달래느라 지쳐있을 늙
은 노모의 모습이 어른거렸다. 그날 아내와 나의 만남 이후 그 다음의
만남이 20년 후 자식의 주검의 영전 앞에서가 될 줄이야 인간의 상상
력으로서 어찌 가늠이라도 할 수 있었겠는가?

그렇게도 부자(富者)의 삶, 돈 많은 인생이 그리웠을까? 싹수없는
남편에게서 태어난 자식이라, 자식마저도 그렇게나 보기가 싫었던 것
일까? 폭행을 당하여 원수의 씨앗을 배태한다 해도, 그 배내 자식에게
만은 그윽하고 숭고한 보살핌과 사랑으로 거두는 것이 모성의 본능이
아닌가?

서울에 다녀온 이후로 정말 줄어드는 예금 잔고와 생활의 막막함
때문에 선택한 것이 영주의 누이 집에서의 더부살이였다. 과수원과 주
유소를 경영하는 집이라, 농번기에는 일손이 정말로 부족하던 탓에 어
머니를 모시고, 아이와 세 식구가 영주 누이의 농가로 일시 이사를 갔
다. 조손의 옷가지며, 아이의 세 발 자전거까지를 화물로 부치고 이사
를 한다.

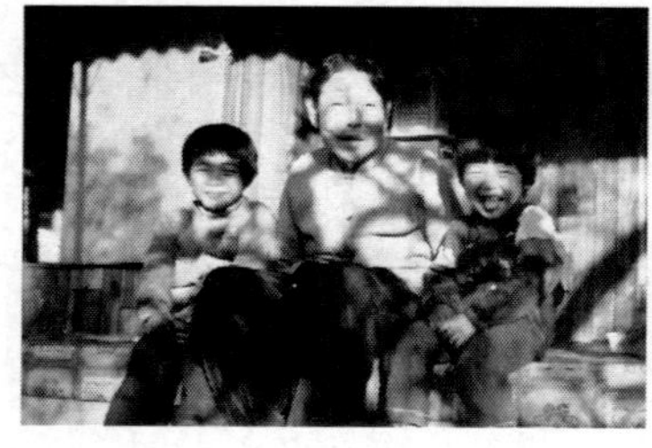

영주에서 어머니와 아이, 조카와 같이

오토바이를 탄 아이의 귀여운 모습

사용치 않던 과수원 농가주택을 청소하고, 누이가 대어주는 쌀과 부식으로 살림을 시작했다. 주로 과수원에서 사과수확과 포장 같은 농사일을 주로 하고, 아니면 주유소에 올라가 기름을 팔아주는 것으로 세 식구 입치레를 갚은 셈이다. 아이를 과수원 밭에 놀게 하고 사과를 수확하며, 기름을 팔 때에도 엄 병아리처럼 떨어지지 않는 자식을 옆에 끼고 산 생활을 4개월 정도 한 후, 설이 되어 고향으로 돌아왔다.

그래도 시간이 흐르는 것은 느낄 수 있었다. 그렇게 먹이고 키워도 하루가 다르게 커가는 자식이 대견스런 생각도 들었지만 측은한 생각이 늘 떠나지 않았다. 빈한한 살림살이였지만 최대한 아이의 영양 안배를 위해 대학의 전공 식품영양학도 동원된 듯하다. 어쩌다 쇠고기를 조금 사면 늘려 먹기 위해 장조림을 하여, 노모와 아이의 반찬을 해결했다. 입맛이 극히 다른 어머니와 아이의 공통의 반찬인 셈이었다.

짜장에 양배추를 볶아 국수에 얹어주면 아이가 참 잘 먹었는데, 그때의 맛있게 먹던 앙증스런 모습이 지금도 나에겐 너무나 또렷이 살아 있다. 얼마간에 한 번쯤은 돼지고기 삼겹살을 구워 막걸리를 한 되 받아와 어머니에게 한 잔을 드리고 나면, 아이가 고사리 손으로 내 잔을 채워주었다. 나는 그래서인지 삼겹살을 좋아하지 않게 된다. 이 세상에서 마지막 아들과 같이 먹은 저녁식사 또한 삼겹살이었기 때문이다.

자격지심이란 말이 있다. 때로는 그렇게 사는 것이 비관이 되고, 처량한 생각이 들 때면 자식이 미워지기도 하여, 죄 없고 불쌍한 아이를 때린 일도 있었다. 그것도 어머니가 보는 앞에서 말이다.

그 이듬해에 돌아가실 어머니 당신에게 그토록 가슴에 한을 심어 드렸으니 이후의 내 인생의 질곡이 어찌 그날의 불효와 무관하랴! 그럭저럭 아이와 함께 서울을 떠나온 지도 1년이 훌쩍 지나고 또 봄과 여름이 무시로 바뀌며 찾아 들었다. 5살의 아이는 그 생활이 어떤 것인지도 모른 채 그렇게 시골에서의 홀로된 아비와의 생활에 적응해 갔다.

이 글을 써 가자니 그 시절의 어린 모습이 눈에 밟혀 정말로 괴롭고 쓰라린 마음 금할 길 없어 글이 자꾸만 관념적 비탄조로 흐름은 어찌할 수 없다. 나 개인의 역사일 뿐 어느 누구에게도 아픈 과거가 되지 못할 넋두리를 글로 남기는 것이 과연 타당할까를 다시 한 번 생각지 않을 수 없으나, 10cm가 됨직한 발 크기로 예쁜 바지를 입고 있던 그 녀석의 모습이 이리도 아른거림은 어쩔 수 없다.

고향에서 네 살 때 가을

고향에서 네 살 때 겨울 눈 내린 날

다섯 살 설날

고양이를 데리고 놀기를 좋아했다.

다섯 살 봄날

　반찬 하나를 사러 김천 시내에 가더라도 자전거 앞에 태우고 다녔고, 어디든 끼고 다니는 청승맞은 부자간을 고향의 인심은 무어라고 수군 거렸을까? 정말이지, 아무 일도 할 수가 없는 날들이었다. 지금의 시대 에야 어디에든 탁아소가 있고 유아원, 놀이방이 없는 곳이 없지만, 그 때에는 그런 시설도 없었거니와 아직도 어린 탓에 자나 깨나 떨어지지 않는 자식과 노모를 놔두고 직장을 구한다는 게 정말로 어려웠었다.

　그러나 다행인 것은 아이는 급성장염으로 한 차례 김천의 소아과에 서 주사 맞고 치료를 받은 외에 별반 탈 없이 잘 자라주었다. 눈물겹게 아껴 쓴 수중의 돈도 거의 바닥이 나가고 있었고, 이대로 영원히 끝없 는 나락으로 침몰하는 것 같은 두려움이 끊이질 않았다. 그 해도 가을 이 되어 바닥이 보이는 통장을 접어놓고, 세 식구가 다시 영주의 누이 에게로 더부살이를 갔었다.

　지난해와 똑 같은 상황의 생활을 하며, 대책 없는 하루하루를 보태 어 나갔다. 아이는 지난해보다 눈에 띄게 자란 것 같았고, 이제는 조금 씩 내가 어딜 꼭 다녀와야 할 일이 있다는 걸 이해시키고, 돌아올 때는 지가 좋아하는 장난감이나 먹을 것을 사다주는 약속을 꼭 지켰더니 조 금씩 나도 나들이를 할 수 있게 되었다. 그러나 돌아온다던 시간에 내 가 돌아오지 않으면 그 누구도 달랠 수 없을 만치 울어대는 통에 어머 니와 누이가 곤욕을 치렀다.

　그해 초겨울에 답답하고 미칠 것 같은 심정도 달랠 겸, 서울 나들이 를 했다. 마땅히 오라는 곳은 없었지만, 형님과 누이의 집에나 들려보 고, 친구와 만나 술 한 잔 얻어먹은 후 밤늦게 발길 닿는 대로 찾아간 곳이 성남시 단대동의 지난 날 아내와 몇 개월간을 살았던 셋방의 골 목길이었다. 아이가 두 살 때, 어렵디어렵게 살았던 그 골목길을 돌아 나오며 눈물이 흐른 것은 당연한 일이었다.

　나중에 형님을 통해서 안 사실이었지만, 그때만 해도 나는 아내가 벌써 재혼을 했으리라고는 꿈에도 생각지 못했다. 기왕에 갈 재혼이라면 하루라도 빨리 가는 편이 자신의 앞날과 현실적 이익의 입장에서 볼 때 더없이 바람직했을 것이고, 20대를 보내기 전 재혼을 하는 것이 옳았을 것이다. 딸린 자식도 없는 20대 여자가 재혼하는 것은 그만큼 쉬운 일이 아니었겠는가? 지지리도 못난 채 자식 하나 키우고 사는 무일푼 홀아비인 나는 어찌 재혼이란 걸 꿈이라도 꿀 일이었겠는가?

「 용서를 빌며 」

사랑은 줄수록
신명난 샘물 같이
솟는다고 하는데
사람은 보낼수록
사람 만나는 게
두려워만 지는 걸까
가슴 속에
몹쓸 손이 자라는가 보다
먹고 살만해서
길이 많아서
보내고 떠나기에
얼마나 좋은 세상인가
손을 흔들며
용서를 빌며

그 해 겨울도 누이의 집에서 농사일과 기름 파는 일로 세 식구 연명을 하고 음력설이 되어 고향으로 돌아온다. 해가 바뀌어 86년. 아이도 어느덧 6살이 되었고, 서울서 내려갈 때 입던 옷이며 신발들은 벌써 몸에 맞지 않기 시작했다. 그 시절 아이가 커 가는 모습들은 카메라에 틈틈이 담아 두었다. 아픔의 역사지만 후일 잃어버린 과거는 되지 말라는 아비로서의 배려라 믿고 싶었던 것이다.

그 사진의 멈춰진 세월 속에서 아이는 영원히 살아있으리란 생각을 하면서, 자식의 유품을 정리할 때도 가급적 그런 흔적들은 간직하고자 했다. 아무튼 아이는 좀은 자란 나이 탓에 키우기가 한결 수월해진 게 사실이었다. 이젠 무엇보다 앞으로 살아갈 생업의 대책을 마련하지 않으면 어린 자식을 굶겨야할 단계에 이르게 된 것이다.

특별한 기술도 없고, 가진 장사 밑천도 없는 내가 선택할 수 있는 길은 별 것이 없었거니와, 김천 역전 통에 포장마차를 해 볼 요량으로 큰형님의 친구였던 평화시장에서 장사를 하는 분을 통해 알아보니 손수레와 의자, 음식 진열장 등을 제작하는데 30만원이 든다고 했다. 5일 후 우선 내가 가지고 있는 통장잔고 20여 만 원에서 10만원을 먼저 주고, 나머지는 장사를 하여 갚겠다는 약속을 받아냈다. 어차피 재료비로 얼마의 돈은 있어야겠기에 그리했던 것인데, 낮에는 고향집에서 아이를 챙겨주고 저녁부터 장사를 하여 새벽에 자전거로 집에 들어가면 그런대로 먹고는 살 것으로 생각되었다. 그 때가 86년 초였었는데, 바로 그 날 착잡한 심경으로 집에 돌아와 앞으로의 살아갈 일을 생각하는데, 잘 보지도 않던 TV에서 우연히 아시안 게임과 올림픽 대비 위생수준 향상을 위한 위생감시 공무원 모집 방송 광고를 보게 된다.

그때까지만 해도 내가 공무원을 하리라는 건 꿈속에서도 생각지 않은 일이었으나, 마침 응시자격이 전공 전문대학 학력과 연령이 상한선을 겨우 넘지 않은 상태였다. 어차피 공부를 손에서 놓은 지 까마득하고, 시험 준비 기간도 얼마 없어 떨어질 것이란 생각에, 몇 푼이나마 응시 수수료만 날리는 게 아닌가 생각했으나, 떨어져도 큰 손해 갈 것은 없다는 생각에 포장마차를 그 후로 미루기로 하였다.

10. 바닥없는 함정에서 잡은 동아줄, 공직의 시작

이튿날 바로 대구로 내려가 경북도청에 원서를 접수시키고, 5천 원을 들여 남문시장 헌책방에서 수험서적 4권을 구해와 아이를 저녁 먹여 재우고 나면, 거의 밤을 새우다시피 책을 보았다. 꼭 합격하겠다는 생각보다는 원서비와 책값, 차비가 아까워서 죽도록 공부를 했다. 내 생애 학교 다닐 때도 그렇게 공부를 했던 기억이 잘 없었거니와 그만큼 그 때의 생활이 절박했던 때문이다. 막상 시험장에 가보니 5명 모집에 120여 명이 응시를 하였고, 모두들 졸업한지 얼마 안 된 젊은 사람들이라, 차라리 포기를 할까 생각다가 나름대로는 열심히 시험을 쳤는데, 사람이 죽으라는 법은 없는지, 며칠 후 합격통지를 받았을 땐 눈물이 다 흘렀다.

그래서 86년 3월부터 경상북도청 환경위생과에 발령을 받고, 같이 시작하는 다른 직원들보다는 월등히 많은 나이인 36살에 뒤늦게 공직생활을 시작하게 된다.

그야말로 굶주려 죽기 일보 직전에 삶의 동아줄을 잡은 셈이었는데, 처음 얼마동안은 김천서 통근을 하였다. 새벽에 고향 봉계에서 자전거로 김천 역에 와서 통근차로 대구를 오가는 일이 쉬운 일은 아니었지만, 내가 무엇을 마다할 입장이었겠는가?

그렇게 시작된 나의 공직생활은 올 해로서 24년째를 맞고 있고, 어언 무상한 세월이 흘러 정년퇴직을 목전에 두고 있으니 언제 이렇게 세월이 흘렀는지, 이룬 것 하나 없이 돌아보는 지난날은 이렇듯 속절없는 것인가 보다.

침몰 일보 직전에서 우선 살기 위해 정신없이 입사는 하였으나 여러 가지 조건은 녹록치 않았다. 전문대졸 이상의 학력을 가진 자를 학력조건으로, 공개 경쟁시험에 의해 높은 경쟁률을 뚫고 채용된 직원들이었으나 신분은 일용직 신분이었다. 당시의 보건사회부에서 전국에 80명을 시·도별로 위탁하여 선발했는데, 일용직 공무원을 전문대졸 이상으로 제한경쟁 공개 채용한 예는 대한민국 행정 역사상 처음 있는 일이었을 것이다.

대우는 7급 공무원에 준한다고 했으나 급료는 근무한 일수에 일당 8,230원을 곱해 주는 것 말고는 수당이나 상여금은 아예 없었고, 출장을 가면 실제 출장일에 해당하는 실비 여비만 지급하는 것이 내가 받는 수입의 전부였으니 경제적 곤궁은 내 인생의 밑그림이었는지도 모르겠다.

전국에서 채용된 80명 중에서 내 나이가 두 번째로 많았는데, 청춘의 시작으로부터 잘못 채워진 단추는 두고두고 내 인생의 사회적 행보에 발목을 잡는 결과가 되고 있었다. 아시안 게임과 올림픽은 우리나라의 국격(國格)이 수직상승하는 계기가 되었지만 그 업적의 이면에는 나와 같은 조건에서 위생수준 인프라 향상을 위해서 박봉에도 불구하고 동분서주한 노고도 무시할 수 없을 것이다.

올림픽 자원봉사자증

당연히 경북도내의 이곳저곳의 위생업소 단속을 위한 출장업무가 많았다. 그때만 해도 대부분 먹고 살기에 어려웠던 시절, 위생이란 말 자체가 이상일 뿐인 현실에서 법규를 적용하면 위반되지 않는 업소가 없을 정도였었다. 내가 공무원 생활을 해오면서 딱 한 가지 배운 진실이 있다면, 예나 지금이나 대한민국에는 법으로 안 되는 것도 없고, 되는 것도 없다는 것이다.

법은 만인 앞에 평등하다는 진리는 두 번 이야기 하면 실없는 사람이 되겠지만, 우리나라의 행정은 이 사람에게 적용되는 법 다르고, 저 사람에게 적용되는 법이 다르다. 죄가 되는 행위는 누가 저질러도 죄가 되어야 하겠지만, 그게 이 사람 다르고, 저 사람 다르게 되어있다.

철권 군사독재 시절 그때는 지금과는 달리 공직사회는 많은 부조리와 권력의 남용이 만연했었다. 같이 입사한 5명의 직원에 대한 기존 공직자들의 견제와 하대는 너무나 비인격적 대우였다. 직급에 따라, 상·하급 관청의 서열에 따라, 하늘을 찌를 듯한 권위의식은 국민과 국익은 안중에도 없었다. 절대 권력은 절대 부패한다는 말이 있지만, 당시에는 국민 누구도 감히 관청을 상대로 잘못된 관행에 촛불을 밝힌 사람은 없었다.

늘 조직의 아웃사이더로 소외된 직장생활을 영위할 수밖에 없었고, 그 중에서도 나는 월등히 많은 나이 탓에 더욱 처신이 어려웠다. 나이에 따른 아무런 대우는 없으면서 좋지 않은 일에는 어떤 일에건 '나잇살이나 먹은 사람이…' 라는 낙인이 따라다녔다. 청춘을 허비한 시간의 징벌인 셈이었다. 그러나 어떻게 잡은 동아줄이었던가? 박봉에 곤고한 생활은 연속되었으나 찬밥, 더운밥을 가릴 계제가 아니었다.

다행히 도청에 근무하고부터 내 지난날의 청춘의 그림자가 되었던 문학이라는 영역을 다시 기웃거려보는 계기를 마련한다. 젊은 나이에 뇌출혈로 작고한 시인 이 재행 선생이 도청에서 임시직으로 근무하면서 공무원들만의 문학 동아리를 만들었기 때문이다.

이 재행 시인은 고등학교 재학시절 대구매일신문 신춘문예에 당선된 바 있는 천성의 시인이었고, 찢어지게 어려운 가계를 이어가면서도 시인다운 기인적 행보를 보이던 독특한 분이었는데, 그와의 만남은 내가 글을 다시 쓰게 되는 직접적 동기가 된 것 같다.

대학시절에 학교 교지와 신문에 산발적으로 내 글이 실리기는 했지만 본격적인 문학 동인지를 통해 작품 활동을 한 것은 그때가 처음이었다. 관료적 공무원 조직에서 문학회를 결성한다는 게 별스런 일이라 생각하던 때였고, 더구나 동인지를 낸다는 것은 당시의 출판 인쇄 여건으로 봐서 결코 쉬운 일이 아니었지만 동인지 "경북"의 창간호 멤버로 작품을 발표한다.

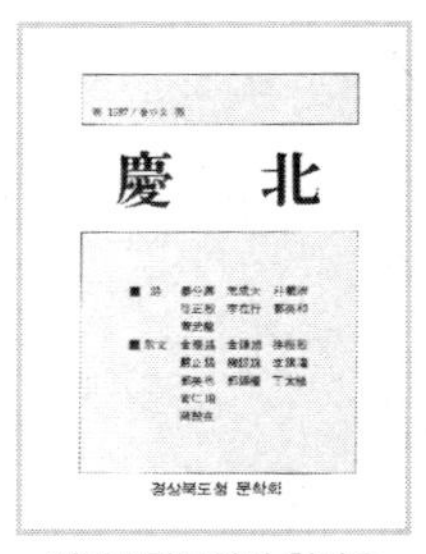

경북문학동인지 창간호

당시 창간호에 발표한 작품이 "산에 오르면"이었는데, 나를 포함 대부분의 회원이 아마추어 동호인이었고, 이후 그 문학회는 지금껏 36호를 발간할 동안 나는 꾸준히 참여했으니 공직사회에서는 미관말직에 아무런 족적을 남기지는 못했어도 문학적 흔적은 작게나마 남긴 셈이다.

「 산에 오르면 」

때로 우리가
살아간다는 이유 하나로
그냥 버리고픈 인생론에 시달리지만
물안개 중량 걷히기 전
산에 오르면
숙취의 도시도 저만큼 따라온다

목둘레만한 무게로
우연한 세상 살아가며
버려야할 것들 버리지 못하고
비워야 할 마음 다 비우지 못한 채로
키다리 소인되어 산에 오르면

아직도 졸리운 숲길은
저마다 질서의 알을 챙겨가며
탐욕의 거리를 내려다보고 있다

연탄 집 목욕탕 여인숙 골목 돌아
부흥회 열리는 예배당을 지나
김 오르는 해장국집 앞에서는
어느새 눈물 같은 한이 고인다

내 얼굴이 안개 되어 사라지고

산에 오르며

잘 울어볼 오늘을 기억한다

어쩌면 갈증이다

허기진 내심이다

　　이 재행 시인과의 만남은 내게 많은 문학적 자양분을 공급해 주는 계기가 된다. 공직 내에서도 비슷한 입장의 처지에서 술깨나 마시던 그와는 죽이 맞아 근무시간에 몰래 빠져나와 시내의 문인, 예술가들의 아지트인 "행복식당"에서 막걸리를 마셨다. 나보다는 네댓 살 정도 위였는데, 술만 마시면 기인답게 원로문인들이나 예술가를 향해 갖은 독설을 퍼붓는 바람에 문단에서도 한 수 접어놓은 시인이었다.

"대구 문학의 밤"에, 왼쪽부터 황무룡, 필자, 이재행, 황인동 시인

　　그러나 나에게는 항상 정 형!이라 불렀고, 서울의 "문학세계" 문예지에 신인상 등단도 추천해 주는 등 많은 도움을 주었다. 그를 통해 대구의 시인들과도 교유하며, 글 쓰는 것에 나의 지난날의 어려움과 현실의 팍팍함을 달래기 시작했으니, 지금처럼 삭막한 디지털 문학 시대

에 아날로그 문인의 기인적 면모를 지녔던 그가 아련히 그리워온다.

생활은 여전히 어려웠다. 동료나 친구에게 대포 한잔 살 형편이 못 되었고, 늘 구두쇠란 낙인이 찍힐 만 했다. 그때 같이 입사한 5명 중 한 명인 안 정엽이란 직원이 있었는데, 그는 어린 시절을 부친이 내 고향의 면사무소에서 면장을 지낸 관계로 유년의 고향이 나와 같아 선후배처럼 친하게 지냈다.

일찍이 서울시 공무원 시험에 합격하여 지금은 서울의 동작구청에 근무를 하고 있는데, 당시 그는 결혼을 한 상태였고, 대구에서 신혼을 살고 있었다. 향리의 사람이라는 이유도 있었지만 피차 직장 내에서의 녹록치 못한 처지를 한탄하며, 퇴근길 가겟집에 앉아 막걸리깨나 비우기도 했는데 지금도 그와는 가끔 교유하며 지내고 있다.

40이 되면 불혹이라 했던가? 불혹의 40을 가까이 두고 내 인생은 직장에서의 보장된 직책도 없었고, 가정의 안식은 고사하고 하루하루를 먹고 취하며, 잠자는 것에 급급한 일상을 보내고 있었다. 다만 그나마 자아의 창조적 노력을 기울인 게 있다면, 삶의 공허한 굽이마다, 시 같잖은 시를 긁적이며 스스로 마음의 위안을 찾고자 한 것이 고작이었다. 그렇다고 시 공부를 체계적으로 한 것도 아니고, 낙서 같은 넋두리를 휘갈겨 보는 유치한 감상주의 정도였다.

그 와중에서 90년도에 있을 경상북도 보건직 공무원 특채의 합격 요건인 위생사 자격 국가고시를 통과했고, 90년 3월 10일 경상북도 지방 보건직 공무원 8급으로 채용된다. 내 나이 39살이었고, 8급 공무원으로서는 너무나 늦은 나이에 정식 공무원이 된 것이다. 지난 4년간의 근속경력은 하나도 인정받지 못했고, 그때부터는 수당과 보너스를 받게 되었지만 여전히 박봉의 궁색한 생활은 이어졌다.

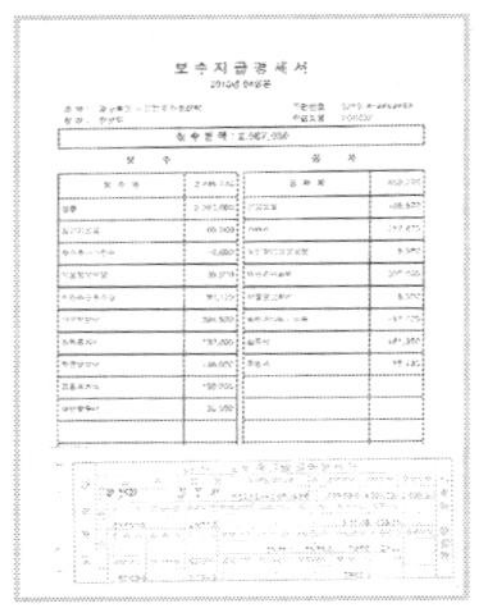

공무원 시작 당시의 봉급표와 최근 봉급

그래도 그때부터는 재형저축 같은 미래를 위한 저축을 하면서, 그 것이 아이의 장래를 생각하는 길이라 믿었고, 500원 싼 식사를 하기 위해 한참을 걷는 수고를 아끼지 않았다. 돌이켜 보면 나는 나름대로 는 근검절약하며, 그 시대의 필부로서 할 수 있는 최선을 다했다고 자 부해 본다. 어떻게 사는 것이 올바른 삶이고 성공한 삶이란 말인가? 나에게도 성공하고픈 꿈이 있었고, 부와 명예에 대한 야망이 없는 건 아니었다.

가장 게으르고 어리석은 자가 운명을 탓한다고는 하지만, 정말 뜻 대로 잘 되지를 않았다. 세 번의 혼인의 연을 맺고 세 번 헤어졌으며, 처연하게 키워온 하나 뿐인 자식마저 아비에 앞서 이별을 고했다. 이 런 것들도 모두 자책의 결과란 말인가?

90년도에는 서울 작은 자형의 도움으로 산격동 단독주택의 방 하 나를 전세로 얻어 처음으로 햇빛 드는 방으로 이사를 한다. 당시 전세 금이 900만원이었거니와 20만원 월급쟁이인 내가 4년을 고스란히 모 아야 단간 방 전세를 들어갈 수 있었으니 그때의 주택난도 가히 살인 적이라 할 만 했다.

이듬해 여름 나는 생애 최초의 해외여행을 하게 된다. 해외여행이 자유화되긴 했지만 그때만 해도 해외여행은 그리 흔한 일이 아니었다.

태국에 (재)남한강 공원에 근무할 때 자형의 천거로 같이 근무했던 분이 고생 끝에 태국으로 진출해서 해외여행 알선업으로 제법 성공을 한 분이 있어서 개인적으로 찾아간 여행이었다. 물론 작은 자형이 경비를 부담해 주었고 4박 5일을 머물렀는데, 모든 게 신기하고 이국의 정취에 흠뻑 바진 여행이었다.

「 메남 江 샹그릴라의 여인에 대한 회상 」

아무도 보지 못한
빛깔이 있어
소리 없이 피어난 열대 꽃처럼
그 진한 루즈색
정열보다 붉게
가는 어깨 흘러내린
샹그릴라의 여인이여

시간이 멈춘 남국의 밤만큼
생기 도는 그대 머리카락에
나는 잠시
조선의 창포잎 되어 머물렀어라

서로의 살아가는
하늘 한 구석을
메남 강 물살 되어 흘러가다가
열대과일로 수놓은

그네의 댕기처럼

그대 허리에 걸린

삶의 무게를

풀어주고 싶구나

이후 이런저런 외국 여행을 많이도 했지만 첫 해외여행의 추억, 파따야의 해변과 방콕의 수상가옥, 불교사원 같은 남국의 정취는 강렬한 인상으로 남아있게 된다. 사랑도 첫사랑인 것처럼 해외여행의 인상도 첫 번 여행의 추억이 가장 강렬하게 남아있다.

태국 새벽사원에서

파타야 해변에서

아이는 여전히 고향의 조카들에게 맡겨둔 채 어려운 초등학년을 보내고 있었고 어느새 4학년이 되어 있었다. 가을운동회 때는 내가 직접 김밥을 말아서 학부모로 참석하곤 했고, 담임선생님께 전후 사정을 말씀드리고 특별 관심을 주문하는 걸 잊지 않았다. 초등학교에서도 아이가 상급학년이 된 이후 점심 급식이 시작되어서, 그동안 굶기를 밥 먹

듯 했을 것에 비해 점심 걱정이나마 한 시름 놓게 되었고, 그럭저럭 아
이의 신발은 해가 다르게 커가고 있었다.

「 아들은 4학년이 되어 」

은하철도를 타고 온
꿈 수제비들이
푸른 걸음 딛고 가는
네 어깨 위에
4학년 뒷굼치로
문득 키가 자랐구나.

단풍잎만한 손바닥으로
여섯 시간 학교 길을 데리고 와
우주를 담아 오는
네 책가방을 보면
아빠는 이리도
잘못 살아 왔구나

시간이 두고 가는
네 크레파스 통에
아빠는 파란색깔로 누워 있다가
하얀 마음으로 그려지는
너의 내일이 되고 싶었다

잊지 말아야 한다
신문지 같은 일회용의 세상에서도
꺼질듯 밟고 가는 너의 나라는
고운 사랑빛깔로만
칠한다는 것을

어느새 부푼
200밀리 네 고무신에
컴퓨터가 뿌린 이 시대
산성(酸性)의 흙먼지 모두 담아와
신나는 모래성 만들어가는

그래 너는
4학년 1반이었구나.

「 김밥 」

코스모스 꽃잎처럼
수줍게 나부끼던
만국기 드높던 가을하늘 아래
개선문의 높이만큼
네 키도 훌쩍 자란
4학년 가을의
운동회 날이었나 보다

청군 백군 달라붙어
점심시간을 알리는
대바구니가 터뜨려지고
인절미 가루처럼
고운 먼지 뒤집어 쓴
너와 내가 먹던
점심 생각이 나는구나

단무지 시금치에
홀쭉이 햄 볶아 넣은
삼합 말이 김밥 맛있게 먹던
아득한 그 때가 얼마나 되었을까

시골학교의 운동회란 으레
온 동네의 잔칫날이긴 하지만
애비 혼자 만들어간 김밥을 나누며
그 때는 몰랐던 부자의 정을
이제라 느끼는 건 무엇 때문이겠느냐

은하철도의 황량한 레일조차
외로운 하루로 내일이 고프던 날
데리고 오지 못해 돌이킬 수 없는
아마도 그 날에 대한
용서의 바램일까

기름 치지 않아도 흐르는 시간 탓에

이제는 줄래야 줄 수 없는

너의 세월 다 어디가고

다시 한 번 싸주고 싶은

김밥의 기억만

이리도 대책 없이

초로의 흰머리에

새로워오는구나

아이의 가을 운동회 날

그러나 상급생이 되고 6학년이 되면서 곧 중학교에 진학할 때가 다가오자, 지금껏 고향의 조카들에게 맡겨놓은 아이를 더 이상은 봐달라고 할 형편은 아니었다. ― 그간의 아이의 양육환경에 대하여는 뒤에 다시 쓸 것이다 ― 아이에게 대구로 전학 갈 것을 타진해 보니 고향에 그래도 정이 들었던지 대구로 가는 걸 원하지 않았다. 내 생각도 엄마 없는 대도시에서의 청소년 생활 보다 고향이 정서적으로 나을 것이라는 판단 아래, 내가 김천으로 이사를 가서 데리고 있으면서 대구로 통근을 하기로 했다.

너무나 허무해서 해보는 소리지만 그때 대구로 아이를 데리고 가서 살았더라면 이런 비극의 결과는 나타나지 않았을 지도 모른다는 생각에 아련한 마음이다. 그때부터 시작된 대구로의 장거리 통근은 2007년 성주에 있는 경상북도 노인전문 간호센터로 보직을 옮길 때 까지 15년간을 이어진다.

현생은 전생의 업연에 의한 결과물이고, 내생은 현생의 연장선상에 있는 투영물이란 말이 있지만, 멀리 볼 것 없이 내 현생의 잘못 채우기 시작한 단추는 지난 젊은 날의 무절제한 인연의 결과물일 것이다.

속담에 서방 복 없으면 자식 복도 없다는 말처럼, 엉겁결에 시작하게 된 공무원으로서의 나의 직장 운도 순탄치 못했다. 그렇다고 내가 현실감각이나 윗전의 비위를 잘 맞추는 능력이라도 구비했다면 모를까, 늦게 시작한 공직생활에서 승진을 하고, 눈부신 발전을 하여 이름 석 자를 남길 수 있는 조건도 아니었다.

95년 7급이 되었고, 2007년 8월에야 6급에 승진하였으니 공직에 입문한지 21년이 걸린 셈이다. 꼴 난 하위직에 승진하는 것조차 연공서열도 낮고, 나이도 강산이 변할 세월만큼을 차이가 나는 직원에게 밀리는 수모도 겪었다. 나는 그런 것에 초연해 있었지만 주변의 사람들은 그것을 무능으로 간주하는데 문제가 있었다.

비위에 맞는 사람을 발탁해 주는 정실인사는 예나 지금이나 마찬가지이지만, 자기코드의 사람 돌아보는 부서장만을 어찌 나무랄 수 있겠는가? 명예와 하잘 것 없는 권력이라는 것도 그 자리에 있을 때나 조직의 상관으로서 굴종해 주는 것이지, 인간의 그릇이 편협 된 위인에게 존경의 가면은 당치도 않을 것이다.

내가 공직생활을 하면서 모신 상관 중에는 진실로 인간적으로 존경하고 본 받을 만한 인사는 별로 만나지 못했다. 그렇다고 나의 공직생활이 방종했다거나, 가치와 보람이 없었다는 말은 아니다. 대학원 졸업과 적잖은 공무 국외 여행 기회 같은 것은 공직에 입문치 않았으면 불가능했을 지도 모를 일이었다.

개인적인 해외여행도 가끔 가졌지만, 2000년 호주와 2005년 중국 장가계, 2006년 뉴질랜드와 2007년의 유럽여행 같은 공무 국외여행에서는 많은 견문과 정보를 섭취한 보람 있는 여행이었다.

호주 블루마운틴 세 자매봉에서

호주 골든 코스트 해변에서

뉴질랜드 데카포 호수에서

일본 동대사

북경 천안문 광장에서

중국 장가계

베트남 하롱베이

캄보디아 앙코르왓트

네덜란드 풍차

시드니 오페라하우스가 보이는 하버브릿지

스위스 융플라우

「 산에서 산을 보면 」

- 융플라우 잔상 -

산에서 산을 보면

산은 산이 아니라

혼이 있는 외침이다

천 만 가닥 표정으로

흐느끼는 심장의

메아리를 보아라

그것은 그침 없는
그대 안의 노래다

이곳 유럽의 지붕이라는
융플라우의 만년설 위에
어깨 흐르는 삶의 무게
잠시 내려 보아라

네 안에서 너를 보면
너는 네가 아니듯
산에서 산을 보면
산은 산이 아니라
생명의 처연한 흐느낌이다

거대한 흐름의
침묵의 함성이다

　남들이 알아주지 않았지만 나는 내가 주어진 일에 최선을 다했다. 나병 업무를 볼 때, 양성 나환자 할머니의 얼굴의 땀과 손의 상처를 내가 맨손으로 어루만져 주는 것을 보고, 같이 회진하던 중년의 여의사가 이런 공무원은 처음 본다는 말을 들은 기억이 새롭다.

　나는 나보다 강하거나, 지위가 높은 상관에게는 인사를 할 때나 악수를 할 때도 고개를 숙이지 않는다. 그것은 무례라 할 수도 있는 사안이고, 기본예절의 문제라고도 할지 모르겠으나, 굴종과 천박한 아부로 보일 수 있기 때문에 나는 나보다 약한 사람이 아니면 고개를 숙이지 않았다.

한동안은 이런 나의 알량하고 치졸한 자존심은, 부처와 예수 앞에도 고개를 숙이지 않는 오만으로 이어지기도 했으니, 그것은 천박한 힘과 존경의 경계를 혼돈한 나의 어리석음에 기인한 것이었다. 부처와 예수는 존경 받아 마땅할 분이시지, 인간을 분별하여 사람을 폄하하는 어리석게 강한 분은 결코 아니셨다. 강함이 결코 나쁜 것은 아니다. 내가 인식한 강함은 하잘 것 없는 인간이 만든 사회적 계급을 등에 업고 그것이 모든 삶의 가치인양 착각하는 부류에 한정된 것이라 강변하고 싶다.

어차피 늦게 시작한 공직에서의 출세를 위한 노력보다, 책 읽고 여행하며, 등산을 하는 등에 나의 자아의 창조 영역을 넓히고자 의식적인 노력을 기울였다. 주역, 철학, 풍수지리 같은 자칫 오해하면 신비주의나, 미신신봉으로 보일 공부에 경도 되었던 것도 나의 개인사와 무관한 것이 아니리라. 여행을 통한 견문의 확장 및 문화재와 역사의식의 고양을 위한 예술, 철학적 지식의 섭취에 나는 늘 목말라했었다.

태백산 정상 눈꽃 속에서

독도에서

지리산 천왕봉   한라산 백록담 정상

　　박봉이었지만 고향의 소년가장과 독거노인 세대 두 곳에 매월 생활 보조금을 익명으로 송금을 했다. 2003년 3월부터는 잘못 산 내 인생의 고해성사를 하는 기분으로 작으나마 이웃을 돕자는 서원 아래, "모람봉사회"를 결성하여 회장이 된다. "모람"이란 뜻은 '모두 다 좋은 사람' 들이라는 문장의 첫 글자와 마지막 글자를 조립한 말인데, 시작할 때는 5~6명의 회원이 참여하였지만, 활동이 이어지면서 뜻을 같이 하는 많은 회원들의 참여로, 회원은 50명까지 늘어나게 되었고, 지역사회에 작은 이웃사랑의 보따리를 풀어놓게 된다.

모람봉사회의 소식지 발간 ·   모람봉사회에서

대구, 김천 등지의 독거노인 가정방문 봉사와, 양로원 목욕봉사, 소년가장 세대 후원과, 장애우 가정봉사 및 사회복지시설 후원 봉사 같은 전방위 활동을 펼쳤다. 회원 상호간의 우의를 다지고 정보의 알림판 구실을 하는 소식지를 발간했는데, 회원 모두가 녹록지 못한 형편에 늘 봉사활동 경비조달에 어려움을 겪어야했고, 그래서 시작한 것이 기금 마련 자선바자회였다.

사랑의 동전 모으기 활동으로, 돼지 저금통 300개를 지인과 친지의 사무실과 가정에 분양, 1년에 한 번 복 돼지 잡는 날을 정하여 한 푼, 두 푼 모여진 사랑의 실체를 회원들과 같이 거둬들이며, 더욱 돈독한 우의와 봉사의지를 다지던 날의 감동이 새삼스럽게 떠오른다.

1일 호프집을 운영하기도 했고, 김천에서 열린 사랑 나눔 자선 바자회에는 500여명의 후원인이 참여하여 대성황을 이루었으니, 너무나 많은 분들의 사랑을 실천해 주시는 모습을 보며, 이 세상은 아직도 살아볼 만한 가치가 있다며 진한 감동을 가슴에 새기기도 했다.

조성된 기금은 한 푼도 헛되이 사용치 않았고, 도움이 필요한 이웃과 나눔의 사랑에만 지출하며, 꼼꼼한 기록으로 남겨두었음은 물론이다. 그때 인연을 맺은 어르신 중에는 지금껏 인연을 맺고 있는 분도 있으니 잘못 산 내 인생에 유일한 바른 삶의 태도였다고나 할까. 많은 분들의 도움에 힘입은 결과였음은 물론이다.

노인요양원(본향원) 경로잔치

행사를 마치고 회원단체사진

사랑의 동전 모으기 운동   자연보호 봉사활동

그때의 내 꿈은 이러한 봉사활동을 이어가면서 경상북도에 비영리 공익단체로 등록을 하고, 퇴임 후에는 사회복지법인을 설립하여 제대로 된 가치 있는 일에 나의 여생을 쏟음으로서, 나로 인해 운명에 피해를 입은 사람들 뿐 아니라, 외롭고 가난한 사람들의 희망의 등불이 되고자 하는 꿈을 가졌었다.

어차피 이 생에 아내의 복은 없는 운명일지니, 중이나 다름없는 내가 중생 사랑의 길을 가는 것이야말로 내 인생의 마지막 바른 삶의 길이 되리라 믿었던 것이다. 한적하고 경관이 좋은 곳의 값싼 땅을 매입하여 그곳에 "모람동산"을 설립하고, 오갈 곳 없는 장애우와 고아, 독거노인들의 희망의 삶터를 만들어 주고 싶었다.

단순히 보호하고 베푸는 복지가 아니라, 농장과 일터를 만들어 같이 일하고 땀 흘리며, 사랑의 결실을 함께 나누어 따뜻한 세상의 푸른 저녁밥상을 함께 나누고 싶었다.

지금 우리나라의 복지정책은 한마디로 퍼주고 보호하는 물질 복지일 뿐, 진정한 자활과 자립을 유도하고, 인간의 존엄성을 되찾아 국가 사회의 능동적 일원으로서 고귀한 삶의 가치를 추구케 하는 희망적 복지정책과는 한참을 거리가 멀리 있다.

비록 이듬해 하나 뿐인 자식을 잃고 이러한 나의 서원과 의지는 무색해졌지만, 신나게 같이 헌신적 봉사활동을 펼쳐준 노 명애, 김 재선,

이 효웅, 손 희경 회원님을 비롯, 김천미용봉사회 회원님들과 그리고 일일이 다 거명 할 수 없는 많은 회원님 여러분들에게 이 글을 통해서나마 뒤늦게 감사의 인사를 드린다.

내 아이의 영전 앞에서 망연자실 처절한 통한을 감내하지 못했을 때, 내가 다시 일어서도록 큰 힘을 보태준 여러분들 중에 모람회원님들의 위로가 컸었음은 너무도 당연하다. 나는 살아오면서 진실로 많은 분들의 신세를 졌다. 사랑도 사람의 일이라 양방통행의 사랑이 아름다운 것임을 말해서 무엇 하랴!

사랑의 문을 쉽게 열지 못하는 나의 편벽된 관념의 망령 탓에, 나로 인하여 가슴에 깊은 상처를 받은 분들도 많을 것이다. 나의 인간됨의 덕성이 부족하고 근기가 질박하여, 많은 사랑을 받고서도 돌려주지 못한 죗값은 살아가면서 아니, 이 생에 다 갚지 못하면 다음 생에서라도 갚을 작정이다.

2007년 9월부터 지금까지 이어진 경상북도 노인전문 간호센터에서의 공직생활은 지난날의 나를 겸허히 반성하고, 우리들 누구나가 만날 수밖에 없는 노인문제를 깊이 생각게 하는 계기가 되었다. 태어나는 순간부터 인간은 늙는다. 지금처럼, 갖은 노인성질환을 가진 어르신들을 만나지 못했다면, 나는 그냥 주어진 삶을 살아가는 데만 급급했을 것이다.

지금의 노인세대들은 힘없는 패망국가에서 태어나 전쟁을 겪으며, 평생을 고난과 땀으로 얼룩진 생애를 사신 분들이다. 발전된 조국에서 대우 받아야 마땅하거늘, 이제 기다리는 건 노후의 외로움과 질병들뿐인 것이다.

「 노인 요양원 꽃꽂이 치료교실 」

세월이 꽃다발처럼 다부지게 앉아있는
신경통 관절염이 꽃꽂이를 배우는 교실
키를 잰 오아시스에 햇빛이 다녀간다

한 다발 국화꽃이 지난 생의 흔적으로
떨리는 가위손에 주름살로 기어가고
공허한 뼈 속의 방엔 마른기침 맥박소리

이제는 되돌아갈 회색의 노을 위로
세상의 즐거운 소풍 꽃 천지로 꽂아두면
첫날밤 족두리 얹은 열꽃도 피어날까

건너온 세월의 강에 빈 배만 외론 저녁
은 소반 가득한 꽃 구겨진 주름 펴고
이 땅의 한 마당 굿판 팔짱 낀 채 보고 있다

정서와 소근육 운동으로 인지기능을 향상시켜 드린다.

공직의 마지막 직장이 된 이곳에서 나는 보람을 가지고 일을 했다. 어르신들의 재활과 생활 속의 인지 활동력 향상을 위해 프로그램을 개발하고, 센터의 위상을 대내외에 알리는 소식지『은담소(銀談笑)』를 창간하여 지금껏 4호를 발간할 수 있었는데, 은담소란 아름다운 실버의 시대를 여유 있게 담소하며 행복한 삶을 펼친다는 뜻이다. 제호(題號)의 구상과 편집을 하는 데는 그나마 나의 글쓰기가 좀은 작용을 했던 것으로 생각된다. 또한 노인 요양원에 근무하면서 국가 자격증인 1급 요양보호사 자격까지 취득했으니, 나의 국가자격증도 여러 개가 되는 셈이다.

간호센터 소식지를 창간하여 4호까지 발간하였다.

센터 어르신을 모시고 어버이날 직지사 관광을 시켜 드렸다.

이즈음에 나는 나의 생애에 마지막이 될 사랑의 인연을 만날 뻔 하였다. 그러나 역시 이번에도 나의 사랑은 이별이 먼저와 사랑을 기다리고 있었던 것이다. 정말 그 원인은 과연 무엇인지 이번만은 알아내고 나 홀로 남은 생을 가려고 마음먹었으나, 어찌 그 정답이 줄기세포 배양하듯 밝힐 수 있는 문제이겠는가?

진정 사랑다운 사랑을 처음이자 마지막으로 해보고자 했고, 실제로 사랑을 한다고 믿었었다. 내 생애 최고의 해였다고나 할까? 짧았지만 깊었던 사랑의 심연에서 나는 설렘과 기다림의 정의(定意)를 스스로 새롭게 쓸 수 있었으니 그것만으로도 나는 충분히 축복 받은 셈이 될는지? 나에게 있어서 보내야 함은 곧 사랑에 앞서는 밑 그림자였다.

어떤 이유건 이루어지지 못한 사랑을 사건 수사하듯 반추하는 것은 어리석은 일이리라. 나의 첫사랑은 1년을 채우지 못했고, 나의 마지막 사랑은 2년을 채우지 못했다. 35년의 빈 세월이 그 사이를 메우고 있었다.

첫사랑의 시련이 심장의 꽃불로 살점을 태웠던 것이라면, 마지막 사랑의 상실은 반딧불로 내 영혼을 태우는 것처럼 시리고 아팠다. 이 나이에 무슨 진부한 사랑타령이냐고 힐책할지 모르겠으나 진정으로 사랑이라 믿었던 짧은 사랑이 과거완료형이 되고 말았으니 내 심신도 심한 불면과 신체적 장애에 그리고 우울증(depression)의 반복으로 몹시 시달릴 수밖에 없었다.

「 첫수만 연서 」

새들도 저렇듯 사랑을 앓는구나
이별의 습관을 부리 끝에 묻혀가며
눈물의 한 쪽 날개로 세상을 나는구나

메마른 갈대숲에 달 하나가 떠오르면
눈꽃 지듯 떨어지는 새들의 귀소(歸巢)따라
두고 온 세월의 둥지를 날아가는 그대 바람

떠날 때를 아는 이가 아픔을 모를까만
못 보낸 이 심사는 미완의 사랑가로
세필 붓 눈물에 찍어 상처만 그리고 있다

남루한 일상에 놓인 허무를 털어내고

잊으리 생각 말자며 고요를 안아 봬도

다짐은 절로 저절로 메아리만 되는 것을

마실수록 목말라오는 그리움의 잔을 씻어

구름의 시린 넋을 성배(聖杯)처럼 가득 채워

그대의 푸른 하늘을 아득히 날고 싶다

* 천수만 : 충남 서산 앞바다의 철새도래지

　새는 천계와 지상계를 잇는 초월의 상징으로서 하늘과 소통코자한 인간의 중간자로서의 매개물로 인식되어 왔다. 우리 민족의 솟대신앙은 천상의 영파를 인간세상으로 받아들이는 안테나의 역할을 하는 것이라 믿었다. 반사적 신의 모습인 인간이 나누는 사랑이 각별하다면, 두 세계체계를 이어주는 새의 사랑도 유별난 데가 있을 것이다.

　그녀를 만났던 그해이던가? 저무는 늦가을이 하루의 시장기로 내리는 황혼녘의 천수만에서 비상하는 철새들의 군무를 보면서, 이별의 슬픔이 세포 속속 스며드는 한기를 느꼈었다. 이별을 위해 늘 있어왔던 내 사랑의 망령이 그곳에까지 둥지를 틀고 있었던 것이다. 내 곁에는 한쪽 날개로만 세상을 날아왔던 그녀의 눈빛에서 촉촉한 서러움이 송이송이 배어나오는 노을을 보며, 내가 할 수 있는 일은 이별이 예비된 예감의 술잔을 말없이 비우는 일밖엔 없었다.

　정말로 한 쌍의 금실 좋은 철새가 되어 메마른 안식의 갈대숲에 사랑의 둥지를 내리고, 가시버시 필부의 삶을 살아보고도 싶었다. 그리움으로 저장 처리된 내 지난 이별의 역사와는 아득히, 사랑의 푸른 하늘을 진실로 날아보고 싶었다.

그녀도 나에게 길지 않은 기간이었으나 지극하고 진지한 사랑의 실타래를 풀었다고 믿고 있다. 인간이 하는 사랑은 늘 불완전하다. 이별은 상처를 남기기는 하지만, 사람들은 이별도 사랑의 일부분인 줄은 잘 모르고 있다. 그래서 내 사랑은 언제나 미래완료형임을 나는 믿고 싶다. 그리고 이별이 초대되기 전까지의 사랑의 순간은 얼마나 행복한 것인가? 그래서 청마 시인은 오로지 "사랑하였음으로 행복하였네라." 고 읊었던 것일 지도 모른다.

지금의 바람이 있다면 오직 그녀의 앞길에 부디 진정한 행복과 아름다운 사랑의 날들이 펼쳐지기를 기원하며, 나아가 먼 훗날, 아니 이승의 인연에서가 아닌, 다음 생의 인연에서나마 완성된 사랑으로 가는 인연의 꽃비가 내려주길 기대할 뿐이다.

이제 나는 공직에서의 정년퇴임을 앞두고 있다. 이 글이 세상을 향해 갈 때쯤은 나는 조용한 자연인이 되어 있을지도 모르겠다. 천하를 호령해 본 고위관리가 되었던 것도 아니고, 작은 조직이나마 지휘관이 되어본 것도 아닌, 미관말직의 내가 무슨 별다른 감회가 있겠는가? 다만 바람이 있다면 이제는 매미가 허물을 벗고 탈각을 하듯, 우화등선(羽化登仙)은 아니더라도 지난 나의 삶과는 차별화 된, 한 차원 높은 정신적 창조의 승화된 삶을 살다가고 싶을 뿐이다.

11. 구멍 뚫린 가슴에 한을 남긴 어머니의 별세

공직생활을 막 시작했던 86년 3월부터의 회고를 가족사적 입장에서 서술해야할 순서가 된 것 같다. 어렵고도 어렵게 공직의 직장은 잡았으나 여전한 고난은 계속되었다. 큰 형수도 벌어서 자식들 건사한다고 김천의 연초제조창에 아침 일찍 출근하고 나면, 늙은 어머니가 손수 조석을 챙겨 드셔야 했는데, 이미 운명을 3개월 앞두셨던 상태의 노기(老氣)까지 있는 노모가 어찌 옳게 식사를 챙기셨을까? 자연히 아이도 먹는 게 말이 아니었다.

내가 집에 있을 땐 그래도 잘 먹진 못해도, 어머니와 자식의 때를 그르진 않았는데, 먹는 끼니보단 못 먹는 끼니가 더 많았던 셈이다. 형수인들 새벽같이 나가서 어두워서나 돌아오는 형편이고, 또 3년 전 위암 수술을 받은 사람이 먹고살겠다고 일하러 다니는데, 어찌 어머님의 공양을 기대할 수 있었겠는가?

그러나 어렵게 얻은 직장을 소홀히 할 수도 없는 일. 새로운 직장에 적응하기 위해서는 많은 업무와 과제가 기다리는 만큼, 장거리 통근은 도저히 할 수 없어 대구에 할머니, 할아버지 두 분이 사는 작은 아파트의 방 하나를 월세로 자취방을 얻어 생활하면서, 주말에나 고향집엘가 살림을 챙겨주는 생활을 시작했다. 일요일 저녁때 집을 떠나올라치면 정말 발길이 떨어지지 않았는데, 아빠 따라가겠다고 떼를 쓰는 아이보다도, 나날이 근력이 촛불 꺼지듯하는 어머니가 조석도 옳게 챙길 수 없는 상황을 두고, 집을 나서야 하는 마음이 어찌 편할 수 있었겠는가?

노년에 그렇게도 고기를 드시고 싶어 하셨는데, 지금도 가슴 아픈 회한으로 떠나질 않는다. 아이도 아비가 챙겨주는 밥을 먹다가 친구도, 놀잇감도 없는 시골에서 목석같은 할머니와 살아야 하는 것이 어린 마음에도 얼마나 답답했겠는가?

아이의 다섯 살 어버이날에 할머니와 같이.

그런 현실을 어쩌지 못하고 대구로 내려가는 발길에 쌓이는 고통과 번민은 필설로 다 못할 것이었다. 모든 업이 사필귀정이라고 하였는데, 내가 세상에 무슨 모진 악을 지었기에 이런 고통의 업이 따라다니는 것인지, 운명에게라도 물어보고 싶었다.

남들은 형님도 있고, 누이도 있는데… 라고 하였지만, 모두들 살아가기 바쁜 세월들이 아니었던가? 모두 다 나의 업인 것을…. 그러한 생활이 채 석 달이 지나지 못한 그 해 6월, 어머니는 김천의료원의 응급실로 실려 가야 할 만큼 기력이 쇠진하셨다. 4촌 형의 트럭으로 내가 모시고 가서 급히 입원을 시켜드렸다.

혈압에 문제가 좀 있었고, 일반적 노인성질환 같은 증상은 있었지만 그렇게 급격히 기력이 쇠한 건 전적으로, 옳은 영양을 섭취하시지 못한 원인뿐이었다. 한마디로 굶어서 그렇게 된 것이다. 자식으로서 어머니를 그렇게 해 놓고, 어찌 의사에게 살려달란 말을 할 수 있었겠는가? 그저 최선을 다해 달라고만 말 할 수밖에 없었다.

형님과 누이에게 연락을 하자, 동기간도 빈번히 오고가며 이런저런 대책도 수의하기 시작했다. 목석같았던 어머니였지만, 어머니조차 계시지 않는 고향집에 아이를 혼자 둘 수도 없고, 그렇다고 대구의 자취방으로 데리고 갈 수도 없게 되자, 형제 동기간에 회의가 벌어졌다. 어느 누군들 아이를 기꺼이 데리고 가 보살필 형편이 되지는 못했다.

누이는 의당 형들이 있으니, 당연히 형이 조카를 맡는 것이 옳다는 말이었지만, 서울의 형님은 실직 중에 있었고 지하 셋방에서 어렵게 살던 때이며, 진주의 형님도 많은 자식 건사하느라 힘든 판에 답이 나오질 않았다.

결국 촌에서 농사지으며, 뼛골이 빠지게 고생하며 사는 영주의 누이가 자진하여 아이를 맡기로 하였다. 가상의 일이겠지만, 만일 나의 동생이 그 상황에 처하여 형인 나의 도움을 필요로 했다면, 나라면 어떻게든 아내를 설득하여서라도 조카를 맡았을지 모르겠다. 물론 어느 여자가 시동생의 자식을 맡아 보살피려 하겠는가만, 영영 키워 달라는 것도 아닌데, 이 것은 최소한의 인간의 도리가 아니었을까?

형이 어렵게 되었으면 동생이 형을 대신해야 하는 것처럼, 동기간이란 신체의 팔과 다리와 같아, 분리되어 있어도 한 몸인 것 같이, 떼려야 뗄 수 없는 것과 같은 이치일 것이다. 지 고모를 따라 영주로 떠나는 차안에서 아비를 향해 손을 흔드는 6살 아들을 보내는 마음이 어떠하였을 지는 굳이 필설의 표현을 빌릴 필요가 없을 듯하다. 지금이야 자가용이 있고 고속도로가 생겼지만, 그 때만 해도 영주까지의 길은 4시간여를 가야하는 길이었다.

　김천의료원에 입원을 한 어머니는 마치 꺼져 가는 촛불처럼 하루가 다르게 기력이 떨어져 갔고, 급기야 곡기를 끊으셨다. 지금보다야 못한 시절이었지만 그래도 그 때만 해도 모두들 잘 먹고, 살 빼기와 다이어트를 한다고 난리인 세월에 노모를 굶겨서 죽음에 이르게 한 것이다.

　이후의 내게 불어 닥친 고통이 어찌 그 때의 불효의 죄와 무관하다 하겠는가? 세 식구 밥 끓여 먹을 때 좋아하시던 반찬을 보면 나도 모르게 눈물이 솟구쳐 올랐다.

　어머니의 원형상징은 삶의 본질적 그리움에 연원한다. 어머니! 그 거룩하고도 숭고한 이미지는 모든 생명의 시원(始原)이며, 일체의 삶이 회귀하는 안식의 고향으로서의 대지가 아닐 수 없다. 땅의 논리가 그러하듯 어떠한 씨알을 뿌려도 받아들이고, 싹을 틔워 열매를 맺어주지만 그 대가를 바라는 바 없는 것처럼, 어머니는 모든 자식을 화육하고 또 용서한다.

　부모에게 죄 짓지 않은 자식이 어디 있으랴만, 어머니 떠나신지 20년이 훨씬 넘었으니 그보다 몇 십 년 전의 어느 늦가을 저녁 무렵이던가, 사랑채 텃밭에 속속들이 알찬 김장배추 한 포기를 쑥삭 뽑아 쌈배추의 된장을 만드시던 어머니의 손길이, 알찬 노란 속배추의 살결만큼이나 고이 느껴지던 날의 영상이 불현듯 떠오른다.

　뒤란 장독대에서 된장을 퍼 오시며, 맛나게 먹을 이 자식의 입맛에 흐뭇해하셨으리라. 세월은 이토록 무기질처럼 비정하게도 흘러, 초로의 이슬 맺히는 듬성한 몰골의 홀아비로 늙어가는 이 자식을 어느 하늘에서 내려다보고 계실는지, 혼자뿐인 저녁 식탁에서 입으로 들어가는 배추쌈을 잠시 내려놓고, 회한의 한 점 사모심(思母心)을 졸 시로 옮겨보았다.

「 배추쌈 」

어머니 떠나신지 이십년이 넘었건만
김장배추 익을 때는 이리도 또렷하게
노란 쌈 된장 한 술에 어머니가 실립니다

고소한 배추 속 같던 당신의 젖 내음이
이 세월을 살고서도 철없이 그리워쳐
오늘도 저녁밥상에
눈물
한
점
떨굽니다

　데친 양배추 쌈을 좋아하셨고, 고기를 그렇게 드시고 싶어 했는데 만년에 따뜻한 밥에 고기 국 한 그릇 차려드리지 못했다. 형님과 누이들이 번갈아 내려와 간호를 맡기도 하였지만, 아무래도 내가 간호를 맡는 날이 많았다. 말문을 닫으신 지라 말씀은 못했지만, 아이는 영주에 보냈다고 하자 고개를 끄덕이셨는데, 아마 그 의사 표시가 이 땅에서의 당신의 마지막 의사표현이었던 것 같다.

　86년 7월 13일 새벽 마침내 어머니는 운명을 하셨는데, 나와 서울의 누이, 형님이 임종을 지켰다. 그때만 해도 병원에 있다가도 임종이 임박하면 집으로 들어가야 객사죽음을 면한다는 풍속에 따라 봉계 집에서 상례를 치루는 것이 관례였으나, 몰락한 집안에 어느 누가 일을 할 것이며, 만년에 고생만 하신 그 집에서의 초상이 돌아가신 어머니로서도 무슨 의미가 있을 것인가를 생각하게 되었고 그래서 상례는 김천의료원 장례식장으로 정해졌는데, 별반 이용하는 사람들이 없었던 탓에 시설은 열악하기 그지없었다.

흩어진 동기간이 상주(喪主)로 모이고 아이도 의료원 장례식장으로 고모를 따라 왔다. 아직 어린것이 죽음이 무엇인지 잘 몰랐을 터인데, 특수한 상황에 사람들이 모여서 곡(哭)을 하고 있는 모습에 놀랐는지 아이도 많이 울었다. "할머니가 없으면 이제 지는 누구랑 사느냐?"고 제 고모에게 묻는 것을 보고는 무어라 아비로서 안쓰러운 마음 금할 길이 없었다. 출상 전일에는 비가 많이 내렸는데, 발인할 때는 날씨가 그렇게 좋을 수가 없었다.

김천의료원 장례식장

고향 동구에서 마지막 노제를 지내드렸다.

돌아가신 아버님처럼, 어머니도 만년에 천주교 영세를 받으셨기 때문에 발인제를 마치고는 김천 평화동 성당에 혼백이 들려 천주교식 의식을 모셨다. 그리고 고향에서 노제를 지내고 고향 동산의 선산에 아버님과 합장을 해드림으로서 어머니는 영원히 오신 곳으로 돌아가시게 된다.

부모는 죽으면 흙으로 묻을 뿐이라고 했으니, 절차에 따라 장례는 잘 마쳤다. 장례를 마치고 모두들 돌아가고, 아이도 당분간 영주의 누이가 데리고 있기로 하고 영주로 떠났다. 그러나 영주의 누이도 많은 농사일이며, 주유소에 계속하여 아이를 돌볼 겨를도 없었고, 시어머니 보기도 그렇고 하여, 그 해 8월 하순에 아이를 데리고 누이가 대구를 찾아온다. 죽으나 사나 셋방을 얻어 부자간의 눈물겨운 생활을 시작할 수밖에 없었다.

12. 방황하는 자식과 통한의 세월

정말 아이를 키워줄 아내를 얻어야할 문제가 현실적으로 절실히 대두되고 있었다. 영주의 누이에게 아이를 언제까지고 맡겨놓을 수는 없는 일이었고, 누이도 시어머니를 모시고 사는 형편에 친정 조카를 봐준다는 것은 여러모로 말 못할 어려움이 있었을 터이다.

주위의 권유로 몇 군데 선을 보았지만 그쪽에도 키워야할 아이가 있거나, 내 쪽의 안정된 생활을 원하는 자리들뿐이었다. 그러니 집도 절도 없는 형편에 어디 가당키라도 할 일이겠는가? 무엇보다 이혼하고 아이 키우면서 살아오느라 지친 역정으로 인해 재혼이라는 말 자체가 부담스러웠다.

그러던 중 직장 근처에 내가 자주 들리던 식당이 있었는데, 저렴하게 맥주 한잔을 비울 수 있던 그곳에서 아르바이트를 하던, 성이 "L"이던 아가씨가 있었다. 당시 대학을 다니다가 아버지가 병으로 쓰러지는 바람에 집안은 졸지에 풍비박산이 나고 학업을 접은 채 아르바이트로 돈벌이를 하고 있다고 했다. 당시 나이가 25살이었으니 나와는 11살 차이가 났으나, 내가 건넨 격려와 용기의 따뜻한 말에 무척 고마워했고, 내가 가면 그렇게 반가워할 수가 없었다.

그 당시 나는 직장 가까운 곳에 노부부가 사는 아파트 방 하나를 월세로 얻어 잠만 자는 생활을 했는데, 퇴근길에 그곳에 들려 그런 그녀의 어려움에 말로나마 힘이 되어줄 수 있는 것이 싫지 않았고, 맥주 한잔을 같이 나누며 나의 처지도 이야기 할 수 있다는 게 큰 위안이 되었다.

그녀는 그녀대로 행복했던 지난날에서 갑자기 쇠락한 가정의 안식에 목말라 하고 있었으니 어찌 보면 연령의 차이를 넘어 쉽게 의기투합 할 수 있는 외형적 조건은 갖추어졌던 셈이다. 사람의 만남은 인연의 인과라고 불가에서는 가르치지만, 그 만남도 그처럼 외형적 인과는 정연한 인연이었던 지도 모르겠다.

결과적으로는 나에게 또 한 번의 이별과 운명에 대한 비탄을 읊으며, 여자를 향한 두려움의 문을 열지 못하게 하는 계기가 되었으나, 당시의 나로서는 필연적이고 감사한 마음의 만남으로 받아들여질 수밖에 없었다.

나이는 비록 25살이라고는 하나 가파른 세상의 현실을 능동적 포용력으로 수용할 수 있는 아량이 어디 있었을 것이며, 6살짜리 남의 배로 낳은 아이를 거둬줄 덕성이 어디에 있었겠는가? 그러나 나도 정말 오랜 세월 만에 나를 격려하고, 생각해 주는 젊고 아름다운 여인을 만난 인연을 냉철한 분석과 비평으로 일정 거리를 유지할 수 있을 만큼 내 입장이 한가로운 상태가 아니었다.

아픔을 공유한 사람끼리 서로 사랑하는 것은 당연하고, 사랑을 하면 모든 것은 승화되리라는 안일한 사랑론으로, 닫혀 있던 내 안의 문을 열기 시작한 것이다. 남들은 이런 나를 두고 꼴에 젊고 예쁜 여자를 밝히니, 그게 잘 이루어질 일이겠냐는 말들을 무책임하게 했지만 그렇게 오는 인연의 만남에서 무엇을 거절하고 무엇을 외면하란 말인가?

그녀는 나와 아이를 위한 사랑의 각오를 다지고 있었고, 나는 다시 한 번 운명을 믿어보자는 생각에 이르게 된 것이다. 돌이켜 생각해 보

면 그녀도 나름대로 깨어진 가정의 행복에 대한 반작용으로 사랑이라
는 안식이 필요했고, 세상의 냉엄한 현실에 대해 지니고 있던 적개심
도 내려놓고 싶었을 지도 모르겠다.

아무튼 나는 산격동 고개 너머의 반 지하 방을 세로 얻고, 고향에서
사용하던 손때 묻은 살림도구를 옮겨온 후 영주의 누이가 아이를 데려
오기에 이른다. 제 놈도 세상에서 가장 믿고 의지할 아빠와 살게 된 것
이 기뻤던지 신이 났고, 스스럼없이 그녀를 엄마라 부르며 따르게 되
었으니 이제 정말 나도 오랜 질곡의 굴레에서 벗어나 정말 인간답게
살아갈 거라고 믿었다.

저녁밥상에 세 식구가 둘러앉아 소찬이지만 따뜻한 밥을 먹을 때는
오로지 행복했다. 아침에 일어나면 그녀가 밥을 짓는 동안 아이의 손
을 잡고 가까운 뒷산을 산책하면 아이도 무척 좋아했고, 억눌려 기죽
었던 아이의 표정도 조금씩 밝아오는 것을 보는 내 마음은 정말 평화
로웠다. 없는 돈이지만 그녀를 위한 작은 인정을 베푸는 걸 잊지 않았
고, 퇴근 후 셋이서 가까운 곳으로 저렴한 외식 나들이를 다녀오기도
했다.

무엇보다 마음 놓고 출근을 하여 일을 볼 수 있었고, 출장으로 2-3
일 집을 비워도 걱정이 되질 않았다. 그러나 비극의 바탕색을 깐 내 인
생의 운명은 행복에 대한 과민 거부반응이 있었던지, 그 행복은 몇 달
을 가지 못하고 시련에 부닥치고 만다. 운명의 신은 이번에도 나의 편
은 아니었다.

당시 나의 업무가 올림픽을 앞두고 현장점검이 주를 이루던 관계로
출장이 많았는데, 지금처럼 자가용이 있는 것도 아니었고 교통편도 원
활하지 못해 한 번 출장을 가면 2일에서 3일 또는 4-5일씩 다녀와야
하는 출장길도 많았다. 전화가 있었던 것도 아니고 하여 출장지에서

집으로 안부 전화를 물을 수도 없었는데, 내가 없을 때 아이를 홀로 두고 그녀 혼자의 외출이 시작된 것이다.

처음엔 그런 사실을 몰랐었는데, 가을이 끝나가고 초겨울쯤이던가, 그날도 2박 3일의 출장에서 돌아와 저녁식사를 마치고 그녀는 설거지를 한다고 부엌에 있는 동안 아이가 나에게 엄마가 두 밤을 자고 왔다고 일러주었다. 충격이 아닐 수 없었다. 어린 아이를 이틀이나 혼자 있게 하고 먹을 것조차 제대로 챙겨주지 않았다니, 충격은 어느새 분노로 바뀌었지만 냉철한 대처를 하기로 했다.

하긴 생면부지의 남의 배에서 난 아이를 25살 젊은 여인이 무슨 천사라고 맹목적 애정을 쏟을 수 있었겠는가? 그리고 내가 출근하고 없는 셋방에서 아이와 함께 하루를 보내는 무료함을 담담히 수용하기에는 그녀는 너무나 젊었던 것이다. 그녀 나름대로 아이에게 동화책을 읽어주기도 했고, 손을 잡고 시장에도 다녀오면서 그 시대 소시민의 주부로서 많은 애정을 기울였지만, 그것이 여일(如一)하기를 바랐던 마음은 나의 안일한 희망사항일 뿐이었다.

그녀는 지난날 사귀던 남자친구와 주변의 친구들을 나를 피해 만나면서 어정쩡한 자신의 현실에 물 타기를 하고 있었던 것이다. 현실적으로 나와의 해로에는 근본적으로 장애의 벽이 가로놓여 있었음을 어찌 부인할 수 있겠는가? 그녀도 오랜 안식의 부재에서 목말랐던 갈증 때문에 미래의 일까지는 생각할 겨를이 없었으리라. 나 역시 오랜 질곡의 날들에서 벗어나 행복해 질 거라는 막연하고도 안일한 선택이 운명적 무리수를 던지게 한 것이 사실이었다.

그녀는 다시 예전 같은 일상에 최선을 다하겠노라고 다짐했지만, 극심한 방황에 흔들리기도 했고, 슬픔을 토로하는 술을 마시거나 넋두리를 널어놓음으로서 갈등을 이겨보고자 했다. 이미 이전의 가족구성원으로서의 신뢰는 무너진 뒤였다. 근본적으로 결합이 어려운 관계라면 하루라도 빨리 그녀를 보내주는 것이 나의 몫이었다. 그것이 그녀의 미래를 위해서도 바람직한 길임은 재언해서 무엇 하랴? 보내는 것과 떠나는 것에는 어떤 차이가 있는 걸까? 나는 보내는 입장이고 그녀는 떠나야 하는 입장이었다.

그녀는 자신과 나와의 관계는 더없이 소중히 여기고 있었으나 아이는 아니었다. 그 과정에서 나도, 그녀도 많은 갈등과 번민을 겪고 있었다. 한마디로 안쓰러웠다. 또 이별밖에는 남는 게 없단 말인가?

그런 와중에 열악한 환경과 영양 탓이었던지 아이에게 병이 찾아들었다. 고열이 나고 기침이 심하여, 가끔 있는 감기증상이겠거니 하고 동네 의원을 찾았으나 빨리 큰 병원으로 가라는 것이었다. 부랴부랴 택시를 잡아타고 아이를 안고 동산병원 응급실로 향했다. 아이의 몸이 그렇게 가볍다는 사실에 놀랐다. 잘 거두지 못한 탓이라는 자책이 밀려왔다.

내 곁을 제 스스로 떠나간 자식이지만, 성장해서의 모습보다 이처럼 안타까운 모습에 더하여, 지난날 고향집에서의 애틋한 생활상 같은 가슴 아픈 잔상들만 너무도 또렷이 세월을 초월해서 내 가슴에 각인되어 있다. 아이의 병은 중증 폐렴이었다. 급한 처치를 마치고 6인실 병동에 입원을 시켰다. 고열은 무시로 오르내렸고, 열이 심할 때는 아이가 헛소리를 해댔다.

병원에서 꼬박 45일을 입원해 있었는데, 폐에 주사기로 물을 빼낼 때는 나는 가슴이 아파 입회하지 못하고, 직장의 고행후배인 안 주사가 입회했다. 슬프고 분한 마음의 나의 생각은, 이렇게까지 된 데는 아이에 대한 그녀의 보살핌의 잘못이라는 결론에 도달하고 있었고, 심히 그녀를 꾸짖게 되었거니와 남의 눈도 의식하지 않은 채 심히 다투기도 했다. 낮에 출근한 동안은 그녀가 병실에 있었다. 아이에 대한 애정이 무에 있었겠는가? 그저 나와의 연결고리 때문에 의무적인 자리를 그녀는 지킨 것이다.

형님과 누이가 다녀갔고, 큰 형수도 다녀갔으나 어차피 병실 간호는 나의 몫이었다. 낮에 근무하고 밤에는 병원에서 꼬박 세우다시피 하는 생활이 한 달 넘어 이어지자 나의 건강도 말이 아니었다. 귀에서는 환청이 들리고 눈알은 왕 모래알이 들어간 것처럼 쓰라렸다.

밤의 긴 병동의 복도는 마치 병마의 아귀가 우글대는 지옥으로 느껴졌다. 먹지 않으려는 쓴 약과 죽을 아이에게 아빠랑 연 날리러 가자며 꼬드겨 억지로 먹일 때, 링거 꽂은 아이를 안고 높은 병동에서 밖을 바라보는 아이의 힘에 겨운 표정을 볼 때, 미어질 듯 했던 내 마음은 지금도 생생한 잔상으로 가슴을 괴롭히고 있다.

훗날 서울 형님을 통해 알게 된 사실이지만 아이가 그토록 아플 때, 어떻게 알았던지 아이의 생모가 대구의 병원으로 찾아가 보겠다고 하여, 재혼한 남편으로부터 심한 질책을 받았다는 말을 들었다. 그때 아이의 생모는 만삭의 몸이었다고 하니, 버린 자식이지만 천륜은 어찌할 수 없었던가 보다.

시련이었다고 밖엔 달리 표현할 마땅한 단어가 떠오르지 않는다. 내가 오늘날 이렇게 살아남은 것은 내 성격의 유약함과 우유부단 내지는 어리석음에 기인하는 것이리라. 그렇지 않았다면 벌써 극단적 행동의 결과로 나는 이 땅 위에 존재하지 못하였을 것이다. 모질고 어리석은 질긴 목숨을 이어온 셈이다.

어머니께서 우리 자식들에게 늘 참을 '인(忍)' 자(字) 세 개면 살을 면한다고 가르치신 결과였을까? 어떨 땐 죽음이 욕된 삶 보다 더 호화로울 수도 있다는 말은 셰익스피어의 말로 기억된다. 45일간의 입원으로 죽을 고비를 넘기고 안정을 어느 정도 되찾아 퇴원을 하였으나 대구에서 내가 데리고 있기에는 병후 회복을 장담할 수 없었다.

여전히 잃어버린 입맛 탓에 밥은 먹으려 하질 않았고, 나를 더욱 떨어지지 않으려고 했다. 또다시 영주의 누이에게 긴급 구원요청을 하기에 이른다. 나는 동기간에 많은 신세를 지고 살았지만, 사정을 다 알고 있는 누이이기에 선선히 맡아주겠다는 답변이 왔다.

그녀와는 또 예비 된 이별이 기다리고 있었다. 아이의 옷가지와 약 등을 챙겨, 직장의 봉고차를 동료직원이 운전을 하고 영주 부석의 누이를 찾아갈 때 그녀는 눈물을 훔치고 있었다. 누이의 집에서 하룻밤을 묵고 떠나올 때, 말리는 제 고모의 손길을 뿌리치고 달리는 봉고차를 뒤따라오며, 아빠를 따라간다고 울부짖는 성하지 못한 자식을 맡겨두고 떠나올 때의 가슴은 미어지는 듯 했다.

이후 아이는 누이의 정성어린 보살핌 덕에 조금씩 입맛을 붙여 건강도 시나브로 회복되기에 이른다. 주말이면 누이의 집으로 가서 아이를 달래고 꼭 다음 주에 오겠노라며, 제가 좋아하는 것들을 사다주면서 달래곤 했는데, 일요일 돌아오는 발길은 늘 무겁기만 했다. 아이는 누이가 맛깔스레 담근 깻잎절임에 입맛을 붙여 식사도 곧잘 하기에 이른다.

나는 지금도 아이가 잘 먹던, 이를테면 깻잎절임이나 감자채 볶음, 김치전과 동그랑땡, 생선구이 같은 반찬을 만나면 하나씩을 더 먹어둔다. 이 원고를 써오면서 절필을 수없이 망설였던 부분도 바로 자식에 대한 회한과 연민의 부분이고, 내 운명의 질곡마다 상처주고, 상처받은 고난의 과거를 되새겨야 하는 부분이었다.

불가의 가르침에 따르면 고통도 이별도, 원망도 애정도, 나 자신조차도 원래 공(空) 하여 없는 것이었으니, 있는 것이 없는 것을 이기려

하므로 중생에게는 번뇌와 고통이 따른다고 하였다. 그러나 고난과 아픔은 우리네 인생사의 보편적 화두일 수밖에 없고, 이들은 오직 나만이 안고갈 수 있는 고통일 뿐이라는 각오를 새롭게 하면서 나는 이 졸필의 붓을 이어가기로 했다.

대구에서의 직장생활은 혼자뿐인 자취방에서 굶는 일상을 술로 메우며 볼썽사나운 홀아비의 몰골로 살아가고 있었다. 잠시 동안 젖었던 안식과 행복의 짧은 착각 뒤에는 심한 허탈이 더 높은 역가의 항생제를 요구하는 세균처럼 밀려들었다.

해는 벌써 87년으로 바뀐 지 한참이고 봄은 어느새 무르익어 가고 있었다. 아이도 건강이 회복되었고, 여러 가지 골몰 많은 일이 바쁜 누이에게 더는 맡겨둘 수도 없고 하여, 대구로 아이를 데려온다. 부자간의 살림이 시작된 것이다. 어떨 땐 출장을 갈 때 데리고 가기도 했으나, 출근 이후의 긴 시간을 아이 혼자 집에 둘 수가 없었다.

지금이야 도처에 널리고 널린 것이 어린이 집이고, 탁아시설 같은 곳이지만 당시에 내가 살던 달동네에는 그런 시설 자체가 없었다. 연탄아궁이에 석유곤로, 세탁기도 없이 아이의 옷을 빨아 널어 말리고, 새벽 3시의 청소차에 연탄재를 버려야했다. 할 말은 아니지만 요즈음처럼 이렇게 좋은 환경과 조건에서 자식 하나 키우지 못해 오만가지 불평과 유세를 하는 젊은 아낙네들을 보면, 지금 같으면 나는 자식 열 명도 키우며 직장에 다닐 수 있을 것 같다.

수소문 끝에 멀지 않은 곳에 젊은 교회 전도사 부부가 자신들의 주택에서 운영하는 개인 탁아시설이 있다는 걸 알아, 사정 이야기를 하고 낮 시간 점심을 포함 아이를 맡기게 된다. 아침에 집 앞에 차가 와서 아이를 태워갔고 퇴근시간쯤에 데려다 주었다. 당시 내 한 달 모든 수입이 20만원 정도였는데, 내 수입의 거의 절반을 그곳에 지불하고

한 번씩 잘 돌봐달라는 주문과 함께 몇 만원을 얹어주었으니 결코 적은 지출이 아니었다.

　따라서 생활은 궁핍할 수밖에 없었고, 나는 결혼식 때 맞춘 양복 말고는 지금껏 유명 브랜드의 옷 한 벌 사 입어본 일 없다. 그런데 그곳의 아이들의 생활이란 게 지금처럼 별도 선생님이 있어 학습이나 놀이 같은 프로그램을 운영하는 것이 아니라, 그냥 선교사 부부에 의해 점심밥이나 주고 혼자 밖에 나가서 길이나 잃지 않도록 막는 게 고작이었던 것 같다. 그러니 수용시설이나 같은 곳에 아이가 흥미를 느낄 이유도 없었을 것이고, 아침마다 가지 않으려고 떼를 쓰는 바람에 애를 태웠다. 게다가 내가 출장을 가는 날은 그곳에서 재워달라고 부탁을 해야 했고, 그런 날은 아이도 울며 밤을 새운다고 들었다.

「 아들 」

토끼 같은 자식

또는 애물단지

때로는 새벽잠 깨어

손 뻗어 쓰다듬는 것

퇴근 길 한잔 소주에도

눈물처럼 씹히는

늙어가는 애비

철들게 하는 것

하루는 내가 출장에서 일찍 돌아와 아이를 데려오려고 그곳에 들렀는데, 마침 아이가 늦은 점심을 먹고 있었다. 그런데 반찬이라곤 딱 깍두기 몇 쪽에 밥이 전부였다. 그날만 어쩌다 보니 그랬을 것이라 생각할 수도 있어 아무 말도 하지는 않았다.

세상의 모든 것, 모든 사람이 나의 편은 없었다. 절대 다수의 박애와 사랑을 실천하는 기독교인들에겐 죄송하지만 이후 내가 기독교 사상, 특히 기독교인들을 향해 모순의 가면을 벗으라고 주장하는 것에는 이때의 기억들도 일조를 하지 않았나 하는 생각이 든다.

그곳에 아이를 맡긴 기간이 정확하게 얼마인지는 기억에 없으나 그해 초겨울 까지였으니 짧은 기간은 아닌 셈이다. 이듬해가 되면 아이도 학교에 입학을 해야 한다. 이대로 가서 될 일이 아니었다. 사람을 찾아보는 수밖에 달리 방도가 없었다.

당시 금릉군청에 근무하던 친구의 한 다리 건넌 사람의 중매로 김천에서 선을 보았다. 성이 'K'인 그 여인은 초혼에 실패하고 아이는 신생아 때 잃은 채, 면사무소에서 보건요원으로 근무하고 있다고 했다. 집은 친정 부모와 같이 살고 있는데 위로 오빠 둘은 직장을 따라 대처에서 가정을 꾸려 살고 있다고 했고, 그녀의 나이는 26살이었다.

무슨 운명의 재채기인지 모르겠다. 젊은 나이에 그녀도 참 파란만장이 많았던 것이다. 그러면서 집에서 독서와 피아노도 치며, 시 쓰는 걸 좋아한다고 했다. 그렇게 만났다. 결혼의 실패와 기억의 저편으로 잊고 싶은 상처 그리고 문학을 사랑하는 공유의 감정이 또 한 번의 내 운명에 두 얼굴의 미소를 지으며 다가오고 있었던 것이다. 다음의 만남은 쉬 이루어졌고 누가 먼저랄 것도 없이 의기투합 하면서, 대구와 김천 시골의 그녀와는 많은 편지글이 오가면서 거리를 좁혀나갔다.

그럴수록 나의 갈등과 고민도 깊어갔다. 초혼에 실패하고 아이까지

배태했다가, 신생아 때 잃은 과거가 있는 여자이기는 하나, 아직 26살의 젊은 나이에 과연 7살 남의 아이의 새엄마 노릇을 잘 할 수 있을 것인가? 하는 걱정이 앞섰고, 거듭된 여자와의 이별의 망령이 한없는 번민으로 다가왔다.

또 잘못된다면? 그때는 엄청난 충격이 아니, 삶의 존재적 현상 자체를 멈추어야할지도 모른다는 두려움이 엄습했다. 이제 주변에서도 나라는 인간 자체에 정신적, 육체적인 심대한 결함이 있는 것으로 낙인찍은 마당에 절대 신중해야한다는 최면을 걸었다.

그러던 어느 날, 87년도도 다 저물어가는 오후. 정문에 면회객이 와 있다는 전갈을 받고 내려 가보니 그녀가 환하게 웃고 서 있었다. 일단은 반가웠고 서둘러 조퇴를 하고 같이 나왔는데 그녀가 아이를 만나고 싶다고 하여 선교원으로 가서 아이를 데려나왔다. 시내로 나가 아이가 좋아하는 비싼 장난감을 사주었고, 아이는 처음엔 머쓱한지 내 눈치를 살피다가 이내 신이 나서 이것저것 사주는 것에 금방 익숙해지고 있었다.

만난지가 그리 오래 되지 않았지만 그녀는 마음의 문을 활짝 열어 두고 내게로 온 것 같았다. 같이 저녁을 먹고 당시 내가 살던 서당골 언덕배기 반 지하방에 그녀가 방문을 했고, 그곳에서 그녀는 아예 여장을 풀고 있었다. 마치 만남의 원인도, 이별의 곡절도, 여자 쪽으로 미루려는 사전 장치를 준비하는 글쓰기로 보일지 모르지만, 영원히 남을 글을 이 땅에 남기면서 나를 미화시켜 작은 동정심을 얻어 보겠다는 교활한 생각을 할 만큼 나는 영리하지 못하다.

아이도 어느새 세 사람의 분위기에 동화되어간 채 잠이 들었고, 그녀와 나도 이런저런 이야기 끝에 같이 자리에 누웠다. 잠이 올 리 없었다. 내 나이 30대 후반이었으나 젊은 여인과 나란히 누워 어찌 육욕의 노도가 밀려오지 않았으랴. 그러나 온갖 사념과 번민 그리고 이별에 길들여진 나의 닫힌 정신세계는 그녀를 향해 손 한 번 뻗지 않았다.

여자의 입장에서 생각하면 자칫 모멸감을 주는 행위일 수도 있겠으나, 내 지난날의 유전자에 각인된 이별과 배신의 염색체는 육체적 행동의 결과로 올 수 있는 선택의 제한을 저어하고 있었다. 집으로 돌아간 그녀에게서 곧 편지 한 통이 날아들었다.

"비록 가난했지만 셋이서 바라보는 하늘은 아름다웠다. 앞으로 자신은 어떤 경우에 처하더라도, 나와 아이가 보다 건강하고 건전하게 행복해 질 수 있다면 어떠한 고난도 개의치 않겠다." 나는 그때까지 살아오면서 아니, 지금껏 살아오면서 그토록 진솔한 표현의 애정 어린 관심이 녹아있는 글을 받아보지 못했다.

설령 그 글이 만우절 날 친구에게 장난삼아 띄운 글이라 해도 나는 믿었을 것이다. 그녀와 나는 부부가 되었다. 장인, 장모가 될 두 분을 찾아가 인사를 했고, 모녀가 대구로 내려와 장롱이며, 세간 살림에 필요한 집기와 내 양복 등을 사들였지만, 십 만원도 수중에 없던 나는 아무 것도 사주지 못했다. 그러나 그녀는 개의치 않았고 너무나 행복해 했다.

나의 그동안의 번민도 괜한 기우였음이란 자책이 들었고, 그녀를 믿지 못한 것 같은 죄스러운 마음에 미안함을 감출 수 없었다. 반 지하방의 퀴퀴한 냄새도 말끔히 청소해 내는 그녀의 손이 마치 마이더스의 황금 손처럼 느껴졌다. 아이는 내가 보살피기보다 그녀의 친정집에 데리고 자신이 거두겠다고 했고, 주말에 내가 올라가는 주말부부 생활을 하며, 서로 직장생활을 계속하고 저축을 하여, 미래를 기약하자는 설계를 할 때는 다만, 행복했었다는 표현밖에는 달리 할 말이 없다.

아이도 어느새 엄마라며 따르기 시작했고, 선교원에 보내놓고 출장을 갈 때면 노심초사 했던 고충에서 벗어나 끼니부터 옳게 챙겨 먹을 수 있을 것이고, 실제로 이후 아이는 건강도 약체에서 튼실하게 바뀌게 된다. 정말 전에 느껴보지 못한 행복이었다. 주말에 올라가면 장인, 장모와 아이까지 다섯 식구가 별미음식을 먹으며, 약주 좋아하던 장인 어른과 거나하게 취할 때면 그녀는 피아노로 여러 가지 음악을 연주해 주곤 했다.

쉬는 날에는 김천 시내로 외식이며 장보기를 하러가기도 했다. 그녀는 좀은 작아 보이는 키에 얼굴은 둥글고 예쁜 형이었다. 내게도 이런 날이 있을 수 있단 말인가!? 만남보다는 이별이 먼저 올 것만 같은 운명의 질곡 속에서, 늘 행복과는 거리가 멀다고 생각해 온 나에게 무언가 잘못된 것이 아닐까, 혹시 다른 곳으로 가야할 예쁜 소포가 내게 잘못 배달된 것이 아닐까 하는 걱정도 있었지만 모든 건 그대로였다.

세 식구가 서울로 가서 형님과 누이 집을 차례로 인사차 방문을 했고, 해가 바뀌어 88년 1월 11일 김천관광호텔에서 조촐한 결혼식을 올렸다. 형편이 좋아 호텔에서 식을 올렸던 건 아니고, 낮 시간의 호텔 회관을 친구가 무료로 사용케 한 것이다. 서울과 진주의 형님과 누이가 내려왔고, 가까운 서울, 대구, 김천의 친구와 친지 몇 명에, 주례사 없는 친구의 사회로, 그야말로 조촐한 세상의 결혼식이 진행된 것이다. 어차피 웨딩마치는 없었으니 드레스는 없었고, 그녀는 한복에 나는 양복을 입었다.

그런데 정작 중요한 것은 그날 그 자리에 장인, 장모의 모습이 끝내 보이지 않았다는 것이다. 분명 무언가 잘못된 것이었다. 여러 차례 말씀을 드렸고, 참석할 것이라는 언질을 받아두었던 터라 당혹감은 더할 수밖에 없었다. 집으로 수차례 전화를 걸었으나 통화가 되질 않았다. 식이 진행되는 동안 그녀는 눈이 붓도록 우는 가운데, 그야말로 눈물의 웨딩이 되고 말았다.

여러 가지 이유를 생각해 볼 수 있었다. 나이 차이 많이 나는, 자식 딸린 홀아비에게 재혼의 딸을 보내면서 무슨 즐거운 마음이라고 그 자리에 나타날 것인가? 하는 것이고, 아니면 우리들의 만남 자체에 불만이 있다는 반증이기도 했다. 식을 마치고 형님과 같이 시골 처가로 찾아가 뵈었지만 무언가 말 못할 답답한 마음은 금할 길 없었다.

그날 저녁은 친구들의 주선으로 김천의 회관을 빌어 신나게 마시며 회포를 풀고, 다음 날은 고향의 부모님 산소를 참배한 뒤 진주와 부산으로 여행을 떠났다. 굳이 신혼여행이란 말이 어색했지만 허니문인 셈이었다. 일상으로 돌아온 우리는 그녀의 직장 가까운 면소재지에 방두 칸을 월세로 얻어 살림을 시작했다.

할머니 혼자 사시는 한옥의 건넌방 두 칸이었는데, 작은 마루가 있어서 추운 겨울은 부엌살림을 그곳에서 하며 살았다. 내가 주중에 한번, 주말에 한 번을 다녀가고, 외형적으로는 행복한 일상이 이어지고 있었다. 어느덧 3월이 되어 아이는 그곳 초등학교에 입학을 한다. 얼마나 대견스러웠겠는가? 엄마의 정 한 번 받지 못한 채 아비의 손에서 고생고생 자라온 아이가 초등학생이 된 것이다.

여러 가지 지난날의 힘겨웠던 영상이 밀려왔지만, 8살 한창 개구쟁이 아이의 장난으로 그녀가 뒤치다꺼리를 하느라 힘들었을 뿐 당분간은 우리들의 행복은 이어지고 있었다. 휴일에는 청암사로 세 식구가 도시락을 싸서 나들이를 가기도 했고, 가까운 냇가에서 어항을 놓아 피라미를 잡아 졸임을 해먹기도 했는데, 아이도 무척 즐거워했다. 그 때쯤인가 그녀 스스로 우리들의 혼인신고도 마쳐 두었다.

그러나 운명의 파란이랄까? 행복에 직면하면 용서하지 못하는 내 운명의 시기심은 어느새 또 가까이 다가와 갈색의 고난을 연출하고 있었다. 문제는 가깝고도 본질적인 데에 있었다. 늘 같이 있지 못하고 떨어져 살수 밖에 없는 상황에서 어찌 보면 피도 물도 안 섞인 아이를 키우며, 좁은 지역사회를 살아간다는 게 남의 말하기 좋아하는 시골 인심이 그녀를 지치게 했을 것이고, 한참 미운 일곱 살을 통과하고 있는 아이의 성가심에 그녀는 스스로 낭패스러워 하기 시작한 것이다.

그녀도 막내로 자라나 피 보호 속에서 자라왔었고, 인내와 기다림의 미덕을 삶의 덕목으로 승화시킬 만한 인생의 연륜도 아니었으며, 한마디로 성깔이 났다하면 물불을 가리지 않는 막가는 성격의 소유자였던 것이다. 상황에 따라서는 너무나 돌변할 수 있는 그녀에게 나는 적잖이 경악하고 놀랐다.

처음의 순수한 생각대로 삶의 방식이 어찌 전개될 수 있겠는가? 그녀도 젊으나 젊은 나이에 나름대로 최선을 다해 왔던 것을 나는 안다.

모든 것은 나의 업보였을 뿐이다. 정말 이번에는 어떤 일이 있어도 이별의 비극은 막아야만 했다. 나는 집에만 오면 무조건 그녀를 달래고 죄인처럼 용서를 구했다. 그러나 그것은 나의 바람일 뿐, 점차 그녀의 불만은 아이에 대한 미움으로 나타났고, 조금씩 학대로 이어지기 시작했다.

내가 없을 때는 끓어오르는 분을 아이에 대한 심한 구타로 이어진 경우도 있었던 걸로 안다. 주말에 올라와 장모를 동원해 달래고 빌면, 좀은 풀어진 상태가 되기는 했으나 본질적인 해결책은 되질 못했다. 정말 나로선 어떻게 해야 하는 건지를 아무 것도 알 수 없었다.

도대체 내가 뭘 어떻게 해야 한단 말인가? 운명의 신이 있다면 찾아가 따지고 싶었다. 직장에 가 있어도 지짐 바탕이 되어 있을 두 식구의 걱정으로 아무 일도 손에 잡히지 않았다. 한마디로 살고 싶은 생각이 별로 나지 않았다. 어떻게 얻었던 행복인가? 이번에 조차 잘못 되면 나의 인생은 물론, 아이의 장래에 끝없는 추락의 예비 된 숙명이 도사리고 있을 것만 같았다.

그녀 앞에서 나는 눈치 보기에 바빴고, 나의 운명은 그녀의 손에 달려있는 형국이 되어갔다. 그녀가 떠나게 되면 또 다시 쓰라린 지난날 같은 대구에서의 부자간의 질곡의 삶만이 기다리고 있을 터였다. 그런 대로 세월은 흘러 여름을 지나고 있었고, 나의 노심초사로 살얼음 판 딛듯 위태로운 외형적 평화는 이어져갔지만, 근본적인 내면의 문제는 안으로 불씨가 자라나고 있었다.

구체적 해결의 대안이라면 시골의 생활을 접고 그녀가 직장을 그만두게 하여, 대구에서 아파트라도 하나 얻어 좀은 편하게 새로운 생활을 시작해 보는 것일 수 있었다. 그러나 내 수중에는 단돈 10만원의 여유도 없는 상황이었고, 직장에서의 위치도 여전히 불안정한 상태에서 초미니 샐러리에 목을 걸고 있는 나로서는 아무런 변수를 가져올 수는 없었다.

그러한 상태에서 출발한 아이의 초등시절 성적과 정서가 옳기를 바라는 건 무리였고, 아이 자신도 무언가 부당한 대우를 받고 있는 어머니라는 존재가 두려움과 외로움으로 다가왔으리라. 그녀도 나름대로는 눈물겨운 노력을 다하고 있었다.

당시 그녀가 나에게 솔직히 고백한 말이 있다. "자신도 아이가 불쌍하게 생각되고 잘 해 주려고 생각하다가도, 아이를 보기만 하면 나와 아이의 어머니가 뒤엉겨 있는 환영이 떠오르고 자신도 모르게 끓어오르는 분노를 주체할 수 없다."는 것이었다.

정말 절망스러웠다. 나로서 어떻게 하란 말인가!? 첫 번 아내의 저주라도 실렸다는 말인가? 그녀의 그러한 증오는 서서히 나와 아이에 대한 직접 분노로 바뀌어갔고, 심지어는 나의 행실을 의심하는 쪽으로 흐르기 시작했다. 세상이 싫고, 사람들이 모두 싫었다. 이후 나에겐 번거롭고 사람이 싫은 대인기피증 같은 게 오게 된다.

번뇌의 세월이었지만 가을은 깊어가고 있었고 그해는 올림픽이 개최 되던 해였다. 휴일에는 분위기 전환을 위해 그녀를 오토바이 뒤에 태우고, 시골의 가을 길을 달려보기도 했고, 어렵게 시간을 내어 서울 올림픽 스타디움에 장애인 올림픽 구경을 다녀오기도 했다. 그러나 근본적인 문제는 하나도 호전되지 않았고, 오히려 그 양상은 빈도와 강도에서 전염병 퍼지듯 불거지기만 했다.

나도 자포자기의 심정이 되어갔다. 임시 대안으로 김천 시내에 방을 얻어 대구와 시골로 각각 통근하며, 같이 사는 방법을 강구해 보고자 했다. 그러나 이미 그녀의 불같은 성격은 자신을 이렇게 자식 키우며 고생하게 해놓고, 내가 무책임하게 바람을 피우며 경제를 돌보지 않는다는 억척을 스스로 확신하여 만들었고, 이미 돌아오지 못할 강을 건너고 있었다. 너무나 억울했고 자포자기의 심정이 되어갔다.

그런 와중에 고향의 큰 형수가 암 수술 후 5년 만에 세상을 떠난다. 초상을 치루고 장모와 그녀 같이 최종 타협의 자리를 마련해 보았으나, 나는 그 자리에서 그녀로부터 내가 이 세상에 태어나서 들어도 보지 못했고, 앞으로도 들어보지 못할 심한 욕설과 저주의 폭언을 들으며, 조용히 더러운 내 운명을 향해 소리 없는 눈물을 흘렸다.

나도 마지막으로 그녀에게 꼭 하고 싶은 말 한마디가 있었다. "앞으로 현세에서고 내세에서고, 자식 데리고 재혼 하지 말라!"는 말을 내뱉고 싶었으나, 끝내 그 말은 안으로 삼키고 묵묵히 이혼절차만 밟아나갔다. 이혼의 절차와 서류의 작성이야 이미 이력이 붙어 눈을 감고서도 할 수 있을 터. 너무나 기가 막혀 해보는 우스개 소리지만, 나는 이혼진행과 법률 절차 등의 업무로 밥 먹고 사는 직장이 있다면 단연코 최우수 직원이 될 자신이 있다.

결국 그해도 저물어가는 88년 12월 6일, 김천지방법원에서 합의 이혼하고 확인서 한 통씩을 손에 쥔 채, 우리는 그날로서 영원한 남이 되었다. 또 한 번의 호적 정리를 위해서, 준비된 이혼을 위한 10개월의 혼인생활을 이어 왔던 것이다. 그녀와 장모가 대구의 집으로 내려와서 들여놓았던 가구며, 가재도구를 휩쓸 듯 실어갔고, 떠나면서도 그녀는 나에게 저주의 말을 퍼붓는 걸 잊지 않았다.

전쟁이 지나간 것 같은 자취방을 청소하며, 삶이란 그저 왔던 밀물이 썰려가는 것처럼, 그렇게 왔다 가는 것이란 생각이 들었다. 인간이 말로 하는 사랑이니 맹세 같은 다짐이 얼마나 공허한 것이고, 교활한 거래인지를 뼈저리게 느꼈다고나 할까? 그 당시 너무나 신경을 쓰고 불면과 고통의 날을 보낸 결과 입술이 부르트다 못해 입술 위가 찢어졌었는데, 그때의 흉터가 아직도 남았으니 정말 모질고 징한 세월이라고 밖엔 표현할 방도가 없다.

그때 내가 스스로 맹세한 것이 있으니 내 평생에 여자와 혼인하지 않겠다는 다짐이었다. 남자가 혼인을 여자와 하지 누구랑 하겠는가만, 어찌 여자에 잘못이 있으랴? 모든 건 내가 지은 업연의 결과이고 도저히 피해갈 수 없는 내가 치러야만할 업장의 숙명이었던 것을…. 첫 번째 아내를 포함, 나와 혼인의 연을 맺었던 여인들은 모두 나로 인한 운명의 피해자였고, 만에 하나라도 나에 대한 원한이 남아 있다면 진술한 마음으로 사죄를 드리니, 모두 털어버리고 다음 생에는 부디 좋은 인연으로 만나게 될 것을 기원해 본다.

언젠가 둘째 누이가 어디서 내 사주팔자를 보았는데, 내 팔자가 고무신을 세 군데 벗어 놓아야 하는 팔자라고 했다. 고무신의 원형상징은 스님의 신발을 이름이고, 세군 데에 신발을 벗어 놓는다는 말은 혼처가 세 군데라는 뜻이 아니겠는가? 그렇다면 이제 나의 업장은 다 해소된 것은 아닐까?

아이의 거취 문제는 고향 봉계의 조카들에게 사정을 구했다. 형과 형수가 모두 없는 고향집을 지키며 살아가고 있는 조카들에게 저희들로서는 사촌 동생이 되는 아이를 맡아 달라는 부탁이었으니 삼촌의 입장에서 얼마나 어려운 일이었겠는가? 그러나 나로서는 몸도 마음도 지칠 대로 지쳐 있었고, 또 다시 대구에서 부자간의 자취생활을 하면서 아이를 학교 보내며 돌볼 자신이 없었다.

어찌 보면 아비로서 책임 회피로 보일지도 모를 일이었으나 달리 방법이 없었다. 누가 나를 건드리면 그대로 쓰러져 일어나지 못하고 죽을 것만 같았다. 가정 형편상 중학교만 졸업하고 구미 회사에 직장생활을 하며, 여동생 둘을 건사하던 조카딸이 고맙게도 선선히 맡아주기로 하여, 아이는 곧 봉계초등학교로 전학을 하게 된다.

그러나 그곳이 어찌 옳은 사고를 지닌 어른이 택할 길일 수 있었겠는가? 처연한 마음과 무너져 내리는 마음은 어쩔 수 없었고, 지금껏 조카들이 고마울 따름이다. 조카들도 아침 일찍 먼 곳의 직장으로 또 학교로 제 갈 길들 바쁜 형편에 어찌 아침 식사며 저녁끼닌들 옳게 챙겨 먹었겠는가? 어머니가 챙겨줘도 잠에 쫓겨 아침 식사를 거르는 게 요즘 젊은이들인데, 한창 먹여야할 때 그렇지 못한 아비의 심정은 무너지는 듯 했다.

주말에 고향에 들려 살아가는 모습 확인하고 챙겨보는 게 고작이었으나, 내 일신도 뻔한 것이었다. 컴컴한 지하 방에 무슨 기다리는 사람이 있다고 일찍 들어갈 것이며, 무슨 살맛이 난다고 음식을 요리하여 내 배를 채우겠는가? 당연히 술의 세월일 수밖에 없었다. 어찌 그리도 생활은 곤궁하던지, 주변에 밥 한 그릇, 술 한 잔 사지를 못했

다. 늘 친구, 선후배를 만나 술 신세나 지는 것이 30대 후반의 내 자
화상이었다.

「 계산하기 」

계산서를 받는다

바람 빠진 풍선만한 생활을 위해
보트피플이 넘어가던
태평양 같은 세상사에
가슴무게도 풀잎만큼 달아빠진
건조한 수급(首級)들이
계산서를 가져온다

살아온 날만큼의 시름 젖는 빗소리로
마흔 살 세포위에 계산서는 쌓이지만
나는 이제껏 계산을 미뤄왔다

우연한 사람 만나
보내고 남이 되는 시간에 까지
치러야 할 계산이 많기도 한데
내가 하는 일이란 그저
허물 벗는 일 뿐이다

사랑을 돌려주고 돌아오는 길에

또 한 장 계산서는 날아오지만

끝내 마음 한 자락

외로워 볼 뿐

　　당시 사촌 형이 친구와 같이 『월간 스포츠 경북』이라는 잡지사를
인수했는데, 두 사람 다 언론 출판에 아무런 지식도 없었고, 얼떨결에
인수를 하고보니 편집을 하고, 책을 낼 아무런 능력이 되지를 못했다.
　　사촌형은 평생 빵, 아이스크림 같은 중간 배달 상인을 했는데, 그것
도 여의치 않자 친구와 같이 그 일에 뛰어들었던 것이다. 대구에 사무
실을 오픈해 놓고, 대학을 나온 여기자 10명 정도가 있었는데, 아무 것
도 진행할 계제가 되지 못했다.
　　신문의 편집이며 인쇄출판은 이미 적잖은 경험이 있었고, 거기에서
나아가 글쓰기도 아주 문외한은 아니었으니, 그래서 내가 직장 다니며
기자들을 지휘해서 취재와 편집을 하고, 오랜 우여곡절 끝에 89년 9
월에 창간호를 발행한다. 내가 좋아하는 일이니 응한 일이었으나 수고
비를 일 원 한 장 받는 것도 아니었고, 밤을 새우다시피 원고를 검토하
며 정리하는 일이 정말 힘이 들었다.
　　또한 경영상의 문제와 기자들 상호간의 파벌로, 그들이 나를 공무
원으로서 이중 직업을 가지고 있다며, 도청 감사과에 황당한 진정을
하는 바람에 곤욕을 겪기도 했으나 나 자신이 아무 것도 잘못한 것이
없어 떳떳했고, 그 일은 오히려 나를 직장 내에서 능력(?)을 알아주는
계기가 되어 이후 직장 내에서 많은 부서에서 필요한 연설문이나, 서
한문, 칼럼 같은 원고청탁을 받아야 하는 수고스러움으로 이어졌다.

월간 『스포츠 경북』 창간호

　『월간 스포츠 경북』은 이후 몇 호를 더 발간했으나 경영상의 어려움으로 폐간의 수순을 밟는다. 폐간 이후에 그 형이 막막한 생계로 어려울 때, 내 공직의 업무 분야이던 위생 물수건 처리업을 나의 주선으로 물심양면 후원하여 주었다. 그래서 사촌형은 2003년 간암으로 세상을 떠날 때까지 생계를 꾸려갈 수 있었고, 지금은 당질이 그 업을 이어받아 밥 먹고 살아가고 있다.

13. 중학생이 된 아들과
다시 시작된 부자간의 자취살림

다시 아이와 부자간의 살림이 시작되었던 시절로 돌아가는 것이 순서일 것 같다. 김천 부곡동에 있는 시범아파트가 전세 1,500만원이었던 걸로 기억나는데, 평수가 18평 되는 오랜 된 아파트였다. 전술 한 것처럼 더 이상 조카들에게 아이를 의탁할 입장도 못되었거니와, 대구로 데려와 중학교엘 진학시키고 싶은 생각은 있었으나, 아이가 고향이 정이 들었든지, 전학을 원치 않아 내가 김천으로 올라가서 아이와 생활 하는 대신 대구로의 통근을 하는 것으로 결론이 모아졌던 것이다.

내 집은 아니었지만 세상에서 처음으로 독채 아파트에 들고 보니 정말 내 집을 산 것처럼 기뻤다. 6학년이던 아이도 아빠와 같이 생활 하게 된 데다, 독립된 공간이 생겨서인지 무척 좋아했다. 나는 아침에 6시 20분 통근열차를 타야하기 때문에 아이는 그때까지 자리에서 일어나지 않고, 식탁에 밥상을 봐놓고 가면 지가 챙겨먹고 버스로 학교를 가야하는데, 학교에는 잘 갔는지 직장에서도 걱정이 떠나질 않았다.

그런 생활이 처음이 아닌데다 아이도 이제는 옛날보다는 성장을 한 탓에 한결 키우기가 수월했다. 이어 곧 아이는 94년 2월 16일 봉계초등학교를 졸업한다. 전학을 와 2학년부터 5년간을 다닌 학교였지만,

거의 가정이라는 울타리의 부모 정도 모른 채, 초등학교를 졸업하는 아이가 못내 안쓰러워 졸업식에는 잘못해 준 미안함 때문에 눈물을 삼켜야했다. 그날의 기분을 술회한 시가 "더 큰 바다로 떠나는 날"이다.

「 더 큰 바다로 떠나는 날 」

- 아들에게 쓰는 졸업사 -

겨우내 얼음장 밑을

숨죽이며 다가온 봄기운처럼

모르게 자라난

네 두 어깨 앞세우고

이제는 넓은 세상으로 나가는구나

신수책이며 바른생활

여섯 해 마디마디

크레파스로 칠해온

네 어린 날 뒤로하고

강으로 바다로 흘러가는구나

맑은 날을 기다리던

소풍전날의 조바심이

꿈으로 자라던 내 작은 신발은

은하철도랑 드레곤볼이

되기도 하였던가

지나간 날이 어쩌면
만국기 펄럭이던 가을하늘만큼
애절히 절절히 그리워만 오는구나

아빠를 기다리던 수많은 날들도
애닯게 애닯게 떠나지를 않는구나

오늘은 네 작은 키도
완두콩 할아버지처럼
크게만 보이는 날

갑자기 불어난 극락산 큰 덩치처럼
이제는 모진 바람에도 흔들리지 않는
늠름한 용기를 지녀야한다

진달래 붉은 꽃의 학교 앞 東山처럼
어두운 세상에도 밝은 웃음 칠갑하는
해맑은 순수함도 지녀야한다

더 큰 바다로 나가는 길은
때로는 힘들고 뿌듯한 길임을
아빠는 차마
말 할 수가 없구나
잊지 말아야한다
한 톨의 열매도

한 송이 꽃도
우연한 맺음이 없다는 것을

그래서 먼 훗날
이 땅의 날리는 덧없는 티끌조차
모두가 사랑임을 네 알 때까지
꿈으로 자라는 뿌리 깊은 한그루
나무가 되거라

오늘은 부푼 날개로
한 마리 새가되어
더 넓은 바다의
그곳으로 떠나는 날

겨울에도 쉬지 않고
자라난 네 살색이
오늘은 더없이 맑고
밝기만 하구나

　이듬해 중학교에 가서부터는 나의 할일이 더 늘어났으니 교복을 다림질하고, 중·고등학교에는 없던 급식 때문에 도시락을 싸주어야 하는 것이었다. 새벽에 일어나 도시락 반찬을 따로 마련하여 머리맡에 챙겨주어야 한다. 어미 없는 자식 표가 날까 저어하여 어떤 아이의 교복보다도 늘 정갈히 다림질 해 주고, 도시락 반찬은 같은 반찬을 이틀 연속 싸 준 기억이 별로 없다.

일요일에는 김밥을 싸서 부자간이 고성산에 산행도 하며, 부디 잘 못된 길만을 가지 않기를 바랐고, 내 일신은 장거리 통근에다 살림의 고달픔이 따랐으나 평화로운 날들이 흐르고 있었다. 직장 내에서의 나의 입장은 월등히 늦은 나이에 직급은 낮았고, 동료 직원이나 고참들은 나를 어르신 또는 영감탱이라 부르면서 그들의 상대적 우월감을 확인하는 것 같았다.

얼마나 측은했겠는가? 계급의 사회인 조직사회에서 나이 많은 사람이 말석을 지킨다는 것은 생각하기에 따라서는 자존심 왕창 상하는 일이 아닐 수 없겠으나, 나의 그릇됨이 질박하고 그나마 어렵게 잡은 삶의 동아줄이 아니었던가? 나의 사회적 명예나 자존심은 아예 생각할 겨를조차 없었고, 달리 운신할 수 있는 대안도 없었다.

「등신이 되었네」

살다보니 어쩌다
등신이 다 되었네

영혼을 태우고 태운 구도의 끝에서
세상의 일점 흔들림 없이
육신통을 해탈한 그런 등신불 말고
인간사 낙제점수
그야말로 등신 같은
등신이 다 되었어

남들 다 귀찮아하는 어정쩡 늙은 나이로

그래도 목구멍 하나 건사해 보겠다고
직장의 말석 하나를 용케도 지키고 있지

나무도 때가 되면
꽃피고 열매 맺어
세상의 사람들 위해
제 할 일은 하건마는
나는 이제껏 세상을 향해
무슨 일을 하며 살아왔던가

어리석은 놈
이제라 노망의 직전에서야
한탄의 등신배(等身盃)를
마시고 있다

그즈음 나의 근무처가 도청 보건 위생과에서 대구지방검찰청 강력부 마약수사팀으로 파견 발령이 났다. 마약사범을 체포하고 수사하는 검찰 직원과 한 팀이 되어 마약사범을 검거하는 업무였는데, 매너리즘에 빠진 직장생활의 전기도 마련하고, 나약한 내 인생에 새로운 경험도 쌓을 겸 내가 지원한 일이었는데, 한마디로 정시퇴근 같은 게 잘 없었다.

그곳에서 1년 넘게 근무를 했는데, 잠복근무나 접선장소 급습 같은 일을 마치면 김천 가는 마지막 열차를 탈 때도 많았고, 부산 항 접선 공작 같은 때에는 아예 집에 들어가지 못하는 날도 있었다. 밤 열차로 집에 오면 새로 1-2시가 되었고, 잠자는 아이의 얼굴이나 한 번 보고, 그때부터 설거지와 다림질, 반찬을 만들어야 한다. 마치고 나면 3-4

시가 되었으니 자리에 누우면 못 일어날 것 같아, 아예 앉아서 눈만 조금 붙였다가 새벽 5시에 일어나 도시락을 싸놓고 바로 출근한 날도 많았다.

「 마중 없는 도시 」

마흔 몇 년을 살아온 셈인가
하루를 열고 닫으며
낡은 통근열차의 신경통 같은
일상의 삶들을 실어 나른다

때로는 저무는 20세기 같은
가랑잎 무게만한 소주잔에 취해
내려서는 이 작은 도시는
대체로 0시 50분

마리아의 자궁 같은 텅 빈 역 광장이
가락국수의 시장기로
피어오르고 있었다

나를 버린 밤 기차가
허물 벗은 꽃뱀처럼
추풍령 고개 넘어 사라질 때쯤
나는 불 꺼진 아파트를 찾아들 것이다

이유 없이 사진처럼 내외로 만나
살 맞대고 살아가는 포장마차 노부부도
하루의 계산을 지우는 시간

또 내일의
마중 없을 빈 방을 향해
나는 이 도시를 버리고 돌아섰다

　아이의 성적은 당연히 중하위권에 머물고 있었으나 그만큼만 적응해 주는 것도 나로서는 더 바랄 것이 없었다. 그러나 나의 사전에는 평화와 행복이란 단어는 없었던지 또 새로운 갈등의 신호탄이 터지고 있었다. 한 날은 아이의 담임선생님으로부터 직장으로 전화가 왔는데, 아이가 며칠째 학교에 나오질 않는다는 것이었다.

　청천벽력 같은 소리가 아닐 수 없었다. 분명히 퇴근해 가서 학교 잘 갔다 왔느냐고 챙겨 묻고, 예·복습을 하라면 곧잘 제 방에서 공부를 하는 걸 보곤 했는데 믿어지지 않았다. 담임선생님을 시내에서 만나 식사대접을 해 드리면서 학교에 잘 가도록 할 터이니 선처를 당부하고, 아이를 곱게 타일러 학교에 보내고는 담임선생님과 전화 공조를 취하면서 중학교는 그럭저럭 졸업을 하게 된다.

　성적은 당연히 좋을 수가 없었으나, 아이의 가정상황과 내 복에 비춰볼 때 공부 잘 하기를 어찌 바란단 말인가? 아이가 원하는 것이 있다면 웬만한 건 무리를 해서라도 다 들어주었다. 당시에는 귀했던 팬티엄급 최고용량 컴퓨터를 사 주었고, 결손가정의 자식 표를 내지 않으려고 옷도 늘 다림질 하여 새 것 같이 입혀서 내 보내곤 했다.

　솔직히 고백건대, 아이가 세상을 놀라게 할 만큼 공부를 잘 하여 서울대 같은 델 합격하고, 고등고시에 합격하여 떠난 아내를 피눈물 나도록 후회하게 해 주었으면 하는 보상과 보복심리 같은 게 있었다. 그래서 아이에게 공부하는 아빠의 모습을 보여주는 것이 백 번 공부하라는 분부보다 더 중요하단 생각과 첫 직장에서 설움 받으며 분을 삼켜야했던 학사학위의 도전을 위해 한국방송통신대학교 국어국문학과 3학년에 편입을 한다.

어차피 문학의 언저리를 맴돌았고 문학은 내 인생에서 많은 위안과 절망도 동시에 안겨준 화두와 같은 게 아니었던가? 자랑으로 들릴지 모르겠으나 지독하게 공부를 했다. 범인 검거를 위해 폐타이어 더미에 잠복근무를 하면서도 교재의 중요한 부분을 메모해서 공부하는 걸 잊지 않았다. 방송통신대학은 입학은 쉬워도 졸업은 어렵다.

지금은 모르겠지만, 비 동계 전공자가 국어국문학과 3학년에 편입하여 2년 만에 졸업시험 까지 한 번에 최종 통과를 한 예는 그 당시로서는 내가 처음이었다. 내가 학창시절에 그만큼만 했다면 나는 삼류대학이라도 장학생으로 대학을 졸업할 수 있었을 것이다. 그러나 꿈은 꿈일 뿐이었고, 아이는 공부에는 이미 흥미를 잃고 있었다.

95년 2월 방송통신대학교 졸업식에서

김천 중앙고등학교에 입학을 한 후 정말 도시락 챙기고, 먹이고 입히는 뒷바라지가 너무나 힘들어서 기숙사 입사를 아이에게 주문했다. 원래 기숙사는 성적 우수자나, 원거리 거주 학생에게만 주어지는 특전이다. 그러나 내가 잘 알고 지내던 교감선생님과 나의 후배 되는 담임선생님 그리고 그 학교에서 교편을 잡고 있던 내 친구를 동원하여 소위 빽을 쓴 것이다.

들어가지 않으려는 놈을 달래고 달래서 겨우 기숙사에 입사 시키고 나니 그렇게 홀가분할 수가 없었다. 적어도 끼니는 거를 일은 없어진 것이다. 그리고 단체생활을 통해 그동안의 아이의 무기력과 무절제함도 고치는 능동적 사고력과 의식을 바꾸라는 염원이 담긴 결정이었다. 그러나 나의 바람은 나의 바람일 뿐이었고, 아이는 보름도 못 채우고 기숙사를 뛰쳐나오고 만다.

늘 어미 이슬을 맞지 못하고 자라게 한 일이 자식에게 죄스러워 안쓰러운 마음으로만 살아왔으나, 그렇게 아이 녀석이 섭섭하게 생각되기는 그때가 처음이었다. 저도 고등학생이 되었거늘, 장거리 통근하며지 뒷바라지에 힘들어하는 아비를 조금이라도 생각한다면 그럴 수는 없다 싶었으나, 아예 학교조차 가지 않으려고 버티는 바람에 다시 움찔하여 학교와 가정에 정을 붙이도록 물러나고 말았다.

당연한 나의 몫이기는 했지만 살아가는 게 정말 힘들었다. 내 지난 삶이 송두리째 통한의 아픔과 회한으로 밀려오는 것 같았다. 통근시간이 왕복 4시간이 넘게 걸리는 퇴근길의 시장에 들려 도시락 반찬꺼리를 사와서 그때에야 아이가 집어던져 놓은 바짝 마른 도시락을 물에 불려 설거지를 하고, 반찬을 만들며 아침과 도시락 찬거리를 만든 후 세탁물을 널어야 한다.

학교에 다녀오면 도시락을 물에만 담가 달라고 아무리 당부를 해도 지켜지지 않았는데, 아이가 청년이 된 어느 날 그때의 이야기를 하자 녀석도 멋쩍었던지 피식 웃었던 기억이 난다. 정말로 세상사 아니, 내 팔자에 자식의 일이 어찌 마음먹은 대로 되겠는가? 학교생활에는 이미 흥미를 잃었고, 새벽 같이 내가 출근하고 없는 집에서 마냥 잠이나 자다가 배가 고프면 싸준 도시락 까먹으며, 그런 날들을 보낸 것이다.

당연히 학교 선생님의 호출이 있었고, 교감선생님과 담임, 그 외 선생님이 나의 친구에다 선후배가 되니 학사처분을 받을 것은 겨우 모면하게 된다. 정말 미칠 일이었다. 자식 하나를 위해 노심초사 살아가는 공들이 그야말로 허공 속의 공이 되어 날아가는 것 같았다. 울화가 치밀어 열쇠를 뺏고 집을 나가서 혼자 살아보라며 집을 내보내기 까지 했으나, 어떻게 문을 열고 집엘 들어오는 건지, 퇴근해서 와보면 제 방에 퍼질러 잠을 자고 있는 것이었다.

통한의 세월이라고나 해야 할지, 누가 나를 콱 죽여주었으면 좋겠다 싶은 생각도 들었다. 수면은 늘 부족했고, 자는 잠에 그대로 영원히 눈을 뜨지 않았으면 좋겠다는 생각을 많이 했다. 마침 학교에서 제주도로 수학여행을 가게 되었는데 수학여행이고, 학교고 안 가겠다고 버티는 녀석을 담임선생님이 집으로 몇 차례 찾아오고 통사정을 하여 수학여행을 다녀오게 했다.

다녀와서는 학교생활도 다시 적응을 하는 것 같아 이 기회에 집도 좀더 넓은 곳으로 이사를 가서 아이의 방도 좋은 환경으로 꾸며주고자 무리한 대출을 얻었다. 97년 6월, 평화동 상가건물의 30평 아파트를 2,800만원에 전세로 얻어 이사를 한다. 아주 깨끗한 집이었고, 주거환경도 그리 시끄럽지 않았는데, 밝고 넓은 제 방의 커튼도 새로 달아주고 책상과 가구들도 새로 사들여 잘 꾸며주었다.

그때가 한창 사춘기를 통과하는 것 같았다. 욱- 하는 성질과 반항의식이 강했고, 결손가정의 외로움 같은 것이 저도 모르는 사이에 방황을 부추기면서, 공동체 생활의 부적응으로 나타났을 것임은 쉬 짐작할 수 있다. 모든 건 나의 희망사항일 뿐이었다. 역시나 내가 출근하고 나면 제 마음대로 청소년으로서 아무런 꿈도, 희망도 없이 그저 편하게 보내는 하루가 대책 없이 이어졌던 것이다. 철저한 방황의 늪으로 빠져들기 시작한 것이다.

퇴근해서 학교 잘 다녀왔냐고 물으면 잘 다녀왔다고 했고, 도시락은 비워진 채 식탁에 던져져 있었다. 이 시대에 고등학교조차 졸업을 못하면 어쩌랴. 학교성적에 대한 부담은 아예 주지 않기로 하고 등교만 잘 해 주기를 바랄 뿐이었다. 그러던 어느 날 오후에 담임선생님으로부터 연락이 왔는데, 아이가 학교에 나오지 않은지 한참이 되었다는 것이다.

근무하던 서류며 공문서도 그대로 놔두고 부랴부랴 김천으로 달려와 집으로 들어가 보니 한마디로 가관이었다. 학교를 작파한 주변의 불량배 같은 놈들 몇은 아이의 방에 가로 세로로 누워서 자고, 계집 아이 하나는 내 방에서 나의 이부자리를 꺼내어 덥고 자고 있는 것이 아닌가? 당해 보지 않았던 사람이라도 이런 경우라면 대충 그 심정이 이해가 갈 것이다.

눈에 보이는 것이 없었다. 죽는 일밖에는 없을 것 같았다. "너희들 모두와 나는 오늘 이 자리에서 같이 죽는다!"며 길길이 날뛰었다. 분위기가 분위기인 만큼 그제야 녀석들이 하나같이 용서를 구하며, 잘못했다고 무릎 꿇고 비는 통에 어찌 자식을 이기겠는가? 아이들을 돌아가게 하고 아비의 하소연을 들려주었으나, 이미 잘못된 아이의 생각과 무기력을 바꾸어 주는 데는 아무런 도움이 되지 못했다.

스스로 울분을 삭이는 길은 폭음밖에 없었다. 취해서도 내일이면 부디 학교에 가라고 간곡히 타이르고, 다음 날 아침 통근열차를 타기 전 따뜻한 밥을 지어 계란말이며, 소시지 볶음 반찬을 보온도시락에 채워주며 타일렀으나, 결국 학교는 자퇴의 수순을 밟게 되고 만다. 어른들의 견제 없는 아이이다 보니 주변의 불량기 있는 놈들의 표적이 되었고, 어리석은 아이는 그 녀석들의 편의를 제공해 주는 아지트 제공 역할이나 한 것이다. 그러나 중앙고등학교를 다니면서 아이가 사귄 좋은 친구 중에는 같은 학교의 심 민승이란 아이가 있었는데, 그는 지금도 나에게 아버님이라며, 어버이 날이나 명절, 생일엔 꼭 나를 찾아와 인사를 한다. 자식을 대신해 인사를 잊지 않는 민승이의 고마운 마음은 본고에서나마 감사한 뜻으로 기록해 둔다.

심은 대로 거둔다는 말이 있다. 이 말은 자녀교육에 있어 더 지당한 진리가 됨을 말해서 무엇 하랴. 그러나 나로서도 더는 어찌할 수가 없었다. 무책임한 변명 같지만 무얼 어쩌란 말인가? 새엄마의 정을 붙여주고자 실패를 무릅쓰고 두 번의 혼인을 더 했었다. 그러니 우리 민간의 속설처럼 삼 세 판의 혼인을 한 셈이다.

그렇다고 내가 주벽이나 폭력, 도박에 여자를 넘겨다 본 것도 아니다. 그렇다고 남자의 구실을 못하는 소위 성불구자는 더더욱 아니다. 죄라면 자식 하나 딸렸다는 것이고, 가진 게 없다는 것과 사회인으로서 출세를 못했다는 정도가 아니었던가? 하긴 그것 말고 더 중요한 사유가 어디 있느냐고 물으면 할 말은 없다.

그해가 97년이었으니 삼복의 무더위 속에 서울의 큰 누님이 간암으로 세상을 떠난다. 성공한 재벌그룹의 CEO인 자형의 간호와 최첨단이라는 우수한 의료진의 치료에도 아랑곳없이 누이는 64세라는 너무나 짧은 일생을 뒤로하고 이 생을 마감하고 말았다. 내 인생도 어느덧 40대 후반을 달리고 있었고, 시제말로 좋은 시절은 10월의 떨어지는 사루비아 꽃잎처럼 낙일의 애상으로 떠나고 있었다.

「 10월 사루비아 지는 낙일(落日) 」

하루의 허리를 접다가
사루비아로 떨어지는
가을 이내의 스산함을 본다

때마침 황금으로 익어가는 들판에는
느긋한 낭만이
손수건처럼 건너가고 있었다

무심히 쌓여가는
추억 비슷한 것이
목로주점 같은 델
들려보라 한다

만나고 헤어지는 일들
잘 살아보려는 날들
잠시는 벗어놓고도 싶었다

서둘러 집으로 가는
퇴근 행렬의 긴 그림자를 보면서
이유 있는 듯
술 한 잔을 들었다

　　40대를 인생의 황금기라고들 하지만 20대의 진입에서부터 시작된 내 인생의 질곡의 날들은 누군가가 억지로 만들려고 해도 이럴 순 없다싶게 비켜갈 줄을 몰랐다. 그런 와중에서 첫 시집 『세상의 푸른 저녁』을 97년 9월 출간하고, 그해 12월 16일 김천 문화센터에서 생애 처음으로 출판기념식을 가졌다.

첫 시집 『세상의 푸른저녁』

첫 시집 출판기념회

　　정말 우렁각시라도 내려와 따뜻한 저녁밥상을 차려주는 안식이 그리웠다. 나에게도 세상이 온통 푸른 그런 날이 찾아올까? 안식의 빈곤이 넋두리로 나타난 관념의 시어들로 장식된 졸작 시집이었으나, 시집이 어디 팔리거나 돈이 될 일이던가? 어려운 박봉에 출판비 부담은 힘에 겨웠다. 더구나 문단의 끝자리에 있는 무명시인의 졸시를 누가 읽어주겠는가? 그래도 질박한 내 인생에서 자아를 찾고, 삶의 한 줄기 성취 욕구를 찾는 일은 그 뿐이라 믿었고, 지금껏 졸시이지만 다섯 번째 시집을 상재하기에 이르렀으니 미련하다고 해야 할지, 무식하다 해야 할지 스스로도 판단이 잘 서지 않는다.

14. 예비 된 죽음의 수순 아이의 상경

아이의 진로가 문제였다. 고등학교 1학년을 중퇴한 자식을 어떻게 키워서 세상의 경쟁력 있는 대열에 올려놓는단 말인가? 야속하기도 하고, 측은하기도 한 인고의 시간은 대책 없이 흘렀다. 아이는 여전히 제 방에 틀어박혀 잠이나 퍼질러 자거나, 아비에 대한 반항심으로 나오는 대화 자체를 회피하곤 했다.

제 고모를 동원도 해보고 장래의 계획에 대한 간곡한 사정을 이야기해도 그야말로 난공불락이었고, 내 삶은 여전히 웃음을 잃은 대인기피와 음주의 날들만 연속될 뿐이었다. 어미의 정을 아예 받아보지 못한 자식이라 나름대로는 무한한 외로움과 허망한 청소년 시절이 이어지고 있었으리라.

다행히 고모들의 말, 특히 지한테 잘 대해주는 나의 둘째 누이인 서울 고모의 말은 조금씩 수긍하는 편이었는데, 마침 그 누이가 서울의 "돈보스꼬" 직업훈련원의 신입생 모집 조선일보 기사를 보게 된다. 쉽게 말하면 대안학교인 셈인데, 재학기간 중 사회에 적응할 수 있는 기술·기능교육을 이수케 하는 한편, 고졸 자격검정 고시를 통과할 수 있도록 고등학교 학년과정의 교과수업을 병행하거니와, 이미 그 학교를 졸업한 인사 중에는 사회의 각 분야에서 중진이 되어있는 분들도 많은 곳이었다.

최선의 선택이라 할만한 대안이었다. 기계조립, 기계공작, 금형 등의 기술은 확실한 미래의 자산이 될 것이고, 기능사 자격증을 취득하고 검정고시를 거쳐, 동계분야의 대학에 진학하면 입학 특전도 주어지는 과정이니 달리 망설일 이유가 없었다. 그러나 아이에게는 마이동풍이었다. 어떠한 미래에 대한 생각이나 자신을 개척할 의지 같은 건 실종된 것처럼 보였다. 회유하고 타이르다가, 통사정을 해도 대답 자체를 하지 않았다.

피를 토하고 싶은 심정이었다. 어쩌겠다는 건가!? 그 이후로는 자식에게 마지막이 되었지만, 그때 아이에게 손찌검을 했다. 야속한 생각보다 내 인생의 한심한 생각 때문이었다. 고모들이 들락거리며, 타이르고 나의 집요한 설득 탓인지, 끝내는 내키지 않는 서울행을 하겠노라는 답변을 받아낸다.

운명에 감사했다고 할까. 누구에게 감사하단 말을 해야 할지 생각이 잘 나질 않았다. 그때가 98년 2월이었다. 마음이 바뀌기 전에 얼른 입학서류를 준비하고, 입학식 전에 서울 대방동에 있는 "돈보스꼬" 직업훈련원 기계조립과에 입학을 시킨다. 기계조립 기능사 자격을 받고, 대학의 공대 기계학과에 진학을 해준다면 아이의 앞날에도 장밋빛 청사진이 펼쳐지리라. 운명이란 게 있다면 이번 한 번 만은 나의 편이 되어주지 않을까 하는 희망을 가져보았다.

둘째 누이와 함께 쌀쌀한 날씨에 구름이 잔뜩 낀 학교에서 입학식에 참석하고, 선생님의 안내로 시설과 기숙사의 좋은 시설을 둘러보고는 신신당부를 거듭한 후 김천으로 내려왔다. 내려오는 고속버스에서의 심경은 한마디로 마음이 놓이지 않는 착잡한 생각뿐이었다. 아직도 아무 것도 모르는 어리석고 유약한 자식인 데다, 옳은 부모의 정 한 번 쏟지 못했던 안쓰러운 마음도 아득한 구름처럼 밀려왔다. 그러나 또 어리석은 가정(假定)과 결과론이지만, 차라리 그때 죽이 되었든 밥이 되었든, 그냥 김천에서 내가 데리고 있었더라면 죽음이라는 최악의 수순만은 밟지 않아도 되지 않았을까 하는, 부질없는 생각을 해 보는 건 나의 어리석은 집착일 뿐일런가?

일상으로 돌아온 나의 생활은 늘 불안하고 무엇엔가 쫓기는 기분이었다. 혹시 적응을 못하고 문제를 일으키는 건 아닌가 하는 조바심에, 단체생활의 적응을 잘 해 내고 있는지 도무지 마음이 놓이질 않았다. 그러나 이번에도 역시 운명은 또 나를 시험과 고통으로 초대하는 걸 잊지 않았다.

입학 후 얼마가 지나지도 않았는데, 학교를 뛰쳐나와 무단결석을 하고 김천에 나타난 것이다. 정말 우라질 내 팔자란 생각이 들었다. 그 마지막 대안의 카드마저 져버린다면 아이는 어디에도 적응할 곳이 없을 것이거니와 미래의 앞일은 불을 보듯 뻔한 타락의 길만이 남게 됨을 말해서 무엇 하랴! 통사정이 아니라, 애원을 하다시피 하는 한편, 서울의 누이와 형님 등에게는 학교와 공조를 취하는 공작 작업이 연계되었다.

그리하여 다시 겨우 학교로 귀경시키긴 했지만, 이후에도 아이는 학교를 뻔질나게 뛰쳐나오곤 했다. 그때마다 형님, 누이, 자형과 조카까지 총동원 되어 학교 퇴출 예방을 위한 공조체계를 유지했으니 아이가 그 학교를 졸업하는 데에는 많은 동기간과 혈연의 협조결과였던 것이다. 그럭저럭 아이의 나이도 18살이 되었고, 이유 없는 반항에서 서서히 탈피하여, 논리적 사리를 분별하면서 사춘기의 방황은 조금씩 통과되는 것 같았다.

상경하여 학교에 들려 아이를 데리고 나와 맞난 것도 사주고, 긍정적 사고의 길이 들도록 아비의 역할을 게을리 하지 않았다. 그러면서 아이는 조금씩 저 자신과 아비를 생각하는 마음도 생기면서 이전과는 전혀 다른 생각과 사고에 이르게 된다. 수시로 전화를 했는데, 이제는 나의 안부도 걱정해 주는 사려가 생긴 것이다.

살얼음판을 딛듯 세월은 흘러 어렵게 졸업을 하고, 기계조립 기능사 국가자격증까지 받아들었을 때 그리고 통신고등학교의 졸업장을 나에게 바쳤을 때 나의 기쁨이 어떠하였겠는가?

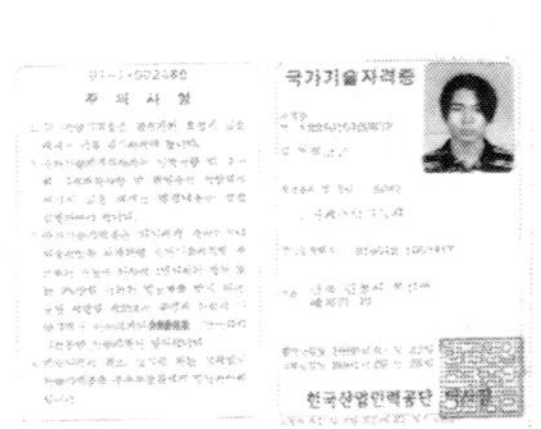

기계조립 국가기술 자격증

돈보스꼬 졸업식장에서. 왼쪽이 아이의 고모

살다보니 내게도 이런 날이 다 오는가 싶었다. 세상에는 많고 많은 학식과 기술 그리고 별의 별 기능의 소유자가 많을 터이지만 내게는 아이의 그 자격증과 졸업장이 어떠한 업적보다도 신통하고 기특하게 만 느껴졌다. 그리하여 시작된 아이의 서울 생활로 부자간의 살림은 사실상 종결되기에 이른다.

그 무렵부터는 나이도 들어갔지만 생각이 바뀌고 행동도 의젓한 게 대견스러운 생각이 들었다. 자주는 가보지 못했지만 한 번씩 서울에 들러 뒤를 봐주었다. 학교를 졸업하고 기숙사를 나오고부터는 거처할 곳이 마땅치 않았다. 처음엔 옳은 거처가 마련될 때까지 서울의 형님 집에 잠시 맡겨두기로 했었는데, 그 선택은 두고두고 내 마음에 회한을 남기는 선택이 되고 만다. 형님도 실직의 상태였거니와 지금 생각하면 왜 내 생각이 그리도 짧았던 지, 통한의 에러를 범한 나 자신의 처절한 어리석음은 온 생애를 초월하여 가슴 치는 통탄으로 남고 말았다.

이 부분 또한 이 글을 쓰면서 돌이켜 생각하기에 처연한 가슴 아픔은 어쩔 수 없는 부분이기도 하나 어차피 뒤에서 다시 밝히게 될 것이다. 형님 집에서의 아이의 의탁이 불가하다는 판단 아래, 월곡동이던가, 아파트에 딸린 방 한 칸과 건국대학 앞의 방이며, 마지막까지 지가 살던 대림동의 자취방을 얻어 이사할 때라든지, 아이의 생활에 도움이 필요할 때는 어떠한 일이 있어도 모든 걸 해결해 주었다. "돈 보스꼬"를 졸업하고 나서, 배우고 싶다는 컴퓨터를 가르치기 위해 동대문에 있는 컴퓨터학원에 등록을 시킨다.

명절이 되면 어엿한 성년이 된 당당한 모습으로, 토종꿀을 사 가지고 고향엘 와서 내 안부에 건강까지를 당부하고 상경을 하곤 했으니, 내 생애 한 토막의 짧은 행복이 자리를 잡았던 때가 아닌가 생각되어진다. 그때의 꿀은 지금도 아까워 먹지 않고 고이 지니고 있거니와 꿀은 그 유통기한이 천년을 간다고 하니, 내가 이 세상을 떠나더라도 누군가가 나를 대신하여 간직해 주었으면 하는 바람이다.

아이는 그 즈음 골프장에 아르바이트며, 컴퓨터 용역업체인 "베이즈먼트"사에 취직도 하였다고 했다. 누구의 추천으로 취직을 했는지를 굳이 말을 하지 않아서 더는 묻지 않았으나, 그 회사로 전화를 하여 알아보고 잘 부탁한다는 부탁도 잊지 않았다. 얼마나 신통한 일인가?

그런데 문제는 전혀 엉뚱한 곳에서 불씨의 잠재력을 키워내고 있었다. 그즈음 아이의 생모가 아이 앞에 나타나기 시작했던 것이다. 이 사실을 나는 처음엔 까마득하게 모르고 있다가, 그로부터 3년 뒤 그러니까 2003년 2월 19일에 아이가 결핵으로 각혈을 하며 쓰러져, 고려대 병원 응급실에 입원을 했을 때에 당당하게도 나타난 아내의 언니를 통해서야 알게 된 사실이다.

실은 알고 보니 아이의 취직도 생모 쪽에서 주선해 준 것이었다. 그러니 아이가 학교를 졸업한 직후를 즈음하여, 햇수로 3년 동안을 모자간의 만남이 오고간 것이 된다. 병원의 응급실에서 한때의 처형이었던 사람을 뜻밖에 만난 나는 경악을 금할 수 없어 한동안 아무 말도 하지 못하고 있었다.

그런 나를 아이는 어쩔 줄 몰라 하며 죄인처럼 좌불안석이었다. 우선 몸이 아픈 아이에게 어떠한 상처나 충격도 주지 않기 위해 애써 태연을 가장하고 수인사를 물으며 그 자리를 넘겼다. 어쩌면 세상에 이럴 수가 있단 말인가?!! 내 청춘을 다 바쳐 자식 하나를 건사하며 노심초사, 오매불망 키워온 자식을 그토록 야멸치게 버리고 갔던 아내가 나도 모르게 자식을 만나고 있었다는 사실에 대해 얼마나 아량 넓은 사람이라야 태연자약할 수 있단 말인가?

분노라는 말로 표현하기에는 나의 심경은 충격을 넘어 지탱하는 것 자체가 힘이 들었다. 그렇게 유린한 한 사내의 모든 젊음도 모자라, 제2탄까지도 확인사살을 시도했구나 싶은 마음이 들었다. 아이조차도 나를 속였구나 싶었지만, 기억조차도 없을 20년 가까운 세월 만에 생모라며 불쑥 나타난 어미에 대한 아이의 혼란은 어떠하였을까를 생각했고, 나의 분노의 표현이 아이를 더욱 공황상태로 몰고 가지나 않을까 저어하여 모든 것을 덮어두기로 마음을 먹었다. 아이의 건강도 중증 결핵으로 위험한 상태인데, 이 문제는 차후에 밝혀도 늦지 않으리란 생각에서였던 것이다.

훗날 아이가 세상을 떠나고 아이의 친한 친구 종식이를 만나 그때의 이야기를 들을 수 있었는데, 제 엄마를 만나고 와서 친구에게 많은 혼란과 아픈 마음을 이야기 하며, 아이는 세상에서 아버지인 내가 가장 안됐고 안타까우며, 또 두렵다는 말을 하며 술을 마셨다는 이야기를 들었다.

나중에 안 사실이지만 아이의 생모는 자신의 재혼 후 낳은 아비 다른 같은 배의 동복이부(同腹異夫)의 딸도 아이에게 동생이라며 소개를 해 주었다는 말을 들었을 때, 참 뻔뻔하고 가증스러운 얼굴의 전형이란 생각을 했었다. 이 부분에 대해서는 뒤에 다시 쓸 것들이 있을 것이다.

아무튼 아이는 체질적으로 술을 잘 마셨고, 담배는 벌써부터 피우고 있었던 것 같았다. 혼자 자취하는 생활이 길어지고 식사를 제 때 하지 못한 데다 담배에 술까지 많이 마셨던 탓에 건강이 상대적으로 나빠진 것은 사실일 것이다. 가슴 아픈 일이나 아이가 체력이 강건치 못한 것은 부모들의 탓이 분명할 터이다. 어려서부터 그토록 불안한 유년기 정서로 잠도 제대로 못자고 아비를 붙들어야했던 자식이거늘 어찌 심신이 강건하기를 바란단 말인가.

장정이 되어 신체검사 결과는 현역입영 대상이었으나, 그 당시 고졸 미만은 보충역에 편입되었다. 병역의무를 마쳐야 하기에 산업체 기능요원 의무복무를 위해 흑석동에 위치한 "인성전자주식회사"에 아이는 입사를 한다. 당시 아이는 대림동에서 고종사촌형들과 자취를 했는데, 힘 든 산업기능요원의 직장생활에 내보내는 게 멀리서 얼마나 힘이 쓰였던지 모른다.

아침은 아예 먹지도 못하고 출근을 하였고, 자유로운 생활을 하다가 철야근무가 이어지는 조직생활이 힘들었던지, 입사 후 몇 달이 지나 아이가 서울 중앙대병원 응급실에 있다는 급한 전갈을 받는다. 그것도 길거리에서 쓰러져 경찰의 라인을 통해 구체적인 내용도 없이,

봉계 고향의 집으로 전달된 통지를 조카가 나에게 전달했을 때 나는 충격이란 말밖엔 표현할 방도가 없었다.

응급실이라니!!! 정신도 차리지 못하고 밤차로 도착한 병원엔 서울의 형님이 지키고 계셨고 아이는 잠이 들어 있었다. 살아있다는 데 우선 안도의 숨을 돌리고, 그간의 정황과 의사의 이야기 등을 종합해 보니 과로에 의한 정신적, 육체적 부조화에서 오는 일시적 신체화 장애로, 다행히 큰 우환은 아니란 생각이 들었다. 그 이후로는 직장생활에도 잘 적응하였으며, 회사일도 크게 바쁜 것 같지는 않았고 추석이며, 설 때 다녀가고 내가 서울에 한 번씩 들러 만나 보는 날들이었다.

지가 회사에서 받는 월급은 훗날 대학교 갈 때 쓰라고 저축케 하고, 매월 방세며 필요한 용돈 등을 부쳐주었다. 지난날에 비하면 앞날에 대한 걱정도 할 줄 알고, 아비에 대한 안부도 물어줄 줄 아는 의젓한 면모를 보여주기 시작했던 것이다. 그러나 나에겐 고난이 따르지 않으면 안돼는 것인지, 앞에서 기술한 것처럼 2003년 2월 19일에 아이가 고려대 구로병원 응급실에 각혈로 입원을 하였다는 전갈을 받았고, 마침 같이 있던 고종형이 차가 있어 급히 병원으로 옮길 수 있었던 것이다.

거의 매일 같이 부자간에 안부 통화를 했는데, 전날 저녁까지만 해도, 그 날이 대구지하철 사고가 났던 날이라, 아버진 아무 일 없냐고 안부까지 물어왔었는데, 하루 만에 그 모양이라니 너무나 놀라고 황당하였다. 모든 검사 결과가 활동성 결핵으로 확진이 되었고, 열흘을 응급실에 있는 동안 나는 대구와 서울을 출퇴근 하며 간호하고, 형님과 형수, 누이 등이 다녀갔다. 한마디로 충격이었다. 결핵은 환경과 영양으로 인한 면역의 장애에서 오는 전염병이다. 어찌 그런 병에까지 걸려야 하는지…. 그 때 나는 상상도 하지 못했던 아내쪽 사람을 그 곳

병원에서 만나게 되었던 것이다.

　아침에 병실에 도착하여 보니 아이의 이모 즉, 아내의 언니가 먹을거리를 해가지고 온 것이다. 나는 정말 꿈에서도 상상치 못한 일에 한동안 말문이 막혀 아무 말도 하지 못했고, 그 때 아이가 당황해 하고 어쩔 바를 모르는 광경을 나는 잊을 수 없다. 어린 자식을 버리고 떠나기 바쁘게 새로운 삶을 찾아 재혼을 한 여인이 무슨 낯으로 자신의 자식이라 주장하며 찾아오게 된 것인지, 정말로 그 걸 알고 싶었다. 법률적 용어로 생모의 친견권을 주장하고 싶었던 것이었을까?

15. 영혼에 묻은 세월

급한 치료를 마치고 고대병원을 퇴원하여 회사에 3개월간의 병가를 내게 하고, 김천으로 데리고 가 내가 요양을 시키기로 했다. 전염병 환자인 만큼 내가 주리 끼고 요양시키는 방법이 최선이란 생각이 들었고, 달리 선택의 대안도 없었다. 당시 나도 이미 50이 훨씬 넘은 나이에 병든 자식을 밥해 먹이고 약 챙겨주면서 장거리 출퇴근을 한다는 게 결코 쉬운 일이 아니었다.

그동안 혼자 사느라 변변찮던 살림도구랑 침구 등도 다시 구하고, 3개월이 걸릴지 기약도 없는 부자간의 요양 자취살림이 다시 시작된 것이다. 원래 입이 까다로운 놈이라 무엇이든 잘 먹지 않는 데다, 중병을 앓고 독한 약을 먹었으니 어찌 입맛이 좋았겠는가? 그 병은 무조건 고도의 영양섭취가 관건이라 나름대로 좋다는 건 다 구해 먹여 보았다.

김천시의 보건소가 나의 업무관할이라 최선의 치료도 겸할 수 있었고, 다행히 3-4월 들어서면서부터는 조금씩 체력을 찾아 갈 때, 그 때의 기쁨으로 고생한 보람도 다 녹는 듯하였는데…. 이 글을 쓰면서 수시로 부딪칠 수밖에 없는 회한과 눈물 때문에 원고의 집필 속도는 한없이 늦어질 수밖에 없었다.

그러던 4월 하순 경에는 아이도 갑갑해 하고 지루한 생활의 기분전환도 시킬 겸, 내가 3일간 휴가를 내어 봄나들이 삼아 여행을 떠났었다. 낚시질을 해보고 싶다기에 문경의 저수지에서 텐트를 치고 낚시질을 하며, 정말 오랜만에 모든 시름 다 잊고 행복한 시간을 보냈다. 아이도 처음해 보는 낚시질이 재미있었는지 참 좋아했다.

다음 날은 울진으로 가서 불영사와 불영계곡의 구경과 동해바다를 보고, 그 녀석이 좋아하는 대게와 회 따위 등을 실컷 사서, 구수곡 계곡의 통나무집을 빌려 맛있게 먹고 즐겁게 놀았다. 그 여행이 부자간의 이 땅에서의 마지막 여행이 될 줄이야 어찌 알았겠는가? 너무나 허무하고 비통할 뿐이다. 그 때의 모습들을 사진도 찍어주고, 비디오에도 담아 두었기 때문에 먼 훗날에라도 살아서 움직이는 그 녀석의 활동사진을 보며, 담담히 위안 받을 그런 날이 올는지….

아이와 같이 낚시질을 했다.

불영계곡에서 부자가 함께

불영사 입구에서

돌아오는 길에 식사를 했던 낙동강변 나루에서

김천으로 돌아오던 길에서 같이 식사를 했던 낙동강변의 음식점은 지금도 그대로 있는데, 그 길이 1년여쯤 뒤에 저의 혼백을 데리고 49

재를 지나러 다니는 길이 될 줄이야 꿈속에서조차도 상상이나 할 수
있는 일이었겠는가?

「 너는 어디 있느냐 」

사람들 저마다
저녁 시장기 가슴에 누이고
또 하루 생애의
신발 끈을 푸는 시간

저녁 새들
돌아가는 날개소리에
심장을 돌아오는 어스름 한기조차
차마 이리 차가운데
밥 때가 지나도록
너는 어디 있는 것이냐

밥상위에 쓰러진 밥 알갱이 남기듯
길지 못했던 이승의 네 삶이
허 허 그냥 어이없이
웃고만 말아야할
꿈의 되새김일 뿐이었더냐

이 저녁밥상엔
너 잘 먹던 갈치며

동그랑땡 어묵볶음
시간이 양념해 놓은
오늘을 차려두었는데
동박새 귀소곡
싸늘히 식은 이 시간까지
잡힐 듯 손에 없는
너는 정녕 어디 있느냐

　그 당시 아이에게는 여자친구가 있었는데, 건국대학교 4학년에 다니는 여대생이라고 했지만, 끝내 나는 그 여자아이를 생면치는 못했다. 아마도 아이가 화양동에 살 때 아르바이트하며 만난 것으로 알고 있는데, 둘이 자주 통화를 하고 또 그 여자아이가 제주도엘 갔다가 대구에 와서, 아이가 대구로 가서 만나고 오는 등 친하게 지내는 것 같아 한편으론 대견스럽고 아이에게는 정신적 안정도 되는 것 같아 한결 마음이 놓였다.

　뒤에 아이의 가까운 친구 종식이를 통해서 안 사실이지만, 둘이는 2004년 봄쯤 헤어졌다고 했는데, 아이는 친구들 중에서도 항상 앞장서는 강성(强性)의 성격이었고, 여자에게도 작은 정에 연연치 않는 호기와 의리가 있었다는 이야기를 들었다.

　혹 여자친구와의 헤어짐으로 아이가 상처를 받았고, 그 일이 그런 극단적 죽음으로 몰고 가게 한 동기가 되지는 않았나 생각도 해 보았다. 그러나 아이의 친구 얘기로는 내가 생각했던 아이의 성격과는 너무나 다르다는 사실이 놀라웠지만, 결코 여자 때문에 아이가 상처 받은 일은 결단코 없었을 것이라 하였다.

　얼마나 외롭게 자란 놈인가? 아비 탓에 죄 없는 자식에게 그토록

많은 외로움과 고통의 멍에를 지워주었구나 생각하면, 지금 당장이라
도 죽어버리고 싶지만, 모진 게 목숨이라 나에겐 죽음의 자유도 없는
가 보다.

5월이 되자 아이도 거의 건강을 회복한 것 같았고, 군인신분의 회
사에 병가 기간이 5월말 까지라, 5월말에 서울로 데리고 상경을 하여,
다시 일상으로 돌아갈 수 있도록 챙겨주었다. 담당의사의 말도 일상의
근무나 활동은 전혀 문제가 없을 것이라 하여, 주의해야할 사항들을
단단히 일러주고는 내려왔지만, 물가에 아이를 보낸 것 같은 마음은
어쩔 수 없었다.

이후로는 그럭저럭 잘 적응해 가는 것을 노심초사 바라보면서, 여
름이 가고 또 가을이 오는 계절의 변화는 무시로 갈마들었다. 여름휴
가 때는 친구 종식이랑 같이 김천에 다녀가기도 했다. 앞에서 밝혔듯
이 저의 생모를 만난데 대한 나의 배신감이나 분노 같은 것은 전혀 아
이의 탓이 아님은 말할 필요가 있겠는가? 행여나 내가 그런 내색을 하
여 아이가 죄스러워 할까봐 그에 대해서는 함구하였다. 분명 아이는
마지막까지 나에 대한 죄스런 마음을 갖고 갔을 것이다. 그것은 저 하
나만을 의지하며, 좋은 시절을 송두리째 자식 양육에 바친 홀아비 아
버지에 대한 연민 때문이었을 것이다.

뒤에 아이의 친구 종식이에게서 들은 이야기인데, 아이가 나에 대
해 안됐고, 안타까우며, 두렵다는 말도 그런 맥락이 아니었겠는가? 내
가 그리 다정하게 대해주지는 않았어도 그리 엄하게 대한 것도 아닌
데, 그 뜻은 분명 지가 나 몰래 만나는 생모와 홀아비 아버지의 신세
등을 비교 교량한 생각의 결과였을 것이다.

건강이 염려되기는 하였지만 그 해 가을에 내가 잘 아는 전문의 세
분으로부터 X-ray, CT 등의 진단 소견에서 모두 결핵은 졸업하였다

는 말을 들었다. 또 한 고비는 넘었구나 하는 안도감이 왔고, 어느새 세월은 내 생애의 모든 지침을 최악으로 돌려놓는 저주스러운 2004년이 밝아왔다.

물론 그동안에도 추석과 설에는 아이가 다녀갔고, 나도 한 번씩 상경하여 생활을 챙겨주곤 했다. 거의 몇 년을 매일 같이 별일 없는 지를 묻는 전화통화를 해 온 탓에, 아직도 어떨 땐 무심코 아이에게 전화를 해 봐야지 하는 생각으로 불현듯 전화기를 찾다가, 아! 하는 절망감에 사로잡히곤 한다.

가로 늦게 아이를 만나서 못다 해 주었던 정을 새로이 통감한 생모의 고통도 오죽했겠는가? 낳은 정(情)만도 바다 같다고 하거늘, 아이의 생모도 20여년의 세월이 결코 편치는 않았을 것이다.

해가 바뀌자 산업기능요원으로서 반드시 거쳐야 하는 한 달간의 병영훈련이 기다리고 있었다. 체력이 강건치 못한 자식이라 그 걱정은 이루 말 할 수 없었는데, 지는 남들 다 하는 것 괜찮다고는 했지만, 나의 걱정이야 어디 그리 무심할 수 있는 노릇이었겠는가?

영주 누이가 개소주를 내려 와서 먹이고자 하였으나, 비위가 약한 놈이라 차라리 죽었으면 죽었지 못 먹겠노라는 놈을 4월 5일 철원에 있는 신병교육대로 데리고 갔다. 서울 형님이 운전을 하여 철원의 부대가 있는 읍내에서 점심을 사먹였는데, 왜 그리 안됐던지… 제발 부대까지 따라오지 말라는 놈을 몰래 뒤 따라가서 입소하는 걸 보고 돌아왔다.

고된 훈련에 혹시 몸을 다시 덧 치는 것이나 아닌지, 한 달간의 조마조마한 심정은 이루 말 할 수 없었다. 혹시 발신자가 누군지 모를 전화가 걸려오면 군부대에서 걸려온 전화가 아닌가 가슴이 철렁하는 조바심이 앞섰다. 그러다 굳건히 잘 있다는 군사우편을 받고는 한결 마

음이 놓였는데, 의젓하고 당당한 문장으로 나를 기쁘게 해 준 그 편지
는 아직도 내 곁을 떠나보내지 못하고 남겨두고 있다.

아이의 군사우편 편지글

나의 격려 답장

의외로 굳건히 훈련을 마치고 퇴소하는 날 서울에서 부자가 만났다. 외관도 강건해지고, 정신력도 완전히 다른 사람이 되어 있어 얼마나 대견하고 자랑스럽던지, 그 때가 아마 나의 생에 제일 행복한 날의 하루가 아니었던가 싶다. 제가 훈련병 중에서 가장 훈련을 잘 받은 그룹에 속했노라고 자랑을 하며, 아마도 지는 군인 체질인가 싶다는 말까지 하며, 그 날 부자간에 장어를 구워놓고 소주로 회포를 풀었다.

하늘이 나에게 일생에 단 하루 최고의 기쁜 날을 배려해 주신 날이 바로 그 날이었던가 보다. 앞으로의 장래에 대하여도 신념과 용기가 있어보였고, 그랬는데… 그랬었는데, 그 날로부터 두 달. 그 사이에 아이의 일신에 어떤 변화가 있었기에 그리도 참담한 비통한 최후를 맞아야했단 말인가?

나중에 회사의 담당 대리가 나에게 전화를 해주어서 안 사실이지만, 그로부터 아이는 회사에 잠시 출근을 한 이후로는 아예 출근을 하지 않았던 것이다. 회사에 일거리도 크게 없었지만, 훈련을 마치고 온 아이에 대해서는 그냥 결근을 배려해 주었던 것 같았다. 하지만 그때만 해도 현역 신분인 점을 감안하면 혹시 잘못되어 법적 불이익을 당하면 지금껏 고생한 공이 허사다 싶어 당장 전화를 하여 아이에게 따졌다.

처음엔 회사에 잘 다닌다고 거짓 변명을 하다가 자초지종을 얘기하며, 잘못되면 병무청에 신고 되어 다시 2년여 세월을 현역으로 들어가서 복무하는 불상사가 올지도 모른다고 엄포를 놓았더니 아이가 한다는 말이 차라리 현역으로 다시 들어가고 싶다는 것이었다. 바로 이 부분! 그 때 이미 아이에게는 지 스스로 극복하기 힘든 정신적 괴로움이 있었다는 것이 된다.

그것이 과연 무엇이란 말인가? 아이가 죽음을 선택한 마지막 날. 나의 심한 꾸지람이 있었지만, 과연 그 이유가 전부란 말인가? 훈련을 마치고 와서 밤으로 기침을 심하게 한다고, 같이 있는 고종4촌의 전갈이 있어서 전화로 확인하니 단순히 감기기운이 있다는 정도였고, 아이의 생일인 음력 4월 초아흐레 전전날 생일을 챙겨주러 서울에 가서 저랑 만나 저녁을 먹었을 때만 해도, 간식을 했다면서 식사를 많이 하지 않았을 뿐이지 큰 다른 건강상의 문제점은 없었던 것 같았다.

그것이 저랑 마지막으로 나눈 식사고 상면이었는데, 삼겹살에 냉면을 먹었다. 소주를 한 병 시켜 저는 한잔인가 두 잔을 마시고, 나머진 내가 마셨다. 3인분을 처음에 시켰는데, 다른 곳보다 많이 주는 곳이라며 고기도 질이 좋다고 까지 하였는데, 5인분을 다 먹지 못하고 나머지는 지가 주인더러 싸달라고 하여, 그날 밤 숙소로 가지고 갔다. 그날 밤 떠나보낸 뒷모습이 이 지상에서 본 마지막 자식의 모습이었음을 내 어찌 상상이나 할 수 있었겠는가!!? 내 시야에서 사라질 때까지 보았던 뒷모습. 나는 그 이후 불가피한 경우가 아니면 삼겹살을 먹지 않는다. 그리고 6월로 접어든 얼마 후 이미 날씨가 더워지기 시작했고, 그래서 집에 있는 지 여름옷을 좀 부쳐달라기에, T셔츠 몇 벌과 몇 가지 하복을 포장하여 회사로 우송해 주었더니, 담당 대리가 전달해 줄 수가 없자, 나에게 결근하고 있다는 그런 전화를 했던 것이다. 그랬는데, 그랬는데 무엇이 지 놈을 그리도 힘들게 했단 말인가!?

16. 자식은 가슴 속이 아니라 영혼 속에 묻는다

이제는 정말 가장 반추하기 괴로운 자식이 이 땅을 떠나간 날의 구체적 상황에 대해서도 밝혀야할 시점인가 보다. 어차피 이 글을 시작한 이상 피해갈 수 없는 부분이기도 하다. 2004년 6월 30일. 그 날 나는 울진에 출장을 가서 백암온천에 있는 숙소에서 일정을 마치고 쉬고 있을 때였다. 김천에 아이 이름으로 아파트를 하나 사 준 게 있었다.

아이가 앞으로 어디에서 살든지, 제 이름으로 된 아파트는 한 채 물려주어야겠다 싶어 장만한 것인데, 당시에는 내가 전세로 살던 아파트가 역 앞에 따로 있던 탓에 다른 사람에게 전세를 주고 있었다.

저녁 9시 쯤 세입자로부터 전화를 받았는데 아이 앞으로 나온 벌금통지서라며 우편물이 와있다는 전갈이었다. 가슴이 철렁 내려앉는 것 같았다. 무슨 나쁜 짓을 하였기에 자칫하면 현역신분에 처벌을 받으면 신분상의 문제는 없는지, 제대를 불과 두 달여를 앞두고 잘못되면 큰일이다 싶어, 전화를 아무리 해도 받지 않다가 열 번 정도 했을 때야 전화를 받았다. 또 부질없는 후회지만 그 날 통화가 끝내 이루어지지 않았으면 차라리 그런 최악의 통분을 평생토록 해야 할 사태는 일어나지 않았을 것인가 생각도 해본다. 무슨 사고를 쳤냐고 물었더니 처음엔 아무 일도 없다고 둘러대었고, 순간적으로 화도 나고 하여 벌금통고까지 왔는데 속이려고 한다고 심히 꾸짖었다.

그랬더니 오토바이 무면허로 걸린 것이라 하기에 속으로 휴-하는 안도의 한숨이 나왔고, 그래서 왜 아비에게 미리 이야기 하여 놀라지 않도록 할 일이지 하며 나무랐던 것인데, 아이는 어리석게도 내가 걱정할까 봐 경찰에서도 집으로 제발 통보하지 말아 달라고 했는데 통보를 했다며, 경찰 이 놈들을 가만 두지 않겠다고 하기에, "그래 이 놈아 네 맘대로 해라."며. 전화를 끊었던 것이다.

그 때가 밤 10시 30분 정도였는데, 아마 그리고는 오토바이를 타고 집을 나갔다는 것이고, 혼자 술을 마신 것 같다. 훗날에 알고 보니 밤 12시까지나, 지 친구들한테 술 한 잔 하자며 전화를 하였었다는 것이다. 나도 그렇게 화를 낸 것이 안됐고 해서 달래주어야겠다는 생각에 이내 다시 전화를 하였으나 전화를 받지 않았다. 그래서 내일 조용히 다시 전화하면 되리라 생각하고 잠자리에 들었는데 이상하게 잠도 오지 않고, 정신이 뒤숭숭하고 갑갑하던 차에 밤 1시 13분에 문자메시지 도착신호가 들리기에 열어보니 "죄송해요. 못난 자식 때문에"라는 아이의 문자메시지였다. 나는 바로 사과할 줄 아는 자식이 기특하다는 생각에 다시 신호를 보냈으나 연결되지 않았고, 내일 잘 얘기해 주리라 마음을 먹었다.

일이 최악으로 치닫느라고 밤이 늦기는 했지만, 그 날 지 친구는 아무도 나와 주지 않았던 것이다. 누구라도 같이만 있어 주었더라면 그런 비극은 없었을 것이라며, 아이의 친구들이 많이 슬퍼하는 걸 보았지만, 참말이지 괴롭고 답답한 일은 왜? 무엇 때문에 그런 극단적 최후의 선택을 할 수밖에 없었느냐는 것이다.

앞에서 밝혔듯이 여러 정황이 무언가 괴롭고 힘든 상황이었다고는 하나, 그것이 전적인 이유는 될 수 없다는 생각에는 지금도 변함이 없다. 아니면 나의 그날 밤의 꾸중이 직접 동기가 되었던 것일까? 지 말

마따나 나에게 그 사실이 알려지는 게 두려웠다면, 까짓 30만원 벌금이야 어떻게든 융통하여 – 당시 아이는 직장에서 봉급을 받고 있었고, 나에게라도 다른 명목을 대서라도 얼마든지 돈을 받아낼 수 있었을 것이다. – 선납했어도 그만일 터인데, 그것이 죽음과 바꿀 만큼 아이에겐 고통이었을까? 내가 아는 아이는 결코 그 정도는 아니었는데, 정말로 정말로 알 수가 없다.

그날은 좀 심하게 꾸짖긴 했었지만 평소에도 꾸중한 일이 더러 있었는데, 그런 극단적 반응을 보일 이유가 도대체 뭐란 말인가? 장래에 대한 불확실한 미래와 가정적 외로움 등이 복합적으로 얽힌 동기였을까? 아니면 취중의 우발적인 충동이었을까? 아무리 생각해도 알 수 없는 일이기에 혹시 타살에 의한 것도 검토해 보았으나, 법의학자나 참관 형사의 의견은 그것도 아니었다.

사망 추정시간이 새벽 3시로 법의학자가 진단하는 것으로 보아, 그날 그러고는 얼마지 않아 투신의 결행에 옮겼던 것으로 보인다. 시간을 정녕 돌이킬 수는 없는 일이겠지만 정말 단 한 번만 한 번만, 돌이켜 준다면 나는 이 일 만은 돌려놓고 싶다. 이러한 소박한 나의 소망도 단지 집착일 뿐일런가? 내 인연의 업장이 적업으로 쌓여서 나타난 것이라고는 해도 이렇게 까지란 말인가?

다음 날 아이의 사망소식은 오후 출장지에서 운전을 하여 돌아오는 길에 아이의 회사에서 걸려온 전화로 알게 된다. 그 순간의 정황은 생략키로 하자. 용산경찰서에 사건이 접수되었고, 순천향병원에 변사체가 있다는!!! 결국, 결국 그런 전화였다.

차라리 그 이후의 정황은 자세히 기술할 필요가 없겠다. 처음엔 도리어 아무렇지 않았다. 전혀 실감이 나지 않았다는 것이 정확한 표현이 될 것 같다. 이 세상에 단 하나 뿐인 아들을 20여 년을 키워오다,

졸지에 일점 처자식 하나 없는 신세가 된 것이다. 이 세상에 자식을 가슴에 묻은 사람이야 어디, 하나 둘이겠는가 만, 나 같은 한탄스러운 신세의 사람도 또 어디에 있을까 싶다. 정말 표현할 길은 아득할 뿐이다.

정신없이 술을 마셔야했다. 술이라도 없었다면 아마 나는 살아남지 못했을 것 같은 아득한 심경을 금할 길 없다. 이후 얼마간인 지도 모를 세월을 나는 식음을 전폐하고 술을 마시며, 혼절하고, 멍한 상태에서 또 술을 마셨다. 형제 동기간과 주변의 친지가 모였지만, 주변의 어떠한 말로 하는 위로와 격려의 말도 거추장스럽고, 한심한 생각만 들었다.

다음 날은 용산경찰서에 다녀와야 했다. 서류로 확인하는 사망인정과 검사의 지휘 속결을 바라는 절차인 셈이다. 아이의 염습에는 들어갈 수 없었다. 도저히 그 모습을 나는 지켜볼 수 없을 것 같았고, 내 가슴에 아니, 내 영혼에 살아있는 모습으로 묻어두고 싶었기 때문이다.

이 세상에 죽음이 없는 삶이 어디에 있으랴! 하나 뿐인 자식을 잃고 비통의 오열을 금할 길 없어 부처님을 찾아가 부처님의 원력으로 자식을 살려 달라고 간구했다는 불교설화 속의 여인. 그녀에게 부처님은 죽음이 없는 집집마다에서 열 톨의 겨자씨만 구해오면 자식을 다시 환생시켜 주겠노라는 약속을 하신다. 아주 쉬운 일이라 생각하여 신이난 그 여인은 집집마다의 문을 두드렸으나 그러나 죽음이 없는 집의 한 톨 겨자씨도 구하지 못한 채 크게 깨닫고, 부처님의 제자가 되었다는 일화조차도 내겐 큰 위로가 되지 않던 세월이었다. 모두들 행복해 보였고, 세상이 야속하게만 느껴졌다. 남의 팔뚝 하나 잘린 것이 내 손톱 밑의 가시 하나 박힌 것보다 덜 아프다는 말이 있지만, 정신의 작용이 멈춰버린 채 온통 영혼 속은 새하얀 색깔로만 가득 찬 것 같았다. 많은 분들의 위로와 격려는 이 글을 통해서나마 감사드릴 뿐이다. 특히 모람봉사회의 많은 회원들이 장례식장과 49재에 까지 함께해 주었다.

그 장례식장에는 아이의 생모가 나타나 오열하고 있었다. 이미 서너 해를 아이와 만남을 가져왔던 터라 달려올 일이었겠지만, 그녀와 나의 모진 인연은 20년 3개월 29일 만에 자식의 영전 앞에서 다시 만났던 것이다. 참 모질고 기구한 만남과 이별의 망령이라 아니할 수 없다.

셰익스피어는 연극무대보다 더 기구한 무대는 인생이란 연극무대란 말을 하였지만, 그렇게 어렵게 꾸려온 자식과의 처연한 삶의 결과가 결국 이런 것이란 말인가? 사람은 누구나 자신이 인지해 본 경험 내에서만 아픔을 인식하고 느낄 뿐이다. 어떠한 단어와 문학적 표현력을 동원한다 해도 적확한 묘사의 언어를 나는 찾아낼 재간이 없다.

아이의 현상적 존재가 한줌의 재로 변하는 데 걸리는 시간은 그리 길지 않았다. 짧은 생애를 외로움과 안식의 부재 속을 살다간 자식인 만큼 영혼의 천도의식은 꼭 해주고 싶었다. 실은 49재 천도를 봉안하므로 해서 나도 어느 정도 상처의 위로를 받게도 된다. 경북 의성군에 소재한 고운사는 지장부처님의 원력과 가피가 높은 곳이라, 영가의 천도에 더없이 극귀한 곳임을 알고, 아직도 열기가 남아있는 아이의 유골을 안고 도착한 고운사는 한여름의 긴긴 해도 칠흑 같은 어둠으로 변한 때였다.

고운사 입구의 계곡물에 아이의 유골을 뿌려주며, 다만 한마디 잘 가라는 말만 아비로서 했을 뿐이다. 다음 생에 인연이 있다면 좋은 인연으로 다시 만날 것을 빌면서… 아이는 어릴 때부터 물을 좋아했다.

결국 아이는 이 세상의 창조 근본인 물이 되어 떠난 것이다. 물은 영원한 생명을 상징하고, 물은 지구상 어디에나 있으니 물분자로서 서로 연결되는 것이다.

　이후 나는 나의 퇴임 후를 의탁할 전원 주택지를 마련하면서도 물의 조건을 최우선으로 보게 된다. 7일마다 일곱 번의 재를 올리는 49재를 봉안해 놓고 주변의 동기간과 친지들도 모두 떠나고 나는 결국 또 혼자가 되었다. 속에서는 음식물은 받아들이지 않았고 술만을 받아들였다. 한마디로 미칠 것만 같았다. 날씨는 장마의 가운데에서 폭우는 연일 이어지고 있었다.

　아이의 방에는 아이가 휴가를 얻어 집에 와서 자고 있을 것 같은 착각이 들어 수시로 방문을 열어보았다. 그러나 공허한 통한과 허무의 냉기만이 나를 비웃는 듯 했다. 무작정 집을 나섰다. 의성읍내에는 내가 속한 불교문학회의 회원이신 자광사의 자오 스님이 계셨다. 면식은 없었지만 같은 문인회원이신 만큼 찾아뵙고, 그간의 사정을 하소연 하였더니 많은 격려와 위로를 해 주셨다. 그러면서 저녁 공양을 하라시며 따로이 상을 차려주셨기 때문에 정말 얼마만인 지도 모를 밥알을 조금 씹을 수 있었다.

　그 이후 지금껏 자오 스님과는 교유하며 지내는 인연이 되었고, 내게 너무나 좋은 삶의 교훈을 가르쳐 주시는 고마운 스님이시다. 칠흑 같은 어둠 속에서 자광사를 나와 차를 몰고 찾아간 곳이 아이의 유골을 떠나보낸 고운사 입구였는데, 반기는 건 칠흑 같은 어둠과 억수 같은 장대 빗소리뿐이었다.

　그때부터 나는 외부와의 모든 연락을 끊고 미친 사람처럼, 전국의 사찰을 찾아 떠돌며 참배하고, 이곳저곳을 바람처럼 떠도는 생활을 했다. 직장에는 두 달간 병가를 냈고 강릉과 김제, 전남 영광의 불갑사, 광주 등 어느 사찰, 어느 암자를 떠돌았는지 기억이 잘 나질 않는다.

　다만 강릉에서는 계속된 무더위에 식사를 거르고 술만 먹었던 탓에 탈진을 하였고, 강릉역의 역 광장에서 허기로 쓰러져 일어나지 못한 끝에 본능적으로 살기 위해 식당을 찾아 기어 들어갔던 일, 내 몰골을 보고도 밥을 차려준 식당 주인아주머니에게 이제라 글로서나마 고맙다는 인사를 대신한다. 불갑사의 계곡에서는 이름 모를 새소리가 얼마나 애간장을 끊던지, 계곡의 물소리가 목 놓아 우는 소리마저 재워주는 물가에 앉아 한참을 울었던 기억은 잊을 수 없을 것이다.

섬돌에 엎디어 사는 풀벌레가 차라리 부러웠다. 지독히도 무더운 장마의 기운이 온 몸에 그림자처럼 달라붙었고, 스님들은 저녁예불을 올리고 있었다. 망연자실 앉아있던 대웅전 앞 섬돌 밑에 풀벌레 한 마리가 울고 있었다. 혹시 저 녀석은 이리도 번민과 회한 가득한 인간이 되고 싶은 게 아닐까하는 안타까운 생각이 들었다.

그 때의 미혹한 내 혼백은 진실로 풀벌레 한 마리가 되고 싶었다. 사람 몸을 받는 것이 얼마나 어렵다고 불가에서는 가르쳤는가? 오욕(五慾)의 번뇌 망상 그 마음 한 자락 벗어놓으면 네 마음이 곧 극락이라는 부처의 말씀조차, 예리한 면도날로 내 심장을 올올이 난도질 하는 것 같은 아픔 앞에서는 위안이 되지 않던 순간들이었던 것이다.

그러면서도 나는 살아남아 밥을 먹으며, 글 쓰지 않겠노라고 제법 명사의 절필 흉내까지 내는 적업(積業)의 날들을 자행하며 살아왔다. 그러나 어쩌랴. 자탄의 이 고백성사가 천 만분의 일이라도 죄 많은 아비의 속업(贖業)의 진혼곡이 되어, 아이의 넋에 한 줄기 적멸의 빛이 된다면 무엇을 더 바라랴.

「 풀벌레가 부럽다 」

5그램 몸무게라도
나보단 낫겠구나
기막힐 땐 기막힌 대로
네 색깔 다하여
그냥 울면 그뿐이겠구나

멀리 볼 때
삶이란 한 점 동심원에서
이 승과 저승을 바꿔 앉기에는
버릴 것 하나 없어
가볍디가벼운 네가
얼마나 편리한 것이겠더냐

은하수보다도 깊은
이 시름의 골짜기에서
불어오는 바람으로
네 한 몸 날려버릴지니

지옥 종(鍾) 보다 무거운
이 육신보단
내 심사 알겠다는
네가 훨씬 좋겠구나

「 나는 오늘 밥을 먹었다 그래도 」

나는 오늘 밥을 먹었다

하나 뿐인 자식새끼
한 줌 재로 띄워 보낸 뒤
사람 만나지 않겠다
글 쓰지 않겠다
등신처럼 살아야지
다시는
다시는
호언장담해 놓고는

그래도 모진 것
밥 달라는 밥통을 향해
한우 등심 연한 살에 무공해 상추쌈
정력에 좋다는 마늘
된장 박아 한쪽 얹어
소화를 돕는다며 반주까지 한 잔 쳐서
우리 콩 된장찌개로
한 그릇 공기 밥을 뚝딱 비벼 쳐 넣었다

우리 몸에는 우리 것이 좋다던가
한우만을 죽인다며
침을 틔는 식당 안주인은

얼마나 오래 살까
엉뚱한 생각까지 디저트로 곁들이며
꼬르륵 트림소리로
꾸루룩 꾸루룩
슬픈 돼지가 되고자 했다

방사(房事)를 즐기는 내외 앞에도 부끄럼 없이
스멀스멀 기어 나오는 바퀴벌레처럼
굶주려 죽은 시신에서 풍겨 나오는
빈혈 같은 내 영혼의 가난한 냄새가
비워낸 식기를 가득 채우고 있었다

탁발을 다니느라
스승의 주검을 못 다 지킨 가섭처럼
통곡을 해도 시원찮을 이 팔자가
이렇게 쳐 먹는 음식이 어찌
독(毒)이 되지 않을까 싶다

애절한 울음이
전생의 부처를 돌아앉게 하여
죽어서도 살아있는 발을 내어 보이듯
내가 할 일 이제는
살아서도 죽어있는
참회의 가시밭 길
홀로 가는 길인 데도

오늘 나는 얼마를 더 살려고
성인병을 막는다는 칠부도 현미밥을
많이도 꾹꾹 다쳐
알뜰히도 처먹었다
그래도
그래도

아이가 잘 입던 발바리 티셔츠를 입은 또래의 아이를 보면 정신없이 쫓아 따라가다가 이내 망연자실했던 기억 같은, 온통 영혼과 심장을 예리한 면도날로 올올이 난도질 하는 것 같은 아픔만이 따랐다는 표현이면 적합할는지 모르겠다. 어미의 정도 모르고 외롭고 힘들게 자란 자식에게 왜 그날, 그리 심하게 꾸짖었던지 스스로의 비수로 가슴을 저미고 싶은 마음은 떠나질 않았다. 그 당시 내 주변에는 한 여인이 있었다.

17. 모두가 떠나가고 자식마저 떠나더라

2001년부터 알았던 여인이니 햇수로도 짧지 않은 세월을 내게 헌신적이었다고 밖에 표현할 수 없는 여인이었는데, 그 여인에게도 나는 마음의 문을 열어주지 못했다. 남매를 둔 어머니로서 남편과의 성격 차이와 잦은 불화로, 불행한 형식적 부부관계만을 유지하던 차에 나를 만났던 것이고, 내게는 남편으로 인한 인연의 상처를 나로 하여금 치유해 보고자 했던 것 같다.

공황상태의 나에게 그 여인은 희생적, 헌신적 정성을 쏟았음은 물론이고, 49재 재일은 물론, 내가 다시 일어설 수 있는 일이라면 어떤 것도 가리질 않았다. 그러나 그 이후에도 3년여를 이어진 만남에서조차 나는 진실로 따뜻한 사랑을 그녀에게 베풀지 못했다. 원래 사랑이란 맑은 샘물 같이 퍼낼수록 더 맑은 물이 고이는 것처럼, 줄수록 새록새록 솟아나는 것일진대, 나는 그 무엇이 그리도 아까워 사랑의 문을 열지 못한 것일까?

그 여인뿐만이 아니라, 나에겐 홀아비로 살아오면서 이런저런 적잖은 만남의 여인이 있었다. 내 빈약한 사랑의 그늘조차 그들에게는 필요했던 것이었거늘, 한 번도 뜨겁게 가슴 열고 사랑으로 그들을 안아주지 못한 죄업 또한 대해(大海)와 같을 것임을 안다.

나는 남녀 간에 나누는 사랑이란 결국은 세 가지 유형으로 끝이 난다는 걸 너무나 잘 알고 있다. 결혼 하거나 아니면 헤어지거나, 그도 아니면 죽음으로 헤어지게 되는 수순을 밟게 되어있다. 이 세상 남녀의 사랑이 이러한 범주에 속하지 않는 커플이 어디 있겠는가? 그러니 나에게 사랑은 곧 헤어짐을 뜻하는 것에 다름 아니었다.

여자들은 중용을 지키지 못한다고 했다. 사랑이 아니면 이별이어야 한다는 것이다. 그 여인도 결국은 나를 떠나갔다. 아니, 정확하게 표현한다면 내가 떠나가게끔 했다고 하는 것이 정답이리라. 그러나 이별의 미학치고는 너무나 아름답지 못했다. 나에게 헌신적이었던 자신의 지난날이 어느 날 처절한 몰골로 자각되어지기 시작했을까? 내가 그녀의 떠나는 걸 붙잡은바 없었거늘, 아이의 영혼이 천도되지 못했다며, 내가 무섭다는 등등의 그토록 어려운 이별의 구실을 찾아야할 필요가 어디에 있었을까? 어차피 이별이란 용어는 내 일상의 이벤트일 뿐이니 기왕에 맞을 그와의 이별이었을진대 보다 성숙한 아름다운 이별이었으면 했다.

아직까지 나는 내가 이 세상을 살아오면서 맞이할 수밖에 없었던 수많은 이별의 이유를 알지 못하고 있으니, 언제라 지혜로운 대각의 깨달음의 근처에라도 가볼지 아득하기만 하다. 그러나 누구를 탓할 일이겠던가? 사랑하고 미워함에 어찌 진부한 곡절이 필요하겠는가? 생사별리와 이합집산이 모두 다 인연의 굴레인 것임에랴!

이 세상에 사랑하는 것만큼 이기적인 것이 또 있을까? 사랑을 한다고 느끼는 것 자체가 오만한 자기애에 기인한 자기 확신의 방편에 다름 아님을 나는 알고 있다. 사랑은, 하는 사람만이 행복할 뿐이다. 모름지기 사랑을 한다면 사랑할 수 있게 했음으로 감사해야 한다. 그래서 성경 말씀에도 사랑을 주시기보다, 사랑을 할 수 있게 해 달라고 가르쳤다.

다시 한 번 이 원고에서나마 나로 인하여 상처 받은 많은 분들에게 진정 위로와 격려의 위무를 보내드리고 싶다. 서술의 앞뒤가 좀은 뒤바뀐 듯한데, 아이의 영가는 고운사에서 일곱 번의 재를 끝으로 영원히 천도의 절차를 마치게 된다. 고운사는 신라 말의 대학자 고운 최치원 선생의 호를 따라 불리어졌다. 천문, 지리, 인사에 걸쳐 두루 신인(神人)의 경지라 할 만한 대학자였으나, 시대의 암운 탓에 큰 뜻을 펼 세상을 만나지 못한 불운한 학자이거니와 내가 역사상 인물로 가장 존경하는 분이고, 자식의 이름 또한 "고운"이었으니 어떤 인연법으로 설명을 해야 할지 아득하기만 하다.

49재 기간 중에 고운사 호성스님의 권유로 법공양을 하게 되었는데, 법정 스님의 『홀로 사는 즐거움』을 친지와 지인에게 나누는 법공양을 하였으니, 홀로 살아갈 내 운명에는 딱 맞는 법공양 책이 된 것 같다.

49재의 마지막 재를 지내고 아이의 영정이며 혼백 함을 태우는 너울거리는 불꽃을 바라보며, 우리 중생이 만나보지 못한 극락왕생을 빌어주는 것으로서 아비의 역할을 다할 수밖에 없었다. 화염의 연기를 따라 아이의 24년 짧은 청춘도 공활한 허공으로 사라지고 있었다.

「 반혼제(返魂祭) 」

떠나거라 훨훨
한 줌 재의 남은 언어마저
새벽안개의 미혹한 초점이듯
기억도 하지 말고
훨훨 날아 떠나거라

가면 이내 와야 할 길
그때는 그때대로
이제는 저 불의 꽃그늘 넘어
흔적도 두지 말고
당당히 가려무나

신산이 부서질 이름 앞에서
나는 엎디어 향을 사른다

길 위에서 길을 만든
부처의 지혜처럼
못다 할 것 하나 없는
네 삶의 혼불로

가거라
가거라
하늘에 닿아가며

억겁도 순간이듯
훨훨 날아 떠나거라

　가슴에서 끓어오르는 눈물이 아니라, 영혼에서 용광로처럼 끓어오르는 눈물이라는 표현이 좀은 정확할 것 같다. 세상사 현상계는 그저 상처받은 사람들끼리 살아남아, 서로 부대끼며 살아가는 것일 뿐이라는 허무한 생각만을 건진 채 일상으로 돌아온다.

유서 깊은 사찰의 법력 높으신 스님들이 어린 영가를 지극 정성 천도해 주셨고 또 세월이 가면 좀은 잊어진다고는 하지만, 앞으로의 남은 나의 삶이란 게 무슨 큰 의미가 있을 것이며, 어떤 애틋한 열정과 그리움이 있을 것인가? 그러나 어차피 세상은 살아남은 사람들의 몫일 뿐이다. 다시 직장에 출근을 하고 김천의 아파트는 비워둔 채, 직장 부근에 원룸을 얻어 그해 가을을 보낸다. 그해 10월에 아이와 가장 친했던 서울의 종식이와 민승이가 같이 나를 위로 차 방문 하였는데 나를 배려해 주는 깊은 마음이 고맙기 그지없었다.

아이의 친구 민승이와 종식이 함께 직지사에서

어차피 술의 세월이었다. 그때부터 불면의 습관에 지금껏 길들여졌고, 건강의 지표도 조금씩 나빠지기 시작한 것 같다. 도청 뒤의 산꼭대기쯤에 있던 그 방에 퇴근을 하여 들어오면 창밖으로 갖가지 형상의 흰 구름이 흘러가는 것이 보였다. 흰 구름이 그렇게 서럽게 느껴진 적은 전에 없던 일. 빨리 취하는 데는 소주에 맥주를 섞어 마시는 이른바, 폭탄주가 제일이다.

「 또 다시 가을이다 」

처음이다
고추잠자리 저렇게 낮게
홀딱 벗고 가을을 나는 건
내 나이 철들고는 처음인 것 같다

이제는 식성 변한 배부른 참새 탓에
나를 닮아 엉성한
허수아비조차 사라진 들녘

구름 위를 걸어가는 하얀 하늘도
무슨 서러운 일 있기에
걸음걸이 저리도 휘청대는 걸까

또 저녁이 되어 시장 통에는
시드는 갈잎으로 시장기가 내리고
등 푸른 생선이며
두부 담긴 장바구니가
지아비와 자식들을 찾아가고 있다

갈대숲에 매달려
가을로 남겠다는 바람 빠진 바람처럼
나도 그 장바구니에 매달려
그렇게라도 더불어 살아보고 싶다

서둘러 집으로 가는
저 그리운 모습들
나는 언제라
거리도 눈물겨운
동심원의 삶을 살게 될는지

무심탄 말조차
무심한 낙일(落日)의 가운데에 서서
버리고 가지 못하는
그림자만 줍고 있다

독한 술에만 반응하는 심장으로 인해
나는 아직 살아 있나보다
또 다시 가을이다

　시간은 더디 흘렀다. 무엇보다 견디기 힘든 것은 남의 아픔을 인식하는 세상의 인심이었다. 죽음보다도 못한 사투를 벌이고 있는 나를 둘러싼 사람들의 작은 이해타산과 애증의 질투들이라니… 모든 것이 공허하고 매사에 의욕이라고는 없었다. 휴일만 되면 행장을 꾸려 전국의 어디든 떠돌아 다녔다.

　내가 진즉 타락을 하여 폐인이 되었거나 가정 하나 건사할 능력이 못되었다면, 아이는 다른 사람의 손에 양육되었거나, 사회복지시설 같은 데서 어쩌면 도리어 훌륭하게 이 세상을 살아가고 있을지 모른다는 생각에 아득한 마음 금할 길 없었다. 폐인이나 무엇이 다를 게 있단 말인가? 능력도 없는 것이 세상의 잘 사는 사람 흉내 내다가 자식만 불귀의 객이 되게 하고 만 꼴이 아닌가? 하는 자책이 심하게 밀려왔다.

가을이었다. 그렇잖아도 가을을 심하게 앓던 내가 그해의 가을의 애상은 말해서 무엇 하랴! 김천에서는 사촌인 장화와 만나 하소연을 안주 삼아 술을 마셨다. 인천에 처자식을 던져두고, 배우고 가진 것 없어 밤에는 술집에서 나팔을 불며, 낮에는 내가 꿔 준 돈으로 유사휘발유 장사를 하던 장화는 앞에서 언급한 것처럼 2007년 2월에 간암으로 세상을 떠났고, 내게는 돌이킬 수 없는 빚을 남겨놓고 떠났지만, 막막한 심정을 하소연 하며 술잔을 많이도 기울였던 사촌이다. 50대 중반에 세상을 떠났으니 그도 한 많은 생애가 아닐 수 없으리라.

그 당시 내가 한 일은 아이의 생모에게 장문의 편지를 쓴 것이었다. 아무리 넓게 생각하고 운명으로 수긍하려해도 용납되지 않는 마음이 찾아낸 원망처가 아이의 어미였다. 평범한 필부로써 내가 왜, 무엇 때문에 이리 되어야 하는가 하는 원망심이야 어쩌면 당연한 일일 수도 있지 않겠는가? 처음엔 49재를 지낸 이후부터 아이의 어미를 한 번 만나, 하고 싶은 이런저런 말과 억울하고 원통한 원망이라도 실컷 쏟아붓고 싶었다.

그래서 서울 형님과 누이를 통해 – 서울 형수의 계원이 중매를 하였고, 지금도 그 쪽과 연락이 된다고 알고 있다. – 그러한 뜻을 전하고 한 번 같이 만나도록 주선을 부탁했던 것이다. 그러나 아무리 기다려도 차일피일 연결이 되지 않았거니와, 처음엔 주변의 생각들은 내가 그녀를 만나봐야 서로에게 덕이 될 게 없을 것이며, 이미 세상을 떠난 아이로 인한 상처를 곱씹어 무엇 할 것인가? 하는 우려와 배려인 줄로만 알았던 것이다.

그러나 뒤에 밝히겠지만 그런 주선을 할 수 있는 상황이 형님은 아니었던 것이다. 아무리 기다려도 그런 주선은 이루어지지 않았고, 그래서 다음으로 선택한 것이 내 심경과 알고 싶은 것들을 조목조목 글로 쓴 편지였던 것이다. 지난 결혼생활과 헤어짐에서부터, 그동안의 아이의 성장과정 그리고 억누를 수 없는 당시의 내 심경까지를 글로 쓰자니 자그마치 글의 분량이 원고지 250매에 달하는 장문이 되었는데, 그 글을 쓰는 데는 4개월에 달하는 오랜 시간이 걸렸다.

일필휘지로 써내려갈 수 있는 사연이 아니라, 나의 아픈 과거를 반추하고 쓰라린 흔적들을 더듬어야 하는 아픔의 굽이마다, 한숨과 회한이 원고의 갈피를 어지럽혔기 때문이다. 꼭 아이의 어미를 만나, 버리고 갈 때는 무슨 마음이고, 19살 다 자란 이후에 나타난 연유가 무엇이었던지, 어떻게 찾아냈으며, 처음 만나 무슨 말을 했는지 그리고 그 가증스런 입으로 내가 너의 엄마라는 말을 했었더냐고 물어보지 않으면 못 견딜 것 같았다.

그리고 아이와 내왕이 있었다고 하니 혹시 내가 모르는 죽음의 비밀의 단서라도 캘 수 있을까 하는 생각도 있었던 것이다. 편지를 완성하여 전달만 해달라고 서울 형님과 누이에게 부탁을 했으나 그 또한 종무소식이었다. 그때는 이미 해가 바뀌어 2005년이었는데, 지금도 아이의 이름으로 등기가 되어 있는 지금 살고 있는 한일아파트로 이사를 한 뒤였다.

이사를 하면서 아이를 보내고도 근 흔적들을 보면 감내할 수 없을 것 같아 정리하지 못하고 미뤄두었던 아이의 남은 옷가지며, 신변 유품을 보내주기로 했다. 너울거리는 화염을 따라 아이의 외로웠던 24년 전 생애도 허공으로 사라지고 있었다.

「 자식 옷을 태우며 」

떠나보낼 것이
남아있었던가
2월 북풍
불어오는 한 줌에
너를 실어 보낸다

네 봄날의 꽃피던 시절
아지랑이 같은
불의 심장 너머에
바람꽃으로
너는 있는 것이냐

재로 날리는
저 옷을 입고
봄 소풍 날
손꼽아 기다리던
참말로 어이없는
그런 날도 있었더냐

와야 할 길 왔었더면
꽃잎 꽃술 털어내듯
해야 할 말들이나
쏟아내고 갔을 것을

모를 일

이 만큼에서 나는

빈 자리의 너를

지켜만 보고 있다

　편지조차 전달할 방도가 없던 차 그래서 내가 주민등록 조회를 하여 아이의 생모가 사는 서울 주소로 편지를 띄우게 된다. 편지를 띄우는 것에는 나름대로 많은 망설임이 따랐다. 평화로운 가정을 꾸리고 있을 그녀의 남편이 편지를 볼 수도 있고, 그렇게 하여 공연한 분란을 만들어 주는 것을 원치 않은 나의 배려였던 것이다.

　편지를 발송하고 얼마 되지 않아, 직장으로 아이의 생모로부터 떨림과 울먹임이 섞인 전화가 걸려왔다. 한 번 만나서 이야기를 나누자는 것이었다. 편지로 답을 하기에는 너무나 비감하고 장황한 사연이 많았으리라. 그녀 또한 운명의 피해자이지만, 사람의 마음으로 결과가 이렇게 되었는데 누구를 원망치 못할 것이며, 무엇을 저주하지 못한단 말인가?

　그래서 2005년 5월 28일 주말에 상경하여 서울의 가든호텔에서 그녀와 만났다. 주변의 시선도 아랑곳없이 시종 눈물로 일관하면서도, 내 물음에 그녀는 비교적 또렷이 자신의 할 말을 해나갔다. 노란색 오렌지 주스의 색깔이 황색으로 시든 두 사람의 잃어버린 세월을 말해 주는 것 같았다.

　그 날의 비감한 대화내용을 다 기록할 수는 없다. 다만 내가 알고자 했던 것들. 이를테면 언제 어디서 아이를 만났으며, 아이를 만나 첫마디에 무슨 말을 했었는지 그리고 어떻게 아이와 연결을 시도했고, 아이와 가끔 만났으니 내가 모르고 있는 아이의 죽음의 단서라도 될 만한 그 무엇은 없는가? 그리고 그렇게 원하던 부유한 삶과 행복은 얻었느냐? 하는 것들에 대해 비교적 구체적인 답변을 들었다.

『아이는 언제부터 만났던가요?』

『아이가 "돈보스꼬"를 졸업하고 동대문에 있는 컴퓨터 학원에 다닐 때 학원 부근의 찻집에서 만났습니다.』

『처음 만나 그대가 아이의 엄마란 말을 했었나요?』

그녀의 눈가에 눈물이 다시 맺혔다.

『예---』

『아이를 첨 만났을 때 기분은 어떠하였소?』

『.........』

그녀는 물 컵을 들어 한 모금 마시곤 다시 손수건을 꺼내 눈물을 닦았다.

『그래. 그토록 원하던 행복은 찾았나요?』

『아니요. 지난 세월 하루도 즐거운 날은 없었어요…. 저나 딸도 건강이 좋질 않아요… 앞으로도 제 삶에는 행복한 날은 없을 겁니다….』

한참을 말을 잇지 못한 채 그녀는 눈물만 흘리고 있었다.

『근자에는 아이에게 그대의 딸을 오빠라며 소개까지 시켜 주었다면서요? 왜 그리 하였소? 평생 자식 하나를 키우며 고생한 나에겐 일말의 미안함도 없었던가요?』

『죄송해요… 그런 뜻이 아니라…. 아이도 덜 외로워할 것 같았고, 딸도 오빠라며 잘 따랐는데… 흑….』

내 마음도 천근만근 찢어지는 가슴으로 내려앉았다.

『지금 와서 어리석은 질문이지만 내가 그토록 미웠던가요? 그대가 내게 마지막으로 남긴 편지에서처럼, 과연 가난에서 오는 멸시와 고통이 나에게 그토록 이혼을 요구한 이유의 전부였었소?』

『고운이 아빠는 이상이 너무 높아 제게는 맞지 않는 것 같았고, 그래서 맞는 사람에게 보내드리고자 함이었어요.』

『?????』

나는 웨이터에게 물을 한 컵 더 달라고 하여 단숨에 비우고 다시 물었다.

『그렇다면 떠날 때는 무슨 마음이고, 왜 아이가 성장하여 20살 감수성 예민한 나이에 다시 찾아왔소? 혹시 아이가 마음의 상처를 받아 나쁜 길로 빠질 수도 있다는 생각은 하지 않았나요? 이제라 다시 할 말은 아니지만, 솔직히 나는 아이가 그대를 만나지 않고, 모르고 살았더라면 최악의 선택인 자살까지는 하지 않았을 지도 모른다는 생각을 한다오. 그래. 아이를 어떻게 연결하여 만났소?』

목이 타는 것 같은 갈증과 회한이 밀려왔다.

『어린자식 버리고 떠난 죄 많은 어미가 무슨 낯짝으로 스스로 자식을 먼저 찾아갔겠습니까?』

그녀는 잠시 말을 끊었다.

나도 모르게 속으로부터 신음소리가 새어나왔다.

『아이가 올 데, 갈 데가 없어 불쌍한 처지이니 아이를 데려가든지, 어떻게 돌봐주라는, 희선이 엄마 - 나의 서울 형수 - 로부터 전화가 왔었습니다. 그 말을 들은 어떤 생모가 그냥 버려둘 수 있었겠습니까? 이 말은 당사자에게는 말하지 말아주세요.』

『아--!!!!』

가든 호텔의 넓은 천정이 무너져 내리는 것 같았다. 심한 현기증이 밀려왔다. 지난 형님 집에서 어머니와 얹혀 살 때, 나에게 잘 대해 주던 형수의 생각이 떠올랐다. 시점을 따져보니 아이가 "돈보스꼬"를 졸업하고 동대문에 있는 컴퓨터 학원에 다닐 때, 아이가 거처할 마땅한 방이 쉬 구해지지 않아 당분간 형님 집에 아이를 의탁키로 형님과 형수 같이 합의를 하여, 아이가 그곳에 머물고 있었던 때였다.

반년도 아니고, 일년도 아닌 세월을 불쌍한 조카 하나 거두어 주는 것이 그렇게도 저주스러웠던가?! 형님은 도리를 다한다고는 했지만 두 내외가 그로 인하여 얼마나 구라파전쟁을 치렀을 지를 그제야 알 것 같았다. 그렇다면 내가 무능한 실업자도 아니고, 며칠까지 방을 얻어 내보내 달라고 하면 내가 그것을 못할 일이었을까?

실은 아이를 형님 집에 맡기고 얼마 되질 않아 형님으로부터 전화가 왔었다. 사정이 여의치 않으니 아이의 방을 얻게 해 주어야겠다는 것이었다. 그래서 나는 두 말 없이 그 주말에 서울에 올라가 방을 얻는다. 그러나 이미 형수는 아이의 생모에게 그런 전화를 먼저 한 이후였었던 것이다.

너무나 처절하고 서러웠다. 형님도 직장을 퇴직하여 놀고 있는 형편에서 형수의 입장을 이해 못하는 바는 아니다. 그러나 그렇게 까지 해야 할 이유가 과연 있었단 말인가? 내가 아이를 맡아달라고 떼를 쓴 것도 아니고, 두 내외분에게 양해를 구하고 일시적 의탁을 한 것이 아닌가? 데리고 있어보고 하루라도 못 있겠으면 나에게 전화를 먼저 하면 될 일이었다.

내가 어떻게 홀로 자식을 키워왔었던 지는 형수도 너무나 잘 알고 있는 일이 아닌가? 그런대도 그러한 모진 마음을 왜 먹을 수 있었단 말인가? 혹자는 말 할 수 있을 것이다. 외로운 아이에게 생모를 만나게 해 준 것이 인사 받을 일이지 어찌 저주스러운 일이겠느냐고 말이다. 상식의 말일 수 있겠다. 그러나 나의 인생에 어느 한 부분이라도 상식이 통한 예가 있었던가? 나의 자가당착인지는 모르겠으나, 아이가 생모를 모르고 살았더라면 삶의 끈을 놓는 일은 없었을 수도 있었다는 사실 말이다.

나에겐 세상의 모든 여자가 적이었다. 이러한 나를 정신과 의사가 진단을 하면 적개심과 대상을 구분 못하는 사이코패스나, 편집증적 파라노이아로 진단을 할 것이다. 그러나 정신과 의사가 전기고문을 당해 보았다더냐? 전기고문을 당해 본 사람은 빛을 발하는 전기 자체를 고통이라고 확신하는, 정신의 자가고문을 기억의 저장탱크에 꼭꼭 가두어 두고 일생을 살아가게 된다.

아이의 생모를 만나 무엇을 알아내고자 했단 말인가? 무슨 원망을 늘어놓아서 잠시라도 내가 통쾌했단 말인가? 공연히 불운한 아이의 생모에게조차 가슴 아픈 기억만 반추케 하여 학대를 가한 것밖엔 달리 내가 한 것은 아무 것도 없었다. 김천으로 내려오는 길은 참담했다. 아무 것도 달라지고 좋아진 게 없었다. 하긴 무엇이 달라질 수 있겠는가?

「 더럽지 이 놈의 팔자 」

더럽지 이 놈의 팔자
누구나 다 하는 것
여우같은 마누라에
토끼 같은 자식 하나 두지 못하고
대충은 남 부럽잖이
살아도 볼 이 나이에
그나마 있었던 처자식은
생사별로 결별했다

잘살지는 못했어도
이 땅에 온 인연으로
가시버시 머리 풀고
밥 설거지 미뤄가며
때로는 안부 묻는
자식새끼 전화통을
서로 먼저 잡겠다며
부부싸움 해가면서
그저 고만하게
살아 볼 법도한데

아예 글러먹은 장탄식 타령 끝에
팔자가 잘못 됐다며
팔자 공부나 하고 있다

참말로 더럽지 이 놈의 팔자
두 아이와 한 남자의
엄마 아내 되어버려
이제는 끝난 인연
한 때의 아내를 만나
20년 공허한 세월의
떠나간 자리만 확인하고 돌아왔다

20년 세월에 무슨 일이 있었던가
장자(莊子)의 나비 꿈을 내가 대신 꾼 것인지

깨어나 돌아보니
하나 뿐인 자식마저
땅 하늘을 건너 앉고

왔으니 가는 거야
누가 뭐라 하겠나만
더럽지 이 놈의 팔자
그래도 무슨 놈의
미련은 남았는지
글이라도 쓰겠다며
앞뒤도 맞지 않는
시 한 줄 쓰고 있다

세월이 가면 잊지 못할 가슴 속의 상처도 조금씩 그 먹빛을 흐려가며 시나브로 나아진다 하였으나, 20여 년을 다 바쳐 가슴 졸이며 살아온 결과물이 이런 것임에랴! 호수에 돌을 던지면 그 돌이 만든 파문은 시간이 지나면 가라앉지만, 호수 속에 가라앉은 돌멩이는 세세연년을 가도 지워지지 않은 채 도사리고 있다. 그러할진대 영혼에 묻은 상처를 말 함에랴! 이제 앞으로 남은 나의 삶에 무슨 애틋한 열정과 가슴 시린 그리움이 있을 것이며, 더하여 뜨거운 김이 서릴 사랑의 찬미로운 삶의 방정식이 어떻게 나를 찾아올 것인가?

「 가거라 사랑아 」

만날 일 없으니
헤어질 일도 없으리라

가거라 사랑아

잡았던 손 안의 바람을 놓듯
지워진 수첩에 네 이름을 얹는다

이승의 덧없을
한 줌 물거품이 그리울 사랑
무엇으로 이제껏
기다림의 보상을 채울 것이냐

이제는 더
사랑으로 서러울
이별가는 없으리니
너로 하여 처연했던
애증의 수평선 넘어

가거라 사랑아
가거라 사랑아

18. 쓰라린 삶을 향한 항변, 나의 문학과 학문세계

지금까지 긴 지면을 할애하여 보잘 것 없는 한 필부가, 살아남기 위해 살아온 사연을 신파조의 문체로 서술해 보았다. 나로서는 통한의 세월이라고는 하나, 어느 누구에게도 감동을 줄 사연이 아니거니와, 글을 읽음으로서 얻을 수 있는 지식과 정보의 확장이나, 잔잔한 정서의 공감을 불러일으킬 문학적 선 기능을 갖춘 그런 내용과도 거리가 한참을 먼 글이 되고 말았다.

서두에서 밝혔듯이 이 글은 애초에 누구에게 어떠한 기능을 담당케 할 목적으로 씌어진 것이 아니다. 개인의 역사는 한 시대의 편린이기도 하지만, 내 인생의 고백성사랄까? 나로 인하여 상처 받은 사람, 잘못 산 내 지난날에 대한 진솔한 반성문이라 이해해 준다면 이 글은 탄생의 당위성을 부여받는 것으로 알겠다.

문학과 학문의 세계라는 부제를 깔았지만 과연 천학비재하고, 일천한 문재(文才)의 내가 감히 붙일 수 있는 주제가 될는지 두려운 생각이다. 우리나라에만 있는 등단이라는 관문을 통과한 것이 20년이 다 되었으니, 강산도 두 번이나 변할 세월에 문학사에 남을 일점 벽돌이라도 쌓아올릴 세월이었건만, 문학적 성취는 고사하고, 변변한 작품 한 점 없는 것이 빈한한 나의 문학세계이다.

91년 등단 신문기사

그러나 어찌 사람의 일에 완성이 있을 수 있겠는가? 이 생에 못 다 이룬 일은 다음 생이 주어진다면 다시 이어나가리라. 앞에서 밝혔지만 나의 문학은 내 개인의 한풀이에 가까운 넋두리가 된 것들이다. 시는 원래 고난의 끝에서 절망을 대신하여 탄생하는 것이다. 시인은 태어나는 것이 아니라 만들어지는 것이라 나는 믿는다.

중·고등학교 때는 누구나 한 번쯤 문학소년이 되고, 문학소녀가 되는 감수성에 젖게 되지만, 나는 부모님의 보호 아래 그저 유약하고 겁 많은 청소년시절만 보냈을 뿐, 문예반 같은 데는 근처에도 가보지 못했다. 고난에 처하여 발산하는 방식은 여러 가지가 있겠으나, 나의 경우는 문학을 선택했을 따름이다. 그렇게 된 데에는 20살이 되면서 내 인생의 분수령이 된 아버님의 운명과 가정적 안식의 빈곤에서 오는 외로움과 질곡의 젊은 날이 일조를 하지 않았나 생각한다.

무슨 뜻인지도 모를, 인생철학이랍시고 휘갈겨 썼던 글들의 망령이 문학이라는 나의 역량에 넘치는 길로 인도하지 않았나싶다. 그러니 문학은 어쩌면 나의 선택이 아니라, 필연이었던 지도 모르겠다. 문학적 역량과 성취는 별론으로 하고, 나는 97년 9월 첫 시집을 상재한 이후 2010년 8월 출간한 다섯 번째 시집까지 이제껏 5권의 시집을 출간했고, 한 권의 칼럼집 그리고 주역철학서 1권을 펴냈으니 결코 과작(寡作)은 아니라 할만 하다.

기 발표 시집

책을 낼 때마다 늘, 아무런 감동과 문학적 성취를 이루지 못한 글이 세상으로 나갔을 때 그것이 환경을 오염시키는 쓰레기나 되지 않을까 걱정을 한다. 그러면서도 글쓰기는 내 인생의 세포 속에 스며 있는 업장과 같은 것이라 나는 그 사실을 쉬 망각하곤 한다.

86년 삶의 한 가닥 동아줄을 잡듯이 시작한 공직의 입문은 나로 하여금 글쓰기의 원초적 본능을 자극하는 계기가 된다. 공무원들끼리의 동인지를 펴내면서 활자 매체가 귀하던 아날로그 시절의 문학의 자긍심이 고취되기도 했고, 대구지방의 유수한 시인들과 무크지 "전개"의 동인이 되기도 했다. 90년 들어서는 이 재행 시인의 추천으로 월간 문학세계 신인상으로 문단에 등단하게 된다.

우리나라에만 있는 등단제도지만, 그때만 해도 요즘처럼 문단의 등단이라는 관문이 쉬운 게 아니었다. 작고한 고 박남훈 시인이 발행

하던 문예지였는데, 이후 우리나라에는 우후죽순처럼 문예지가 발간
되어 무차별 신인 등단을 남용함으로서, 시인 아닌 사람 찾아보기가
어려운 시인의 시대가 되었다. 등단작품은 〈신. 공무도하가〉등 5편이
었다.

「 신 공무도하가(新 公無渡河歌) 」

강을 건너고 싶다

갈증이 산발한 마른 목젖으로
공후(箜篌)가락 애달픈 잔을 비우고
인간의 고기 물 산성(酸性)으로 흘러가는
이 시대 강을 건너고 싶다

미치기 위해 정말로 잘 미친
백수광인(白首狂人)이라도 되어
물새알 숨 막히는 이 물살 떠나
신들린 물 안개꽃 요요(遙遙)한 곳으로
강을 건널 일이다

한 세상을 강가에서 사노라면
인생도 오기(傲氣)도
강물 되어 흐르는 것을
두고 갈 인연 그 무엇이
이리도 무거운 걸까

강을 건너고 싶다

헤어짐이 있다면

사랑이 있다면

좋은 내일 고운 용서를 위해

바람의 흔적으로

강을 건너고 싶다

　　이후 이재행 시인이 주간하던 무크지 "전개"의 동인이 되어 시를 쓰는 것에 삶의 시름을 제법 걸어두고 살게도 된다.

무크지 『전개』를 6호까지 냈다.

　　이재행 시인은 1995년 갑자기 쓰러져 의식을 잃은 채로 자리에서 일어나지 못하고 짧은 생을 마감한다. 그와는 서로 질박하고 소외받은 사회 현실에서의 아웃사이더라는 동질감으로 많은 일화를 만들어낸다. 나의 재혼을 적극 추진했던 분이기도 한데, 스스로 가칭 "정영화 재혼추진 운동본부" 본부장을 자처하며, 숱한 에피소드를 남기며 막걸리깨나 비웠었다. 요즘의 시인들은 가슴으로 시를 쓰는 게 아니라, 머리로 시를 쓰는 것 같은 안타까움을 금할 수 없으나, 적어도 그 시절만 해도 가슴과 심장으로 시를 쓴 시인이 많았다.

어느 시대고 시인의 사회적 삶은 곤고하고 불우한 생을 살다간 경우가 많음을 부인할 수 없을 것이다. 그는 대구지역의 작고한 문인의 유고집을 발간하거나, 작고문인의 문학비를 세워주는 등, 아름다운 문인으로서의 선행을 많이 했었다. 그러나 그의 가정은 비감 하리 만치 어려웠고, 그러한 한은 그의 작품세계에서는 어머니와 눈물의 원형상징으로 나타난다. 또한 세상에 대한 독설과 기인적 면모로 세인의 뇌리에는 불가해한 이미지로 저장되었을 것이다.

아무튼 나의 문학적 동기유발의 심지를 다시 당긴 건 공직의 입문과 그와의 만남이었다. 등단 이후에는 김천문인협회, 불교문학회, 대구, 경북 문인협회, 동인지 등등 문학회 등의 회원으로 활동 했고, 2003년부터는 "수레자국 문인회"의 회장을 맡아오고 있다.

수레자국 문인회는 그야말로 순수 아마추어 문학 동아리 모임이다. 지금까지 일곱 번째 동인지를 발간했으니 이제는 걸음마는 뗀 단계인데, 2006년에 작고하신 김천고향의 아동문학가 윤사섭 선생님을 타계하실 때까지 고문 선생님으로 모셨다.

수레자국 동인 출판기념회. 왼쪽이 윤사섭 선생님

심성이 너무나 동심 같이 순수하신 선생님을 김천에 계실 때에는 가까이 모시면서 좋아하시던 탁주대접도 하곤 했었는데, 만년에 가정

사정으로 대구로 이사를 가신 이후 늘 마음으로 고향을 그리워하셨다.

내가 문학을 좋아하게 된 동기에는 선생님의 따뜻한 감성과 순수한 심성에 기인함이 컸으니 갈수록 떠나고 없는 지난 시절의 그리운 분들을 만나 뵙고 싶은 아쉬움이 남는다.

윤사섭 선생님, 나홍련 시인 함께 삼천포 노산공원에서 오른쪽은 필자의 형

윤 선생님은 6·25때 철도원으로서 전쟁물자 수송 및 전쟁의 유공자로서 영천의 호국원에 국가유공자 묘역에 묻히셨으니 아무쪼록 편히 잠드시기를 기원 드린다.

수레자국 동인 영천 호국원 윤사섭 선생님 묘소참배

나의 작품세계를 크게 분류하면 그리움과 이별의 정한(情恨) 및 사랑과 눈물의 이미지 그리고 애틋한 인문의 삶의 현장 또는 자연의 심상을 노래한 것 등으로 분류할 수 있겠다. 눈물과 이별, 꽃과, 별 그리고 사랑과 자연의 소재에 천착하다 보니 상당 부분 영탄조의 관념적 진부한 시도 많음을 부인하지 않겠다.

2000년대 들어 공직사회에도 직장협의회 및 노동조합이 발흥되고 수 천 년 이어져 왔던 보수적 공직사회에도 건전한 내부의 비평의 목소리가 터져 나오게 된다. 그때부터 직장협의회의 청탁으로 꾸준히 칼럼을 발표해 왔다. 세태와 조직을 비평하는 글은 문학의 본령은 아니지만, 많은 하위직 공무원들의 대리욕구를 만족시키는 카타르시스가 되었다는 자평을 해본다.

그로 인해 대구일보와 대구시민일보 등 지방지에 고정 칼럼니스트로 원고를 발표했고, 2008년 5월에는 그 칼럼들을 모아 칼럼집 "매나니의 개맹이 타령"을 세상에 선 보였다. 순 우리말로 찬밥의 똘똘한 정신과 소리를 뜻하는 제목이니 나로서는 제법 내 목소리를 외친 셈이다.

칼럼집 표지

칼럼집 보도 신문기사

칼럼집 연합통신 보도기사

그러나 무엇보다 가슴 설레고 스스로 고무되었던 것은 아무래도 97년 9월에 출간한 첫 시집 『세상의 푸른 저녁』이었음은 물론이다. 첫 아이의 출산이 그런 감동이리라. 서울의 도서출판 "천우"에서 펴냈는데, 오탈자가 너무나 많아 설레었던 기대감에 큰 상처를 남겼지만, 내책이 세상에 나온다는 것은 자체로서 감동이 아닐 수 없었다. 그 해 12월에는 김천 문화센터에서 첫 시집 출판기념회를 가졌다.

나와 막역한 사이였던 안산공대 산업디자인과 교수이던 도 지호 선배의 퍼포먼스 전시회를 겸한 출판기념이었으니 김천이 생기고는 처음 선 보인 출판기념 이벤트였던 셈이었고, 두 번째 시집 출판기념회는 지인들의 도움으르 김천파크호텔에서 가졌다.

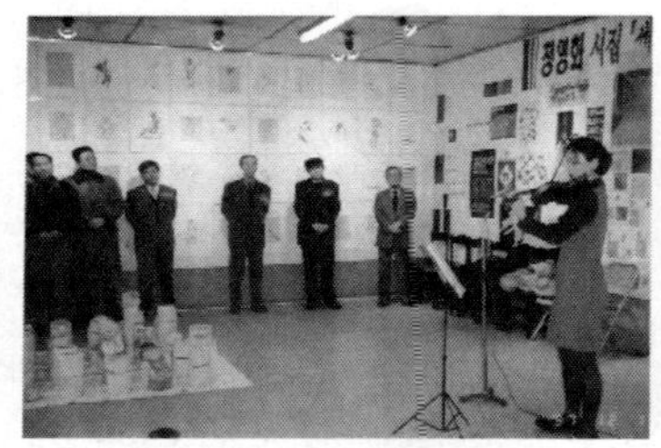

97년 12월 첫 시집 출판기념회

2001년 10월 두 번째 시집 출판기념회

앞에서 장황하게 내 가정적 히스토리를 설명했지만, 나를 잊기 위해 시를 썼고, 시를 쓴다는 사실이 부끄러워 또 시를 썼다. 내 인생이 천정적 운명의 요인이 아니고는 이럴 수 없다는 회의와 의문은 무한한 지적 호기심으로 나타났고, 90년대 들어서면서부터는 주역, 풍수, 사주학과 역학철학 등, 오컬티즘적 신비주의랄까, 동양철학에 깊이 천착하여 빠져들기 시작한다.

시간이 날 때마다 대구시내의 헌책방을 드나들며 철학 관련 서적과 문학서적을 사 모으고 미친 듯이 탐독하는 것으로 내 인생의 빈한한 안식의 자리를 대신하고자 했다. 그래서 초라한 내 자취살림의 대부분은 책으로 채워졌고, 지금도 23평 아파트가 비좁을 만치 책에 대한 욕심은 쉬 사라지지 않고 있다. 문학 때문에 절망하기도 했으나, 절망에서 나를 건져 올린 것도 문학이고 학문이었다.

운명학이나 역학철학에 대한 우리 국민들의 편견은 도가 지나쳐도 한참을 지나치다고 보면 된다. 우주 생성의 본질에 입각하여, 인간적 삶의 행로를 대위 유추하고, 천지음양의 섭리대로 살다가자는 학문을 신비주의나 미신으로 몰아 부친다. 사람들은 해와 달의 운행질서와 아인슈타인의 상대성 이론은 절대 신성한 진리로 받아들이면서도, 이 분야의 학문적 체계에 대하여는 무당의 부류나 극단의 미신으로 치부하곤 한다.

그래서 나름대로 공부한 역학철학의 이론을 올바르게 세상에 알리고, 보다 많은 사람이 음양철학의 진리대로 행복하고 복된 삶을 누리도록 해야겠다는 오랜 욕망이 2010년 8월에 출간한 『운명의 바코드 사주팔자』의 저술로 남게 되었다.

2010년 8월 역학철학서 발간

신국판 400여 쪽에 달하는 방대한 분량의 원고를 집필하면서, 장거리 통근과 직장의 업무시간을 피해 탈고를 하느라 정말 내 정신의 에너지 고갈을 경험해야만 했다. 인생의 모진 세월을 살아온 것에 더하여, 모진 정신의 창조 작업이 내 앞길에 놓여 있었던 것이다. 시중에는 이 분야의 관련 서적이 수 수 백종이 나와 있으나 많은 부분에서 오류를 발견했고, 역학철학의 통일장 이론이라 할만한 텍스트를 집필해야겠다는 의욕으로 집필에 임했으나, 어차피 나의 천박비재한 학문의 한계는 극복하지 못한 것 같다.

이 부분에 대하여는 앞으로의 나 자신의 숙제의 몫으로 남겨두고자 한다. 나는 이제껏 문학과 학문의 세계를 헤쳐 오면서 누구를 스승으로 삼은 바가 전혀 없다. 그저 가는 데 까지 갈 뿐이라는 일념이었고 문학적 성취나, 학문적 명성 같은 건 전혀 나의 몫이 아니라 생각했기 때문이다.

다만 97년 가을학기부터 계명대학교 교육대학원 국어교육과에 입학하여, 솔직히 우리 국문학에 대한 깊은 이해와 학문적 영역을 넓혀 보고자 한 순수한 의도는 있었다. 교육대학원에서 중등학교 정교사 교직과목까지 이수했기 때문에 여타 특수대학원과는 달리 엄청나게 빡빡한 수업일정이 기다리고 있었다.

일주일에 4일의 야간수업이 있었으니 김천에 도착하면 파김치가 되는 대학원 시절이었다. 학위논문은 "풍수설화 연구"로 풍수학을 공부했던 나로서는 매우 적절하고 유용한 논문이 되었다고 생각하거니와 논문 평점에서도 최고점을 받았다.

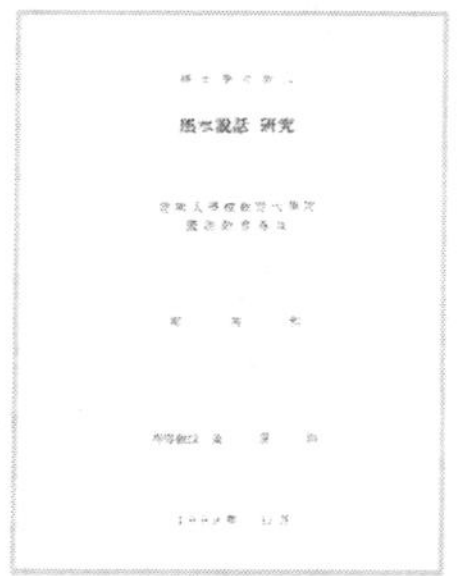

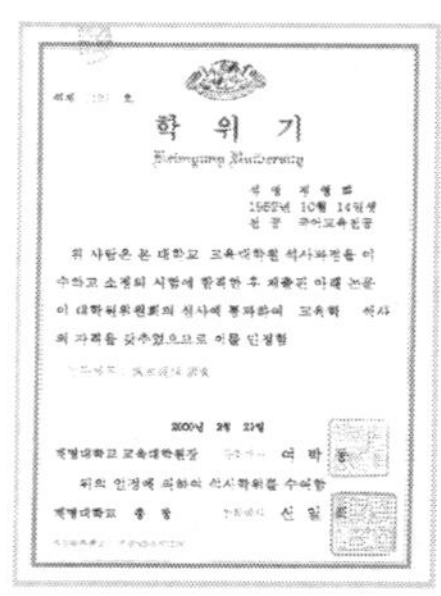

논문 표제지   학위기

특수대학원이란 게 그렇다. 대충 결강과 결석을 해가며 사람 사귀는 동안 졸업을 하는 것이지만, 5학기 동안을 단 한 시간의 결강과 결석도 없이, 한 달간의 교생실습 까지 김천의 부항중학교에서 마쳐냈다.

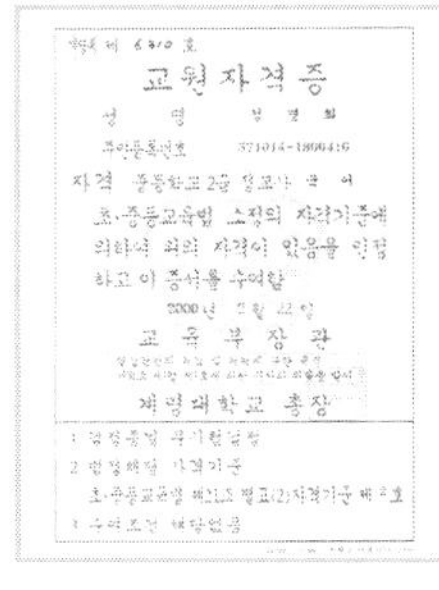

중등학교 국어 정교사 자격증

석사학위 수여식에서

수 십 년을 열차통근을 했고, 많은 여행에서 열차를 이용했으나, 나는 이제껏 열차 내에서 졸음 때문에 하차 역을 통과해 본 경험이 없는데, 그 당시 얼마나 힘들고 피곤했던지, 그것도 아침 출근길 열차에서 대구 역에 내리지 못하고 경산 역에 하차를 하는 단 한 번 실수의 경험을 하기도 한다.

동양철학과 문화, 예술, 불교의 사유체계에 천착하면서 내가 성취한 것이 있다면, 아주 조금은 나 자신의 존재의 위상에 대한 사념을 할 수 있게 되었다는 것이다. 재가불자일 뿐이지만, 불타의 오묘한 진리의 세계는 너무나 깊고 방대하여 조금씩 깨달아 가는 것은 희열이 아닐 수 없었다.

자식이 세상을 떠난 후에 부처님께 고개를 숙이기 시작했지만, 한때는 오만스럽게도 부처에 맞서야한다는, 방종과 경망스러움이 있었던 것도 사실이다. 어찌 안다는 것과 깨달아 넘어서는 자비행이 같을 수가 있겠는가? 앞으로의 바람이 있다면, 책과 경전으로 배우는 학문으로서의 불교가 아니라, 깨달음의 실체로서 불타를 보는 지혜의 덕성을 쌓아보고 싶다. 그러나 타고난 나의 그릇이 옹졸하고 편협한 덕성이라 그 길이 쉽지는 않겠으나, 그 역시 갈 데까지 가보는 것이고 또 다음의 인연을 기대해 보는 수밖에는 없으리라.

세상에는 정말 기구하다고 할 밖에는 없는 처연한 사연의 인생살이가 많고도 많지만, 나의 지난날도 결코 쉽지는 않았다. 용렬한 분별심을 지닌 필부로서 많은 회의와 비탄에 젖었던 것도 사실이고, 운명이 야속하다는 생각에 더하여, 뼈 속까지 불어오는 외로움의 바람은 늘 내 곁에서 황량한 삭풍을 피워내고 있었다. 혼자뿐인 식탁은 대화와 안식이 아니라 생존의 메마른 습관일 뿐이었다.

「 비빔밥을 비비다가 」

혼자만의 저녁밥을 혼자가 아닌 듯이
생절이에 참기름 얹어 화려하게 비비다가
이슬로 내려와 앉는 내 삶의 가벼움 탓에

잡았던 수저를 풀어 긴 한숨을 얹어보고
내 살아온 깐을 봐선 이 신세도 오감타며
잊으리 잊고 살자며 타심통을 부려 봐도

불현듯 찾아오는 전화 줄의 필링 같은
안개처럼 감겨오는 못 보낸 얼굴들이
남긴 밥 알갱이만큼 식탁 위에 누워있다

사람들 이 시간이면 한 쪽씩 가슴 열어
하루의 등짐무게를 가시버시 풀어내며
깨소금 들볶아내듯 알콩달콩 살더구만

보낼 만큼 보낸 세월 그것도 부족한지
아무리 둘러봐도 벽 없는 벽 속에 갇혀
이 길이 아니야 라며 젖은 상을 물리고 있다

2000년대 초반까지의 나의 시는 자유시의 관념적 시어를 많이 다룬 반면, 이후에는 우리 한국의 정통시가인 정형시조로 바뀌고 있다. 장르의 경계가 무슨 의미가 있겠는가만, 시조의 율격과 새로운 패러다임은 나를 매료시키기에 충분했다. 솔직히 나는 소설, 시, 시조의 경계를 넘나들며 탈 장르의 문학세계를 구가해 왔다. 빈 깡통이 요란스럽다는 말도 있고, 집토끼도 변변히 키울 줄 모르는 인간이 산토끼 기르겠다는 꼴이 아닌가?

나는 원래 상복(賞福)이라고는 없는 사람이다. 그런데도 행정자치부가 주최하는 전국의 공무원을 대상으로 하는 문예대전에서는 소설 부문 장려상과 우수상, 시조 부문에서는 장려상과 우수상 및 2008년에는 최우수상을 수상하여 국무총리 표창까지 받았고, 상금도 200여만 원을 받았으니 당해 분야에서만은 최고의 영예를 누렸다고 자평해도 될는지….

소설 부문 수상작품은 "60년 만에 피는 꽃"이 우수상을, "노근리 가는 길"이 장려상을 받았는데, 각각 그 당시 국가적 이슈로 떠올랐던 노근리 사건과 일제의 정신대 만행을 주제로 다룬 작품이었고, 시조는 "겨울 담채"가 최우수상을, "콩나물을 다듬으며"와 "사북 역에서"가

각각 우수상과 장려상을 수상한다. 그리고 한국한의문화상 공모에서
는 소설 부문에서 당선되기도 했다.

공무원 문예대전
최우수상 기념엽서

공무원 문예대전
수상 기념엽서

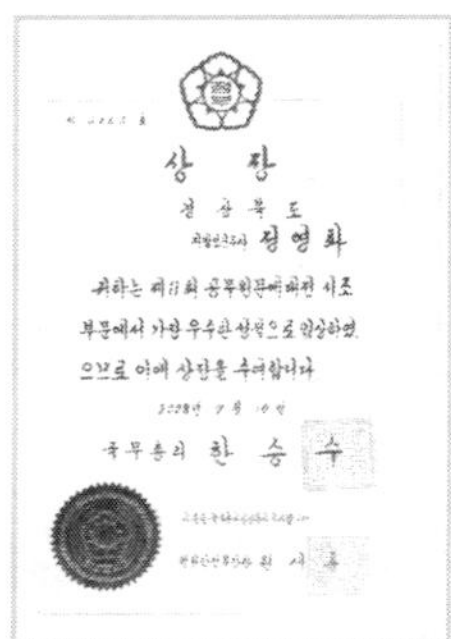

국무총리 표창패

문예대전 시상식장 박명재 행자부장관과 같이

96년 한국한의문화상 수상식장에서

「 겨울 담채(淡彩) 」

선잠 깬 샛강이 홀로
눈꽃 같은 먹을 간다
청둥오리 날개 앉은
저 들녘 끝 화선지 위
지필묵 꿈으로 물힌
겨울잠이 누워있고

한 번쯤 뒤돌아보는
키 작은 갈대숲에
살아온 날 웅크려진
恨이라는 이야기가
켜마다 바람의 얼굴로
그려놓는 삶의 색깔

산이 못된 내 나이의
흐릿한 밑그림에
구름이 저 먼저와
걸림 없는 빛이 되면
못 그린 당신의 체온이
하늘 위를 날고 있다

* 2008년 공무원 문예대전 시조부문 최우수상

나는 이제 공직의 퇴임을 앞두고 있다. 앞에서 밝혔듯이 내 인생의 질곡처럼, 공직에서의 운로 또한 평탄치 못했다. 그러나 누군가 알아주든 그렇지 않든, 적잖은 편수의 시를 다섯 권의 시집으로 발표했고, 세태를 비평한 칼럼집과 나의 역할철학의 결정체인 "운명의 바코드 사주팔자"에 이어 이 원고가 책의 모습을 달고 세상으로 나가면, 한 해 동안에 세 권의 책을 출간해 내는 것이 된다.

나의 저술들이 누구에게 감동과 의미를 가진다거나, 유용한 정보 · 지식으로서의 선 기능을 다하지 못한다고 해도, 지금의 시점에서 돌아보는 나의 문학과 학문의 소산에 대하여 만은 만감이 교차하는 무량한 감개와 감회에 젖음을 부인치 않겠다.

19. 심은 대로 거둘 노후의 삶의 계획

이제 이 원고도 완성의 시점이 되어가는 것 같다. 지금까지도 이 책의 책장을 덮지 않고 읽어온 독자 분이 있다면 눈물겹도록 감사한 마음 금할 길 없으나, 세 치 혀의 요설이나 다름없는 졸필로, 장시간 독자 여러분을 현혹하고 시간을 강탈한 죄는 무엇으로 갚을지 아득한 심경이다.

내가 살아오면서 겪은 진실 된 사실을 기록하고, 겸허한 자세로 나에게 엄격한 회초리를 드는, 참회의 고백성사 같은 기분으로 집필 된 원고이니 만큼, 어떠한 가식이나 과장은 없었다고 자부해 본다.

사람이 태어나 살아가는 날자는 길어야 고작 36,500일을 넘지 못한다. 살아가는 동안 우리는 오만가지 장애와 절망에 부딪치기도 하고, 작은 것에 삶의 모든 가치를 걸며 깊이 천착하여, 희비가 교차하는 애증을 난무 시킨다. 그러나 수많은 사념과 행위의 습관이 서로 다른 사람들로 이루어진 사회집단을 살아가면서, 어찌 하고 싶은 말을 다하며 살아갈 수 있겠는가?

그런 입장에서 볼 때 나의 장황한 요설은 도를 지나쳐도 한참을 지나쳤다 하겠다. 오늘은 어제의 행위와 생각의 결과물이요, 내일은 오늘의 공과에 의한 투영물이란 말은 진리다. 어제와 오늘의 삶이 이러할진대 유년과 청 · 장년기를 거쳐 다다를 노후의 삶이란, 너무나 당연하게 내 지난 과거의 투영된 그림자가 아닐까?

지난 나의 삶이 공허했고, 부덕한 공덕과 부족한 노력의 결과는 나의 남은 삶에도 그대로 투과되어 남을 것이다. 사람의 몸 받기가 지난하다 하였거늘, 다만 노후의 삶에 욕심이 있다면 조금이라도 영혼과 정신이 성숙된 적덕의 삶을 살아가는 것이라 하겠다.

어차피 수많았던 아내는 살아서 이별을 했고, 하나뿐이던 자식은 죽은 채로 영혼에 묻었다. 무엇을 더 바랄 일이겠던가? 지금껏 그토록 자신을 학대하며 방황 속에 술을 마셨고, 가슴에 난도질을 하는 아픔을 겪었던 몸 치고는 아직까지 크게 병원 신세를 지지 않았으니 내 삶은 그것만으로도 충분한 보상을 받은 것이리라. 나의 남은 삶이 얼마일지는 모르겠으나 세속적, 인간적 간사한 소망이 있다면, 자식이 못다 살고 간 삶의 일정 부분만은 대신하여 이어주고 싶은 생각이다.

이 또한 삿된 망령과 집착의 그늘일 뿐이지만, 그 남은 삶에 좀은 완성으로 가는 학문과 문학의 세계의 길을 가면서, 보완할 집필 활동과 정신적으로도 성숙을 향해가는 창조적 몰아의 삶을 살아가고 싶다.

이제 곧 퇴직을 하고나면 내 인생도 이순이니, 2모작 인생을 재배하는 기분으로 제2의 숙성된 삶을 살아가리라.

세상사에 대하여는 말직이지만 공직에 출사하여 세상을 만드는 일에 조금은 기여하였으니, 이제는 그러한 세속적 구체화된 삶과는 초연하게 명상과 참선을 하며, 운수납자처럼 바람 같이 세상을 떠돌며 산천을 벗할 생각이다. 흙냄새 맡을 수 있는 곳에 물소리, 새소리, 바람소리를 벗 삼아 서너 이랑 채전 밭도 가꾸며 자연의 일부로 살다가 갈 것이다.

「 시 한 편 써보네 」

흐르는 강가에 앉아
흘러간 물길을 바라보고 있네
참 어리석게도 살아 왔던가 보네
물거품만큼 많은 지난날들이
등 돌리며 떠나고 있음이네
너무나 멀리 떠나와
나는 발길을 멈춘 게 아닌가
은비늘 같이 번뜩이던 젊은 날에는
나는 무엇을 하며 살아 왔던가
학사주점 바닥에 뒹구는
젓가락 보다 못한 청춘은 아니었나
돌이켜보는 저 물길은
이유 없는 이 도시의 구름처럼
내 아랫도리를 흘러가네
묻지도 말아야겠네
태양이 언제
구름을 탓한 일 있었던가
모두가 다 내 살아온 탓이려니
놓친 일
떠난 사람
생각해서 뭘 하겠나
차라리 내 가벼운 존재의 어깨 위에
거추장스런 성욕보다 못한
정액 색깔 막걸리 한 잔 뿌리고
바람이 이끄는 그냥
절로 절로 가는 길
홀로 그 길 갈 뿐이려네

사후처리에 대한 당부

1. 나의 채무와 채권, 부동산

나는 지금껏 살아오면서 이재를 위한 투자를 해 보거나 국민주 배당을 제외한 주식, 펀드, 부동산 전매 같은 것은 용어조차도 모르고 살아왔다. 숨 막히도록 절박한 삶을 살아오기 급급했던 내가 무슨 자본이 있어 투자니, 투기니 할 수가 있었겠는가? 부모님은 나를 먹이고 입혀서 전문대학 까지를 졸업시켜 주셨고, 그 학력이 공직의 동아줄을 잡는 응시조건이 되었으니 평생토록 먹고 살 수 있는 유산을 물려 주셨던 것이다.

하위직 공무원의 수입은 직급과 호봉을 대면 연간 수입의 몇 천원까지를 알 수 있으니 나의 지난 20여년의 수입은 자로 잴 듯이 명확한 금액이 나올 것이다, 나는 공무원을 시작하면서부터 지금까지의 월급명세서는 단 한 장도 훼손치 않고 보관해 오고 있는데, 1990년 3월부터 2010년 9월까지의 그 수령액의 총합계금액은 (₩425,758,091원)이다. 물론 이 금액은 소득세, 건강보험료 및 기여금을 포함하여, 대출대납금, 이자 따위로 떨려나간 금액 등을 제외한 실제 내가 손에 쥔 금액이니 20년을 평균한다면 ₩21,287,905원/년의 연봉을 받은 셈이다. 20년 사이에 봉급액은 16.9배가 인상되었음을 알 수 있다.

이 외에 내가 받았던 수입은 실비 출장비와 극히 일부의 수당 등이 고작이다. 그러니 이 금액 내에서 모든 지출이 이루어졌거니와 워낙에 근검절약한 탓에 가계 자체의 빚은 지지 않았다. 그러나 앞에서도 밝혔듯이 나는 내게 돈 부탁하는 걸 거절하지 못한다. 어려웠던 지난날의 경험이 있는 나로서는, 오죽하면 돈 빌리러오겠나 싶어 은행에 대출을 내어서라도 빌려주곤 했다.

원래 돈이란 빌려주면 사람 잃고, 돈도 잃는다는 고금의 진리를 내 모르는 바 아니지만, 나는 만져보지도 못하고 빌려준 돈의 합계액이 약 1억원이고, 빌려간 사람은 십 수 명에 달한다. 내 전생에 남의 돈을 많이도 떼어먹은 업보가 무거운 것이리라. 그들 중에서 단 한 명도 원리금을 모두 다 갚은 사람은 없다. 채무자의 실명을 거론한들 새로운 원한의 불씨만 키울 것이니 그처럼 무모한 짓이 어디 있겠는가?

다만 원금만이라도 다 갚은 유일한 사람으로 이미 타계한 사촌형이 있는데, 90년대 초 나의 2년 연봉에 해당하는 350만원을 새마을금고에서 대출을 받아 사업자금으로 빌려 주었었다. 상환은 1년 거치 24개월 분할 상환으로, 매달 15만원씩을 받았으니 360만원을 돌려받은 것이 유일하게 원금이나마 돌려받은 예가 있을 뿐이다. 나머지 연리 14%에 해당하는 3년간의 이자는 박봉의 내 월급에서 원천 징수 당했으나, 그래도 원금 외에 10만원의 웃돈(?)을 받아보았으니 그게 어디인가? 유일한 행운(?)이 아닐 수 없다.

어려움에 처한 사람을 도와주면 반드시 모두 원수가 되더라는 간단한 교훈을 배우는데, 나는 엄청난 교육비를 지불한 셈이다. 그러니 이것이 어찌 나의 업보가 아니겠는가? 어느 누구도 떼어먹겠다는 사람 단 한 사람도 없었다. 한때는 너무나 분하고 통분스러운 마음에 채무자를 사기혐의로 고소를 한 일이 있다.

원래 웬만한 법률용어와 서식 정도는 알고 있고, 사기죄가 성립될 수 있는 법리적 이론을 잘 알고 있었기 때문에 소장을 나 스스로 작성하여 달서경찰서에 접수시켰었는데, 행방이 묘연하여 연락도 안 되던 사람이 단 며칠 간에 기소중지자 불심검문에 걸려들었다.

고소자 출석 통보를 받고 경찰서에 가보니, 쇠고랑을 차고 울며불며 사정을 하는 것이 아닌가? 남의 돈 못 갚는 인생은 오죽하랴! 나의 전생의 빚을 갚아주었다고 생각하며 즉석에서 소 취하를 해 주었고, 그 돈 1,500만원은 지금껏 받지 못했다. 근 10년이 다 된 지난 이야기이다. 어차피 못 받을 돈, 그 사람은 또 나를 원수로 삼는 악순환이 되풀이 된 것이나 아닌지, 혹 이 글을 읽어본다면 너그러운 용서를 빌 뿐이다. 나는 돈 빌려 달란 말은 죽는 것만큼이나 어렵게 생각하는데, 참 남들은 돈 빌려달라는 말을 떳떳하게 그리고 당당히 했고, 나의 돈은 만인의 것이었던가 보다.

이미 내 손을 떠나간 돈은 나의 것이 아니라 생각을 한다. 이제라 곱씹으며 스스로가 분통을 키우면 이미 잃은 돈에, 내 건강의 상처까지 키우게 되니, 나는 교육비 낸 것으로 만족하고 있다. 철저한 근검절약 덕에 주변에 대포 한잔 마음대로 못사는 형편이 되면서까지, 이제 그들에게 빌려주기 위해 일으켰던 대출 원리금은 거의 다 상환하고, 2010년 현재 농협에 1,000만원과 새마을 금고에 450만원 그리고 개인에게 빌린 1,500만원만 남았으니, 나의 재무관리 능력도 탁월(?) 하다는 평을 해주어야 하지 않겠는가?

그리고 2005년에 지금 살고 있는 한일아파트 102동 1305호를 자식 이름으로 등기하여, 지금껏 그대로 내려오고 있는 23평 아파트를 구입하는데 4,800만원이 들었는데, 주택부금만 1,000여 만 원 남아있어 장기로 상환해 가야하는 것이 나의 채무의 전부이다.

이 채무 또한 퇴직 일시금이 3,000여 만 원이나 있는바 모두 상환할 수 있는 액수이니 어찌 즐겁지 않으랴! 2007년 5월에는 내 평생에

내 이름으로 처음 등기된 김천시 부항면 하대리 땅 592평을 구입했
다. 구입할 때도 흥정을 할 줄 몰라 엄청 비싸게 살 수밖에 없었는데,
개인간의 부채 1,500만원은 그 당시 빌린 돈이다. 2010년 현재 공시
지가가 ㎡당 9,200원이니 이 땅이 내가 이 지상에서 소유하고 있는 유
일무이한 부동산인 셈이다.

실은 십 수 년 전부터 은퇴 후의 전원생활을 위한 땅을 마련코자 수
없이 발품을 팔았으나, 나의 경제 형편과 내가 바라는 땅의 조건을 충
족하는 땅은 정말로 없었다. 굳이 고향땅이 아니면 어떠랴 싶어 영양,
청송을 비롯하여 심지어 제주도, 연화도의 땅 답사를 위해 두 번이나
제주도를 다녀오기도 했다.

그러나 땅도 인연이 있는 것인지 2007년에야 빚을 내어 내 이름을
얻었으니 나의 노후의 일정 부분은 그곳에서 글 쓰며, 전원생활을 하
는 터전이 될 것이다. 지금의 아파트는 아이의 이름으로 아직 등기가
되어 있는데, 내가 죽고 나면 이 땅위의 재산이 무슨 의미가 있으랴!

그래서 억장 무너지는 가슴의 위로랄지, 그 등기의 명의는 바꾸지
않을 생각이다. 내가 죽고 나면 이 아파트는 법정 상속순위에 따른 수
혜자가 있을 것이니 누가 되었던 적의 매각 처리하여, 나의 장례비용
과 여타의 행정절차에 소요되는 비용 등을 충당하고, 만약 남는 것이
있다면 부모 없이 자라는 외로운 소년, 소녀가장 세대에게 장학금으로
전달해 주기 바란다. 또한 부항의 땅은 그런대로 산수와 경관이 수려
한 편이니 불우시설이나, 사회복지시설을 하겠다는 공익법인체 등에
기탁하여, 어렵고 외로운 사람들의 보금자리로 거듭나 준다면 더 바랄
게 없겠다.

그리고 2008년부터 라이나 보험사에 건강 암 보험이 보험료 월 6
만원 정도 부보하고 있고, 개인연금 저축과 국민주 배당으로 보유하고

있는 주식 몇 십 주 등의 유가증권 같은 자잘한 것들도 있으니, 함께 정리하여 같은 방법으로 처리하여 주기 바란다.

물론 보잘것없는 몇 푼 안 되는 재산이라도 별도의 법률적 절차가 있어야할 터이나, 별도의 절차 없이 사망한 경우 법률에 따른 제 세금 공제 후 몇 만원이라도 남는 경우 위와 같이 해 줄 것을 부탁하는 것이며, 그렇지 못할 경우 행여 사망자의 예에 따라 처리 되어도 무방할 것임을 또렷한 지금의 정신으로 나의 당부를 밝혀 두는 바이다.

최근 입적하신 법정 스님의 유언장에 따르면 "죽게 되면 말없이 죽을 것이지 무슨 구구한 이유가 따를 것인가? 스스로 목숨을 끊어 지레 죽는 사람이라면 의견서(유서)라도 첨부되어야 하겠지만, 제 명대로 살만치 살다가 가는 사람에겐 그 변명이 소용될 것 같지 않다."고 하였다.

그렇다. 명을 다하여 죽을 내가 무슨 남을 위한 올바른 삶을 살았다고 요설을 널어놓을 것이며, 구구한 이유를 댈 것인가? 이 원고는 '유언장으로 시작하는 서언의 변' 으로 글머리를 잡았지만 그러한 세간의 유언장은 아니라고 믿고 싶다. 다만 나의 뒤를 따라 삶을 마감해야할, 나와의 혈연적, 인위적 인연관계에 있는 사람들이 조금이라도 편리하게 나의 사후처리를 할 수 있도록 돕고 싶은 배려라 받아들여 주길 바랄 뿐이다.

2. 현재의 건강상태

　이순을 목전에 두고 있으니 나의 건강상태의 전반을 알려두는 것도
순서일 것 같다. 내가 부자나 재벌 회장이라도 된다면 주치의가 있어
이를 알아 관리할 일이겠으나, 솔직히 병원의 진료비 자부담이 걱정될
입장이니 친지, 후인들에게 현재의 건강상태에 대해 내가 알고 있는
데이터는 기록해 두고자 하는 것이다. 세간의 말로는 익은 감도 떨어
지고, 떫은 감도 떨어진다는 말이 있다. 생로병사가 무상한 것이거늘
언제일지 모르는 죽음에 대한 나의 신체 이력서인 셈이다.

　현재 나는 특별한 지병이나 성인병 같은 소모성 질환은 없다. 다만
2005년 9월말 대구의 모 대학병원에서 종합검진 시 위 내시경하 조직
검사 결과 장상피화생(Intestinal metaplasia)과 저등급 세포이형증
(Low grade dysplasia)이라는 병리조직 검사 결과가 나왔었는데, 헬
리코박터 파이로리(Helicobacter pylori) 균 검사 결과는 당시에는 음
성이었다. 건강의 지표가 나빠진 원인은 스스로 생각해도 자식의 사별
후 이어진 폭음과 충격에 의한 스트레스(PTSD)가 일정 부분 기여를
한 것이 아닌가 생각되어진다.

　대부분의 이형성세포들은 정상으로 돌아가고, 장상피화생은 위암
의 발병확률이 상대적으로 높기는 하지만, 우리나라 건강 장 · 노년층
에서의 발생률은 30대 11.3%에서, 70대 42.9%로 이들 전체 연령 대

평균 20〜30% 정도의 발생률을 보인다고 보고되고 있다. (한동수: 예방의학회지. 2008 및 김나영: 미국 소화기 학회지 2008)

이후 5년에 걸친 여타 병원의 추구관리에서는 단 한 번도 세포이형태는 보이지 않았고 위염증성 소견만 나오고 있다. 해부병리학자들 사이에도 이형성세포에 대한 Just한 현미경적 시야가 확보되지 않은 경우도 있는데, 당시의 검진의료진들은 나에게 위암과 똑 같은 것이라며 점막박리(Endoscopic mucosa retraction) 수술을 권했다.

나는 의학에 문외한이지만 위장의 어느 부위냐고 물었더니 같은 의료기관의 한 의사는 위 각부라 하고, 다른 의사는 위 체부라고 했다.

내가 아는 상식으로는 두 부위는 다른 곳이다. 병변의 위치조차 무성의하게 답변하는 의료진에게 시술을 맡길 신뢰가 들지 않았다. 어차피 어느 부위라 해도 피검진자가 용어를 모를 것이니 대충 설명한 것이겠지만, 신뢰보다는 타 의료기관을 택했다.

정상세포도 어느 날 암세포로 전이를 하기도 한다. 일단 아니면 그만이니 수가나 올리면 되고, 뒤탈 없으면 케이스 하나를 추가하는 것이니 병원으로서는 마다할 이유가 없었을 것이다. 나는 여러 가지 스트레스와 불규칙한 식습관 및 폭음 등으로 인하여, 위장기능이 좋다면 그것이 잘못된 진단이란 걸 잘 알고 있다. 쉬운 일은 아니지만 나름대로 주의하며 정기적 검진을 받아갈 것이고, 죽음에 이를 질병이 찾아온다면 어찌 그 길을 피해가겠는가? 건강과 질병, 삶과 죽음의 운명을 어찌 초월한단 말인가?

그리고 또 한 케이스. 2003년 말 건강검진 시 간 기능 검사에서 혈청태아 단백(Alpha fetoprotein) 검사결과 15ng가 나왔는데, 간암이 의심되니 빨리 큰 의료기관을 찾으라는 것이었다. 4촌 형이 간암(Hepatoma)으로 세상을 떠난 직후였는데, 검진의의 말이 간암이 의

심된다니, 충격이 아닐 수 없었다.

혈청태아단백은 간암이 발생하면 비정상적으로 수치가 올라가게 되므로, 간암의 인덱스 표지자로 많이 이용을 한다. 그러나 이 수치 단독으로는 의미를 가지는 것은 아니고 또한 정상치의 범위도 통상 20ng로 잡고 있으나, - 검사기관에 따라서는 기준치를 10ng로 잡기도 한다 - 21ng이라 하여 간종양이라는 진단을 하지는 않는다. 이런 통보를 받게 되는 피 검진자는 엄청난 충격과 비탄에 젖게 될 것이다. 검진 의료기관에서는 기준치와 정상치에 대한 개념 정립도 안 된 상태였었다는 말이 된다.

이후 정기검진이나 최근의 초음파(Ultrasonography) 검사에서는 지방간이나 간, 담낭, 신장 등에 특이소견이 없었고, 간 기능 수치도 정상범위에 들고 있다. 다만 갑상선(Thyroid grand)에 결절(Nodula)이 있어 갑상선 동위원소 스캔과 세침흡입검사(Fine needle aspiration biopsy) 결과 양성 결절이라 판명되었고, 기능의 항진·저하도 나타난 바 없다.

당뇨와 Urin 검사 및 혈청 CEA 등 검사에 이상소견이 없었고, 혈압(Blood press)은 기복이 큰 양상을 보이고 있으나, 안정 시 평균 125/85 정도를 보이고 있다. 문제는 다시 찾아온 불면증(Insomnia)으로 매우 고생하고 있다는 것이다.

정신과에서 SSRI(Selective serotonin reuptake inhibitor) 즉, 세로토닌 재흡수억제제 계통의 항 우울제(Anti depressive)와 할시온(졸민)이나, 졸피람 같은 최면 유도제를 복용하고 있다.

늙어 가면 세포도 노화되어 잠이 줄어드는 것은 자연스런 현상이겠으나, 나의 경우는 자연스런 수면량 감소의 경우만은 아닌 것이라 사료된다. 무엇이 그리도 원통한 게 많아 잠을 못 이룬단 말인가? 수면을 충분히 취하지 못하면 심한 편두통과 무기력, 안구통증 및 혈압의 비정상적 상승을 경험하게 되고, 장기간 노출되면 심장기능에도 무리가 따른다. 수면다원 검사를 통해 산소포화도나 뇌파, 수면무호흡 빈도 등의 검사가 필요할 것이나 그리 쉽게 접할 수 있는 검사가 아니다.

최근까지의 수차례 심전도(EKG) 검사에서는 특이소견은 발견되지 않고 있으나 심실 조기수축에 의한 가슴 두근거림이 있고, 수면관리는 나에게 숙제로 남아있다.

「 불면증 」

밤만 되면 내 안에는
실성한 상처가 핀다
하늘에 부어놓은 은하의 숫자만큼
또렷한
기억으로 뜨는
별을 닮은 탄식이다

잠 못 드는 자에게 밤은 무지 긴 법이라
생각이 생각을 무는 그 심연의 나락에서
잘 산 것
별 달리 없는
한심한 지난날까지

하얗게 먹을 갈아
칠하고 또 칠하며

가난한 머리칼에 찬물을 끼얹었다
떠나간
사람 보냄이
무에 그리 힘들던지

『보왕 삼매경』에 몸에 병이 없기를 바라지 말라고 하셨으니, 평생을 챙겨주는 따뜻한 밥 한 그릇 제대로 얻어먹지 못하고 가슴의 한을 키우며, 술로 살아온 내가 지금껏 이만한 건강을 주셨음은 천지신명께 감사드려야할 일이 아니겠는가? 정말 이제는 우렁각시라도 내려와 차려주는 밥상을 받아보고도 싶고, 가슴으로 하나 되는 여자 한 사람을 만나고도 싶다.

「 우렁각시 」

나는 오늘도
우렁각시를 만나러간다

매일 아침 독에서 걸어 나와
밥상을 차려놓고 가는 우렁각시 전설처럼
나도 아랫목에 앉아
따뜻한 밥상 한 번 받아보고 싶어

옛날도 한 옛날에
착하디착하지만 가진 것 하나 없어
늦도록 장가 못 든

한(恨) 많은 사내에게

하늘도 안됐던지 우렁각시 내려 보내

각시 탈 덮어 씌워 짝짓도록 한 것인데

착한 건 고사하고 그냥 막되어 먹은 내가

어디에서 그런 각시 만날 수 있을까

지금은 고향 땅 선산(先山)의 한 자락에서

세월을 포개고 포개

베고 누운 어머니가

이 놈도 우렁각시 하나 꿰 겨집으로 맞아들여

밥 끓여 먹는 것 보고 죽는다 하시더니

50이 훨씬 넘은 이 물골의 자식을

어느 하늘 어디에서

내려다보고 계실는지

효도는 못했지만 로토복권 당첨되듯

팔자에도 없는 각시 한 번 맺어보려고

오늘도 나는

우렁각시 차려주는

밥상을 만나러간다

「 여자 한 사람 찾습니다」

더도 말고
덜도 말고
조각햇살로 오두막 얹은
물가 아늑한 작은집에서
산나물 곱게 다진 밥상머리 마주 앉을
여자 한 사람 찾습니다

기왕이면
가난한 마음 탓에
몸매꺼정 팔등신 된
그런 여자 말입니다

가을날 저물녘엔
소재지 장터에 손 붙잡고 내려가
막걸리 탁배기 잔에 풍덩 빠진 저녁노을을
고와라 젖은 손
젓가락으로 건져 올려
안주로 내 입에 넣어줄
그런 여잔 없을까요

밤이 되면 둥근달
넉넉히 데리고 와
내 휘파람 소리에

머릿결 날리우며
한 줄기 바람으로
하나 되는 그런 사람

눈 오는 날은 처마 끝 고드름에
살아온 날 아픈 사연 수정처럼 걸어두고
방울방울 떨어지는 애련의 편린들을
그
윽
한
그리움으로 같이 볼 수 있는 여자

갯벌 속 개불이 촉수를 내밀듯
이 세상을 다 더듬으면 그런 여자 있을는지
정말이지 가슴으로
여자 한 사람 찾습니다

　하지만 나의 사주팔자에는 아내의 운이 박하고, 아내를 생하여줄 식상운(食傷運)이 전무하니 어찌 운명의 지침을 거역할 수 있겠는가? 또한 나의 지난날에 여자와 혼인치 않겠다는 스스로의 맹세도 있었으니 조용히 자연 속에서 정신의 수양을 한 치라도 더하여, 조금이라도 더 깨우치고 가는 삶을 살아갈 일이다.

3. 도서 및 신변잡동사니와 사체 처리에 대한 당부

솔직히 나에게 처자식이 있다면 특정하여 이 부분에 대한 당부를 해두면 그만일 터이나, 나에겐 일점 처자식 하나 없으니 이 원고에서 미리 밝혀두는 것이 혹시 있을 지도 모를 돌연사(Sudden death) 등에 대비하는 방편일 수도 있겠다.

내가 이 세상을 떠나고 없을 때 재수 없게도 혈연적 또는 인위적 인연관계로 만나 어쩔 수 없이 나의 사후처리를 해 줄 수밖에 없는 분들을 위해 최대한 수고로움을 들어드리기 위한 노력을 남은 생에서 기울일 것이다. 그러나 어차피 내 주변을 둘러싸고 있던 자잘한 신변잡화나 도서, 하잘 것 없을 예금 잔고 같은 내 흔적을 지우는 방법에 대하여서는 미리 당부를 해두는 것이 순서일 것 같다.

우리나라 민법에 의한 재산의 -채무를 포함한- 상속순위는 유언장이나 별도의 절차가 없었을 경우에는 배우자, 직계비속, 직계존속, 4촌 이내의 방계혈족 순이라고 알고 있거니와 나의 사후, 많은 사람들이 해당이 될 수도 있을 것이다. 그러나 내가 무슨 재산과 부를 쌓아둔 것이 있으랴. 더욱이 그때쯤은 적어도 채무액은 없을 터이니 앞장에서 밝힌 것처럼, 나와 아이 앞으로 등기된 보잘 것 없는 동·부동산을 상속자들이 공동 처분하여 장례비용과 제반 비용을 제하고 남는 돈이 있다면 선량하고 외로운 소년, 소녀가장을 찾아 그들의 삶에 작은 등불이 되도록 장학금으로 전달해 주면 감사하겠다.

전생에 책을 보지 못한 원한의 인연이 있었던지, 나에게는 일반 개인으로서는 지니기에 버거운 분량의 도서를 소장하고 있다. 상당분량이 풍수지리와 역학, 주역 같은 철학 관련서적이고, 예술과 문화일반, 문학, 역사와 사전 총류 등도 다소 지니고 있다. 책은 비록 아무리 인터넷 시대라고 하나 시대를 초월하여 면면히 보존할 충분한 가치가 있다고 나는 믿고 있다.

따라서 줄잡아 시집과 문집까지를 포함하면, 1만 권에 가까운 나의 소장 도서는 꼭 대학이나, 사회 공공도서관에 기탁하여 후인들이 나의 손때 묻은 책장을 한 번이라도 넘겨준다면 무엇을 더 바라겠는가? 물론 내가 살아 있는 동안 가급적 도서 분류와 기증에 편리한 꾸러미를 만드는 일도 해 둘 계획이다.

그 외의 신변잡동사니 즉, 전자제품 따위를 포함, 그때까지도 입을 만한 옷가지나 살림살이가 있거든 필요한 이웃들에게 나누어주고, 기타의 불필요한 흔적은 완전히 소각·폐기해 주기 바란다.

내가 죽었다고 하여 누구에게 부음을 전할 곳은 없다. 마치 이 순신 장군이 자신의 죽음을 알리지 말라고 한 역사의 한 대목 같기는 하지만, 실제로 나의 죽음을 알릴만한 분도 없고, 그럴 가치도 없는 죽음이 아니겠는가? 다만 평소 내게 많은 가르침을 주신 의성읍 자광사의 자오(慈悟) 스님 (전화 054-834-2624)과 나와 오랜 교분이 있는 문성 비구니 스님(전화 010-3153-6900)께 연락을 하여, 어디에 계시건 그곳에서 한 가닥 향에 독경의 염불을 더해 주시도록 당부 드리면 가는 발길이 더욱 기쁜 마음일 것이고, 나를 아버님이라 따르는 아이의 친구 심민승(011-9570-4152)에게 알려 나의 영전에 술 한 잔 치게 하면 더 바랄 게 없겠다.

　마지막으로 내 신체의 처리에 대한 당부를 하고자 한다. 처자식도 없는 내가 누군가에 의해 병든 노후를 의탁할 만한 사람이 없음은 주지의 사실인 만큼, 만약 나의 정신작용(Mental)에 스스로 일상을 해결하지 못할 문제가 오거나, 신체의 일정기능이 더 이상 혼자의 생활이 어려운 단계에 이르면, 즉시 노인장기요양보험법에 의한 요양등급 신청을 대신해 주고, 요양등급에 따라 노인요양시설에 입소 조치를 해 주거나, 질환의 정도에 따라 노인요양병원에 입원시켜 줄 것을 당부해 둔다.

　나는 다행히 공무원 연금 수혜에 해당하는 근속을 하였기 때문에 사망하는 달까지는 일정액의 연금이 지급될 것인바, 그 돈으로 입원 요양 자부담 비용은 충당하고도 남음이 있을 것이다. 이러한 일련의 일들을 어느 누가 해 줄 것인지를 지금의 나로서는 알 수가 없으나, 만약 어느 누구도 맡을 수 없을 때에는 관할 행정관청의 사회복지사가 대신해 줄 터이니 나 자신으로서는 크게 걱정할 일이 못된다.

　다행히 남은 나의 생애에 작은 공덕이라도 있어, 큰스님이 좌탈을 하시 듯은 못하더라도, 곱게 조용히 이승의 소풍을 마칠 수 있다면야 얼마나 좋으랴! 어떤 주검이 되었든 나의 시신은 3일장 같은 절차를 거칠 수도 없을 것이고, 그럴 이유도 없을 것이니 즉시 화장을 하여, 그 유골은 반드시 흐르는 맑은 물에 띄워주기 바란다. 화장을 하여 물에 띄워주면, 앞서 세상을 하직하여 물에 뿌려진 자식과 만날 수도 있을 것이고, 다음 생에 못다 갚은 아비의 빚도 갚을 수 있지 않겠는가?

　이는 이 생에서의 미련이나 집착이 아니고, 보다 나은 다음 윤회를 위한 간절한 기원이라 믿고 싶다. 못다 한 부채가 있다면 그만큼 상위로의 윤회는 어려워지는 것이 아니겠는가?

　물은 생명의 본원에 해당하는 원형상징으로서, 흐르는 인연처럼 다

음의 좋은 윤회를 기대해 보는 나의 소박한 염원을 그렇게 당부하고
싶은 탓인 때문이다. 필부의 모습으로 이 땅에 와서 세 번의 혼인을 해
보았고, 24년 동안 아들까지 두어보았으며, 내 이름으로 된 저술도 몇
권을 남겼을 뿐 아니라 문학과 학문, 불타의 가르침에 구우일모(九牛
一毛)의 접근은 해 보았으니 나의 한 평생도 아주 잘 살다가는 것이라
자부해 본다.

여백과 남기고 싶은 말

일체 현상은 덧없는 것이니 모두 다 흥했다, 쇠했다 하는 것, 오면 반드시 가는 것이요, 가면 또한 와야 하는 것이 우주 현상계의 에너지 불변의 법칙이 아니랴! 이 세상에서의 퇴장은 저 세상의 입장을 말하는 것이리라. 내가 이 땅에 왔던 것도 필연이었으며, 떠나가야 하는 것도 필연이고, 어떤 형태로든 다시 와야 하는 것도 필연일 것이다. 그러니 있는 것이 없는 것이요, 없는 것이 있는 것이란 불타의 가르침은 얼마나 숭고한 진리의 말씀인가?

다만 수행과 적덕 · 공과에 따라 다음의 생이 결정될 터이니 그것은 전혀 나의 의지와는 상관이 없는 신성불가침의 영역으로 받들며, 남은 생을 경건한 덕업(德業)의 길을 살다가고 싶을 뿐이다. 용렬한 덕성과 이해타산 그리고 알량한 가슴의 편협한 그릇 됨으로 인하여, 나로 인해 상처받고 괴로움을 당한 이 땅위의 중생이 오죽 기하이랴! 더하여 세 치 혀와 천박한 글재주로 사람을 분별하고, 세상을 속인 문업(文業)의 죄 또한 얼마나 막중할 것인가?

남은 나의 생애에 그 업장을 다 사(赦)할 수는 없을 것이나, 그 길을 향해 나아가는 더딘 발걸음만은 멈추지 않을 작정이다. 누군가의 가슴에 진한 그리움이 되는 시 한 편 쓰지 못했고, 내 작은 가슴이지만 마음껏 열어 사랑의 풀냄새 그득한 꽃 한 송이 되어드리지도 못했다. 부끄러운 치부를 올올이 드러내듯 기나긴 요설의 필체를 더함으로서 또다시 문업을 쌓는 해악을 범한 것이나 아닌지, 붓을 놓는 이 시점에 와서 심히 두려운 마음 금할 길 없다.

탈무드에는 "인간은 가족과 부와 선을 남기고 죽는다."고 가르치고 있으나, 나의 경우 어쩌면 이렇게도 그러한 가르침에서 멀리 벗어날 수 있었던지 이해할 수 없을 만큼 인간 본연의 의무적 삶을 다하지 못하고 말았다. 무엇이 잘못 되었던 것일까? 모든 것이 다 내가 지은 나의 무거운 업장의 굴레 탓일 뿐이다. 웬만한 남자의 육신만 가져도 아내 하나는 천신하는 법이고, 살다보면 쌀뜨물에도 아이는 들어서는 법이라 아들, 딸 거느려서 이 땅에 내 삶의 유전자 몇 점은 뿌리고 가는 법이거늘, 혼인을 세 번 하고도 일점의 혈육 하나 지켜내질 못했다.

나는 유년기와 청소년기를 제외하고는 나의 인생은 살아온 것이 아니라, 살아남으려고 버텨온 인생살이였다는 표현이 정확하리라 믿는다. 누구나 자신의 삶은 파란만장하고, 더러는 영웅설화적 면모를 지녔다는 극단적 표현으로써 자신의 일생을 동정 내지는 미화 시키고자 하는 의도가 있을 것이나, 긴 세월의 흔적을 더듬어 오는 동안 나는 결코 과장되거나 사실을 왜곡한 기록은 수용하지 않았다.

신은 결코 인간이 극복할 수 없는 시련은 주시지 않는다고 했고, 신이 인간을 쓰러뜨리는 이유는 일어서는 법을 가르치기 위함이라고는 하나, 나로 하여금 다시 살아온 지난 세월로 돌아가라 한다면 나는 결코 돌아가지 않을 것이다. 그만큼 나의 인성적 구조가 고난과 시련을 극복하기에는 어려운 조건을 지니고 있었음은 전술한 바이지만, 솔직히 너무나 고통스러웠던 필부의 삶이었다.

그러나 만약 다음 생에 나에게 인간의 몸을 받는 복된 인연이 주어진다면 다시금 대한민국 땅에 태어나 조금은 익숙해진 모국어에 대한 가용어(可用語)를 더욱 갈고 다듬어, 삶 자체가 시가 되는 시인의 삶을 다시 한 번 살아보고 싶다. 더 나아가 나의 지나친 욕심까지도 허용이 된다면, 반드시 아들, 딸, 처자식을 거느리고 낮에는 들에서 일하며, 온 식구 둘러앉아 저녁밥을 나누는 행복한 농부의 삶을 살아보고도 싶다. 그러나 그 일이 천박한 나의 공덕으로서 어찌 쉽게 윤회할 수 있는 길이겠는가? 다만 남은 내 인생만이라도 지난 아픔의 삶과는 차별화된 영혼과 정신의 유전자가 승화되어가는 제2의 이모작 인생을 살아가야 하리라.

진실로 마지막 바람이 있다면 땅에 쓰러진 자, 땅을 짚고 일어나야 하듯, 내가 뿌린 죄업의 씨앗은 내가 거두고 떠날 수 있는 남은 생이 기다려 주길 바라는 마음 간절할 뿐이다. 그리고 이 세상이 장엄한 불국의 세계로 화하여 가난과 고통, 박해와 질병이 없는 아름다운 용화세계가 열려, 억조 중생이 피안에 이르기를 삼보귀의 간구하면서, 두서없는 장황한 졸필의 붓을 놓는다.

함께해 온 모든 분들의 앞날에 복락과 건안을 간절히 기원하며….

2010. 경인년 결실의 만추(晚秋)에

無極 鄭 英和 쓰다